婚姻七道题

何常在 著

中国出版集团　现代出版社

图书在版编目（CIP）数据

婚姻七道题 / 何常在著. -- 北京：现代出版社，2023.5

ISBN 978-7-5231-0136-0

Ⅰ.①婚… Ⅱ.①何… Ⅲ.①长篇小说—中国—当代 Ⅳ.① I247.5

中国国家版本馆 CIP 数据核字 (2023) 第 027579 号

婚姻七道题

作　　者	何常在
责任编辑	王志标
出版发行	现代出版社
地　　址	北京市安定门外安华里 504 号
邮政编码	100011
电　　话	010-64267325　64245264（传真）
网　　址	www.1980xd.com
印　　刷	北京飞帆印刷有限公司
开　　本	710mm × 1000mm　1/16
印　　张	22.5
字　　数	322 千字
版　　次	2023 年 5 月第 1 版　2023 年 5 月第 1 次印刷
书　　号	ISBN 978-7-5231-0136-0
定　　价	55.00 元

版权所有，翻印必究；未经许可，不得转载

目 录

第一章　1日，逻辑思维 / 001

第二章　1日，数学的严谨与生活的逻辑 / 008

第三章　1日，永远平行两两相望 / 014

第四章　1日，人生的输赢不像考试的分数高低 / 019

第五章　1日，都是保护色，都是伪装 / 024

第六章　1日，生活暗示和日常悬念 / 029

第七章　2日，先入为主的观念太可怕了 / 035

第八章　2日，纯良少年、厚道青年、油腻中年 / 042

第九章　2日，一个是生活，一个是梦想 / 047

第十章　2日，会犯经验主义的错误 / 053

第十一章　2日，做人要做分子，不做分母 / 061

第十二章　2日，人生该做减法了 / 067

第十三章　2日，六种夫妻关系 / 072

第十四章　2日，世界上哪里有从来不犯错的人 / 077

第十五章　2日，这其实是一个主观的世界 / 083

第十六章　2日，层次和境界决定了太多东西 / 089

第十七章　2日，越是喜欢挑剔别人的人，其实是越对自己不满意 / 094

第十八章　3日，生活荒诞是生活原本的状态之一 / 099

第十九章　3日，关于创业的人生新难题 / 106

第二十章　3日，同学之间的关系分为三种 / 112

第二十一章　3日，所谓诚意 / 117

第二十二章　3日，女神有时也是用来破灭的 / 123

第二十三章　3日，人生有时就是这样 / 128

第二十四章　3日，有时复杂，有时又简单得要命 / 133

第二十五章　3日，所有问题的症结所在 / 139

第二十六章　3日，互补，是最好的答案 / 144

第二十七章　3日，也是生活的预演 / 150

第二十八章　3日，不可逆的意思是…… / 155

第二十九章　3日，无非利益与三观 / 161

第三十章　3日，你可以永远相信我 / 166

第三十一章　3日，无心之话，杀人诛心 / 171

第三十二章　3日，见异思迁是男人的本性 / 177

第三十三章　3日，基于感情的原因会有选择性信任 / 182

第三十四章　3日，有时一步错，就会步步错 / 187

第三十五章　3日，世界上没有什么不可能的事情 / 192

第三十六章　3日，世界上不是只有黑白两种颜色 / 197

第三十七章　3日，要当一个尖锐、锐利的人 / 202

第三十八章　3日，从一开始就不纯洁 / 208

第三十九章　3日，男人到了一定阶段都是实用主义者 / 214

第四十章　3日，为什么总是女人的错 / 220

第四十一章　3日，总有一天你会发现人生就是…… / 225

第四十二章　3日，没有办法算透人心，但有办法看透人性 / 230

第四十三章　3日，从而得到了错误的答案 / 235

第四十四章　4日，所有想要完美的人，都是精致的利己主义者 / 242

第四十五章　4日，没有几人的人生题答案完美无缺 / 247

第四十六章　4日，你说的道理我都明白 / 252

第四十七章　4日，那些巧合的事情有很多人为的因素 / 257

第四十八章　4日，恰恰好的状态 / 262

第四十九章　4日，互相交换价值 / 267

第五十章　4日，只是陈述一个事实 / 273

第五十一章　4日，别做无用功了 / 278

第五十二章　4日，你就是一个恶魔 / 283

第五十三章　4日，没有任何的内在联系 / 288

第五十四章　4日，为什么最终还是要让女人妥协和让步 / 293

第五十五章　4日，人生难题中的一个错误的步骤 / 299

第五十六章　4日，抛弃受害者有理的幼稚想法 / 305

第五十七章　4日，在取舍之间的妥协 / 310

第五十八章　5日，每个人的形象都在崩塌 / 315

第五十九章　5日，最基本也是最核心的关系却很简单 / 321

第六十章　5日，每个人都要认清自己的定位才不会痛苦 / 326

第六十一章　5日，落了一个没有赢家的结局 / 331

第六十二章　6日，婚姻七道题 / 339

第六十三章　6日，人生有时经不起不断的自我暗示 / 344

第六十四章　7日，人生大题没有唯一的答案 / 350

第一章　1日，逻辑思维

　　　　　　　　　　　　　　　——交叉线

　　应该是梦吧？宋几何惶恐无助地东张西望，只可惜，四周除了黑暗就是黑暗，无边的孤独与死寂，让人绝望而窒息。

　　"滴答！"像是卫生间的水龙头没有关紧的滴水声。

　　突然间有了响声，宋几何惊喜地朝声音的方向望去——什么都看不见，只不过周围的黑暗变换了颜色，像是大雾。

　　浓重得像是墨水一样的大雾。

　　"滴……答！"声音又变了一个方向响起。

　　像是窗外的雨声，若即若离，忽远忽近。

　　应该是梦吧！宋几何伸开双手，想要抓住什么，他大喊一声："方澄，你出来，别藏了，我知道是你！"

　　"是你在故弄玄虚！是你在人为制造悬疑！"

　　"你出来，我不信你的那一套日常荒诞、细节悬念的逻辑，别给我来什么生活暗示、人生演绎的花招，我不怕你！"

　　无人回应。

　　"滴答！滴答！滴答！"

　　滴水的声音突然密集地响了起来，如同雨突然加大、没有关紧的水龙头松开了一半，宋几何感觉一股强烈的尿意袭来，瞬间醒了过来。

　　一睁眼就吓了一跳，眼前晃动的是早已看过千万遍方澄的脸。

　　"做什么美梦了，都不愿意回到现实？"方澄嘴角露出了讥讽的笑意，"今天是个大日子，你要迟到了。"

宋几何迅速清醒了过来，看着周围熟悉的场景，意识到刚才的一切确实是个梦。他扫了一眼闹钟，6：10了，而他定的是6点整的闹钟。

"我没动你的闹钟！"方澄回应了宋几何一个轻蔑的眼神，"你的闹钟没电了。也是怪了，为什么不用手机设置闹钟？"

宋几何一愣："不对，我昨天刚换了电池。"

"呵呵……"方澄又是一笑，"还有，你的鱼快要死了！"

宋几何一个激灵跳下了床，冲到了客厅。

鱼缸的水洒了一地，到处都是。养了多年的三条锦鲤，翻着肚皮在缸底挣扎，眼见是不行了。

鱼缸的左下角，有一个小洞，正一滴一滴地滴出最后的水。

梦中的滴水声就是鱼缸在漏水？

"谁干的？好好的鱼缸怎么就坏了？"宋几何质问方澄。

"不是我。"方澄矢口否认，"从今天起，你遭遇到的所有怪异的事情，都是你多年积攒的丑恶的回报，都是你咎由自取。别急，肯定还有让你更气愤又无能为力的事情发生。"

宋几何忍住了和方澄吵架的怒气，吵太多年了，再吵也不会吵出什么新意。

刷牙的时候，闹钟响了，比预定时间晚了整整半个小时。

宋几何愤怒地扔了闹钟，决定以后用手机设定闹铃。手机有密码保护，没有人可以随意更改。

也是，以前他怎么就那么固执地喜欢用闹钟呢？

7：20，地下停车场，宋几何站在被敲碎大灯的车前，愤怒地想要报警。一想起接下来要办的更重要的事情，就只能压住火气。他没时间了，警察过来后，调监控，再让物业配合调查，少说也要几个小时。

他必须在8：50赶到西站，去接一个12年未见的重要的人！

一连发生了好几件怪异的事情，宋几何心中终于有了惶恐和紧张的感觉，像是一面光洁的镜面出现了裂痕。

以前，宋几何喜欢嘲笑方澄的唯心和盲信，只要在日常生活中有打破规律的事情出现，方澄总是会引申和联想，认为细节都是生活的告诫，是对接下来要发生的事情是否顺利的一个暗示。

人，要学会领悟日常悬念与生活演绎的关系。

作为一个数学系毕业的高才生，他怎么还会相信生活中不符合统计学、逻辑学的愚昧经验总结？宋几何对方澄的过于敏感嗤之以鼻。

但今天一连串的事情相继发生，让宋几何不再那么笃定，内心的坚定意外地有了动摇——今天的事情太重要了，关系到他未来人生的成败，甚至是生死！

难道说早上的三件事情是在提醒他，接下来的事情会不顺利并且会有变数？

再一想，宋几何又释然了。以上的三件小事都只能算是生活中极不起眼的细节，哪怕真有什么暗示，他也不相信并且也没有心思去归纳和总结。他才不像方澄一样，总是疑神疑鬼，总是因细节而猜测，弄得她和他都很疲惫。

"是你干的？"宋几何问同他一起下来的方澄。

方澄的车就停在对面。

他和方澄还住在一起，但不睡一张床不吃一桌饭。不过，该说的话还会说，正常的交流，也会有。

"屁嘞。"方澄一拢头发，淡淡一笑，"我从来不屑于干偷鸡摸狗的事情，不像你。"

宋几何呵呵一笑："我也从来不干又当婊子又立牌坊的事情。"

方澄眉毛一挑："是吵架，还是各忙各的？"

宋几何开车而去。

宋几何很喜欢将生活按照几何学来规划，根据勾股定理——直角三角形的两条直角边的平方和等于斜边的平方——如果两条直角边是生活和事业，那么斜边就是幸福指数，就是说幸福指数的平方等于生活的平方和事业的平方之和。

生活和事业有一方失衡，幸福指数就会得出错误的答案。所以，他从来不允许自己犯错。

今天他先接坐高铁过来的易正方，然后再去机场接余笙长与谢勉记。

擅长几何的宋几何有着缜密的逻辑思维，会把一系列的事情统筹得井井有条，易正方、谢勉记和余笙长三人的行程、住宿，都由他一手安排。

易正方坐高铁过来，是上午9点到，余笙长和谢勉记都坐飞机，一个是下午1点，一个是下午两点半。从西站到机场的路程是40公里，在高峰期堵车的话，时间不可控，但在非高峰期的9点到11点，应该是一个半到两个小时的车程。

就算易正方出站时耽误上一二十分钟，他接上他赶到机场，时间上也绰绰有余。

易正方、余笙长和谢勉记三人在北京期间的所有行程，包括交通、住宿、每天的日程，宋几何都做出了详细的规划，甚至精确到了半个小时。

他从来不允许自己在生活和工作中出现半个小时以上的误差，耽误时间就是对生命的不尊重。

但凡事都要打出提前量，以防出现万一，宋几何不会让自己出现致命性失误，他把每一次人生大事都当成高考来对待，失误就会导致答案错误，答案错误就会丢分，丢分就会考不上名牌大学。

考不上名牌大学就会引发负面的人生连锁反应，让人生出现不可控的偏差。

一切都跟往常一样，没出现什么意外，早起三件怪异的事情丝毫没有影响到他精确计算之下的规划，宋几何到达西站的时间是预期之内的8∶50。

站在西站的出站口，仰望西站棱角分明的设计风格，宋几何突发感慨，人生就是一道又一道的几何题，解完了最简单的勾股定理，后面还有更复杂的一系列的公式，你永远不会知道哪一道公式会让你丢分。

问题是，和上学时的解题不同，人生的难题解错了，得承担相应的损失，并且很多时候，还没有弥补的机会。

宋几何名字的由来很偶然，他出生的时候老爸正在喂鸡，有人来家里买鸡蛋，老爸问要几盒……结果他就有了一个"几盒"的小名。

上学后，实在嫌弃"几盒"太土太难听，就改成了几何。

宋几何改名之后，成绩突飞猛进，考上了北京的名牌大学。大学毕业后，留了下来，和大学谈了三年恋爱的女友方澄结婚。

方澄是北京人，家庭条件很好，有房有车有户口，和她结婚，宋几何至少可以少奋斗20年。

易正方、余笙长和谢勉记不止一次不无羡慕地对宋几何说，你到目前为止解答得最好的一道人生大题就是娶了方澄。

宋几何很喜欢解题，他始终认为解答方程式是人类最有智慧的大脑之间的智力碰撞。他最爱几何，几何就是研究空间结构及性质的一门学科，它是数学中最基本的研究内容之一，与分析、代数等具有同样重要的地位，并且关系极为密切。

几何学发展历史悠久，内容丰富。几何思想是数学中最重要的一类思想。

有时宋几何想起他名字的由来，就觉得似乎冥冥之中有天意一样。

几何有时又和中国传统文化中的天圆地方有某种形式的内在联系，宋几何曾一度醉心其中，希望可以融会贯通。

"几何，几何！"

易正方的身影出现在熙熙攘攘的人群中，他用力朝宋几何挥舞胳膊。

胖了，也老了，12年未见，岁月呼啸而过，还是在每个人的脸上都留下了雕刻的痕迹。原本瘦脸、眯缝眼、尖下巴的易正方，除了眯缝眼依旧，至少胖了50斤，脸圆了下巴双了，走路也慢了。

以前的易正方在大学时代可是运动健将，篮球、跑步、举重，几乎样样精通，号称全能第一人。12年不见，才33岁的他，身材已经完全走样，才跑几步就气喘吁吁了。

生活到底都赋予了他什么样的难题，让他如此不堪，交了一份惨不忍睹的答卷？

易正方上来就给了宋几何一个大大的拥抱："老宋，总算又见到你了，足足12年，你小子也不来朝乡一次，是不是我们十八线的县城容不下你这个大老板的格局？"

"少说屁话！"宋几何也热烈地回应了易正方，用力抱了抱他，"你看看你小子现在成什么样子了？如果你还保持着大学时的身材和颜值，也不致被李美玉抛弃。"

"旧的不去新的不来，李美玉离开我，是我的解脱，我为此庆祝了三天呢。"易正方哈哈一笑，不以为然地挥了挥手，"这么多年了，我都没有嫌弃她生不了孩子，她倒嫌弃我没有本事，分了也好，正好都恨不得一眼就能瞪死对方……"

"真羡慕你老宋，身材没变，也不显老，怎么保养的？"

易正方跟随宋几何来到地下停车场，上了宋几何的奥迪，拍了拍座椅："A8，可以呀，你应该是我们同学中最成功的一个吧？"

宋几何笑着摇了摇头，没说话，他开A8是为了不显眼，同学中，别说奔驰、宝马了，开宾利的也有。

驶出了停车场，上了四环，一路向北，朝机场而去——他要接第二个老同学余笙长。

在当年著名的解题五人组中，如果说宋几何是领军人物，方澄是核心人物，易正方是关键人物，谢勉记是黏合人物，那么余笙长就是不可替代的灵魂人物。

解题五人组最早是由宋几何发起，专门攻克其他同学无法解答出来的各种难题——开始时是数学难题，后来上升到了哲学难题。

成立时只有宋几何和易正方两个人，后来陆续加入了方澄、谢勉记和余笙长，并且固定下来，最终由宋几何一锤定音，命名为解题五人组。

作为最后一个加入的余笙长，她的到来让解题五人组原本的稳定组合出现了微妙的变化。首先，促进了宋几何和方澄之间的关系，让二人暧昧不清的感情迅速升温、明朗化，并且正式开始了恋爱。

其次，她的出现也让本来已经摇摇欲坠的五人组重新获得了新生，并且得以巩固了组合，尤其是去意已决的易正方和摇摆不定的谢勉记，都再次树立了信心，回归了团队。

最后，也是由于她的坚持，才让解题五人组没有解散，一直到大学毕业还存在，一时成为美谈。

五人组中，数学系的宋几何最擅长几何，哲学系的方澄最喜欢代数，中文系的易正方醉心于概率数论，历史系的谢勉记最向往拓扑学，而音乐系的余笙长则专注于数理统计学。每人都有最拿手的领域，五人组在大学里名噪一时，人人都知道不管遇到多大多罕见的难题，只要找到五人组，五人之一必定可以给出正确的答案。

几年下来，五人组也不知道解出了多少道难题，更不知道帮多少人解决了多少稀奇古怪的难题。

毕业后，除了宋几何和方澄留在北京，余笙长、易正方和谢勉记都回了各自的老家。

一别12年，各自忙碌，各自安好。虽说五人依然在同一个群里，也有私下的联系，但12年间，都不曾再见上一面。

4月初时，宋几何突然提议今年的劳动节期间一聚，他和方澄夫妻二人，邀请余笙长、易正方和谢勉记三人来北京游玩，希望三人请年假，拿出7天的时间好好帮他们解决一道他们现在无法解决的人生难题！

解题五人组再聚北京，以团队作战的精神，再次发挥各自的聪明才智，来帮团队中的领军人物和核心人物，共同解答一道没有标准答案的人生难题……确实是一项前所未有的挑战！

三人中，除了易正方稍有犹豫，余笙长和谢勉记都一口答应下来。

在宋几何的几次劝说下，易正方后来也勉为其难地答应了。

主要是易正方刚离婚，又丢了工作，心情低落，不愿意出门。宋几何不但答应替几人安排好住宿，还负责来往路费，并且车接车送。

宋几何还暗示有丰厚回报，易正方就动心了。

第二章　1日，数学的严谨与生活的逻辑

——平行线

宋几何最推崇的是学以致用，他在生活中也切实做到了方方面面的细致与周到，真正把数学的严谨与生活的逻辑，严丝合缝地结合在了一起。

有一年宋几何买房子，先是和方澄三次去售楼处咨询，又三次在销售的带领下，开车转了周边。销售以为宋几何会马上下单，不料事后宋几何又和方澄自己开车在周边转了一次。

方澄看中了，想要签合同时，被宋几何阻止了。他又分别在周一的早上、周二的中午、周三的下午、周四的晚上以及周五下班时，将附近的交通、饭店等情况逐一摸底，又在周六、周日连续两天住在房子周边的酒店中，观察和了解周围人群的组成、作息以及流动性，最终得出了结论——房子不能买！

有三方面原因，一是周围人群50岁以上的老年人占比60%以上，没有新生力量，说明经济活力不足，以后没有接盘侠。

二是附近的房子租金偏低，同地段二手房的价格比新房普遍低两万元左右，而且二手房的成交量偏低，出租率也不高。

三是周边酒店的入住率极低，即便是周六、周日，也没有几个人，说明区域的经济不活跃，不被外界看好。

一个老年人占比过高、外来人口不多的地段，房子就是彻头彻尾的不动产，不具备流动性，没有升值潜力和空间，必然会砸在手里。

此事让方澄和宋几何大吵了一架。但事后还是证明了宋几何的正确，房子横盘多年，周围的二手房不涨反跌。原先承诺区域内的各项配套设施，迟

迟没有到位。

在买房子的大事上，宋几何精心算计善于谋划，在接人的小事上，他一样认真对待。飞机延误或早到的情况，他都有了预案，而且还准备了不止一套方案。

和宋几何预料的一样，从西站到机场，并没有出现严重拥堵，花费时间一个半小时。到达时，刚刚11点。

距离余笙长落地，还有一个半小时。宋几何查了航班动态，余笙长的航班提前了半个小时，而谢勉记的航班提前了40分钟。

机场停车场停好车——宋几何用他的信用卡权益选择了可以免费停48个小时的区域——然后带易正方到出发厅的咖啡厅，用信用卡积分换了两杯咖啡，和易正方坐在一个安静的角落里面，聊天。

之所以安排易正方、余笙长和谢勉记都分别间隔一两个小时到来，宋几何有他的打算，他要和每个人都单独谈一谈，说是各个击破也好，或是分别说服也罢，他想要的就是要每一个人都支持他，希望每一个人都按照他既定的设计扮演好他想要他们扮演的角色。

但计划总是赶不上变化，余笙长航班和谢勉记航班同时发生了不同程度的提前，导致他和易正方之间的谈话时间缩短成了半个小时！

半个小时，不足以他缩短12年未见的隔阂并且重新恢复以前的同学友情，宋几何决定减少和易正方的对话。三个人中，易正方是他自认最容易说服的一人，更何况现在的易正方又是三人中最落魄最需要帮助的一人，也是最容易用最小的回报打动的一人。

宋几何喝了一口咖啡，斟酌了一下语言："正方，五人组里面，你最早加入，也和我关系最好，我们的联系也最密切，对你，我也就不瞒着了，有一说一，请你来北京，确实是想好好聚聚，同时还有一件非常重要的事情，需要你的帮忙……"

今天的咖啡怎么这么苦？宋几何嘴里泛起了难以下咽的苦涩，怪事，他怎么喝的是美式？他明明要的是拿铁加糖的！

第二章　1日，数学的严谨与生活的逻辑

到底是他记错了，还是服务员拿错了，究竟是哪个环节出现了问题？算上前面的三件怪事，应该是第四件悬念之事了？宋几何努力克服内心闪过的一丝慌乱，告诉自己要淡定，别乱，一乱就出错。

巧合，都是巧合罢了。

易正方微微惊愕："我一个没事业没婚姻没孩子的'三无'人员，哪里有能力帮你？老宋，说吧，是不是想让我给你当司机？"

宋几何嘿嘿一笑："别闹，我再是董事长、再有钱，我也是当年和你一起解题的老宋，在你面前，永远没有宋董、宋总、宋老板，明白不？"

易正方认真地点头："这话我爱听，还是当年的那个味儿，说吧老宋，除了离婚的事情，我都可以帮你。"

宋几何苦笑："真让你说对了，我确实要和方澄离婚。"

"啊！"易正方大惊，"你们可是全校的爱情典范神仙伴侣，是我们心目中的完美爱情……怎么就要离婚了呢？"

"原因不重要，重要的是，现在我和方澄闹得不可开交。"宋几何压低了声音，"现在只有你一个人知道这事儿，先别和笙长、勉记他们说。"

易正方连连点头："放心，我和他们基本上没联系。如果不是你组织聚会，也许一辈子都见不到了。说吧，怎么帮你？"

"帮我演一出戏……"

"剧本杀？角色扮演？"易正方摸了摸下巴，"这就有意思了，好玩，好玩。"

"一点儿也不好玩，我们只有7天的时间，每天都要解一道难题。"宋几何忧心忡忡，"生活中的难题不是考试中的难题，有的无解，有的没有标准答案，有的你永远不知道答案，答对了，不一定获得满分。答错了，却没有重新答题的机会。"

易正方若有所思地划拉几下下巴："我倒是很想帮你，可是我的人生很失败，一事无成婚姻解体，现在连工作都丢了，我用失败的人生积攒的人生做题经验，恐怕对你真的没什么用处。"

"不会，要相信自己，更要相信我的眼光，我不会看错你。"宋几何还想再深入和易正方交流几句，App却提示余笙长的航班比预计提前时间再次提前了10分钟降落，就打乱了他的部署。

蝴蝶效应？一早就不顺，从来延误的航班却一再提前，宋几何心中有一丝苦涩与紧张。

余笙长的航班提前越多，他和易正方对话的时间就越少。更主要的原因是，谢勉记的航班提前得更多，如此就导致余笙长和谢勉记二人的航班落地时间由计划的一个半小时的间隔，变成了不到30分钟！

以原来的既定计划，他要先和易正方谈好合作，再接上余笙长，三人可以一起聊聊，余笙长和易正方的关系还算可以。

现在来不及再和易正方深入交流了，因为易正方和谢勉记的关系有些微妙。

在他为易正方和谢勉记设计的角色扮演里面，他二人只有对手戏没有联手戏，宋几何只好临时改变了策略——他最讨厌不可掌控的局面出现——决定让易正方提前离开。

原本他的详细计划是在机场和易正方聊完，在去接余笙长时，和她先聊一下，接上她后，再和她、易正方一起谈一次。

等再接上谢勉记，就不聊正事了，一起回酒店。

等到了酒店，他再单独和谢勉记聊聊。如果没有航班同时提前的事情发生，他的计划完美而周密、天衣无缝。

现在，只能临时调整了。好在他已经设想过了最坏的情形，有了预案。

先帮易正方叫了网约车，让他直接去酒店，以不便让他等候过久为由。易正方既没推辞也没客气，直接上车而去。

宋几何深呼吸几口，余笙长的航班已经落地了，他打通了余笙长的手机。

然而就在他起身的时候，打翻了咖啡杯，易正方没有喝完的咖啡洒了他一身！

真是的……宋几何忍不住要骂人了，为什么易正方没有喝完咖啡？为什么要把咖啡杯放在容易碰翻的桌子的边缘？为什么易正方非要取下咖啡盖？更让他不理解的是，易正方的咖啡杯为什么放到了他的座位前？

一切的一切都像是故意为之！

…………

易正方上车后就开始闭目养神，嘴角流露出一丝若有若无的笑意。十几分钟后，汽车驶向了机场高速，手机就及时弹出了信息。

"提前出来了？"

易正方打字速度飞快："路上了，40分钟到酒店。"

"你找了个什么理由？宋几何没有怀疑你？"

"没找理由，是余笙长和谢勉记的航班同时提前，他就改变了主意，主动让我一个人回酒店了。应该是他想单独和余笙长、谢勉记聊聊，不方便让我在场。"

"哈哈，人算不如天算。活该！今天一早他就接二连三地遇到了几件怪异的事情，预示着他精心策划的一切开端不利。"

"等下酒店见？"易正方想了想，删掉了后面的一句——可以到我房间坐坐，我带了好茶。

"酒店旁边有一家咖啡馆，我在靠窗的位置等你。"

"这么多年没见，你还能认出我吗，方澄？"易正方忽然心生感慨，想起了遥远的从前，青春、迷茫、单恋、失恋以及绝望。

"能，不会忘的，也忘不了。"方澄沉默了一会儿才回复，"我穿大学期间你最喜欢的蓝色的裙子，你呢？"

"我穿黑色的POLO衫，你说的最帅气的一件……"易正方下意识笑了。

"黑色闪电？"

"球场上的黑色闪电、操场中的黑色流星！"

"这些你都还记得？"

"永远忘不了。"

"……"方澄发了一个拥抱的表情，"突然很迫切地想要见到你。"

"我也是。"易正方回应了一个玫瑰花的表情,"人生有时像是平行线,有时又像交叉线,也许,就连光也不是直线。"

"时间是曲线。在时间中,光可以平行,可以交叉,还可以弯曲。"

"方澄,你和余笙长沟通过了吗?"易正方想了想,还是觉得有必要提醒她一下,"我们五人组里面,余笙长最擅长数理统计学,她如果帮你,你的胜算会增加很多。"

"沟通过了,她明确表示会站在我这边。"

"你信吗?"

"信,为什么不信?我和笙长的关系一向特别密切,你又不是不知道。"

易正方摸了摸下巴:"她这么多年一直单身,你不觉得奇怪吗?"

"有什么奇怪的,她人漂亮能力强,方方面面都很优秀,身边没有合适的可以匹配她的人……她就宁愿单身也不将就。"方澄发了一个天真无邪的笑容。

"你是真不知道还是跟我在演?"易正方打出了一行字,没有发送,想了想,又删除了,发了一个赞成的表情包,"一会儿见。对了,老宋不知道我们一直有密切的联系吧?"

过了好大一会儿方澄才回复:"他……应该不知道!"

第三章　1日，永远平行两两相望

——时间线

飞机刚落地，还在滑行时，余笙长就迫不及待地站了起来收拾行李，不顾空姐的劝告，她迅速整理好了座位上散落的东西。

用一根最简单的皮筋扎起辫子，想了想，又解开辫子，留了披肩长发。

拿出化妆镜，抹掉了口红，又卸了眼妆和眼影，然后打开手机，翻出了当年在校园里面拍摄的一张照片，对比。

依稀还有当年的模样，清纯、清新、瓜子脸、细长眉、淡妆，正是宋几何最喜欢的样子。

也不知道他有没有变胖？是不是中年发福，再也没有了当年的气质？余笙长忽然心跳加快，莫名紧张起来。

为了节省时间，她没有拖运行李，硬是拉了两个20寸行李箱上了飞机。

出口的人群中，有一人淡然而立，犹如鹤立鸡群，浅笑、儒雅、卓尔不群，眉浓而长，眼大而炯，脸型方宽又稍长，既不显得过于方正又不过于刻薄。

他没变，依然是当年的样子，而且更成熟更有男人韵味了，余笙长快步上前，直接给了宋几何一个大大的拥抱。

"12年了！"

宋几何也用力抱了抱余笙长，注意到了她特意还原了当年大学时的装扮，心中一动，知道余笙长对他的暗恋不但没有随着岁月的流逝而消失，反而长成了一棵参天大树。

是啊，整整12年未曾见过一面，宋几何的心瞬间柔软了几分。不过他强迫自己冷静下来，人生中充满了各种线，交叉线、平行线、胶着线，有些人只能是平行线，一旦交叉就变成胶着，原有的美好就全部变成痛苦。

不如永远平行两两相望，好过交叉之后的纠缠不清……宋几何推开余笙长，拉过她的行李箱："先去喝点儿东西，等谢勉记落地后，我们再一起回酒店。"

"现在就可以回酒店，谢勉记改签了，他是晚上的航班……怎么，他没有告诉你？"

"啊！"宋几何惊呆了，到现在为止，今天的大题，他步骤都对了，但答案都答错了！

人生，就是总会有层出不穷的意外，不像几何学，每一个环节都不会出现不可预计的变数。

…………

变数和变量，是宋几何最不喜欢的两个词，也是方澄最讨厌的事情。

还好，和易正方的见面，还算顺利，尽管过程中还是出现了变量，但是结果还是既定的方向。不管是按照事先约定易正方自己说要提前回酒店，还是意外由宋几何先提了出来，都不重要。

重要的是，她现在已经和易正方面对面地坐在一起了。

易正方一脸平静，尽管内心惊艳于岁月不但没有在方澄的脸上留下什么变量，反而经过人生的沉淀与时光的加持，方澄更加美艳更加知性，且少了青涩多了风情……他克制住了心里的冲动，不让自己过于失态。

永远不要抢先对手一步打出自己的底牌，否则接下来将会无牌可打，并且还会输得很惨。是的，没错，他现在表面上看和方澄是合作伙伴，其实暗地里也有可能是对手。

因为他想要的到底是什么，他自己也说不清楚，可能方澄给不够，可能宋几何给不了。

是，他现在是一无所有，因此才更要紧紧抓住机会、寻找机会、制造机会并且扩大机会。

第三章　1日，永远平行两两相望

方澄倒显得微有激动，端咖啡的手都在微微颤抖："你变了一些，正方，虽然是胖了黑了，但比以前更有男人味儿了，也更成熟更沉稳了。相比之下，我还是更喜欢现在的你，给人以安全感。"

易正方忽然叹息一声："如果你知道我这些年都经历了什么，你就不会觉得我现在的样子在狼狈的背后，是多少道难题带来的创伤……其实，我已经很坚强了。"

"我理解，我都能理解！"方澄用力点头，"我也一样，经历了太多不该经历的伤痛。或许在同学们眼中，我和宋几何是幸福美满的一对，现实却是，我和他相爱相杀同床异梦，每天都恨不得杀死对方100次才解恨。"

"真羡慕你们没有和同学结婚，嫁给一个太过了解你的人，一个看着你从青涩到成熟的人，你在他面前，完全没有该有的吸引力、神秘感，最主要的是，也没有分量和认可！他会一直当你是一个没有判断力的小女孩、一个不谙世事的小女生，你的想法、创意和决定，在他眼中幼稚而冲动，毫无价值。"

易正方静静地听方澄抱怨她和宋几何的婚姻，不发一言。在来北京之前，他已经在微信和电话中，听过数遍宋几何指责方澄的话，二人的说法大同小异，无非抱怨对方不理解不尊重自己，不管是生活还是事业，都当自己不存在一样。

原先易正方认为，幸福的家庭都是相似的，不幸的家庭才各有各的不幸，现在他知道了，表面上幸福的家庭，也各有各的幸福之下的阴影。

方澄一边说，一边暗中观察易正方的反应，易正方过于冷静的表现和不动声色的态度，让她自以为已经吃定了易正方的信心开始动摇了。或许易正方对她早已没有了当年的暗恋，时隔多年，经历了无数人生失败的他，也已不再是当年那个纯真如风的少年。

不过……她依然有把握让易正方为她所用，从他故作沉静的眼神中还是可以看出一丝他对她当年的热烈，或多或少。尽管他掩饰得很好，但心动与躁动永远无法被眼神埋没。

"……所以，我希望这一次，你能帮我，站在我这边！"方澄主动抓住了易正方的手，"正方，你也离婚了，还丢了工作，就不用再回老家了。这件事情过后，就留在公司，在北京发展，未来，还是会有无限可能的。"

易正方心动不已，多少年来他一直想握住方澄温润如玉的小手而不可得，今天，她主动送手入手，他却轻轻抽回了手。

方澄的暗示很直接，也很有诱惑力，已经超出了他的预期，但他没有急于答应方澄，有时保持定力也许可以拿到更大的回报，他决定坐地起价。

"我肯定会帮你的，方澄，但你和几何的事情，我作为外人，还了解得不够详细，你们的是非曲直，都是你们的一面之词，我不能只凭借你们所给的解题步骤就给出唯一的答案。万一你们的步骤是错的，我的答案就会更加错得离谱了。"

"我想经过详细了解之后，再做出决定。不过请你放心，方澄，我一定会站在正义的一方。我一向最痛恨利用婚姻来实现人生跨越的凤凰男，宋几何能有今天，还不是借助了你们家族的力量？"

方澄的一颗心提起又放下，忽然惊讶于易正方的心思缜密，也意识到他应该是想要得到更多了。

"我们大学时是交叉线，毕业后是平行线，现在又是交叉线了。在同一个平面里，两条线只有交叉和平行两种关系，但在不同的时间线里，两条线还可以是胶着的纠缠状态，对不对？"方澄相信自己的暗示，易正方可以听得懂。

易正方是听懂了，却没有明确的回应，而是打了一个哈欠："人累了，喝再多的咖啡也没有办法提神……我困了，想回去睡一下。"

方澄一怔，从易正方的眼神中读懂了什么，她起身说道："行，你先休息一下，我去结账。等晚上老宋接回了余笙长和谢勉记，我们一起吃饭，好好聚聚。"

"谢勉记改签了晚上的航班，他得晚上11点多才到……他没有和你说吗？"易正方表情波澜不惊，似乎方澄的表现在他的意料之中。

方澄啊了一声："没说呀，怎么改到晚上了？老宋知道吗？"

不知何故，方澄心中闪过一丝不安，第一天的解题，一切看似顺利，但一切又似乎隐藏了某种失控的迹象。每一步要么是错乱，要么是发生了变量，她皱起了眉头。

12年未曾相见的老同学，还可以在人群之中一眼认出对方，可见情谊还在，并且深厚。但曾经熟悉的脸庞，在熟悉之中又透露着不同程度的陌生，说是以前的他，也是。说不是，也似乎不是。

可以让我们一眼认出的人，其实对比当年的照片，都变了不少。表面上的变化很好对比，比如胖了瘦了黑了白了，但内心的时间线，却不会再重新回拨到从前。

平行线、交叉线，都在无敌的时间线面前，败下阵来。

"我不知道老宋是不是知道。"易正方微微流露出一丝自得的神情。

第四章　1日，人生的输赢不像考试的分数高低

——勾三股四弦五

宋几何的惊呆落在余笙长眼中，既洒脱不羁，又别有一番特殊的韵味，让她怦然心动。

都说初恋最难忘怀，她以前不信，现在才知道，人的一生中最难忘记的还就是初次的心动。

这么说，宋几何真不知道谢勉记改签的事情？谢勉记为什么不告诉他呢？谢勉记不是和宋几何一向联系最密切，关系最好吗？

余笙长紧随在宋几何的身后，像是一个生怕自己走丢的小女孩。她迈着小碎步，神情愉悦而欢喜。

出来后，来到停车场。上车后，愣了愣，宋几何才发动了汽车，长叹了一声："老谢改签了告诉你却不和我说，就是怕我说他，这家伙，这么多年了还不改小心眼的毛病，真是的。"

"同学中，不是你们联系得最多吗？"余笙长仔细打量宋几何的表情，发现他并没有真的生气，才放下心来，"我落地后开机，才看到他在我关机后发了一条消息，说他晚上11点多到，让我们不用等他，他自己直接去酒店……"

"……所以，你不生气了？"余笙长嘻嘻一笑，碰了碰宋几何的胳膊，"别说人家了，你也改改你的小心眼的毛病。"

宋几何温和地笑了，回应了余笙长一个意味深长的眼神："我没生气，男人之间会有默契和理解，不用多说什么。我理解他的苦衷，他支持我的决定。"

手机一响，一条微信消息进来了。宋几何迅速扫了一眼，是谢勉记的消息。

"我已经在酒店了，一早就到了，和他们说改签到了晚上。你心里有数就行了，知道我是为了什么事情提前到的。"

宋几何微微一笑，收起手机。他和谢勉记的秘密，没有第三个人知道。

12年过去了，至少从表面上看，余笙长丝毫未变，不管是相貌还是性格，以及她细心周到善于察言观色的能力。她一如从前，温柔体贴、善解人意，并且总能及时地捕捉别人情绪的微妙变化。

"就只有男人之间才会有默契吗？男女之间呢？"余笙长系上了安全带，伸了伸腿，她光洁而纤细的小腿紧致并富有光泽，有着和年龄不相称的健美，"哎呀，忘了副驾驶是方澄的专属座位了，我换后面去。"

宋几何拉住了她的胳膊："不用，她开自己的车，从来不坐我的车。你没有觉得副驾驶的座位不管靠背的角度还是前后的距离，你坐上都非常合适吗？"

"真的吗？真的呀！"余笙长扭动几下身子，"确实正好，你特意为我调整的角度？"

"身高1米65，体重49公斤……12年后的你，和12年前一样，从未改变。"宋几何发动了汽车，"就像时间线在你身上从来不曾存在。"

"如果真的从未改变就好了。"余笙长的表情突然凝重了几分，她望向了窗外，"我们有的人身体变胖了，有的人脸发福了，有的人样子变老了，也有的人看上去还是老样子，不管是哪一种，实际上我们每一个人都变了许多，包括性格和心态，还有做题的习惯。"

"你是不是记得我以前做题习惯是先打好草稿，然后再在试卷上一气呵成地写上步骤和答案？"

宋几何点头："你的试卷像是一件艺术品，字迹工整又漂亮，解题的步骤像是一串串连起来的珍珠。"

余笙长吐了吐舌头："现在不一样了，现在我不再打草稿，也不再写步骤，而是直接给出答案！"

"也许，这就是我单身多年始终没有结婚的原因，不要恋爱的过程，只要结婚的目的！"

一个月前，余笙长从接到宋几何邀请的那一刻起，就开始憧憬她和宋几何重逢的情景。

宋几何并没有在电话中说出聚会的真正目的，只说是12年后的同学重逢，除了叙旧，他还希望总结一下过去展望一下未来，同时也希望她能够帮他解决一件人生难题。

同学中，家庭最美满事业最成功的就是宋几何了，他如果还有解决不了的人生难题，肯定是惊天动地的大事。

余笙长几乎没有丝毫犹豫就答应了，她是中学老师，时间比较自由一些，又正好赶上节假日，一周的时间没问题。

12年未见了，拿出7天来叙旧，不算奢侈吧？

整整12年了，一切仿佛都还在昨天。自从宋几何和方澄确定了恋爱关系后，她就自嘲她是五人组中勾三股四弦五的五。

易正方是勾三，谢勉记是股四。

余笙长以前自我介绍时，喜欢说她姓"余"，是年年有余的"余"。在宋几何和方澄恋爱后，她的自我介绍就变成了多余的"余"。

毕业后的12年间，余笙长和宋几何、方澄联系不断，但对于二人的婚姻生活以及事业发展，却所知甚少。宋几何不说，她也不问。不是怕打扰别人的幸福，而是不想别人的美好刺痛了自己的眼睛，尤其是她总是忍不住会幻想宋几何和方澄的美好原本是属于宋几何和她的美好。

或者说，是方澄夺走了原本属于她的一切，包括幸福。

只不过人生的输赢不像考试的分数高低，对是对错是错，分高和分低，让人无从辩解，不得不心服口服。方澄是和宋几何认识在先，但余笙长自认她才是宋几何这道难题的最佳答案，为什么最终宋几何选择了方澄？

仅仅是因为方澄的解题步骤简单粗暴，承诺给宋几何留在北京的机会和

第四章 1日，人生的输赢不像考试的分数高低

021

一个待遇丰厚的工作？余笙长既鄙视方澄的庸俗，又看不起宋几何的世俗。

但人生中有许多事情不以个人的意志为转移，毕业后，几经努力想要留在北京未果之后，余笙长终于体谅了宋几何的选择——如果一个人可以在选择爱情的同时，还有面包和未来，谁会只选择孤零零的爱情呢？

爱情能够附加面包和未来，是多少人梦寐以求的人生，等于是省略了烦琐而艰难的解题步骤直接得到了最终的正确答案，没有人会再选择傻呵呵的按部就班。

按部就班的人生，是普通人没有机会选择出牌的人生。而有些少数的人，天生手中就有很多张牌，而且不管哪一张都是好牌，他的人生就可以跳跃着前进，省去一般人的人生中需要点滴积攒的过程，是不用思索和努力就可以直接得到标准答案的捷径！

没有人不喜欢不用解题步骤的考试，尤其是人生考试。

尽管除了余笙长，易正方和谢勉记都既羡慕又赞同宋几何的选择，认为宋几何做出了99%的男人都会做出的正确决定，余笙长却还是觉得宋几何背叛了她。

余笙长对宋几何的不满和恨，持续了不到一年的时间，就在宋几何的婚礼上烟消云散。

宋几何和方澄大学一毕业就结婚了，几乎是无缝衔接。在许多同学还没有来得及离校时，他们就在北京的一所高档酒店举办了盛大的婚礼。

也不知道是宋几何迫不及待地想要向同学们宣告他在婚姻和事业上面的成功，还是方澄想要借此机会让所有对宋几何有所想法的女同学就此断了念想，反正他二人是建校以来第一对前脚毕业后脚结婚的同学，史无前例。

自从有了宋几何和方澄的毕业典礼与婚礼近乎同时举行的先例，后来学校里也陆续出过几对类似的新人，可惜的是，据统计，无一善终，甚至有两对的婚姻连一年时间都不到就解体了。剩下的几对，最多的坚持了七年。

统计学上的数据有时应用于强逻辑有规律可循的科学研究还可以，应用在生活中，尤其是婚姻与事业上，近乎无用。

婚姻和事业就是人生，人生从来没有标准答案，虽然有时也有规律和逻辑性，但总体来说，以感情为导向、以感性为主导的社会学中，你永远不会理解一个人为什么会喜欢另一个人，以及你为什么总是放不下一个人。

"想吃什么？"宋几何开车驶上了机场高速，朝市区进发，他住在望京，为几人安排的酒店也在望京，离家不远。

"记得你上大学时最喜欢北京烤鸭，现在回家乡多年，是不是改变了习惯？"宋几何想起从前，每次吃烤鸭时余笙长奋不顾身吃得满嘴是油的情形，忍不住笑了，"我到现在也想不通，你一个南方人，为什么这么爱吃北京烤鸭？"

"你真的不知道原因？"余笙长歪着头，抿着嘴笑，"因为你说过的一句话。"

宋几何还保留着在学校时因为腼腆和不安而养成的挠头习惯，他一边挠头一边笑："什么话？我怎么不记得说过关于北京烤鸭的话？"

"你的无意，我的有心。你的可有可无，我的患得患失。"余笙长黯然一笑，"有一次做题，你开玩笑说从小家里养鸡，吃了太多的鸡肉和鸡蛋，看到有些数学题用鸡当道具，就下意识把出题的人当成养鸡场的员工……"

宋几何想起来了："我当时的意思是说出题的人没创意，总是喜欢用鸡呀鸭呀的小动物，像是在给小学生出题，没别的意思呀？"

"不是，你可能自己都没有意识到，你语气中的反感和调侃透露了你内心真实的喜怒哀乐。而且你在食堂打饭，从来不要鸡肉，也很少吃鸡蛋，却对鸭肉情有独钟。"往事总是会不经意间浮上心头，尤其是再次面对曾经让她无比心动的人时，余笙长仿佛又重回了校园时光，"所以，以后我就喜欢上了鸭肉。"

宋几何又挠头笑了："过分夸张了吧？我只是随口一说，就成了你的习惯，你是有多在意我的一举一动？"

第四章　1日，人生的输赢不像考试的分数高低

第五章　1日，都是保护色，都是伪装

——三角形和五边形

余笙长最喜欢宋几何挠头的动作，觉得特别好玩特别可爱，又特别有趣，让宋几何不再是高高在上的学霸，而是一个单纯、真实并且还有几分腼腆的小男生。

如果说害羞是女孩应有的优良品质之一，那么腼腆就是男孩应该保持的优秀品格。

"比你认为中的在意 100 倍。"余笙长吐了吐舌头，伸了伸腿，感受到座位的舒适，心情更舒畅了几分，"就吃北京烤鸭好了，不去全聚德，去便宜坊。"

"行，听你的。"宋几何加快了车速，"798 有一家便宜坊，离你们住的酒店也近。"

一路上，二人有说有笑，似乎 12 年的岁月并没有带来隔阂，二人只用了不到 12 分钟的时间就又恢复到了以前的密切和随意。仿佛曾经的不快和不甘，以及隐藏在岁月深处的误解和怨恨，都从来没有发生过。

宋几何以前经常和方澄去 798 的便宜坊，不过自从三年前二人的婚姻出现问题后，就再也没有去过。记忆中，客人并不多，不需要预约。

但今天却是例外，客人异乎寻常得多，只剩下了一个包间和一个大厅的位置。宋几何心中微有不快和不满。

余笙长想在包间，安静，方便说话，宋几何却选择了大厅的座位。

大厅的座位位于一个角落，视线不好，又隐蔽，并且嘈杂声全部可以传过来，余笙长微微皱眉问道："不在包间是因为房间号是 4 号吗？"

宋几何笑着点头："一猜就中。你还记得我不喜欢4呀？"

"太记得了。你不喜欢4不是因为4和死相似，而是因为4是最小的合数……现在你不喜欢4的原因，没变吧？"

人生中，出场的顺序真的很重要，有些人在你最纯真的年纪出现，会在你的心中留下永远无法磨灭的印记。

"根本的原因没变，另外又多了一些其他复杂的因素。"宋几何和余笙长坐下，他点了几样菜，"我就自作主张全点了，不给你选择的机会，是为了节省时间。"

"因为……我们只有7天的时间。"

"7天的时间，已经足够长了，可以解决许多事情，也可以改变许多事情。"余笙长咬着筷子哧哧一笑，"我就想知道你不喜欢4的原因中，又多了哪些复杂的因素，不会是因为方澄的生日是4月吧？"

"这么多年了，你还没改特别喜欢联想的毛病，难得，真是难得。"宋几何嘿嘿一笑，就是不说多了哪些复杂的因素。

"那么你喜欢我们现在坐的一号桌吗？"余笙长清楚地记得宋几何最喜欢数字1，因为1在数学上有许多特殊的意义，以前1曾经被认为是最小的自然数，后来改成了0，但1作为起始数字，依然意义非凡。

宋几何最喜欢1的两个特质，1与任何数相乘还得原数以及1除以任何一个非零的数，便得到这个数的倒数，而且宋几何还从中国哲学的角度来解读1，所谓道生一、一生二、二生三、三生万物，1是万物开始的地方。

余笙长也非常喜欢1，因为她的生日就是一月一日。

宋几何却没有回答余笙长的问题，他拿起手机回复信息："老易埋怨我不管他吃饭，只管你，对我有意见了。"

"你怎么回复他的？"余笙长咬着勺子笑。

"我和他说，方澄肯定会请他吃饭，让他别装了。"宋几何收起手机，神秘一笑，"我甚至猜到方澄已经和他私下见过了，并且谈了一些事情。"

"你觉得他们有没有达成什么共识呢？"余笙长睁大了眼睛，似乎对接下来的好戏更加期待了。

"没有。"宋几何回答得很干脆利落,"易正方不会这么快就亮出底牌。而且,他在心理上和我更近一些。"

"可不一定。"余笙长卷起一块烤鸭放到了嘴里,"别高估自己在别人心目中的位置,也别低估自己在别人眼中的分量。"

"不等于没说嘛。"宋几何笑了,"不高估不低估,不等于求和除以2吗?答案是平均数。"

易正方的信息又发了过来:"老宋,发个地址,我过去找你。方澄是和我见过面了,但没请我吃饭。她应该是有别的事情要忙,难道你让她去接谢勉记?"

宋几何一时有些疑惑了,易正方真没有和方澄一起吃饭?不应该呀。

宋几何心里清楚,他和余笙长、易正方、谢勉记几人有暗中的联系,方澄也有,并且也不会少。尽管方澄声称她除了和余笙长联系较多,和易正方、谢勉记几乎没怎么说过话,但他一个字都不信。

方澄的精明隐藏在表面的得体与大方之下,具有很强的迷惑性。女人的外在人设,不管是得体、大方、端庄还是斤斤计较,都是保护色,都是伪装。真实的一面,除非关系非常密切之人,或是和她们有过合作,否则不会清楚。

余笙长的可爱和简单,也是保护色,并不是她的真实面。

想了想,宋几何回了一句:"想吃什么,我给你带回去,半个小时。你再坚持一下。"

易正方的消息几乎秒回:"就知道你会敷衍我,不用了,我自己叫外卖了。我午饭后要午睡,下午3点前不要联系我,不要打扰我的春秋大梦,知道不?"

余笙长小心观察了宋几何的脸色,仔细地说道:"我还以为我们三个人是三角形呢,现在看来,很有可能是对角四边形了。"

"不,更有可能是一个五边形。"宋几何脸上浮现出一丝古怪的笑容,"都是解题高手,谁会放过解答人生难题的大好机遇呢?不要紧,让我们解题五人组再一次施展各自的才华,看谁才能交出最完美的答案。"

"啊!"

一只虫子突兀地出现在余笙长的餐具上,惊得余笙长花容失色,惊呼一声站了起来。

…………

手机冲面前的人晃了晃,易正方笑得很自得:"老谢,你这一手玩得高明,说是改签到晚上,却一早就偷偷到了,这叫什么来着?金蝉脱壳?瞒天过海?"

从酒店出来右拐,150米远有一家羊肉店,名叫酒都熊帮主羊肉。店里客人不少,在靠里面的一张桌子前,两个人面对面而坐,一个文气且胖,一个五大三粗且黑。

文气的人,收起手机,喝了一口羊肉汤,咂咂嘴:"还是当年的那味儿!有那么一瞬间,我恍惚觉得我们还是当年的大学生,在北京的大街上奔跑和欢呼。"

五大三粗的男人咬了一口烧饼,连连点头:"难得,真是难得。酒都熊帮主羊肉开了这么多年,品质一如既往地保持稳定,在这个浮躁的社会,也算是少见的良心商家了。"

"还有,你也别文艺了,改改你文艺青年的气质,不,你现在都是文艺中年了,怎么还不成熟?再不成熟就老了。"谢勉记别看长得五大三粗,说话却慢声细语,不过吃东西时狼吞虎咽的形象还是暴露了他曾经是穷苦人家孩子的过往。

解题五人组中,宋几何和谢勉记的家庭条件最差,都是出生在偏远乡村。不同的是,宋几何是出生在中部平原的小乡村,而谢勉记是出生于一个山高路远的小山村。

中部平原的小乡村,条件再差,也能满足温饱,至少穿衣吃饭不成问题。谢勉记所在的小山村就不一样了,尽管他出生时已经是20世纪80年代末期,但小时候依然吃不饱穿不暖,以至于上大学后,可以天天吃饱饭时,他每次

第五章 1日,都是保护色,都是伪装

吃饭都狼吞虎咽，生怕吃慢了就会被别人抢走似的。

因此，谢勉记得了一个外号——谢狼虎。

后来谢勉记终于明白他再也不用挨饿了，也不用没出息没形象地抢饭吃，就有意识地改变了吃饭时的形象。改归改，正常情况下是可以适当地维持慢条斯理吃饭的状态，但在饿极之后还是会原形毕露。

未曾长夜痛哭者，不足以语人生……同样，没有经历过饥饿和贫穷的人，体会不到对食物和物质变态而近乎偏执的占有欲。

毕业后，谢勉记没能留在北京，当然，他也压根儿没想过要留在北京，他不喜欢北京的一切，不管是环境、气候还是交通。他去了深圳，并且很快就适应了深圳的节奏和环境，迅速打开了局面。

作为历史系的高才生，谢勉记偏偏就不喜欢有历史传承的城市，只向往没有历史包袱的新兴城市，深圳，完全符合他的要求。也确实如他所愿，他在深圳如鱼得水，不但事业有成，还娶了一个持家且工作出色的妻子。现在他年薪300多万元，妻子年薪也有200多万元，在深圳有四套房子两辆豪车，儿子上的是贵族私立小学，可谓人生赢家。

"你还没回答我的问题呢。"易正方收回回忆，敲了敲桌子，"你作为人生赢家，在深圳过得好好的，干吗非要过来北京一趟，蹚宋几何和方澄的浑水？"

谢勉记卖力地喝了一大口羊汤，笑得眼睛眯成了一条缝，再配合他五大三粗的身材，显得特别憨厚和纯朴："我一早过来，骗他们说改签到红眼航班，就是不想让他们中的任何一个人去接我。你想呀，让老宋接，方澄心里肯定有想法。让方澄接，老宋又会怎么想？索性自己过来算了，再以太晚为由，让他们都不用折腾，岂不是两全其美？"

易正方连连点头："是不是除了我，老宋、方澄和余笙长都不知道你已经到了？"

第六章　1日，生活暗示和日常悬念

——同解方程

"应该是吧？反正我都没和他们说，他们不知道是在情理之中，知道的话，也不奇怪。"谢勉记一抹嘴巴，满足地笑了，"好吃，好喝！我在北京上了四年大学，最怀念的就是酒都熊帮主羊肉。以为12年过去了，早关门大吉了，没想到居然能开到今天，也算是一个奇迹了。我从来没有想过酒都熊帮主羊肉的存续时间会长过宋几何和方澄的婚姻……"

"是……吗？"易正方笑得很意味深长，"言不由衷！忘了在宋几何和方澄的婚礼上，你喝多了，当着他们的面说了一句话……"

谢勉记憨厚地一笑："当时喝多了失态了，说的是醉话胡话，不能当真。"

当时五人组都在，还有一些其他同学，谢勉记喝多了，大着舌头大声对敬酒的宋几何、方澄说道："老宋、方澄，别怪我话多，今儿我撂下一句话，12年后见分晓。你们的婚姻7年一个小坎12年一个大坎，能过了12年的门槛，你们就能走到头……"

易正方清楚地记得方澄的脸色都变了，正要生气时，宋几何打了圆场，以谢勉记喝多了为由让方澄不用理他。然后在他和余笙长的掩护下，带走了谢勉记才算过关。

否则方澄当场发作起来，绝对够谢勉记喝一大壶。

"跟我说实话，老谢，你当年怎么看出来老宋和方澄的婚姻长久不了呢？"易正方半是好奇半是打听，"是不是你和方澄之间有什么不可告人又不得不说的秘密？"

"狗屁！"谢勉记大笑，"你又不是不知道我从来没有喜欢过方澄，甚至极度讨厌她的自以为是自高自大，她那一副高高在上的嘴脸和经常看不起人的神态，让人都不想接近，还有秘密？没有狗屁倒灶的龌龊矛盾就不错了。"

"不信！"易正方连连摇头，一副暧昧的笑容，"当年可是你最先认识的方澄。"

"其实你是想说你和余笙长不得不说的故事，是吧老易？"谢勉记习惯性左右看看，没有熟人，也是，12年过去了，他在北京的关系网早就断了，"说吧，你和余笙长之间到底有没有发生过什么？"

"我倒是想，可惜……真没有。"易正方遗憾地摇了摇头，"是，我承认我当年喜欢余笙长，你敢说你不喜欢她？她漂亮、活泼、可爱、聪明，又懂事，现在的女孩子，有她的一个优点就了不起了，她当年对我来说，简直就是完美女神的化身。"

"可惜，真是可惜。"谢勉记连连摇头，"可惜我们都喜欢她，她却偏偏喜欢宋几何，而宋几何为了能够留在北京，以及一份触手可及的未来，就放弃了她。在爱情的世界里，男人考虑的更多的是逻辑和现实，是目的而不是步骤。"

"从历史的长河来看，宋几何的选择是每一个成就大事的男人必然的选择。"谢勉记摸了摸肚子，"换了我，当时可能就选择余笙长了。我学历史的，肯定比学数学的宋几何更感性。"

易正方没说话，沉默地喝了一口汤，扭头看向了窗外。

5月的北京，枝头逐渐变绿，夏天正在来临。正是春深之际，到处有柳絮飞舞，飘扬在空中，飘落在每一个角落。

"想什么呢？"谢勉记打趣，"是不是老宋和方澄离婚，你心思动了，觉得和方澄的机会来了？我劝你别打方澄的主意，她不适合你。"

易正方苦笑："你不如直接说，我配不上她！当年她没有选择我，现在更不会了。"

"你同时喜欢余笙长和方澄，到底喜欢哪个更多一些？"谢勉记笑得很暧昧。

"都过去很久的事情了，别提了，没意义。"易正方摆了摆手，"老谢，12年了，我们都变了很多。当年喜欢的人和事，现在也许都不再心动。你就直说吧，这次来北京，你站在谁那边？"

"有区别吗？重要吗？"谢勉记吃饱喝足，站了起来，"不管是什么样的解题步骤，最终宋几何和方澄的解或者说结局都是相同的，他们两个人是同解方程。"

"你还和以前一样，总是喜欢藏着掖着，有事都不明说。"易正方嘿嘿一笑，也站了起来，"我是明确要站老宋的，方澄的性格有缺陷，她和老宋走到今天，应该还是她的原因多一些。"

谢勉记不小心碰翻了易正方放在桌子边缘的咖啡，半罐咖啡全部洒在了自己的身上。

谢勉记气笑了："老易你真是够可以的，这么多年了，你的臭毛病还没改？"

易正方以前就有不管喝什么饮料都会剩一口的习惯，更离谱的是，他每次都会把剩下的饮料放在桌子边缘，很容易被人碰到并带翻。

易正方嘿嘿一笑："我改，下次改还不行吗？"

二人走出酒都熊帮主羊肉店，沿将台路回酒店。才走没几步，身后传来了方澄的声音。

"正方、勉记，你们吃酒都熊帮主羊肉也不叫我，太不够意思了。跟我见外，是吧？"

易正方和谢勉记站住，二人对视一笑，来得好快，方澄还和从前一样厉害，并且执行力超强。想到的事情，就会立刻去做，毫不迟疑。

相比之下，宋几何凡事喜欢三思而后行、谋定而后动的谨慎性格，总是事事落后方澄一步。

方澄笑意盈盈地来到二人面前，上下打量谢勉记几眼："老谢，我其实猜到你偷偷摸摸提前来了，但没想到你来得这么早！更没想到的是，12年没见，你一点儿也没变，保养得居然这么好！"

第六章　1日，生活暗示和日常悬念

"和老易站在一起，你显得比他至少年轻10岁！"

易正方和谢勉记同时心中一跳，方澄表面上随口一说，似乎只是玩笑，其实从她的语气和神态来看，明显是在抬谢踩易。

这么说，方澄是要离间二人了？易正方和谢勉记立刻想起以前上学时的一段往事，方澄是怎样迅速在五人组站稳了脚跟并且成为核心人物……当时方澄就是充分利用了易正方和谢勉记的矛盾，让二人都无条件支持她，并且她又借助了宋几何对她的好感，从而赢得五人组中三位男性的一致认可。

不过二人很快调整了情绪，12年过去了，现在又不是在大学，今非昔比，他们没有必要再害怕和迁就方澄了。

二人默契地点了点头，大步迎了上去。

…………

是一只绿色的蠕虫，像是棉铃虫，也像是槐树上的吊死鬼。

"虫子……虫子！"余笙长吓得连连后退，碰翻了椅子，还碰在了一个路过的服务员身上。

服务员正在上菜，人仰菜翻，一地狼藉。

在叫过服务员之后，服务员仔细检查一番，才发现"虫子"只是一片青菜叶子卷在了一起，里面还裹了半根牙签。

也不知道是谁的恶作剧，还是谁闲暇时的"艺术品"……饭店一时也查不出结果。

最后经过协商，饭店免掉了饭费，并赠送了宋几何几张餐券了事。

"现在回酒店吗？"上车后，余笙长伸了伸懒腰，露出了依然性感且优美的身体曲线，"晚上你要去接谢勉记？"

"不接。"宋几何摇了摇头，"不出意外，谢勉记已经到北京了，而且正在和易正方一起吃饭。更有可能的是，方澄已经加入了他们，现在正聊得火热。"

"怎么会？不可能！"余笙长瞪大一双好奇的眼睛，"谢勉记说晚上到，肯定会晚上到，他那么憨厚，从来不骗人。如果他真的到了北京，不可能不和我说。几何，你肯定猜错了。"

"我也希望是我猜错了。"宋几何发动了汽车,"现在去酒店,说不定还能碰上他们三个人在一起的情景。"

余笙长系上了安全带:"为什么你要一个人接易正方、接我,不让方澄接哪怕其中的任何一个人呢?"

"是想听真实原因,还是方澄自己的说法?"

"不一样吗?"余笙长歪着头笑问,"从你们确定恋爱的一刻起,所有认识你们的人都认为你们是同解方程,是天生的一对。"

"从来没有天生的一对,只有人为的对手。"宋几何忽然就生发了感慨,"本来我是想安排方澄接你和老谢,因为你们都坐飞机,我去接老易。高铁站和机场是两个方向。方澄原本也同意了,但在头一天她突然改变了主意,说她今天要去公司处理事情。"

余笙长若有所思地点了点头:"她自己的说法是公司有事情走不开,那么真实原因是什么呢?"

"说起来好笑,真实原因很荒诞很不可思议。"宋几何摇头苦笑,"先是三天前,方澄养了多年的君子兰突然死了,一夜之间叶子全蔫了,她特别心疼,又特别不安,总觉得是有什么事情要发生。"

"两天前,她打碎了她最喜欢的杯子。一天前,她最喜欢的台灯毫无征兆地坏了。一般来说,LED灯管的寿命是10万个小时,她的台灯才买来不到三个月。"

"几件事情的发生,让她有了不好的联想,就决定不去接人了,怕出交通事故。"

"啊,她现在还这么迷……信呀。"余笙长惊讶地张大了小巧的嘴巴,显得既好笑又单纯,"当年她决定接受你的求爱,和你在一起,就是因为有几件特别巧合的事情发生,让她认为她应该也必须和你在一起。"

"我把她这种行为称为盲信,比迷信的程度轻,介于哲学和神学之间的一种亚状态。"宋几何想起了以前的事情,笑了。

"然后呢,还发生了什么事情?"余笙长咬了咬嘴唇,忽然古怪一笑,"你说实话,几何,当年发生在你和方澄身上的几件特别巧合的事情,是不

第六章 1日,生活暗示和日常悬念

是你故意制造的？目的就是让她相信和你在一起是天意？"

"我从来不相信什么生活暗示、日常悬念、细节演绎等不符合生活常识的事情，我学的是数学，只相信规律和可以验证的逻辑。你要知道，数学是科学的语言表达系统。无论什么科学理论，如果没有完整、自洽的数学表达，只能停留在比较低的层次。"宋几何傲然地笑了笑，"在我看来，数学是宇宙的最高表达，哲学也被数学包容在内。"

"巧合就是巧合，是自然规律中无意义的一部分，更没有任何隐藏的暗示或是提醒。"

余笙长依然在笑："不对，巧合的本身就是一种无法解释的现象，不能说解释不了就说成是自然规律的一部分。巧合是超越了自然规律的超常现象，按照你的逻辑，数字从 0 到 9，也是一种巧合的存在。一周有 7 天，一年 365 天，也是巧合吗？音乐有 7 个音符……"

"不要抬杠。"宋几何还想再解释下去，话到嘴边又咽了回去，没必要，他现在需要的是余笙长对他的帮助和支持，而不是说服她接受他的观念，陷入理念之争是最没有意义的事情，现实比一切理论都重要。

"有些巧合确实是无意义的巧合，有些不是。不管是哪一种，只要我们自己觉得有意义，就足够了。就像我们的认识，也是巧合，不是吗？五人解题小组，只有我一个人是数学系的，你们几个都只是出于对数学的热爱而加入，正是由于有共同爱好的巧合，我们才走到了一起。"

"所以，感谢巧合！"宋几何努力地笑，尽量让自己显得很真诚很用心。

余笙长却没有在意宋几何的用力和表演，而是岔开了话题："今晚有什么事情吗？"

"今晚……没有事情了。"宋几何温和地一笑，目光中突然多了几分意味深长的内容，"笙长，你为什么要弄一只虫子出来，是觉得好玩，还是就想讹人家饭店一顿饭？"

余笙长以前就心灵手巧，可以用手边的材料造出各种东西，包括但不限于动物、植物或是物品。

余笙长一本正经："我只是想让你记起一些以前的事情。"

第七章 2日，先入为主的观念太可怕了

——圆形和椭圆形的区别

5月2日，假期第二天。

6点整，宋几何被手机闹钟叫醒。

原先的闹钟已经被他扔掉了。

宋几何自然知道手机闹钟既好用又安全，但一直不肯使用是不想把手机放在床头，怕辐射。后来经研究证实手机放在床头最大的坏处不是辐射，而是会随时让你拿起手机影响睡眠，他却还是没有办法从心理上接受手机辐射不会影响人体健康的结论。

先入为主的观念太可怕了，尤其是对宋几何这样固执地相信数据并且强调逻辑的人。他也想说服自己最初宣扬手机辐射影响人体健康的文章多是自媒体的噱头，却还是抱着宁肯信其有不可信其无的出发点。

就如他当初其实喜欢过余笙长，直到有一次他和余笙长去吃砂锅。说好了是余笙长请客，其实宋几何已经暗中做好了买单的准备。

不料快吃完时，余笙长突然从砂锅中捞出了一截类似老鼠尾巴的东西，要求店家说个清楚。当时店里还有不少人，都被吓到了。

店家为了息事宁人，提出减免费用。余笙长不同意，要求赔偿精神损失。最终达成协议，店家赠送了一张可以免费吃三次的餐券才算平息了余笙长的不满。

一出门宋几何就吐了，余笙长却若无其事地告诉他不用担心，老鼠尾巴是她用红薯粉条做的，无毒无害，还健康卫生。她只不过是看不惯店里的一个女服务员对她的怠慢，故意整治他们，好让他们长长记性，并不是为了骗

吃骗喝骗赠券。

宋几何嘴上没说什么，心里对余笙长刚刚点燃的好感火苗，就此熄灭了。他做事和他解题的风格一样，严谨、逻辑、遵守规则，从来不会逾越或是投机取巧，余笙长的所作所为，不符合他的三观。

不管余笙长的理由是什么，她都是损人利己了。一个人说什么不要紧，要紧的是做什么。

从此，宋几何就有意在做题之外的事情上，疏远余笙长。余笙长也有所察觉，问他是不是因为老鼠尾巴的事情，他既没承认也没否认。

事隔多年，余笙长对此事还念念不忘，昨天再次在他面前上演了一次，是在向他暗示什么吗？

昨天午饭后，宋几何将余笙长送到酒店后，就回了公司一趟。在公司见到了方澄，二人处理了一些公司的内部事务，就一起回家了。

回家后，方澄没提她和易正方、谢勉记见面的事情，宋几何也没说他和余笙长吃饭的事情。

原本打算1日的晚上邀请余笙长、易正方和谢勉记三人来家中聚餐，既然谢勉记"要到深夜才到"，宋几何提议改到2日晚上，方澄一口答应。

突然空闲出来一下午的时间，宋几何既没有再陪余笙长，也没有继续和易正方深聊，而是选择待在家里，先从打扫卫生开始，然后检查了家中每一个可能存在安全隐患的角落与边角，并且更换了灯泡、买了新鱼，还有条不紊地利用空闲时间通知了物业，并且报警，调了监控，查清了是谁敲碎了他的车灯。

原来是物业的一个名叫柳三星的保安。

宋几何想起来了，一个月前他和柳三星发生过矛盾。当时他新买了鱼缸，打算开车进小区，好把鱼缸放到一楼的小院冲洗一番。他住一楼，如果从地下车库上，需要他从后门抱鱼缸到前门，要多走几十米远。

柳三星却说什么也不让宋几何开车进小区。

也确实，小区有规定地上不能进车。但规定是死的，人是活的，有时搬家、运输一些大件，只有正门才能进家，必然要从地上开车进去。以前宋几何和保安的关系处得都还可以，他一向对任何人都客客气气。

柳三星刚来不久，又年轻气盛，不管宋几何怎么解释就是不放行，还匕斜着眼睛以蔑视的眼神看着宋几何说道："开个好车了不起吗？开好车的就一定是好人吗？"

宋几何有个原则，就是从来不和保安、服务员、清洁工等社会基层人员起冲突，对他们一向客气。他体谅他们工作的不易，以及日常经常遭受白眼和歧视的待遇。就算他做不到对他们一视同仁，至少不会刻意刁难他们，更不会俯视他们。

但被自己小区的保安俯视，宋几何脾气再好也忍无可忍了，当时就和柳三星大吵了一架。

在惊动了物业经理后，物业经理赔着笑脸放行了宋几何。宋几何本来消气了，不再追究此事，不料柳三星却不依不饶，在他的身后大喊了一句。

"宋几何，你等着，我知道你住几零几，小心你家玻璃！"

"你们这些丑陋的有钱人，都不是什么好东西，弄死一个就算是为民除害了！"

宋几何感觉后背一阵发凉，强烈要求物业开除柳三星。如果物业不同意，他会在业主群中曝光此事。

物业经理庄小飞最终无奈地答应了，虽然柳三星是物业老总柳鑫的亲戚，但庄小飞清楚此事如果被更多的业主知道，会引发更大范围的反对声音，确实是柳三星做得太过分了。

宋几何以为柳三星被开除后，就彻底离开了小区。不料车灯被砸，调了监控后才发现是柳三星所为。警察很快就抓住了柳三星，他就住在1号楼的地下。

1号楼和2号楼各有一个地下室，是按照可以住人的标准建造的。1号楼主要为小区的保安、保洁和物业工作人员提供住宿，2号楼的地下设施被用作了居委会的办公场所。

第七章 2日，先入为主的观念太可怕了

037

柳三星被物业开除后,并没有离开小区,虽然不在工作岗位上,但还住在小区的1号楼地下室。

在柳三星被警察带走后,庄小飞吓得不轻,要登门向宋几何道歉,被宋几何拒绝了。

"道歉有用,警察就失业了。一切按照法律的程序办,你也别表演了,我真的没空配合你的演出。"宋几何说的是实话,他要用一下午的时间来重新制订计划。

而且他也清楚,柳三星砸他的车灯,庄小飞是知情加默许的态度。

第一天的解题步骤都对,答案却错了,说明生活中的变数和变量不受控制。好办,只要他能够把所有的变数和变量都想到了,再分别制定不同的对策不就可以了?

于是,在处理完了上述一系列的事情之后,宋几何从下午5点多开始,一直忙到晚上10点多,足足5个多小时的时间,他都埋头做题。

是的,宋几何思索问题规划事情时有一个习惯,就是会拿出一套试卷,找一些难题相当高的数学题,一边解题一边琢磨解决问题的办法。

基本上他每次解开一道试卷上的数学题时,就会想出一个解决现实问题的方法,两件事情像是抽象世界与现实世界互相呼应。

在宋几何试图把接下来几天里面所有可能发现的变数和变量都列举出来,再用近乎穷尽的算法来一一寻求解决之道时,方澄却只是坐在客厅看电视,看的还是霸道总裁和傻白甜的爱情剧。

宋几何曾经不止一次讽刺方澄的品位,作为一名事业有成的精英女性,见多了真正的总裁、高官,甚至是政商两界最顶尖的一些人,怎么还会相信电视剧中所演的无脑总裁?

身边的总裁们有谁会喜欢一个除了傻里傻气一无是处的姑娘?是为了优生优育还是为了门当户对?

对宋几何的嘲讽方澄反唇相讥,正是因为她见多了生活中真实总裁的无趣和乏味,才会在影视剧中去向往和幻想。言外之意就是,你们这些无聊的男人，如果不让女人们脱离现实的乏味给她们一个意淫的空间，她们还怎么活得下去？

现在，宋几何不再嘲笑方澄的审美和爱好，只要她不来打扰他烦他，她哪怕脑残到去追星去机场围堵她的偶像，他也不管。只要她过得了自己的心理关，不怕儿子和女儿埋怨，也不担心偶像的其他粉丝嫌弃她这个妈妈粉年纪太大就行。

还好，方澄的病情没有进一步发展，没有像其他走火入魔的妈妈粉一样恶心加肉麻地称呼偶像为"我儿子、我家崽崽、我家宝宝"等，她对偶像的追捧仅限于看剧，连电影都不支持。

因为看电影要花钱。

方澄的性格就是如此，感性中带有偏执的理性，学哲学出身却又痴迷数学的她，自身就是对立却又统一的矛盾体。

1日晚上10:30，按照往常的作息时间准备上床睡觉的宋几何，收到了余笙长的消息。

"很有意思的是，谢勉记确实已经到了，还是一早就到了北京，比谁都早。而且，他和易正方已经见过方澄了。他们三个人聊了有一个多小时。"

宋几何很平静地回复了一句："知道了。"

"不，你不知道。"余笙长似乎对宋几何的回复过于简单而不太满意，"方澄还单独和易正方聊过……易正方都告诉我了。"

"意料之中。"宋几何的回复依然淡定。

"你怎么这么冷静，跟个老头子似的。你都不问问我是怎么知道的？"余笙长气笑了。

"是易正方和谢勉记分别告诉你的，让我猜猜，他们肯定都约你消夜了。你先和易正方消夜，然后又和谢勉记，对吧？"

"你简直是逻辑天才。"

"请叫我数学天才。"

宋几何很清楚易正方和谢勉记对余笙长的好感，当初五人组快要解散时，

第七章　2日，先入为主的观念太可怕了

正是余笙长的关键性作用，才让易正方和谢勉记最终留下。

而此次北京聚会，原本易正方因为刚离婚，不太想来。谢勉记以工作繁忙为由，也有意推托，他就抬出了余笙长。

"笙长会来，她说很想见你们。你们应该还不知道吧？这么多年她一直单身。"

一句话点燃了易正方和谢勉记12年来不曾熄灭的火焰。

"2日……明天是什么行程？"过了一会儿，余笙长又发来一条消息。

宋几何没回，他没睡着，却不想再回，他是在等谢勉记的消息。

结果一晚上谢勉记都没有发来只言片语。

此时已经是2日的7：10，宋几何对还在化妆的方澄说道："好了没有？能不能快点儿，要去酒店陪他们吃早餐，晚了人会太多。"

根据宋几何的日常经验，酒店的早餐一般7：30后开始出现人流高峰，会一直持续到9点多。他不喜欢在人多的时候吃饭，又吵又挤不说，还会因为等一些现做的食物比如馄饨、煎饼而耽误时间。

方澄从另一个洗手间出来，已经化好了精致妆容的她点了点头："好了，现在出发。就开一辆车吧，酒店停车不太方便。"

宋几何没说什么，顺手拿起了方澄的车钥匙——他的车灯还没好，就不想动车。

出门时，宋几何特意多看了一下鱼缸，昨天新买的三条鱼正在欢快地游动，他放心了。闹钟正常，鱼没事，只要车没出事，就说明今天的事情会十分顺利。

不对，不应该，他怎么也被方澄传染开始相信日常悬念和细节暗示了？不能被一些无稽之谈带偏了逻辑，他是圆形，方澄是椭圆形，椭圆有两个焦点，而圆形只有一个圆心。

宋几何努力驱散了脑中不安分的想法，和方澄一起下楼。

"才5月，穿裙子不冷？"见方澄穿了一条褐色的裙子，宋几何不由冷笑，"昨天蓝色今天褐色，真是难为你了，对易正方和谢勉记的喜好都记得这么清楚。"

"随你怎么说。"方澄现在已经轻易不再和宋几何吵架了，吵多了，没意思，吵来吵去谁也说服不了谁，还白生一肚子闷气，"你今天特意穿了一身藏青色的西装，不也是余笙长最喜欢的颜色吗？都是老同学了，谁也别揭谁的老底。"

第七章 2日，先入为主的观念太可怕了

第八章　2日，纯良少年、厚道青年、油腻中年

——面积和周长的关系

婚姻七道题

和同学结婚就有这样的不好，你以前的底线她都清楚，你过去的种种，包括穷困潦倒包括不堪包括丢人的糗事，她都明明白白。你们之间没有该有的可以产生好奇的神秘以及可以产生美的距离，只有该死地共度了十几年的岁月，以及毫无隐私和个人空间的日日夜夜。

宋几何也没有要和方澄吵架的意思，他比方澄更早一些吵累了："今天按照计划来，谁也别打乱计划私自加戏，可以吗？"

"行，今天我们形影不离，谁也别想私下串通。"

宋几何不再说话，沉默地打开车门，发动了汽车。正要开动时，忽然愣住了，脑中蓦然闪过一丝强烈的不安和紧张！

仪表盘上提示左后轮胎失压了！

下车一看，左后的轮胎被划了一个大大的口子，足有5厘米长。轮胎完全扁了。

一看就是明显的人为事故。

宋几何暴怒："破物业，烂物业！物业费8块钱一平方米，就这服务和管理水平？不行，一定得投诉他们，让他们好好改正。"

方澄却是皱眉，一脸忧色："我还以为今天会没有干扰，怎么又有意外了？这事儿古怪得很，几何，你是惹了什么人吗？昨天你的车灯被砸，今天我的轮胎被扎……"

"为什么就不是你得罪了什么人呢？"宋几何没好气，"按照你的逻辑，是不是又有什么暗示和悬念？说吧，是在提醒我们今天的事情会出现意外，

对吧？"

"别问我，我也不知道。我只知道肯定没有好事！"方澄气得原地转了几圈，"报警，马上报警，一定要查出来是谁干的。我要当面问问他，跟谁在这儿装大爷呢？"

"没时间了，先交给物业处理。"宋几何迅速冷静下来，他第一个念头怀疑是柳三星的所作所为，又一想不对，柳三星还被关着呢，难道是物业其他人干的？

是真的没时间了，再晚一些的话，赶到酒店和他们共进早餐正好是高峰期。有可能会多花半个小时以上的时间，由此引发的连锁反应，极有可能会导致今天后面一系列的事情全部延后。

昨天的安排在宋几何看来已经算是失控了，今天必须弥补回来，宋几何不允许今天再有不可控的事情发生。

"打车过去。"宋几何当机立断，"我已经叫车了，一分钟就到。"

"你自己过去吧，就一个早饭，哪有这么重要。我等警察过来，我已经报警了。"方澄咬牙，拢了拢头发，"一定得抓住这个浑蛋，什么东西，扎人轮胎太恶劣，如果没有发现，上了路，不是要出大事吗？"

宋几何心中闪过一连串的疑问，以及一丝不安，他只犹豫了片刻，就扔下方澄一个人出发了。

到酒店时，刚好7：40。和他预料的一样，餐厅正在陆续上人。

但和他预料得不一样的是，谢勉记没有起床，只有易正方和余笙长在大堂等他。

"老谢昨晚来得晚，没起来，还在睡，不管他了，我们吃。"易正方朝宋几何挤了挤眼睛，朝他身后看了一眼，"方澄呢？"

"别提了。"宋几何假装不知道谢勉记昨天一早就到了北京的事实，既然大家都替谢勉记打掩护，他又何必当面揭穿。

"一早起来轮胎被人扎了，她非要报警，非要去修车。"宋几何摆了摆手，"先不管她和老谢了，正好我们三个人好好聊一聊。"

吃饭时，余笙长习惯性和宋几何坐在了一排，易正方张了张嘴，想说什么又咽了回去。

宋几何说要好好聊一聊，却只管埋头吃饭，没怎么说话。易正方也一直沉默，只有余笙长不停地说东说西，全是一些不着边际的话题。

半个小时后，易正方吃好了，抹了抹嘴巴："今天的行程有改变吗？"

按照宋几何既定的规划，今天的行程是9点从酒店出发去西山。现在看来，显然今天的行程又得调整了，方澄车"坏了"，谢勉记"没起床"，好在宋几何已经有了应急方案，启用了B计划。

"估计老谢上午起不来，方澄的车一时半会儿也修不好，就先不去西山了，上午我们就在附近转转，去一趟798怎么样？"

余笙长立刻赞成："好呀好呀，我没问题。大学时去过一趟，当时还没有建好，现在扩建了不少吧？"

798艺术区（798 Art Dist），位于北京市朝阳区酒仙桥路2号，为北京的文化创意产业集聚区。798原身是由苏联援建、东德负责设计建造、总面积达110万平方米的重点工业项目718联合厂。

798艺术区总面积60多万平方米，大致可分为6个片区，其中798路两侧的D区和E区文化机构最为集中。从2002年开始，由于租金低廉，来自北京周边和北京以外的诸多艺术家工作室和当代艺术机构开始聚集于此，逐渐形成了一个艺术群落。

现在的798，是北京文艺青年和艺术爱好者最爱的园区之一。

一行三人步行来到798，在园区内随意走动。5月的北京，乍暖还寒。说热，阳光之下会晒得让人出汗。说冷，微风吹拂，如果是在阴凉地儿，也能让人感觉到颇有几分凉意。宋几何和易正方穿了西装还好，余笙长穿了长裙，体感就不那么美好了。

宋几何就提议到十点睡觉咖啡馆坐一下。

十点睡觉店内整体是水泥暗黑风，门口是暗黑空间，往里走会有一个纯白的空间。布置有长条桌、单人沙发位还有下沉空间。同时吧台把咖啡和调酒结合在了一起，晚上会变身为酒吧。

易正方有些心不在焉，不时地翻看手机。宋几何倒是颇有耐心，把手机放在桌子上："我就等老谢主动联系我，看他能睡到几点。"

余笙长负责为三人各点了一杯咖啡，她加了糖进去，一边搅动一边问道："正方，你这些年过得怎么样？怎么就离婚了呢？"

易正方不想提及自己的事情，摆手："我们来北京是为了帮几何和方澄解题，他们的人生难题才是主线，我的人生经历不值一提，就别问了。"

宋几何却不肯放过易正方："反正现在也没事，就是聊天，说说你的事情，让我们也开心一下。"

"滚你。"易正方笑骂，"别拿你的幸福来刺激我们失败的人生。不对，你的幸福也在转变成痛苦，是哪道题解错了吗？"

余笙长微微一笑："要不这样，正方，你先说你的事情，然后我说我的，最后几何说他的，怎么样？我们来帮几何解决人生难题，我们每个人何尝没有人生难题需要别人的答案呢？"

"老谢没有。"易正方哈哈一笑，"老谢家庭美满事业成功，孩子学习都特别棒，以后清华、北大跑不了。对比下来，他才是真正的人生赢家。"

宋几何点头赞同："想当年我们五人组中，老谢最踏实低调，做事也最认真。他能有今天的一切，就是他性格的原因。性格即命运，确实是真理。"

"不过……"宋几何微微停顿，缓慢而意味深长，"人都是会变的，当年的纯良少年、曾经的厚道青年，也许会变成撒谎成性、善于伪装和表演的油腻中年。"

陡然，宋几何语气一变，严厉而犀利："正方，你相信老谢是昨晚半夜才到北京，现在还在睡觉没有起床吗？"

易正方突然一惊，下意识看向了余笙长。余笙长波澜不惊，自顾自地喝咖啡，都不回应他一个暗示或是心领神会的眼神。

易正方只迟疑了片刻就立刻有了决定，他来北京是应宋几何之约，他的住宿和交通费用，以及未来几天的所有消费，都由宋几何买单。

第八章　2日，纯良少年、厚道青年、油腻中年谁买单，谁是老板，谁就有话语权。

也是，以宋几何和余笙长的关系，他肯定知道了谢勉记昨天一早就到了北京的事实，余笙长百分百告诉了宋几何真相，易正方就呵呵一笑："当年解题五人组，老宋你能成为领军人物，是因为你确实最聪明最了解每一个人，现在也是。行吧，我就说实话了，老谢昨天一早就到北京了，他不让我们告诉你。他私下还和方澄见过面了。"

宋几何似笑非笑："你呢？"

"我……"易正方眼神躲闪，"我、我也和方澄见过了。"

"你替谢勉记打掩护，他会领情会记住你的好吗？"宋几何拿起手机，"不如我们玩一个游戏。"

"什么游戏？"余笙长马上来了兴趣，拿出了自己的手机，"我也要加入。"

宋几何一脸自信的微笑："还真的是你打给谢勉记，他才会接电话。先提醒你们一下，方澄的手机铃声是《桥边姑娘》……"

"记得打开免提。现在，笙长你先打给谢勉记。"

"好。"余笙长立刻拨通了谢勉记的手机。

五秒后，谢勉记的手机接通了。

"笙长，怎么啦？"

宋几何示意余笙长和谢勉记保持通话，他随即拨打了方澄的手机。

余笙长会意，和谢勉记闲聊："你起床了吗？是在酒店还是在哪里？我们在798，你要不要过来跟我们一起……"

"桥边姑娘你的忧伤，我把你放心房不想让你流浪。暖阳下，桥头旁有这样一姑娘，她有着长长的乌黑发一双眼明亮……"

《桥边姑娘》的音乐响起，通过话筒传来，依然清晰无比。另一端的谢勉记明显停顿了一下，隐约有方澄低低的声音传来："老宋的电话。"

宋几何轻松自若地一笑，挂断了电话。

余笙长也同时结束了通话："等等再说，我来电话了。"

易正方大为感慨："我算是明白了一个道理——永远不要和学数学的人为敌，你永远算计不过他。我们的思维模式是周长，几何的思维模式是面积。"

第九章　2日，一个是生活，一个是梦想

——几何的图形有哪些

"你错了，老易。周长和面积是不同的量，不能比较大小。周长是线，面积是面，线和面是两个完全不同的概念。"宋几何收起手机，摇头自嘲地一笑，"我只是一个追究真相的被算计者，方澄和谢勉记，才是算计我们的人。我、你，还有笙长，都被他们算计了！"

"对呀，他们一个说是要修车，一个说是要睡懒觉，却背着我们见面，我们都是受害者。"余笙长气呼呼地放下咖啡，"不喝了，生气。"

"尤其是你，老易，你替老谢打掩护，帮他一起骗几何。结果呢？你拿老谢当同学，老谢拿你当傻子。"余笙长嘻嘻哈哈地笑了一气，"我都替你气不过了，回头你可得好好说说老谢。"

"不必了，也许……老谢也有他的苦衷，我们还是应该体谅并原谅他。"宋几何摆了摆手，大度地一笑，"不用计较这些细枝末节的小事，我相信老谢总有一天会和我们解释清楚的，他是一个立场公正、有原则有节操的人。"

"现在回归正题。"宋几何看向了易正方，"正方，你的名字本身就和数学有缘，就和我的名字一样。学过数学的人都知道，几何图形的种类很多，包括正方形、长方形、三角形、四边形、平行四边形、菱形、梯形、圆形、扇形、弓形等，当然，都是指二维的平面几何。"

"同样，人生也会有不同的类型，有的人的人生是正方形，有的人是长方形，有的人是三角形，还有的人是椭圆形。当年毕业时，我就对你说，正方，希望你的人生就像一个正方形一样，四边相等，对边平行，堂堂正正做人，方方正正做事，虽然不像圆形可以滚来滚去活得轻松，至少可以坚持自

己，不向世俗妥协。"

宋几何双手抱肩，语气轻松："不知道这 12 年来，你有没有达成目标，成为自己想要成为的自己？"

注意到一只飞虫在他的咖啡杯上面飞来飞去，宋几何心中再次闪过一丝压抑不住的不安，千万不要飞到杯子里面去！方澄总是说飞虫掉进水杯是生活给出的强烈暗示，是警醒你正在进行的事情不会有一个太好的结果。

这么想时，他不由自主地伸手去驱赶飞虫，不料用力过猛，啪的一声，宋几何一巴掌打在了易正方的脸上。

完蛋，还是被方澄整天神叨叨的日常悬念、生活暗示给洗脑了，宋几何懊悔加沮丧。

易正方脸色陡然大变！

⋯⋯⋯⋯

谢勉记呆呆地望着手机，苦笑摇头："还是没能瞒住老宋，被他逮个正着。你说，他怎么就猜到了我们在一起？"

方澄收起手机，直接按下了关机键，不以为然地撇了撇嘴，轻蔑地一笑："猜到了又怎样，都是知根知底的老同学，谁也别跟谁装高深玩高明。关机了清静，我们现在要完全不受外界打扰，好好地聊一聊。"

方澄本来想约谢勉记在银峰 SOHO 的 Tims 咖啡见面，谢勉记却说不想喝咖啡。在深圳的生活节奏就是约人喝咖啡、喝茶、吃饭，来北京了还是一样的套路，多没意思，不如去逛逛公园。既然宋几何他们三人是去 798 感受艺术氛围，他们就去朝阳公园体会一下北京春末夏初的景致。

方澄开了公司的奥迪，和谢勉记一起到了朝阳公园。

方澄和宋几何各有一辆私车，她的是宝马，宋几何的是奔驰。公司的公车有两辆奥迪一辆丰田斯考特，还有几辆商务车。应该说，车足够用了。

不过宋几何有洁癖，只开自己的私车，不开公车。方澄就不管那么多了，她在报警之后，就把宝马扔在了地下车库，开了公司的车出门了。

阳光明媚，天气晴朗，公园人不少。因为放假，停车场停满了车。宋几何一般不喜欢在节假日去热门景点，就算去，也不自己开车。方澄不同，她就喜欢自己开车，更喜欢见缝插针寻找车位的乐趣。

宋几何最讨厌在停车的事情上耗费时间，方澄最喜欢好不容易找到车位时的惊喜与满足！

沿公园的小路前行，走不多远，二人坐在了一张长椅上，才说了几句话，余笙长和宋几何的电话就分别打了进来。

……谢勉记做不到如方澄一样洒脱，他犹豫几下，还是没有关机："不能关机，要是于筱打不通我的电话，非要担心死不可。"

方澄笑着点头："好男人！好男人都是别人家的，果然是真理。"

"不能简单地用好男人和坏男人来划分男人的类型，男人的类型和几何图形一样，有很多种，每种都有不同的侧重，都有不同的优点和不同的缺点。"谢勉记别看长得五大三粗，却也有一颗文艺的心，"喜欢一个人，是喜欢他的优点和吸引力。爱上一个人，是接受他的缺点和包容他的不足。这么多年过去了，你也应该早就适应了老宋。"

"我是适应了他，可是他总是不肯适应我。不能总让我单方面地适应和退让，而他没有一丝的妥协，对吧？"方澄眉毛一挑，想继续说下去，见谢勉记并没有想要听下去的兴趣，就及时刹车了，"我今天出门时还在想，是谁划破了我的轮胎，给了我不用和宋几何去酒店早餐的台阶。"

"不是你自己干的吗？"谢勉记哈哈一笑，"这事儿你应该干得出来，当年你和宋几何确定关系，有几次巧合，不就是你人为制造的？"

"说什么呢你，胡说八道！我有的是理由不和宋几何去酒店，用得着划破自己的轮胎？补胎不用花钱的吗？"方澄故作嗔怪之意，"巧合就是巧合，人为制造的能叫巧合吗？那叫事故。"

"当年我和他确定关系，确实有几次巧合，为什么就一定是我人为制造的，为什么就不能是他？"

"现在我才明白，你和宋几何的结婚，就是一场人为制造的事故。"谢勉记捏了捏手指，指关节响了几声，"别怪我说话直，方澄，你当年不听我的

第九章　2日，一个是生活，一个是梦想

049

劝，非要和宋几何在一起。我早就看出来了，你们一个是圆形一个是椭圆形，表面上很相似有相近的地方，实际上，是完全不同的两个物种。"

"圆形只有一个圆心；椭圆形却没有圆心，而是有两个焦点。"

方澄眼睛一瞪，大笑："还用你跟我在这儿讲道理？以前我还觉得如果一个人是一个正圆只有一个圆心，是一件幸事。后来才知道，一个人如果只有一个圆心，该有多无趣多刻板，多不知道变通！人天生就是一个椭圆形，有两个焦点，一个是现实，一个是思想。"

"也可以说，一个是生活，一个是梦想。"

谢勉记显然无意于和方澄讨论形而上的哲学层面的事情，他直截了当地问道："说吧，单独约我出来，让我背着老宋瞒着老易，还不能告诉笙长，你到底要和我说什么？"

"从一开始，在来北京的时间上，我就骗了老宋，到现在背着他和你见面，我估摸着再有一次就被他拉黑了。"谢勉记有意无意地快速眨动几下眼睛，心中笃定方澄并不知道他和宋几何私下紧密联系的事实以及早已达成共识的真相。

别说方澄了，相信余笙长和易正方都不知道他和宋几何到底有什么样的深度合作。

"说的什么屁话，什么叫背着他？别忘了你和他是同学，和我也是同学，而且，我们还先认识！说到底，如果没有你，我还不认识宋几何是哪棵葱。"方澄很鄙夷地斜了谢勉记一眼，"你别以老宋的死党自居，你是我的娘家人，要站我。"

谢勉记愣了愣，忽然笑了："清官难断家务事，真不想掺和你们的离婚官司。你们都是体面人，真要过不下去了，谈好条件离了就得了，何必非要请我们过来？现在离婚又不是什么丢人的事情，用不着为了面子和别人的看法而委屈自己。"

"要是这么容易能各自安好就好了。"方澄的神情落寞了几分，"12年了，我和宋几何之间纠缠的利益，捆绑的利害关系以及交叉持股的产业，等等，再加上两个孩子的归属、不动产的切割，是一场伤筋动骨的大手术。"

"这道题太难了，我们都没有实战经验。"谢勉记摇头，"易正方也离了，但他一没财产二没孩子，离婚简单到两个人扯了离婚证挥手再见就结束了一切的程度。余笙长还单身，连结婚的经验都没有，你让她怎么帮你们解离婚难题？我都从来没有过离婚的想法，更不用说实际操作了……你让我们三个人帮你们解决离婚难题，等于是让三个中学生来解答大学的高等数学的难题。"

"非离不可？"谢勉记抬头看了看湛蓝的天空，"如果不是老宋出轨不是你劈腿，不是你们有不可调和的三观冲突，或是生理上的原因，其他问题都可以通过谈判、妥协来解决，离婚只是解决问题的选择之一，不是唯一的标准答案。"

"你能这么想，我很欣慰。但是……"方澄抿了抿嘴唇，一脸坚定，"我和老宋已经过了吵闹、打骂、互相攻击恨不得让对方去死的阶段，现在可以和平共处，可以心平气和地商量任何事情，包括离婚。说明双方都心如死灰，没有挽回的余地了。"

"吵闹的婚姻，因为有感情在，才会想争一个高低对错。平静的婚姻，因为对对方已经没有了任何期待，才会平淡如水。就像解题，只有可以挑起你的征服欲望的难题，你才有动力和兴趣去寻求答案。如果是一眼就可以得出答案的普通题，不管对别人来说有多难，对你来说，毫无意义。"

"你明白我的心理吗？"方澄充满了期待地望向谢勉记。

让她失望的是，谢勉记摇头："不明白，理解不了。我和于筱每天都有说不完的话商量不完的事情以及做不完的规划，从来没有高低对错的争论，也不计较生活中的是非，钱都赚不完，哪里有时间有闲心去管别的事情？你们都是闲的！"

"在深圳，唯一的话题就是搞钱！除了搞钱，别的事情都不重要。"

方澄愕然："你们在深圳真把自己活成了圆形，只有赚钱一个圆心，除此之外，没有别的人生乐趣吗？"

一个小女孩举着好几个五彩斑斓的各种形状的气球，路过方澄身边。她忽然站住，仰望方澄："姐姐你好漂亮，要不要买个气球送给叔叔？"

方澄被小女孩逗乐了："第一次听说小姐姐要给叔叔送气球的，行，你这么可爱，姐姐必须得买。多少钱一个？"

方澄伸手去摸其中一个五角形的气球，"砰！"气球炸了。

"砰！"

"砰！"

一连串的炸裂声响起，小女孩手中的气球，全部炸开了。

第十章 2日，会犯经验主义的错误

——圆的标准方程

"哇！"

小女孩大哭："赔我气球！你赔我气球！"

方澄手足无措，又有几分懊恼："哭什么哭？是你非要凑过来卖我气球，又不是我主动叫你过来，不赔，我还没和你要精神损失费呢！吓死我了！"

小女孩哭得声音更响了。

谢勉记用犀利的眼神制止了方澄，他和颜悦色地拉住了小女孩的手："不哭，乖，不哭，叔叔赔你，全赔你，好不好？不过你得告诉叔叔你叫什么名字，上几年级，为什么不上学？为什么卖气球？"

谢勉记温和而富有磁性的男中音像是有魔力一般，小女孩瞬间止住了哭泣。

"我叫管群群，10岁了，上三年级了。放假了，当然不用上学了，笨叔叔。我卖气球是因为妈妈和叔叔在谈恋爱，叔叔嫌我碍事，给我买了一堆气球，让我自己去玩。可是我又不喜欢他买的气球，就想卖了再去买棒棒糖吃。"

谢勉记颇有耐心地哄了小女孩5分钟，给了她50块钱，小女孩最后开心地走了。

"和我家女儿一样大。"望着小女孩远去的背影，谢勉记一脸溺爱的笑容，"应该也和你女儿差不多大吧？"

方澄点头："真佩服你对谁都这么有爱心，我就做不到。别说一个陌生的小女孩了，就是对自己的女儿，也是动不动就发火就生气。"

谢勉记微笑点头:"平常都是几何和孩子交流多?"

"我工作太忙,顾不上照顾孩子,他比我细心,和孩子的交流就多一些。"方澄微有愁容,"所以孩子的归属问题一直闹得不可开交。他想要女儿和儿子,我也想全要。后来达成了妥协,他要儿子,我带女儿。结果女儿不干,她也想跟爸爸。"

"反过来也一样,我要儿子,儿子也不想跟我。"方澄咬牙,"也不知道宋几何给孩子们灌输了什么不好的思想喂了什么迷魂药,都想跟他。我才不会让他得逞,两个孩子如果都跟了他,以后的成长肯定会被他带偏,不能让他毁了孩子的一生。"

"和同学结婚真不是什么好事……"方澄继续生发感慨,"他知道你的所有底细,看着你一点点从青涩到成熟。了解你的所有喜怒哀乐,见过你的狼狈和不堪,对你缺少应有的尊敬和礼让,在他眼中,你永远是当初那个天真、简单、不懂事并且任性的小女孩。"

"那么在你眼里呢,宋几何又是什么样子?"谢勉记静静地听方澄牢骚加抱怨,始终淡然。

"你什么意思?"方澄听出了谢勉记平静语气之下的居中立场,"你的意思是怪我了?"

"我不发表任何有倾向性的意见,因为我真不知道你们之间到底发生了什么不可调和的矛盾。"谢勉记看了一眼手机,"该回去了,时候不早了,主要是手机快没电了。"

"圆的标准方程有三个参数 a、b、r,要确定圆方程,须三个独立条件都具备,其中圆心坐标是圆的定位条件,半径是圆的定形条件……现在只具备了圆心坐标,定位了你们的婚姻只有解体一条路,但半径还没有确定,所以,我还没有办法给出答案。"

方澄听明白了谢勉记的意思:"学历史的人果然有意思,说话都是云山雾罩的,你直接说不能听我的一家之言不就得了?你让我很失望,老谢,我一直以为我们的关系最密切,想当年,你可是第一个向我表白的男同学。"

谢勉记提前过来北京，骗宋几何说他改签到了晚上，都是方澄的主意。方澄以为谢勉记对她言听计从，肯定会站她这边。没想到，见面之后居然是如此尴尬的局面。

方澄并不知道谢勉记一边答应了她的要求，另一边第一时间和宋几何说清了情况，也得到了宋几何的同意。宋几何假装不知道他提前来到北京，是二人商量好的要一起配合演出的一场戏。

12年过去了，同学情还在，曾经的情谊也未曾消失，只不过每个人都在岁月的冲刷与洗礼中，改变了许多。再以当年的认识来判断现在，会犯经验主义的错误。

方澄决定改变策略。

"我是第一个向你表白的男同学，但你不是我第一个表白的女同学。"谢勉记哈哈一笑，站了起来，"现在回去，和老宋他们会合。我还没见到老宋，还真想他了。"

"不急，他们应该还没有商量好怎么对付我们。"方澄拉住了谢勉记，"你深圳的公司，有没有想过来北京开展业务？也许，我们可以联合成立一家公司，你出产品，我出资金和渠道，说不定可以让你的公司再迈上新的台阶。"

"反正我和宋几何离婚后，事业不会受影响，并且还会加速扩张。宋几何肯定要带走一帮人，我会需要更多的人手。"方澄期待加渴望的目光，"我希望你、正方和笙长，都可以留在北京帮我。公司正在拓展的关键阶段，有你们在，我才放心。"

谢勉记不置可否，没有正面回应方澄抛出的诱饵："易正方和余笙长会帮你吗？你能开出的条件，宋几何也完全给得起。"

"不会！宋几何他没钱，公司的主要业务都掌控在我手里，离婚后，就算分他一半的家产、一半的公司，他拿走的只是空壳。没有资源和人脉，公司可以随便注册几个、几十个都没用。"方澄以为说动了谢勉记，"怎么样老谢，认真考虑一下？"

谢勉记低头不语，他身材是五大三粗，但心思却有着与身型不相称的细腻。

"有点儿突然，我得消化一下。不急，还有7天的时间，来得及。"谢勉记沉默了一分钟，抬头笑笑，"回去吧，别让老宋久等了。"

"不，今天2日，满打满算只有5天了。"方澄不想走，"5天时间，要解决7道难题，每天都要解决一道多，留给我们的时间……不多了。"

…………

易正方猛然站了起来，对宋几何怒目而视："老宋，你过分了！好好的，为什么要打我？你凭什么打我？"

宋几何既没有解释，也没有道歉，而是一脸淡笑地看着易正方："打不得吗？不能打吗？"

余笙长漫不经心地伸出指甲看了看："正方，你可要想好了，几何在大学里就是我们的带头人，现在是我们的偶像，未来，也许是我们的贵人……"

易正方和宋几何对视半分钟不到，紧绷的脸就放松下来，讪讪一笑："打得，能打！以前又不是没打过……打是亲骂是爱，又打又骂是最爱，哈哈。"

宋几何的表情也舒缓了："刚才我是打虫子，不小心碰到了你的脸，向你道歉。正方，你一定要相信我不是故意打你。"

"还有，笙长说什么我是你们的偶像，我可以接受。说我是你们的贵人，就是捧杀我了。"宋几何拍了拍易正方的肩膀，"你要是觉得不解气，可以打回来。"

易正方连连摆手："我有这么小气？别说你不是故意的，就是故意的，也是我有错在先。"

余笙长欣慰地笑了："行啦行啦，都不是外人，就别互相谦虚了。回到正题了，说说几何的难题。他说他和方澄之间有7道难题，怎么会有这么多？顶多3道。"余笙长掰着手指，别看她有数学天赋，是当年有名的解题高手，但有时掰手指算数的做派，一度让人怀疑她不是数学天才，而是数学白痴。

刚才无意中打了易正方一个耳光，宋几何借机测试了易正方，超过了他的预期，生活磨平了易正方的棱角，他不再像从前一样方正并且难以沟通。

易正方的倔和固执，在当年的五人组是出了名的难题。不是说易正方不通人情世故，而是他一旦发起脾气来，就如同一头犟驴，八匹马也拉不回来。有一次五人组共同解题，五人都同时解了出来，最后投票决定谁的解题最简洁最高效。

结果宋几何、方澄和谢勉记都投了余笙长，余笙长投了宋几何，而易正方投了自己。

易正方不服，据理力争了半天，没能说服任何一人，盛怒之下，他以退出五人组为条件威胁几人赞成他的解题方法。最后宋几何生气了，和易正方吵了一架。

吵到后面，二人还动了手。

在被谢勉记几人拉开后，易正方指着宋几何的鼻子向他发起挑战，约他晚上放学后到操场决斗，谁劝都不管用。

宋几何放学后赴约，当着许多人的面摔倒了易正方三次。易正方爬起来三次，再向宋几何发起冲锋，像疯了一样。

直到第五次时，易正方才精疲力竭地倒在地上，认输了。

只是暂时认输，说以后还要继续挑战宋几何，直到打败他。尽管后来易正方并没有再向宋几何发起体力上的挑战，但在解题上，还是不时和宋几何唱反调。

直到宋几何和方澄确定了恋爱关系之后，易正方对宋几何的敌意才收敛了不少。

明眼人都看了出来，易正方对宋几何的敌意不是数学上的解题，而是爱情上的解题。宋几何解开了余笙长和方澄两道爱情大题，而易正方一道也没有，他既不服气又愤愤不平。

只是他却始终没有办法打败宋几何，不管是智力还是体力，他都不是对手，就让他生发出"既生瑜何生亮"的感慨。

同伞不同柄，同人不同命……是一段时间以来易正方的口头禅，也是五人组中让所有人都时刻担心的暗号，因为都清楚只要易正方说出口头禅时，就是他准备冲宋几何挑刺找事之际。

几年来，宋几何虽然身为五人组的组长，但还是没能完全压制住易正方，哪怕是毕业时，易正方在毕业宴会上喝醉了，再一次当众向宋几何挑战，声称要在三年之内混出样子，要把宋几何踩在脚下。

12年过去了，易正方非但没有把宋几何踩在脚下，反倒被宋几何越甩越远，从1条街到10条街，到现在，怕是100条街都不止了。

人类有一个共性，会认为自己可以轻松地打败比自己高出3厘米的人，但当对方比自己高出5厘米时，就会权衡与掂量一番。当高出10厘米时，就会敬而远之，不再有非分之想。当高出20厘米以上时，就会变成敬仰，打败的念头全没了，取代的是巴结和亲近。

宋几何心情平静，终于，他可以全方位地压制易正方了，即使是当面打了他一个耳光，他也只能忍气吞声。现在才是开始，等什么时候打他耳光，他连反抗的念头都没有，只有逆来顺受的习惯时，才是最终的胜利。

余笙长表面淡定，心情复杂。刚才宋几何的耳光，看似无意，其实有意。而易正方的表现，让她既悲哀又欣慰。悲哀的是，易正方对宋几何的臣服，不是因为智力和体力，而是因为生活的压力；欣慰的是，宋几何关键时候当机立断的性格没变，正是他遇到大事时毫不心慈手软的为人，才是他有今天成就的前提。

易正方似乎瞬间就平复了心情，忘记了刚才的不快，说道："你还替他们算过有多少道难题要解？长见识了，你一个单身未婚的女青年，从哪里得到的经验帮别人总结离婚难题？"他好奇加调侃，"是不是你每次谈恋爱前，都要先想好离婚的代价和要解决的难题，所以这么多年来，你向来单身，就是算得太清楚活得太明白了？"

"去你的。"余笙长笑骂了一句，"我是中学老师，班上的学生有三分之一来自单亲家庭。在帮他们心理辅导时，了解到了不少他们父母离婚的故事。"

"我们不一定非要自身经历才能变成自己的经验，别人的人生经历我们也可以借鉴。"

易正方才不信，呵呵一笑："你倒是说说几何和方澄的离婚 3 道难题都是什么？我离婚时，就一道难题，就是房子归谁的难题。归谁，谁就得拿出房价的一半给对方。最后归她了，因为我实在拿不出来那么多现金。"

"你不能跟几何和方澄比，他们离婚，涉及财产分割、孩子的抚养权、公司股权切割 3 道大难题，别看就 3 道大难题，但却是一项庞大的工程，是一系列复杂的高等数学的难题。你离婚，就是一道小学数学的简单方程，和 $x+y=1$ 一样。"

易正方点头承认："是，你说得都对。我现在就想听几何和方澄的离婚难题，一共有哪 3 道？"

"笨，我刚才不是说过了吗？财产分割、孩子的抚养权和公司股权切割，不就是 3 道难题吗？"余笙长歪着头想了一想，"好吧，说是 3 道其实并不准确，至少要有 7 道，包括但不限于离婚协议中涉及的住房的纠纷、银行存款的约定和处理、子女抚养费的约定与处理、探望权的约定与处理、公司股权和个人股票约定与处理、遗漏财产的分割、户口迁移纠纷等。"

"简单来说 7 道题就是房子、现金存款、子女归属以及抚养费、探望权、公司和个人名下股权的拆分、隐瞒财产的分割以及户口迁移时的配合……说简单，也复杂，波及方方面面。"

易正方震惊得目瞪口呆："学习了，受教了，没想到一个离婚还能有这么多道步骤，我以为都和我一样，写了一个离婚协议书，各自签字并按手印，然后去民政局领证就完事儿。原来，离婚这道题，不同的人有不同的解题方法，并且答案也不一样。"

"笙长，你怎么对离婚的经验这么丰富？这是离了几次才总结出来的教训？实践出真知，服！"

"滚你的。信不信打你？"余笙长笑骂，作势欲打，"我班上有一个学生，父母是一家大型公司创始人，和几何、方澄的情况很相似，是结婚后白手起家创下了庞大的产业。闹离婚时，足足折腾了三年才厘清。我记得从学生高二时就开始,等学生大一了,才离完。"

"当时学生心理压力很大,经常失眠,我就安慰他鼓励他,帮他走出了困境。他就和我说了他家里许多的事情……"余笙长仰着脸,嘻嘻一笑,"现在我的学生还非常感谢我,和我保持了密切的联系,他就在北京上大学,毕业后留在了北京。"

"天青色等烟雨,而我在等你。炊烟袅袅升起,隔江千万里……"

余笙长的手机突然响起,打断了她的话。

一看来电,她脸色为之大变,迅速站了起来,接听了电话:"不,我没在北京!"

"你不要再纠缠我了,我没有离婚,我不是单身!"

第十一章　2日，做人要做分子，不做分母

——分子和分母的关系

易正方一脸疑惑加震惊地看向宋几何，想要求证什么。宋几何面无表情地摇了摇头，表示他对此一无所知。

意识到自己声音过大并且过于紧张，余笙长忙收敛了几分，冲宋几何和易正方歉意一笑，对电话说道："我现在不方便，晚些我给你打回去。"

"谁呀？怎么反应这么激烈，是男朋友？不对，你说你还没有离婚，对方应该是第三者了？"易正方有意调侃余笙长，挤了挤眼睛，还帮她叫了一杯咖啡，"快，多喝一杯咖啡压压惊。"

"我母胎单身，从未谈过一次恋爱，谢谢。"余笙长白了易正方一眼，恢复了简单和可爱的一面，踢着桌子腿，"为了让他不再纠缠我，我故意说我还在婚姻存续期间，是为了让他知难而退。"

"好了，该你说你的事情了，正方。"

易正方却不相信余笙长的话，想向宋几何继续问下去，宋几何却暗暗摇头，示意揭过不提。

"好，我说。"易正方深呼吸一口，调整了情绪，"其实，我的故事很平常，平常到你会觉得无聊至极，是绝大多数普通人的平凡人生。毕业后，我回到了家乡，是河南的一个十八线开外的小县城，不穷，但也绝对不富……"

"天青色等烟雨，而我在等你。月色被打捞起，晕开了结局……"

余笙长的手机再次响起。

余笙长直接拒接。

再响。

她关了手机。

宋几何依然语气平静："不行你先处理你的事情去，没事，我和正方都能理解。"

"没事，我没事。"余笙长借喝咖啡的动作掩饰眼角中的一丝慌乱，"就是刚才我说的父母离婚的学生打来的，他知道我在北京，非要和我见面，说要请我吃饭什么的，我来北京是为了几何的事情，哪里有时间见他，是吧？"

"别问我，我不知道你的事情。"易正方含蓄地笑，"但我知道给你打电话的肯定不是你的学生，是吧几何？"

宋几何笑得很含蓄："是不是学生不重要，重要的是他的分量重不重？"

易正方早就注意到了余笙长手机一直平放在桌子上，来电显示他和宋几何都可以看得清清楚楚。在余笙长的电话第一次响起时，他只扫了一眼就看到了来电显示是"分母5"……

坐在余笙长对面的他尚且看得清楚，而在余笙长旁边的宋几何，眼皮微微一抬，就把屏幕上显示的一切尽收眼底。

宋几何的动作很快，也很轻微，别人或许察觉不到，和宋几何四年同学又有三年解题小组相处经历的他，对宋几何的习惯性小动作再清楚不过了。

易正方相信以宋几何的聪明，立刻就可以推断出被余笙长命名为"分母5"的来电者，绝对不是她的什么学生，而极有可能是她的追求者之一。别忘了，大家当年可是同一个解题小组出来的队友，对队友的命名习惯、解题思路，不敢说了如指掌，多少还是知道深浅和底细的。

余笙长在大学时很傲，经常说做人要做分子，不做分母。

分母是普通的大多数，分子是成功的一小部分。从数学的角度解读，分母是基数。从排列来看，分子在上，分母在下。

余笙长经常说，分母的意义就在于衬托分子的稀少。当然，大多数人终其一生只能当分母，极少数人才能有幸成为分子，比如她，比如宋几何，比如解题五人组。

易正方理解不了余笙长的傲气从何而来，宋几何可以理解。余笙长父母感情深厚，在当地是颇有名气的大学老师。出身书香门第的她，从小在父母浓郁的文化气息的熏陶下长大，加上家庭条件在当地也处于上层，物质和精神双重丰富的环境之下，她自然而然就会滋生高人一等的优越感。

再加上她从小就长得漂亮，学习成绩也优异，试想，换了是谁，家庭幸福、条件优裕、父母桃李满天下颇受人尊重，自身也方方面面都优秀，在无数人的羡慕目光和鲜花中长大，傲气与生俱来，直到她步入大学。

小学、初中、高中、大学、211大学、985大学、C9、清北复交，像是一个金字塔，越往上，人越少，相应地，周围的人就越出类拔萃。

一上大学，余笙长所有的自信，都被方澄的出现冲击得七零八落！

方澄出生在北京，条条大路通罗马，只是有人一生下来就生活在罗马！不能说是生活的不公，只能说是命运总有不可捉摸的地方。

无论走到哪里都是众人焦点的余笙长，一遇方澄误终身！

方澄比余笙长漂亮不说，父母更是知名企业家，家庭条件比余笙长不知道好了多少倍，可以说完全不在一个层次，连比较的意义都没有。

更让余笙长气馁的是，家庭条件、身材长相，她都和方澄不能相比，就连她最引以为傲的聪明，方澄也不比她逊色半分。

不，甚至还要比她强上许多！

大多数人在别人面前，总是可以找到自己的优秀点。比如，比你漂亮的人没你学习成绩好；比你成绩好的没你漂亮；比你成绩好又比你漂亮的，没你家庭条件好。

如果对方比你成绩好比你漂亮又比你家庭好，那么她一定没你善良。

但在方澄面前，余笙长丝毫找不到自己比她强哪怕一丁点儿的地方。不管是家庭条件、出身、学习成绩、人缘，甚至是到了最后实在比无可比时，她用上了最不愿意使用的形而上的善良大杀器，却发现，在同学们眼中，方澄是公认的最善良、最得体、最善解人意的女生！

好在余笙长并没有深陷对方澄的羡慕、嫉妒或是诋毁之中，她很快就适应了方澄的存在，和方澄成为好友。余笙长曾经告诉宋几何："如果你遇到

第十一章　2日，做人要做分子，不做分母

一个你无论如何也不可能打败的人，那么和她成为朋友就是唯一的选择。"

……………

宋几何有时不太愿意回想往事，他不是一个喜欢缅怀过去的人，凡事还是要多向前看，过去的事情，再有意义，也终归是过去式了。

不过和易正方一样，由于余笙长来电显示的"分母5"，一时激发了他的回忆，并且不由自主地回想起了过往。

以他对余笙长的了解，这些年来她就算是对外宣称单身，不可能没有谈过恋爱，肯定身边也不乏追求者。她的优秀即使是在北京，也可以排进第一梯队。

或者，余笙长曾经有过不为人所知的婚史，也不是没有可能！

"就是我的学生，几何你别听正方瞎说。他就喜欢乱开玩笑，上大学时，天天说喜欢我，也没见他认真地追过我一次，更没有正经八百地表白！"余笙长不见了刚才的一丝慌乱，恢复了从容和可爱，"他就是嘴炮，是吧几何？"

易正方笑笑："我是想追你来着，问题是，有几何和勉记挡在前面，我哪里敢表白，是吧几何？"

宋几何被二人不断地呼来唤去，气笑了："能不能别提以前的陈芝麻烂谷子的事情？人生是单行道，可悲的是不能回头，可喜的是不需要回头。"

"如果从头再来，你还会选择加入解题五人组吗？"宋几何抛出了灵魂一问。

"会。"易正方毫不迟疑地回答，"尽管我在解题五人组是分母，是为了衬托你和方澄，但即使是成为分母，也让我学习和成长了许多。"

易正方眯起眼睛，抬头望天。天空一碧如洗，一如12年前。只是他知道，他们都不是12年前的他们了。

……………

谢勉记和方澄出了公园，回到了车上。

"哪里有7道难题，在我看来离婚就只有一道难题……"谢勉记上了车，系上了安全带,"怎样让分子尽可能是分母的倍数,可以做到整除。满足每一个人的诉求,分子除以分母,得出的商是整数,就是一个完美的答案。"

"可问题是,你们都想分子和分母相同,都想要全部,肯定会出现无理数……"谢勉记语重心长,"几何学的是数学,你学的是哲学,你们主要是研究数字、形而上的一些事情,我学的是历史。历史告诉我们,每一个成就大事的人,都是心胸宽广可以和别人利益共享的人。"

"别给我讲大道理,我都懂。但具体到自己的身上,还是要计较。也别跟我说刘邦和项羽成功和失败的原因在哪里,我也知道。"方澄发动了汽车,扭头一笑,"回酒店?"

"比起总结历史,我更喜欢归纳日常悬念和生活细节。千年的历史太遥远,眼下的暗示才实用。"

谢勉记摇了摇头,无奈地一笑:"说服不了你,希望可以说服几何。不去酒店,我要去一趟三里屯。"

"啊?你不去酒店和几何他们会合,要去三里屯约会吗?"方澄促狭地一笑,"三里屯可是年轻人的世界……算算有10年我都没有去过三里屯逛街、去工体唱歌了。"

"中午再回酒店和几何他们会合也来得及,趁现在有空,我去一趟三里屯的大鹅专卖店,给于筱带一件羽绒服回去。"谢勉记脸上洋溢着幸福的光芒,"早就答应她送她一件大鹅了,好几年都没有兑现承诺,这次说什么也得给她买一件。"

"真没想到……"方澄无限感慨,"当年都以为宋几何是最专情的男人,易正方是最顾家的男人,到最后,你才是最专情最顾家的一个。"

"你是好男人中的分子!"

送谢勉记到了三里屯,方澄开车返回。路上,接到了物业经理庄小飞的电话。

扎破方澄轮胎的人找到了,是柳三星的弟弟柳四星。

柳四星因不满哥哥柳三星被抓,实施报复。因宋几何的车被送到了修理厂，就对方澄的车下手了。

方澄气得说不出话来，半天才说："庄经理，你记住了，我和宋几何正在离婚，以后他是他我是我。冤有头债有主，要找他的麻烦，别扯到我的身上，听明白了吧？"

懒得再听庄小飞的道歉，方澄气呼呼地挂断了电话。

一时恍惚，方澄没注意到路口变灯，直接就闯了红灯。

一辆大车带着刺耳的刹车声，摇摇晃晃擦着她的汽车的左侧驶过，险之又险只差5厘米就撞上了。

顿时惊吓出一身冷汗，方澄紧急靠边停车。大脑短路片刻，她脑中跳出来的第一个念头居然不是反思开车走神的问题，而是和谢勉记有关。

"不对呀，谢勉记家在深圳，他为什么要给妻子买那么厚重的羽绒服呢？深圳的冬天穿一件轻薄的毛衫足以过冬了！"

他撒谎了！

第二个念头才是她的惯性思维——差点儿发生车祸，是不是生活在向她暗示什么？是要告诉她接下来的计划会不顺利吗？还是说会险之又险地取胜？

第十二章　2日，人生该做减法了

——加减乘除四则运算

谢勉记只在大鹅羽绒服专卖店门口停留片刻，等看到方澄的汽车不见了尾灯后，就转身离开了。

他径直上到二楼，进了祖师爷咖啡馆，坐在了一个等候已久的女孩对面。

女孩清秀白皙，25岁的样子，长发、瓜子脸，有一股忧郁的文艺气质，正是谢勉记最喜欢的类型。

"等半天了吧？不好意思迟到了。好几年没来北京，变化太大了，在下面绕了几圈才找到地方。"和在方澄面前的憨厚、朴实截然不同的是，面对女孩时，谢勉记从容不迫，举手投足间有一股成功男人的自信与光芒。

"没有，我也是刚到。"女孩上下打量谢勉记几眼，"你瘦了，是不是和她又吵架又闹矛盾了？"

"小吵不断大吵常见。"谢勉记叹息一声，接过女孩递来的咖啡，"是美式不加糖吗？"

"当然，你的喜好我肯定记得清清楚楚。"

"谢谢你，胡小。"谢勉记抓住了胡小的手，"这次来北京，是个绝好的机会，我一定可以借宋几何和方澄的离婚为跳板，在北京站稳脚跟。然后回深圳就和于筱离婚，最多三个月，最少一个月，我就会再回北京，以后就会留在北京发展，再也不离开了！"

"你信我吗？"

"信。"胡小紧紧抓住谢勉记的手，"三年了，我从一开始就相信你不是在欺骗我。不是因为我是你最喜欢的四川女孩，也不是因为我更年轻更漂亮，而是因为我们心意相通我们真心相爱。"

谢勉记拿出手机，打开，赫然是一份离婚协议书。

"基本上都谈好了，两个孩子，我和她一人一个。财产也是一人一半，不过有一些共同的债务，需要更详细地划分责权利，才拖到了现在。不要担心，我和她离婚已经是开弓没有回头箭了。"

"本来还有一些事情困扰着我，不知道该怎么解决。宋几何和方澄的离婚，正好为我提供了经验。放心好了胡小，最晚下半年，我们就会永远在一起了。"

"只要你不嫌弃我是二婚男人并且还带着一个孩子的话。"

"不嫌弃！"胡小微有激动，"永远不会！"

永远不要说永远，张口闭口就说永远的人，都是天真的没有经历过生活毒打的年轻人，他们对生活充满了想象对未来满怀期待，以为不管是当下的快乐还是眼前的人，都可以永远。却不知道，越是在意的人和事，越容易失去。

谢勉记满眼感动和幸福："谢谢你，胡小，你让我重回了青春，让我再次感受到了逝去的激情。在遇到你之前，我都以为我再也不会爱了，也不会对生活点燃梦想了。"

"我以前一直以为，到了我现在的年龄，人生就该做减法了。直到遇到你之后，我才知道，你就像是我生命中的乘法，把我的快乐、幸福还有激情，都放大了无数倍。"

胡小被感动得眼泪都涌了出来："我知道、我知道。你也是我的乘法，认识你之后我才知道以前的人生都白活了，苍白、灰暗、平淡……"

"我站在风口浪尖，紧握住日月旋转。愿烟火人间安得太平美满，我真的还想再活五百年……"

谢勉记的手机响了。

谢勉记朝胡小示意了一个眼神，起身到一边去接听电话。

"方便说话吗？"宋几何低沉而缓慢的声音传来，"我现在和正方、笙长回到了酒店，他们先回房间了，我一个人在酒店大堂。"

"方便。"谢勉记朝胡小的方向看了一眼,还冲她笑了笑,"我和胡小在一起,刚和方澄分开不久。"

"方澄回家了?"宋几何追问了一句。

"说是回公司了,到底去了哪里,不知道。"

"下午的安排是去家里聚餐,去之前,我们先单独见个面。"宋几何用的是肯定的语气。

"好,有数了。"谢勉记迟疑一下,还是问了出来,"是不是应该拉上余笙长?她知道得越多,对事情可能越有帮助。"

"……"宋几何沉默了片刻,"先不用了,余笙长不像我们想象中那么简单,她隐藏了许多事情。"

"你可要把持好,别和余笙长旧情复燃,被方澄抓了现场,就属于婚内出轨,打离婚官司就会很被动。"谢勉记又下意识朝胡小看了一眼。

胡小立刻回应了他一个甜甜的笑容。

"我和余笙长比你们想象中还清白,除了当年大学里她喜欢过我,从方澄出现后,我和她就什么事情都没有再发生过。"

"你就没有喜欢过她?"

"喜欢过。"宋几何大方地承认,"就像你和正方也喜欢过方澄一样。"

"不一样。"谢勉记会心地一笑,"我和正方不但喜欢过方澄,同时也喜欢过余笙长。"

"败类。渣男!"宋几何笑骂,挂断了电话。

一回头,发现余笙长笑意盈盈地站在身后。她双手背在后面,轻手轻脚,明显是要吓他。

宋几何确实吓了一跳,余笙长明明已经回房间了,什么时候又下来了?

"别闹。"宋几何忙制止了她,"赶紧回房间休息一下,下午3点多,我过来接你们。我现在也要回家休息,然后准备晚上的聚餐。"

"不要,我不困。我刚才上楼一半,又下来了。"余笙长凑了过来,嘻嘻一笑,"你有没有想过一个问题,易正方没有和我们说实话,他和李美玉离

第十二章 2日,人生该做减法了

069

婚，不是简单的性格不合就能说得通的，像是他出轨被发现了。"

12年过去了，每个人都会改变许多，也会发生许多事情。刚才在798，易正方说起他的经历，三言两语就说完了。

宋几何点头，认真而诚恳："正常！人们对于自己的过去，总是会选择性忘记重点性记忆。人生就是一个加减乘除的过程，开始是多做加法和乘法，到后来，慢慢地变成减法，到最后，就成了除法。"

"对于过去，我们总是会美化一些经历，并且遗忘一些不愉快。到底易正方是因为什么离婚，不重要，重要的是，他来了，就足够了。"宋几何怜爱地看了余笙长一眼，"就像你，到底是因为什么单身至今不重要，重要的是，你来了，我们又相聚了，就足够了。"

"这话我爱听。"余笙长开心地笑了，"我还在想老易的人生故事——老易说他回到县城后，考上了公务员，娶了李美玉。后来发现李美玉生不了孩子，性格还古怪，总是嫌弃他没本事，升不了职。他忍受不了李美玉没完没了的指责，就选择了离婚。"

"李美玉也爽快地同意了离婚，他们只用了不到三天时间就领了离婚证，完成了离婚的所有手续。然后老易就辞职了，准备离开县城，去外面闯荡一番。他觉得周围的人都理解不了他的人生追求，正好你邀请他来北京，他就来了。"

"……听上去太简单太符合生活逻辑了，是不是？"余笙长眨动一双灵动的大眼睛，"离婚的、单身的、爱好解答难题的，都是一群不太符合生活逻辑的人，怎么会活得这么符合逻辑？这不科学！"

宋几何哈哈一笑："你就不要凭空猜测老易了，他都没有说你单身是有什么心理或是生理疾病，就不错了。"

"他嘴上没说，不等于私下没说。我有没有心理或是生理疾病，你会不知道吗？"余笙长的表情既像挑衅又像挑逗，"我之所以单身至今，还不是因为放不下过去，放不下和你曾经有过的感情……"

"不要说了。"宋几何忙制止了余笙长，严肃而真诚，"笙长，我是希望你们过来帮我解决人生难题，我现在——至少是现阶段要做的是除法和减法，而不是加法和乘法，所以，我们先放下过去直面现在好吗？至于未来怎样，要看和方澄离婚的答案。"

"懂了。"余笙长咬了咬嘴唇，眼中有雾气升腾，"你先回家准备吧，我上去午睡了。等下见。"

余笙长上楼，手里紧紧握着从房间拿的橘子，努力不露出来。她永远记得宋几何最爱吃的水果就是橘子。

她住606，刚到门口，旁边的608房门突然打开了。

易正方探出头来："笙长，去你房间还是来我房间？有些话要和你聊聊。"

余笙长咬了咬嘴唇，想了一想："来我房间吧。"

房间的布局一样，都是标准的大床房。在房间的安排上，宋几何一视同仁，都是1000多元一晚上的大床房，带早餐。

路费也是，机票和高铁票都是商务舱。

"喝水吗？"余笙长嘴上说着，却不动手拿水。

"不用，我说几句话就走。"易正方坐下，见余笙长站着，也站了起来，"行，站着说。在798的时候，我没说实话，我和李美玉的离婚不是因为她对我没本事的嫌弃，也不是因为她生不了孩子，而是因为我们为了购买第二套房子，办了假离婚，可以降低首付的比例。"

"结果离婚后，谁也没有要复合的意愿，就慢慢变成了真离婚。我和她结婚后，没有争吵，没有感情不和，没有出轨和其他乱七八糟的事情，因为我和她压根儿就没有感情，连吵都吵不起来。"

"就这？"余笙长以为易正方会说出什么惊天的秘密，不料如此平淡，不由大失所望，"还以为你们会是六种婚姻状态之外的哪一种，结果还是没能脱离俗套。"

"哪六种婚姻状态？我怎么没听说过？"易正方摆出一副虚心好学的样子。

"咚咚……"

敲门声响起，同时吓了易正方和余笙长一跳。

二人同时问道："谁呀？"

第十二章 2日，人生该做减法了

第十三章 2日，六种夫妻关系

—— 数学逻辑思维

婚姻七道题

宋几何以前就和方澄讨论过婚姻的几种状态，开始时他总结了四种——

第一种是稳定且满意的夫妻关系，是传说中的神仙伴侣。第二种是不稳定却也能满意的夫妻关系，是为亲密夫妻。第三种是不稳定不满意的夫妻关系，是为相爱相杀。第四种是稳定但不满意的夫妻关系，是为貌合神离。

后来宋几何就发现四种状态并不全面，不足以概括世界上最复杂的夫妻关系，就又多加了两种。

一种是平常不在一起生活，只在周末回到同一个屋檐下过日子，说有感情吧，不深。说没感情吧，也互相需要，之所以还在一起，是遇不到更有意思更有吸引力的人。如果能遇到，二人就会分道扬镳……是为周末夫妻。

另一种是成天在一起，在人前展示出亲密、恩爱的一面，回到家里如同陌生人一样，各过各的，各有各的感情归宿，之所以在一起是因为有巨大的利益捆绑……是为橱窗夫妻。

宋几何以前以为六种夫妻关系，是不同夫妻的生活状态，后来他才知道终究是自己太年轻，经历过之后才发现，一对夫妻之间，也可以存在以上六种夫妻关系！

当然，不是同时存在，而是在不同阶段。

他和方澄之间，就完全经历了以上六种的夫妻关系。

最开始时，也就是大学毕业后的前三年，是事业上升期以及奋斗阶段，他和方澄的夫妻关系稳定且满意，在许多事情上面都可以迅速达成一致，也就是说，他的数学逻辑思维可以和方澄的哲学思想完美地结合在一起。是神仙伴侣阶段。

这就让他一度认为，数学和哲学既互相包容又互相包含。

很快宋几何就认识到他认为的完美结合过于乐观了！

结婚第七年时，他和方澄的夫妻关系进入了不稳定却也能满意的状态，也就是亲密夫妻阶段。

所谓不稳定是指他和方澄之间的矛盾开始多了起来，经常会有冲突和争吵。好在主要矛盾来自事业发展方向上的分歧，而不是日常生活中的冲突。因此，在争吵过后，二人还能求同存异，并且在忆苦思甜中说起往事，就又稳定了婚姻关系。

在第八年时，他们的夫妻关系维持了一种微妙的平衡，就让宋几何庆幸他们度过了七年之痒。事后回想起来，第八年时的微妙平衡，和事业上的停滞不前有莫大的关系。

事业上的停顿，导致二人不得不互相信任，或者说是抱团取暖。

只是好景不长，第九年时，他和方澄的关系就进入了不稳定不满意的阶段，开始了相爱相杀。

此时，事业进入了快速上升期。

宋几何承认他和方澄开始创业时，曾经借助了方家的力量，至少创业的启动资金是方父赞助的，并且渠道和人脉，也是方父打下的江山。

如果说方父是扶他上马再送他一程，那么他上马之后，一路挥鞭跃马，带领公司从初创到发展壮大，就完全是个人能力的体现了。

而方澄每次和他有公司发展思路上的分歧时，事后却总是会证明他的正确。可以说，若没有他的决定性作用，一元公司也不会有今天的规模。

并且他也没有亏待方家，股权除了他和方澄为大股东，还为方父也保留了一定的份额。当初方父资助他们创业时，一再强调不要股份。他声称一家人不必分得如此清楚，就当是他送与方澄的嫁妆。但为了显示他对方父的尊重，他坚持要方父持有股权。

宋几何现在才知道当初的决定多么幼稚和冲动，方父所持有的股权和方澄的加在一起，正好过了控股线！

在离婚分割财产时，他就处于了完全被动的局面！

第九年时，一元公司的发展无比迅猛，公司比上一年的产值翻了数倍。同时，他和方澄的争吵也多了十几倍。关于公司未来的定位以及扩张版图甚至是用人上面，方澄和宋几何爆发了全方位的矛盾。

除了公司事务，在孩子的教育问题上，他们也分歧严重。宋几何想要孩子在国内至少读完本科再出国，这样就可以不受国外自我主义思维模式和极端思想的影响。毕竟，孩子以后会回国发展，不会留在国外。

方澄非要让孩子在高中阶段就出国，认为只有国外的教育才有出路。

经过了一年多的相爱相杀，公司的发展势头依然不错，他和方澄的关系因为公司层面权限的调整而进入稳定但不满意的貌合神离的阶段。

夫妻关系最怕稳定，不管是稳定的吵架还是稳定的无话可说。

之所以稳定，是因为经过几轮较量，宋几何赢得了公司大部分管理层的信任和支持，当选为董事长，方澄成为总经理。二人位置来了一次惊天的互换。

成为董事长后，宋几何掌舵了公司，为公司制订了许多战略性计划，公司的发展蓝图和规划更加清晰了。

而方澄似乎暂时认可了宋几何权威的确定，不再和他争执与吵闹，但有一点，也不再和他沟通。二人的关系经历了一个抛物线的过程——从同学上升到夫妻，由夫妻上升到人生合伙人，再由人生合伙人回落到同事。

是的，就是非常公事公办的同事关系，连同学的亲密度都赶不上。

再后来发展到二人开始各自忙碌，第十年时起，方澄经常夜不归宿，说是在公司加班，或是出差，基本上每周末才回家一次，和宋几何、孩子们团聚，成为周末夫妻。

结婚第十年，二人的关系从升温到爆发争吵再到平淡，到现在，由平淡进入了冷淡阶段，二人心照不宣，之所以还能维持夫妻关系，一是有共同的利益捆绑；二是有孩子；三是都没有遇到让自己再次心动的人。

结婚第二年，二人生下了女儿宋黛，第五年，生下了儿子宋束。本来方澄想让女儿叫宋辊儿子叫宋学，被宋几何否决了。方澄也没再坚持。

第十一年时，方澄回家的时间倒比以前多了不少，出差不再多，夜不归宿的时候也几乎没有，一下班就回家，不是做饭就是养花。也和此时公司的发展进入了平衡期有关，基本上不再需要太多业务拓展上面的应酬，而孩子也逐渐长大，需要父母的陪伴和教导。

虽然方澄在家的时候多了起来，但和宋几何之间的交流却更少了。有时二人在同一个屋檐下生活一周，可能一共说不了 10 句话。不过在人前，二人依然恩爱如初，互相配合对方演戏时，既投入又用心，依然是许多人眼中的模范夫妻、神仙伴侣。

宋几何清楚，他和方澄的婚姻已经进入了最后一个阶段——橱窗夫妻。

夫妻之间不怕争吵，有矛盾有时反而是好事，说明还在乎对方。当夫妻之间没有了矛盾，也就意味着没有了交流，家庭就成了一潭死水。

死水早晚会淹死所有人。

大概半年前，在持续了一段时间的橱窗夫妻之后，方澄终于提出了离婚。

宋几何几乎没有犹豫也没有任何想法地就同意了。

与其互相折磨，不如分开解脱；相濡以沫，不如相忘于江湖。在数学逻辑思维中，人生就是四则混合运算，加减乘除不会单个出现，而是会同时出现。

离婚是婚姻上的减法和除法，但谁说不会是事业上的加法和乘法呢？宋几何也得承认和方澄生活多年，从她身上学会了不少东西，辩证地哲学地一分为二地看待问题，是他的最大收获。

在离婚的问题上，宋几何和方澄一拍即合，立刻就达成了共识，比他们当年确定恋爱关系时容易多了。共识之后，就是具体执行了。在执行层面，宋几何和方澄积攒了十几年的陈年旧怨再一次集中并且全面地爆发了。

夫妻二人不分彼此时，二人都会以家庭为单位来思索问题。一旦要离婚要分家，就以个体利益为出发点了。在诸多问题上，二人产生了不可调和的矛盾。

在经历过了互相指责、谩骂，用最恶毒的语言攻击对方以及深挖对方内心的阴暗面之后，二人都吵累了打不动了，决定换一种方法来解决问题——重新集合当年的五人解题小组，由大家投票决定支持宋几何还是方澄的离婚方案。

谁的得票数最高，谁就是最后的获胜者。除了更有象征意义，二人都想占领道德上的制高点，都想从人情世故上面力压对方，以证明自己的正确和英明。

人生中有些事情，真的没有办法用数学或是哲学的逻辑思维来判断，就像对于一元公司来说，方澄强调方家投入启动资金的重要性，如果没有方家的第一笔投资，宋几何就不会有今天。

宋几何认可方家启动资金的重要性，同时也强调他个人能力的决定性作用。他以方家投资了二女婿刘日坚为例。比他晚起步两年的刘日坚娶了方澄的妹妹方清，同样在方家的资助下开始创业，结果三次失利。到最后，只好去方家的公司担任了副总。

方家有两个女儿，老大方澄，老二方清。二人相差5岁，相比之下，方澄不但更漂亮，学习成绩更优异，而且更有能力。而方清，不但长相不如方澄，学习也一塌糊涂，只考中了北京一所普通的大学。后来出国镀金，回国后去了方家的公司，从副总监开始做起。

宋几何一路上想了许多，从酒店出来打车回到小区，进小区大门时才发现忘了带门禁卡。以前他总是开车从车库进入地下停车场，很少从大门出入。

保安说什么也不让宋几何进。

是一个新面孔，很年轻，朝气蓬勃的脸上写满了傲慢与偏见。

"别跟我解释，我知道你是哪栋楼哪个房间的，还知道你叫宋几何。"保安昂首挺胸，骄傲得不行，"记住了，我叫柳流星，是柳三星的堂弟。"

一拳，就打在了宋几何的鼻梁之上！

第十四章　2日，世界上哪里有从来不犯错的人

——数学与哲学的关系

"谁呀？"

紧张之余，余笙长再次追问了一声。她也不知道自己在紧张什么，她和易正方在谈事情，又不是在做什么见不得人的事。

门外，无人回应。

易正方悄悄来到门口，猛然拉开门。

门口空无一人。

"估计是服务员，敲了一下就走了。"易正方嘴上这么说，却还是探头出去朝607多看了一眼。

607房间在斜对面，是谢勉记的房间。如果动作够快的话，敲门之后回到房间，关上门，完全来得及。

关上门，回到余笙长面前，易正方哭笑不得："不管了，我们又不是偷情，光明正大，谁敲门都不怕，是吧？"

"会不会是谢勉记？"余笙长忽然想起了什么，"还记得有一段时间，你和他都在追我吗？有一次我们5个人一起去郊游，半夜里，我总看到有人影在我的帐篷外面晃悠，从身高和走路的姿势来看，就是老谢。"

谢勉记走路稍有内八字，并且有点儿倾斜肩膀。

"现在再说以前的事情，当时是不是他都没有意义了。"易正方收回心思，"你说的六种婚姻状态，是哪六种？"

"晚上再问几何吧，是他跟我说的。"余笙长忽然意兴阑珊了，打了个哈欠，"我困了，有事晚上聚餐时再说吧。"

聚餐时就不方便说了,易正方没动脚步:"笙长,今晚聚餐,肯定会摊牌,我想提前和你通个气,我是支持几何的,你呢?"

"还用问吗,我不支持几何难道还会支持方澄?笑话。"余笙长轻蔑地一笑,"听说几何和方澄每人拿出一个离婚方案,最终以谁的为准,由我们投票决定。他们都会认可我们的投票结果。"

易正方点了点头:"方澄也跟我说了,她说再僵持下去也没有多大的意义,时间拖得越长,双方的损失就越大。不管是她的方案还是几何的方案,总得选一个,她也不想两败俱伤。"

"希望你能说到做到,到投票时一定投给几何。"余笙长神秘一笑,"如果你能说话算数,除了几何会给你丰厚的回报,我也会有额外的奖励。"

易正方兴奋地搓了搓手:"是什么额外的奖励?先透露一下,让我激动激动。"

"咚、咚咚!"

再次响起了敲门声。

"谁呀?"余笙长不耐烦地问道,快速来到门口,一把拉开房门,"没完没了了是吧?"

门口站着一脸憨厚笑容的谢勉记。

"怎么这么大脾气?我刚从外面回来,听到你们的说话声,就过来凑凑热闹。"谢勉记走进房间,"是不是在商量投票的事情?我也就明说了,我会投几何一票。"

…………

宋几何猝不及防被一拳打在鼻梁上,顿时无比酸爽,个中滋味难以形容。

他勃然大怒,想要一脚踢出,却又忍住了。他一没还手,二没吵闹,只是任由鼻血横流,静静地站在小区的门口,挡在了大门的正中。

几分钟后,保安打人的消息就传遍了整个小区。

等宋几何回到家中,自己清理干净后,庄小飞才登门道歉。宋几何没让他进门,只说一切交由警察处理,他已经报警了,按照治安事件解决就行。

怪事了，挺高端的一个小区，为什么会出现保安砸车灯扎轮胎打人事件？还是接二连三地发生，并且每件事情都针对他，是不是背后有什么猫腻啊？

宋几何越想越觉得诡异，是的，他是不相信方澄坚信的日常悬念细节暗示的说法，但他相信任何事情都事出有因，不会孤立，没有无缘无故的爱，也没有无缘无故的恨，更没有无缘无故的打人。

不管庄小飞怎么道歉怎么求饶，宋几何都不予理会。他现在是没空，等他解决和方澄的难题之后，他一定会向物业讨要一个说法！

方澄没有帮忙，只在一旁安静地看着宋几何自己处理脸上的血渍。等他忙完了，才忍不住说了一句："以前你总是教导我们不要和保安、服务员、门卫大爷、清洁工争执，要平等地对待他们，要尊重他们的工作。你还经常教育孩子，要对所有人有礼貌，不要有分别心。"

"怎么？嘴上说得好听，到了自己身上时，就直接动手了？您可真会当面一套背后一套。"

宋几何没有解释也没有反驳，他平静地洗好脸。脸上的伤痕还在，但不太明显了，虽然贴了一张创可贴的鼻梁显得很滑稽，他还是接受了现在的自己。

"准备好食材了吗？"请余笙长、易正方和谢勉记三人来家里吃饭，方澄自告奋勇要亲自下厨，宋几何就从网上下单，买了不少菜。

宋几何很顾家，家里大大小小的厨房用具、日用工具、日用品包括卫生纸和各类纸巾，都是他利用信用卡满减、商家活动打折以及平台活动赠送时买进的，囤了不少。

方澄经常笑话宋几何太农民，见便宜就上，也不看看质量好不好和家里是不是需要。但每次当她发现不管哪种日用品用完后手忙脚乱想要下单购买时，宋几何总能像变戏法一样立刻拿出囤货，她就不说话了。

方澄摇头："没顾上，我去看孩子了，刚回来。等下叫外卖好了，叫海底捞吧，带锅带料带食材，省事。"

对吃宋几何一向不太讲究："随你。"

"你不解释一下为什么会被人打吗?"方澄见宋几何要回房间,拉住了他,"为什么最近保安总是针对你,你抢人家女朋友了?"

"开玩笑要有度,别显得自己太低级了。"宋几何呵呵一笑,"方澄,我们走到今天,你就真的没有反思过自己的所作所为?"

以前二人争论时,宋几何和方澄讨论过数学和哲学的关系,宋几何的观点是数学研究微观事物,哲学研究宏观事物。哲学不存在精确,数学不存在不精确。

而方澄的观点是数学还有自然科学都从属于哲学,哲学有"万学之学""万学之母"的称号。数学是一种世界观,也是一种方法论,而哲学包括世界观与方法论两方面的内容。那么显而易见,数学即是一种特殊的哲学,是哲学的一部分。

哲学就算不精确,大而广之的话,也比数学更包罗万象更包含万事万物。

"我不用反思,我从来没错,错的是你。"方澄依然用以往常用的腔调回击宋几何。

"你学的是哲学,你的辩证思想在哪里?世界上哪里有从来不犯错的人?"宋几何哭笑不得。

"还想再辩论三百回合是吧?"方澄挽起了袖子,"上学时,在辩论赛上你就说不过我,现在,你仍然是我的嘴下败将。"

宋几何摆了摆手,懒得再和方澄争论下去。

喂鱼、浇花,收拾了一圈之后宋几何才发现了问题:"槐米呢?"

槐米是猫,英短,原本是一只流浪猫。被宋几何捡回家收养,特别黏他。

"送人了。"方澄漫不经心地回答。

宋几何终于暴怒了:"凭什么?我的猫你有什么资格送人?要回来!"

"看看你,还是改不了你的急脾气,一点就着,像鞭炮。还让我反思,也不想想你这么多年是怎么对我的,在你眼里,我连一只猫都不如,对吧?"方澄啧啧几声。

宋几何迅速调整了情绪,猜到槐米没有送人,方澄只是一如既往用她惯用的方法刺激他，他看了看时间："差不多该准备了，他们快来了。"

方澄哼了一声："和他们都单独聊过了吧？别以为你已经胜券在握了，谁笑到最后还是未知呢。"

宋几何没再理会方澄，整理好了他的书房，开始泡茶。

却发现茶刀不见了。

随便找了一个替代品，剖开茶饼，却又发现水桶里面没水了。

明明记得昨天叫了三桶备用的，一问才知，方澄用了。

宋几何再次告诫自己不生气，方澄就是有意要激怒他，好让他失态然后失控。

他烧开水，清洗茶壶时，发现茶壶有明显的裂痕，被人摔过了。问方澄，方澄才说她在用水时，不小心把茶壶碰到了地上。

宋几何心中一惊，忙检查了茶杯。果不其然，茶杯也坏了几个。

现买来不及了，好在他还有备用的一套茶具。找了半天，没找到。再问才知，前段时间被方澄拿来送给方清了。

事事别扭处处不顺，宋几何再有耐心，也快要失控了。

幸好，余笙长、易正方和谢勉记三人赶到了。

宋几何的房子是个下跃，上下两层共300多平方米。他先带几人参观了房子，引得几人连声羡慕，然后坐下喝茶。

易正方和谢勉记注意到了水杯和茶具的不匹配，二人没说什么，只关切地问了宋几何的鼻子。余笙长却直接说了出来："几何，茶杯和茶具的风格不搭，是混搭风格，是临时凑在一起的吧？"

宋几何呵呵一笑，还没说话，方澄开口了。

"我和宋几何的10次吵架，5次是因为孩子，3次是因为公司和事业，2次是因为喝茶。他每次喝茶都喜欢摆很大的阵势，折腾老半天，我就嫌烦。喝茶就喝茶吧，整那么多虚头巴脑的程序干什么？还每一步都不能少，累不累？"

"喝茶是哲学，不是数学，去繁就简，不需要解题步骤。"方澄振振有词。

"咚、咚、咚!"

有人捶门,对,就是捶,声音惊天动地。

"开门!快点开门,要不老子砸门了!"

威胁加恶狠狠的声音。

生活有没有暗示先不下结论,就算有,也可以忽视或是视而不见,但意外来临时,却可以听得明白看得清楚。

第十五章　2日，这其实是一个主观的世界

——五元一次方程组

所有人都大吃一惊。

方澄和余笙长对视一眼，二人吓得立刻躲到了后面。

宋几何却一脸平静，他朝易正方和谢勉记使了个眼色。

二人会意，同时起身跟随宋几何来到门前。

在五人组期间，三人早就养成了应有的默契。

宋几何从书房一米多高的花瓶中抽出一把长约一米的棍子，形状像是如意金箍棒，很精致也很称手。他拎着棍子，头前带路，威风凛凛犹如带领二师弟和三师弟的大师兄。

猛然拉开房门，门口站着两个男人。一个浓眉大眼一个獐头鼠目，浓眉大眼又高又壮，獐头鼠目又瘦又小，二人站在一起，很有喜剧效果。

不认识，没见过，宋几何一愣，握紧了手中的金箍棒："你谁？找谁？干吗砸门？"

对方原本气势汹汹，见宋几何手中有家伙先是一愣，又见他身边一左一右两个男人更是一惊，为首的浓眉大眼当即后退一步，脚步一晃，险些摔倒。

眼神也瞬间迷离了几分，他眯着眼睛迅速扫过宋几何身后的门牌号："喝多了，认错门了，我是找 4 号楼 101……"

宋几何假装没有识破对方的伪装，冷冷一笑："现在物业越来越不像话了，连大门都看不好，什么人都能随便进来，居然还敢收 8 块钱的物业费。"

浓眉大眼和獐头鼠目转身就走，进了一楼大堂后，宋几何还能隐约听到二人传来的对话。

"岳哥，我们没走错门呀，你刚才怎么犯糊涂了？"

"小鹏子，你跟岳哥要学的地方还多着呢。你没看到对方有三个人吗？谁说他家就一个男人来着？三个！你打得过他们三个吗？宋几何手里还有一根棍子，你眼瞎吗？还是孙悟空的武器！"

"可是没动得了宋几何，我们没钱拿。"

"下次再说……"

再后面说些什么，宋几何就听不清了。

易正方问是怎么回事儿，宋几何说不清楚，也许是真的认错门找错人了。谢勉记默默一笑，显然不信。

方澄和余笙长也追问到底发生了什么，宋几何也懒得再多说，只说以后再遇到同样的事情，不要开门，直接报警就行。

又传来了敲门声，比上次轻柔了许多，一听就很有礼貌。开门一看，是海底捞的外卖到了。

余笙长和方澄负责布置桌子，宋几何和易正方、谢勉记继续喝茶。

天色渐晚，不知何时阴天了，气温陡降了几度，5月初的北京，还有些许温凉之色。

就又下起了雨。

一楼的缘故，窗外的雨声格外响亮。宋几何关了窗户，想起了在大学时三人也有过对饮的经历。

"当时好像也是五一，放假了，我们都没有回家，就去香山玩。山上有个亭子，我们坐下喝茶时，忽然就起风了，然后飘起了雪花。正方立刻就吟诗一首……"

易正方马上应景地站了起来："绿蚁新醅酒，红泥小火炉。晚来天欲雪，能饮一杯无……当年的我们，意气风发，都心怀凌云志，个个年轻气盛。现在的我们，沉沦于现实，迷失于压力，连尽兴都是一件奢侈的事情。"

"学中文的就是文艺。"谢勉记大笑，"正方，有时间多读读历史，少读小说。历史冰冷，但却最能让人清醒。小说都是文人墨客茶余饭后的消遣，很容易让人以假乱真。他们不过编一个故事，你却陷了进去，多冤枉。"

"你不懂。"易正方摇头，"几何太现实太注重逻辑，你太理智太计较得失。人活着，就是一种感觉。太现实了容易累，太理智了容易失去许多感性的乐趣。"

"这些年，你都经历了什么，怎么变得这么油腻了？"谢勉记拍了拍易正方的肩膀，"从历史中我们可以学到很多，有一点要记住，永远不要向生活妥协。当你因对现实生活不满寻求改变时，你就会发现你的人生真的可以改写。"

"别跟我扯没用的鸡汤，戒了。"易正方推开谢勉记，"你是站着说话不腰疼，家庭幸福事业有成，你可以居高临下地以成功者的口吻来教育我，是吧？别看几何要离婚了，在我看来，他还是比你成功 100 倍。你看他就从来不会教导别人该怎么做人。"

"在几何看来，人生就和数学题一样，每个阶段都是一道难度不同的大题，需要按照规律对比公式，并且步骤正确地解题。"谢勉记痛心地摇头，"他错了，人生怎么会是数学题呢？数学题太注重逻辑和步骤，人生不一样，人都是靠感性和情绪来做出决定。"

宋几何笑："不同意。人类的进步和重大历史进程，都是在强大的逻辑下，按照既定的步骤完成的。靠感性和情绪来做出决定的，是普通人。决策者，哪怕小到一家三四人公司的领导，在做出决定时，也是根据逻辑的推断，而不是一时的情绪。"

"你怎么知道所谓的逻辑的推断不是一点一滴的情绪的累积？"谢勉记呵呵笑了半天，"就像你对一个人下了结论，认为他行或是不行，实际上就是日常生活的点滴对你的情绪带来的影响，并且累加成了你所认为的逻辑推断。举个例子，比如你认为易正方不靠谱，说话办事不够稳重，是你对他过往印象的总结，实际上，带有明显的主观判断。"

"承认吧，几何，这其实是一个主观的世界。你眼中的世界和我、正方、笙长以及方澄眼中的世界，不是同一个世界，别奢求别人和你有完全相同的认知。世界上，不存在和你在许多事情上完全契合的另一个人！"

宋几何总算听出了什么，呵呵一笑："勉记，你是劝我不要离婚吗？"

谢勉记认真地点头："是我和正方、笙长在过来之前达成的共识。"

…………

谢勉记、易正方和余笙长三人在余笙长的房间中，有过一番对话。最后三人一致认为，按照中国的文化传统，劝和不劝离，他们决定先态度一致立场鲜明地希望宋几何和方澄可以继续下去。

宋几何苦笑摇头："太晚了，如果倒退三年，也许我和方澄还有缓和的余地。三年来，我对她，她对我的印象，已经点滴成逻辑。"

忽然间，宋几何心中一跳，想起泡茶时发生的一系列的事情，如果再算上上门闹事的浓眉大眼和獐头鼠目的话，应该也可以归类于日常悬念和细节暗示吧？方澄要的应该就是让他适应日常的悬念和细节暗示，滴水石穿，最终形成逻辑从而影响他的判断！

一念及此，他猛然起身，来到客厅的鱼缸前。果不其然，才买来不久的三条鱼，个个翻着肚子浮在水面上……又死了！

易正方和谢勉记跟了出来，二人从宋几何的脸色上看出了什么。

谢勉记问了出来："方澄？"

"嗯。"宋几何点头，心情更加沉重了几分，"应该还包括我和保安的冲突、被保安砸了车灯、被保安打了鼻子，以及被人追上门……"

易正方紧握双手："不应该，何必如此呢？好和好散不好吗？我改变主意了，老谢，我支持老宋和方澄离婚。"

"如果你身边有一个蛇蝎心肠的女人，天天算计你设计你，你还不跟她离婚等着戴帽子还是等着装盒子里面？"

"别激动，老易。我理解你受过女人的伤，总是喜欢把女人想得特别坏。"谢勉记还想再说什么，方澄清脆的声音传了过来。

"吃饭了，你们可以上桌了。"

易正方小声说道："我怎么听成'吃药了，吃完后就可以给你们上香了'！"

安排座位时，易正方特意开了一句玩笑："笙长，你坐老宋的右边，和方澄一左一右包围住他，让他无路可逃。"

原本余笙长就想坐在宋几何的右边，听易正方非要点明，一时犹豫，就被谢勉记抢了先。

谢勉记假装没看到余笙长幽怨的眼神以及方澄不满的表情，自顾自地搓了搓手："好丰盛，总算可以放开肚皮大吃一顿了。方澄、笙长，你们刚才忙活的时候，都聊什么了？"

余笙长只好坐在了谢勉记的下首，她不满地瞪了谢勉记一眼："不告诉你！"

方澄淡定一笑："就聊了一些女人的话题。我问笙长想找什么样的对象，她说了几个条件。正好我认识一个人特别符合她的要求，打算给她介绍一下。"

"你知道他是谁，几何。"

宋几何微微一抬眼睛，不动声色："你说的是张系吧？他和笙长不合适。"

"哪里不合适了？年龄、身份还是自身条件？"方澄一脸戏谑的表情，"张系是富二代，家里在北京有五六套房子，二环内两套，四环内两套，五环外还有别墅，车就不用说了，100万元以上的车就有好几辆。他是比笙长小了几岁，但他就是喜欢大几岁的姐姐，我问过他了，他对笙长很满意，同意见面深入了解一下。"

"笙长肯定是想结婚，张系只想谈恋爱，他不是最好的结婚对象。"宋几何坚持他的看法。

"听你说话的口气，像是笙长的什么人，是要替她做主的意思？"方澄的声音尖刻了几分，"笙长也已经答应我了，要和张系见上一面，你还有什么话可说吗？"

宋几何脸色一沉："他们都在，我不想和你吵架。能心平气和地吃一顿饭吗？难得聚一次，你非要毁了今天的晚饭吗？"

第十五章　2日，这其实是一个主观的世界

"你们别吵了行吗？"余笙长放下筷子，一脸严肃，"你们想不想知道我一直单身到今天的真正原因？"

窗外突然间风雨大作，仿佛天地间奏响了一曲大雨倾盆、大风如狂的交响乐。

所有人都沉默下来，等余笙长讲述她的人生。

静默了一分钟，余笙长的手机突兀地响了。易正方下意识看了一眼来电，显示"分母6"。好家伙，余笙长的追求者不少，至少是要6选1了。

余笙长接听了电话："是，我是在北京。但我不会和你见面。等你硕士毕业了再说，现阶段要以学业为重……"

"是，我已经离婚了，现在是单身。单身不代表就会见你就会和你谈恋爱！"

众人更加震惊了，余笙长是网恋了一个小鲜肉？

不对，她到底是还在婚姻中，还是离异单身？或者是一直单身？几人都迷惑了。

第十六章　2日，层次和境界决定了太多东西

——五元二次方程组

挂断电话，余笙长坐回座位，长舒了一口气："几何和方澄的婚姻，我们差不多都有了一些了解。易正方的经历，我们也知道了大概。五人组里，就剩下我和老谢的人生，还没有讲是吧？"

"我起个头，先说我的。等我说完，就该老谢了，好不好？"余笙长征求的目光投向了谢勉记。

谢勉记喝了一口啤酒："好，听你的。"

余笙长惊讶地张大了嘴巴："老谢，我记得你以前滴酒不沾的，现在怎么喝起酒了？"

"他不但喝酒了，而且酒量还贼好。"易正方笑道，"以前我们五人，老宋有点儿酒量，半斤。方澄也能有三两，我是一杯就倒，你和老谢滴酒不沾，尤其是你，对酒精过敏。"

"现在都变了。"易正方感慨万千，"生活就是一局真实的游戏，我们每个人都在里面扮演不同的角色。过一段时间打累了打烦了，想要换个角色了，就会改变自己。"

"我现在能喝一斤白酒，你们呢？"易正方抓过茅台，打开，给自己倒了满满一杯，"嘿嘿，平常很难喝到茅台，今天有机会，一定得好好喝一顿。你们都别跟我抢，这一瓶都是我的。"

"不跟你抢，我不喝白酒，只喝啤酒和红酒。别用你小县城的思维来推测大城市的人，别说是茅台了，就是15年的茅台，也没人跟你抢。"谢勉记举了举手中的啤酒杯，"生活教会了我喝酒，我现在能喝10瓶啤酒，或是3

瓶红酒。不是我想喝喜欢喝，是不得不喝，是生活所迫。不像当年我们解题，只是兴趣和爱好。"

"我现在还是不喝酒，滴酒不沾。酒精过敏，是病，是治不好的病。"余笙长端起茶，抿了一口，"万丈红尘三杯酒，千秋大业一壶茶……喝茶让人清醒。"

方澄晃动了几下红酒酒杯："我以前是三两白酒一瓶红酒，现在是一斤白酒三瓶红酒。不过现在年纪大了，除非应酬，轻易不怎么喝了。"

"你呢，老宋？"易正方自顾自地喝了一杯白酒，一脸陶醉的神情。

真正好酒之人，会主动自己喝酒，也会主动找人喝酒。宋几何一时感慨，想当年五人组出去聚餐，基本上除了他和方澄，无人喝酒。他和方澄也是因为有喝酒的共同爱好，而越走越近。可以说，他和方澄先是同学，后是组友，然后是酒友，最后是男女朋友。

当年谢勉记和余笙长滴酒不沾，易正方酒量极差。记得有一次聚会，宋几何醉酒之后一时兴起非要劝谢勉记喝一口。谢勉记将军易正方和余笙长，声称只要他们喝多少，他都会喝他们的一倍。

结果易正方和余笙长被激怒了，易正方一口气喝了三瓶啤酒，余笙长也喝了半两白酒。

然后就出事了，还是大事。

先是宋几何醉倒了，作为始作俑者，他在劝完谢勉记之后，和方澄碰了一杯，二人偷乐片刻，醉意上涌，分别倒地不起。

接下来是易正方。

喝了三瓶啤酒之后，易正方一头栽倒，他醉得比宋几何和方澄还彻底。

随后是谢勉记。

谢勉记在易正方喝完三瓶啤酒后，他打开了六瓶啤酒，结果在喝到第四瓶时，顶不住了，也一头醉倒在易正方的身边。

最惨的是余笙长。

余笙长只喝了半两白酒，严重的酒精过敏导致她浑身红肿、呼吸困难。

片刻之间就失去了行动力，连呼救都困难了。想要求救，也没了力气。

最吓人的是，身边的几个人都醉得不省人事，没有人可以帮她。眼见余笙长快要不行时，恰巧隔壁房间的人走错了房间，进来一看，大吃一惊，赶紧打了急救电话。

余笙长在医院休息了一周才出院。

其他人醒酒后就没事了。

此事一度让宋几何十分自责，也让易正方和谢勉记在相当长一段时间内，特别照顾和迁就余笙长。

遥想当年，再看眼前，除了余笙长因为体质还是滴酒不沾，易正方嗜酒，并且抱着好酒不放，谢勉记云淡风轻，张口就是10瓶啤酒打底，而宋几何的酒量从以前的半斤上升到了一斤之后，又逐年下降，现在三两就差不多了。

人生是加减乘除的过程，有人开始时是乘法，后来是减法和除法。而有人开始时是减法，后来是加法和乘法。

宋几何举起酒杯："来，先同举一杯，庆祝我们12年后的再次相聚。"

众人举杯。

"下面就听听笙长的人生传奇。"宋几何轻轻抿了一口白酒就放下了，他要保持清醒。

"不是传奇，只是普通得不能再普通的平凡人生。"余笙长稳定了一下情绪，"大学毕业后，我放弃了留在北京的机会，回到了家乡南昌。"

"南昌是省会城市不假，但跟河北石家庄、山西太原一样，也是最没有存在感的省会城市之一。在爸妈的帮助下，或者是说要求下，我进了一家中学教书。开始时是教初中，后来教高中。一直到现在，都是高中老师。有时也带班，从高一带到高三。"

余笙长进入讲述之中，声音自动开启了老师讲课的模式，语气缓慢沉稳、腔调抑扬顿挫，颇有感染力。毕竟是音乐系出身，再加上面容姣好，她肯定是许多学生梦寐以求的美女老师形象。

"日子过得很平淡，因为家也在南昌，离学校又不远，我基本上都是两点

第十六章 2日，层次和境界决定了太多东西

一线的生活状态,每天不是在学校就是在家,感觉和在大学时代没什么区别!"

"第一年就在家人的安排下,开始相亲。相了20多个之后,我就绝望了。不是长得太差,就是收入太低,要么就是家庭条件太一般。好不容易遇到一两个不管长相、家庭条件都还不错的富二代,谁知完全没有上进心,成天只想着在父母的庇护下混日子。更悲哀的是,你和他完全不在一个频道上,不管聊什么都没有共同话题……"

宋几何可以理解余笙长的吐槽,许多人在一线城市待久了,再回到家乡会发现无法融入其中。不是说自己有多高尚多高端,而是实在和他们找不到共同话题。层次和境界决定了太多东西,你所关心的在意的想要引起共鸣的话题,他们不是完全不感兴趣,就是彻底一无所知。

你就像是置身于茫茫大海之上,举目四望,视野所及之地,全是海水,没有一个可以停泊的港湾。

余笙长学的是音乐,本身又很文艺,在北京时,798艺术区、琉璃厂文化街、后海、南锣鼓巷、蓝色港湾、人大涂鸦墙等,有太多可以让她流连忘返的地方,也有太多和她爱好相近的同类。

但在家乡的城市,怕是很难遇到如她一样心思剔透、多愁善感之人。

"直到有一天,我终于遇到了一个各方面条件优秀又有共同话题的人,他叫李重楼……很有意思的名字,对吧?他也是在北京上的大学,还是北大!"余笙长眉眼之间欣然流露出了欢喜,"当时我和他一见如故,仿佛是在人海之中终于发现了自己的同类,欢欣鼓舞,我开心得想唱歌。"

以前余笙长一高兴就会哼歌,她嗓音婉转清脆,格外动听。

"为什么后来没结婚呢?"易正方听得入了神,他看了出来余笙长确实是真心喜欢李重楼。

"没有为什么,后来就是越接触越觉得彼此之间的差距太大,慢慢地就不再联系了。"余笙长眼神中流露出落寞和无奈,"他太优秀了,优秀到光芒万丈,而我在他身边,显得既渺小又卑微。我配不上他!"

方澄扑哧一声笑了出来:"开什么玩笑,还有笙长配不上的男人?你是太喜欢他了才会有自卑的感觉，对吧？"

"也许吧。"余笙长沉默了片刻，"他方方面面的条件都堪称完美，家境良好，比我的家庭条件好了100倍还多。个子也高，1米85，每天健身，还有腹肌。他没有借助家里的力量，自己成立了一家科技公司，三年就做到了上市。他还从来没有绯闻，感情世界干净得像是一张白纸，每天就是工作、学习、健身、打游戏，就像是这个世界为数不多的闪亮的金子……"

"你遇到高手了。"宋几何笑了起来，"他向你展示了完美的一面，让你觉得他方方面面都符合你的要求，是对你的降维打击，说明他太了解你的所思所想和喜好了。"

"根据恋爱定律，凡是方方面面都符合你要求的人，他一定不喜欢你。偏偏他又喜欢你，就让你觉得像是在做梦一样。"

"如果说缺点是影子，人人都有影子。为什么有人会没有影子？是因为他隐没在黑暗中。"宋几何举起酒杯，看向了方澄，"方澄总说她没有丝毫缺点，而我满身缺点，我倒想问问方澄，你什么时候才会发现是你自己隐没在黑暗中？"

话题至此陡然一转，气氛也急转直下。因为所有人都注意到了方澄的脸色迅速阴冷了下来。

"砰！"

方澄的酒杯重重地放在了桌子上："宋几何，给你脸了是吧？当着同学们的面，你非要让我下不来台是不是？"

"少跟我阴阳怪气地说话，最烦你这种阴险的性格。你不就是怀疑我出轨了张系吗？告诉你，没有的事儿！"

"我出轨谁都不会出轨他！他不是我喜欢的类型，而且，我不喜欢比我年纪小的男人！"

"轰！"

一声炸雷突然在窗外响起，震得众人都心头一凛。

第十七章 2日，越是喜欢挑剔别人的人，其实是越对自己不满意

——基数和序数

都以为接下来会爆发一场激烈的争吵，甚至会出现人头打出狗脑的尴尬场面。但让人意料不到的是，宋几何面对方澄咄咄逼人的架势，没有继续还击，只是淡淡一笑。

"你们都看到了？这么多年来，我在家里的地位一向排在最后，位于女儿、儿子、槐米和远志之后。"

"槐米和远志是谁？"谢勉记暗中舒了一口气，他还真担心宋几何和方澄会打起来。

"一只脏猫和一条臭狗！"方澄依然余怒未消，"一个大老爷们，不打高尔夫、不打牌、不玩游戏、不健身，一下班回家就养花弄草养猫遛狗，没出息到家了！最烦他这些不良爱好了，也不知道他哪里来的耐心和精力，伺候这些猫爷狗祖宗还不够，还有闲心养鱼！"

"还有，我最受不了他的就是不爱吃米饭，非吃面食不可。浑身上下全是毛病，没一点儿好习惯。"

方澄越说越气，大有不把宋几何批斗得体无完肤誓不罢休之势。

余笙长偷偷去看宋几何，见宋几何一脸淡定，似乎方澄抨击的是别人而不是他，其从容的姿态和平静的神情说明久经沙场，对此早已习以为常。

余笙长不由替宋几何大感不值，刚要开口说话，被谢勉记的眼神制止了。

谢勉记摆了摆手："别说了，方澄，我不是批评你，只是陈述一个事实——你喜欢米饭他喜欢面食，不叫三观不合，也不叫毛病和坏习惯，只是不同的生活方式而已。你说他吃面食是不讲究，是不体面，是粗俗，才是三

观不合。"

"夫妻之间要多包容对方的缺点，多欣赏对方的优点。人无完人，你自己都不完美，怎么能遇到一个完美的人？就算你遇到另外一个你，你也会觉得他有许多地方不尽如人意。"

"越是喜欢挑剔别人的人，其实是越对自己不满意。并不是别人缺点太多，而是自己不够好。"

宋几何朝谢勉记点了点头："谢谢你勉记，替我说了公道话。我邀请你们三个人过来，就是想回到我们当年纯真而没有猜疑的简单关系中，不再用自己的社会身份戴着面具和伪装说话，我不是宋董，方澄也不再是方总。"

"你不再是谢总，正方不再是易科长，笙长不再是余主任。大家都回归本心，都当自己还是12年前天真无邪的学生，我们对所有事情的判断只出于道义、良知和公理，而不受对方身份和社会地位的影响，更不被利益驱使。"宋几何举起了酒杯，"同意的话，就碰个杯。"

"谁怕谁？"出人意料的是，方澄第一个和宋几何碰杯，"这些年我没变，变的是你。别以为你翅膀硬了，就可以把今天所有的一切都当成自己的功劳。告诉你宋几何，你能有今天，全是因为我爸我妈还有我对你的帮助，没有我们拉你一把，你现在混得肯定连易正方都不如。"

易正方讪讪一笑，也和宋几何碰杯："挺好，挺好，我成了基数标准，不胜荣幸。"

方澄才意识到说错了话，嘿嘿一笑："不好意思正方，我没别的意思，你别多想。往心里去就是你的不对了，我真的有口无心。"

"我来当序数，我是第一个支持几何的人！"余笙长也忙和宋几何碰杯，"你们谁也别跟我争第一个，排排坐，分果果。我第一，正方第二，勉记第三，没意见吧？"

谢勉记也举起酒杯，碰了一下："争什么一二三四，同学之间，不分高低；夫妻之间，没有胜负。一争，就落了下乘了。争，是两个人感情疏远的开始。"

易正方漫不经心地看了方澄一眼:"方澄,你是不是总是以有口无心当借口来为自己的坏脾气掩护?"

"我脾气哪里坏了?易正方,你是对我有意见了吧?"方澄当即反驳。

"心直口快不是直爽,更不是有口无心,而是自私。"易正方意味深长地笑了笑,"生活中没有什么无意伤害,有的只是嘴贱和低情商。"

"啪!"

方澄一拍桌子站了起来:"易正方,你非要针对我是吧?你们是不是都被宋几何收买了,合伙来围攻我?行,我不怕,尽管放马过来。当年我们一起解一道特别难的大题时,你们忘了你们四个人联合起来也没有解对,只有我一个人得出了正确答案。"

"别以为人多就力量大,真理,往往掌握在少数人手里!"

易正方高举双手:"我投降,我投降还不成吗?我不和你吵,也骂不过你。但我会明确一点,在你们离婚的事情上,我支持几何!就这样!"

"行,随你!你有你的权利。"方澄寸步不让,"既然话赶话,这么快就到了表决阶段,说吧,笙长、勉记,你们都支持谁?"

余笙长微微低头,斜眼看向了宋几何:"我当初加入五人组是因为几何,这次来北京,也是为他而来。自始至终,我事事都是因为他,这次,当然也会支持他。"

"这么说,你肯定也是支持宋几何了?"方澄直视谢勉记的双眼,"老谢,五人组里面,我一直认为你是最厚道最朴实的一个,希望你不要让我失望。"

"不好意思方澄。"谢勉记迟疑了一下,目光迅速坚定下来,"我们现在的座位排序,和当年一模一样。记得有一次我们也是坐在一起开会,选举谁可以胜任五人组的领军人物,最终,几何全票当选!"

"你可能不知道,当时我和正方私下商量,要同时投你的。知道我们为什么在临门一脚时,又改变主意了吗?"

"不知道。"方澄双手抱肩,一脸傲然。

"因为你当时是独自解开了一道大题,也有了挑战几何权威的资格,但你太傲慢了,以为解开了一道大题就可以解开以后所有的难题。几何独自解开过三道超级难题,他从来不觉得自己有多了不起。我后来决定投几何一票,是认为如果让你带领五人组,五人组早晚会玩儿完。"

方澄不以为然地笑了笑:"易正方,当时你也是这么想的?"

易正方微微点头:"是的,我领会到了勉记的想法,也就改变了主意,投了几何。事实证明,我和勉记的决定是正确的。"

"你们都被宋几何的虚伪骗了!"方澄哈哈大笑,"你们真的很天真、很傻,以为宋几何真实、谦虚、低调,其实你们哪里知道,宋几何就靠他伪装的人设骗过了你们骗过了我骗过了我的爸妈,又骗过了所有人!最终一步步坐大,直到今天。"

"如果我不是和他一起生活了12年,我也不会发现他隐藏极深的真实意图。他的骗技太高超了,你们都被他利用了,你们都只是他的一个棋子。"

宋几何静静地等方澄说完,才不慌不忙地笑了:"说完了吧方澄?我可以说话了吗?"

"好,我们先假设你的说法成立,我是一个彻头彻尾的骗子,好,大骗子!骗过了所有人,从身边人到商业合作伙伴!那么问题来了,到底是我的演技太高超,演得连自己都感动了,忘记了初衷,不知道是在演戏还是真实的自己,又或者是全世界的人,包括你包括他们三个,还包括我们所有的商业合伙人,都是傻子,都没能识破我的骗术,都被我哄得团团转……"

"你是太高估了我的聪明和演技,还是太低估了别人的智商和辨别是非的能力?"

方澄先是一愣,随即勃然大怒:"宋几何,别用你惯用的伎俩绑架所有人,别人没有识破你不是因为你有多高明,而是别人和你接触不够多。总有一天,你的真面目会被所有人发现,你会身败名裂!"

"不要吵了好吗?"余笙长忙出面制止二人,"我们并不知道你们之间的矛盾到底是怎么积攒下来的,日积月累年深日久,天天在一起,难免会积累下来许多不满和怨气。我们没耐心也没兴趣知道过程,我们只想知道结

第十七章 2日,越是喜欢挑剔别人的人,其实是越对自己不满意

果——你们非要离婚不可吗?"

方澄坚定地点头:"我一天都不想见到他。再不离婚,我会被他气死,至少少活 20 年。"

"为了她的健康长寿,还是离了好。"宋几何也毫不犹豫地点头。

余笙长看向了易正方和谢勉记:"既然这样,我们要改变主意了,不再劝他们不要离婚了。7 道难题中的第一道,是关于离不离婚的问题,就这么解决了,我的答案是——离。"

易正方点头:"我的答案也是离。"

谢勉记叹息一声,摇了摇头:"尽人事,听天命。历史规律告诉我们,有些事情只能顺其自然——我同意离。"

"谢谢!"

宋几何和方澄异口同声。

"谢谢你们没有劝我们和,可以省下不少口舌。"方澄如释重负,倒了满满一大杯白酒,"来,庆祝我们五人组的再次相聚,也庆祝我和宋几何即将恢复单身。干杯!"

众人一起碰杯。

一如多年之前五人组正式成立时的场景,几人也是一样的座位一样的神情。所不同的是,岁月苍老了容颜,时光改变了心境,社会洗礼了人心。

"好,既然在必须离婚上面达成了共识,就可以讨论第二项议程也就是第二道难题了……"方澄似乎放下了千钧重担一般轻松,"第二道难题就是孩子的归属问题。"

余笙长的手机又突兀地响了起来。

易正方看得清楚来电显示"分母 5"。

余笙长脸色一变,起身到一边接听了电话。片刻之后回来,收拾东西:"不好意思,临时有点儿事情,我得出去一趟。第二道难题,明天再解。"

"你要去哪里?"宋几何一脸关切,"雨很大。"

"不怕!"余笙长只应了一声,就推门而出,一头扎进了大雨倾盆的夜晚。

第十八章　3日，生活荒诞是生活原本的状态之一

——多面体

5月3日，凌晨5点，宋几何醒了。

准确地讲，他失眠了。昨夜辗转反侧，直到12点才睡着。好不容易入睡，一翻身就又醒了。如此反复，直到凌晨4点多才沉沉睡去。

以为会被6点的闹钟叫醒，不料5点就又自己醒了。

少说也有五六年没有失眠了，宋几何索性起床。

雨还在下，似乎没有减弱的迹象。

昨晚在余笙长走后不久，易正方和谢勉记也回酒店了。家中只剩下方澄和宋几何后，二人恢复了以前清冷且互不理睬的状态。

方澄待了一会儿，说要回家看望孩子，也走了。偌大的家中就只有宋几何一人了。

方澄是在有意孤立他。

现在两个孩子基本上都住在方澄爸妈家，除了不想让他们的争吵影响到孩子的身心发育，姥爷家离学校近也是一个让宋几何无法拒绝的理由。

之所以同意让孩子住在方澄爸妈家，宋几何的真正出发点也是不想让孩子目睹他和方澄的冷战以及离婚过程。

在保护孩子上面，他和方澄的出发点难得一致。

尽管可以理解并且相信方澄对孩子的保护出于真心，但宋几何理解不了方澄带走槐米和远志也是为了孩子好。

槐米和远志是宋几何的猫和狗。

孩子不在身边，猫和狗也被方澄故意送走，连他养的花花草草也陆续枯

萎，甚至是他最喜欢的鱼也含冤而死！

方澄是有意营造一个四面楚歌的氛围，让他从心理到生理上感受到压抑，最终达到崩溃的效果。

宋几何是不会让方澄得逞的！

他和方澄不同，并不相信日常悬念、细节暗示对一个人带来的心理和生理上的影响，他的内心很强大，和他所坚持的逻辑思维一样严谨，基本上不会被攻克。哪怕是方澄用尽一切方法，包括对他最喜欢的花草鱼虫下手，还带走他的猫狗，让人砸碎他的车灯，还故意让保安和他对立，甚至买通保安打他，等等，都不要紧，他不会因此而变得疑神疑鬼，也不会放弃在离婚中对他应有权利的诉求。

他会和方澄周旋到底！

昨天是五人组12年以来的第一次聚会，表面上，他赢得了第一局的全面胜利，获得了压倒性多数的投票……宋几何却并没有因此而沾沾自喜，也不会认为他已经胜券在握。基于一个很简单的判断就可以得出结论——方澄在所有人都支持他的前提下，居然没有指责和谩骂易正方、余笙长和谢勉记三人，反而若无其事，说明了什么？

说明方澄依然胸有成竹，认为她有底气认为她还有获胜的机会！说明她还有底牌！

宋几何太了解方澄了，方澄是一个藏不住事情的人，不管是绝望还是希望，她都会明白无误地写在脸上。

现在宋几何只是担心余笙长，雨夜、孤身一人、单身美女，一连串的敏感词叠加起来，不用想就知道值得余笙长风雨无阻也要见面的人，必定是一个对她来说非常重要的人，而且，还是男性。

更说不定的是，也许还会发生什么意外。

宋几何在昨晚10点多时，给余笙长发了一个消息，问她有没有回酒店。

没有答复。

昨晚12点时，谢勉记和易正方分别发来消息——余笙长没回酒店。

此刻是 7 点，宋几何吃完早饭。看了看手机，依然静默，没有余笙长的信息。他心中蓦然闪过一丝不安，拿起手机正要拨出电话时，手机就及时响了。

是余笙长发来的微信。

"几何，你能过来接我吗？我在三里屯，地址是……你能现在、马上、立刻过来吗？"

"好！"宋几何没有丝毫犹豫，一口就答应了。

余笙长随即发来一个地址。

是以前五人组经常聚会的一个点，是在三里屯太古里附近的一家很文艺的书店。

下楼，取车，宋几何一路狂奔。他的住处离三里屯有 12 公里多，还好是早上，又是节假日的早上，不堵车。

车昨天就修好了，换个车灯不算什么重大维修，4S 店的动作还算快。

20 分钟后，宋几何赶到了余笙长发来的地址。

清晨的北京，城市正在慢慢苏醒。大街上人车还不多，却已经开始像是涨潮前的平静，正在积蓄繁华的力量。想当年，宋几何也曾经常前来三里屯和工体，不管是逛街、购物还是唱歌，只为挥霍无处安放的青春。

印象中，从 23 岁后，他的激情就慢慢退却了，逛街、购物的次数变成了一年几次，唱歌的时候更是寥寥无几，除非陪客户，他再也没有激情呼朋唤友纯玩了。

年轻的时候，觉得青春很长，可以肆意挥霍任意挥洒，实际上，青春极其短暂，在你还没有玩够的时候，身体却发出了警告，让你意识到你已经老了。对于彻夜狂欢再也不像以前一样一觉醒来就恢复如初，心理上再拒绝承认也改变不了身体吃不消的事实。

身体上的诚实表现会让你的心理逐渐接受变老，等你有一天发觉你对狂欢、放纵提不起兴趣时，或是一夜狂欢过后，第二天的失落远大于当时的欢愉，你就会发现，人生迎来了新的阶段。

第十八章　3 日，生活荒诞是生活原本的状态之一宋几何收回回忆，四处寻找余笙长。雨还在下，虽然不大，却让视线有些模糊。

熙熙攘攘的人群中，书店门口不见余笙长的身影。他不免有些焦急，发微信，不回。打电话，不接。

是出什么事情了吗？宋几何心头一沉，才一走神的工夫，突然一个人影从旁边杀出，猛然扑在了他的车窗上。

"我……"一句恶骂都来不及骂得完整，宋几何下意识地踩了刹车，本能加多年老司机养成的敏锐，让他得以及时停车。

没见过这么碰瓷的，连命都不要了吗？宋几何惊吓出了一身冷汗！

开车十几年来，他从未发生过交通事故，连一次交通违章都不曾有过！今天，第一次如此惊险，有那么一瞬间，他的大脑接近空白。

一张浓妆艳抹、宿醉未醒的脸紧贴车窗玻璃，她黑色的眼影猩红的口红都蹭在了玻璃上，留下了触目惊心的红与黑的色彩。

宋几何吓了一跳，他厌恶地摆了摆手："不是网约车！"

工体一带，酒吧、KTV众多，晚上的街头路边，醉卧的女孩被人捡走的事情，虽不多，据说也偶有发生。

"我没叫网约车，我就是找你，宋哥。"红与黑女孩伸开双臂，像是要抱住汽车，"你忘了我了？我是小米粒，上次在LC酒吧认识的……"

居然知道他姓宋，宋几何暗暗冷笑，摇头："你认错人了。麻烦你让开！"

"宋几何，你提上裤子不认人了是吧？你别想耍赖，除非给我一万元，要不我把你的裸照扔得满大街都是。"红与黑女孩脸色陡然一变，杀气腾腾。

"可以，请便。"宋几何反倒更加镇静了几分，指了指后视镜，"车里有360度行车记录仪，你刚才的举动都被录了下来，包括你刚才的威胁。你现在滚开，我可以不追究。再闹下去，我马上报警。"

红与黑女孩愣了一愣，嘟囔了一句："不对呀，剧本不应该是这样演呀……"她缓慢地离开玻璃，冲宋几何伸了伸中指。

"你礼貌吗？"宋几何暗暗问候了一句。

现在的年轻人都这么个性这么向金钱妥协了吗？不拿自己名声当一回事儿也就算了，还不拿自己的生命当一回事儿，冒这么大的风险，能赚多少钱，值得吗？幸亏遇到他，换了别的新手司机，说不定就撞上了……

宋几何忍不住腹诽了一句："祝你早日吸取经验教训！"

"吱……"

刺耳的刹车声响起，随后"砰"的一声，紧接着传来了人群的惊呼声。

"出车祸了！"

"撞人了！"

宋几何扭头一看，顿时倒吸了一口凉气——红与黑女孩此时仰面朝天倒在了下一个路口，身下，一片血泊。

不会这么邪门吧？难道真是他的诅咒起作用了？宋几何是坚定的唯物主义者，本来从不相信方澄一直坚信的日常悬念和细节暗示，顶多认为生活荒诞是生活原本的状态之一。

但刚才发生的一幕，让他的内心受到了强烈的冲击。

不，不会的！女孩出车祸是她自身的原因，和他的所谓诅咒毫无关系，何况他认为生活中根本就不存在什么诅咒。如果存在并且有用，以方澄对他发动的魔法攻击次数来算，他死一千次都绰绰有余了。

当然，方澄也得死 900 次以上了。

无论当初多相爱的两个人，结婚后，一旦发生了冲突，冲突越强烈，对对方以往的挖掘就越深刻，对对方的魔法攻击就越深入。

深入灵魂和骨髓。

只是红与黑女孩如果真是受什么人指使才来栽赃陷害他，落到车祸的下场，过错该记到谁的头上呢？

手机又响了。

宋几何没敢大意，忙靠边停车。

是余笙长发来的微信消息，是一个定位。

"洲际酒店？"

第十八章　3日，生活荒诞是生活原本的状态之一

103

宋几何心中纳闷儿，为什么地址又从书店变到了酒店？还好不远。他将红与黑女孩的事情甩到了脑后，右转，直行了两分钟后，他的车驶进了洲际酒店门前。

一抬头，余笙长笑意盈盈地和一人从酒店里面出来，她挽着他的胳膊，亲密而自然。

宋几何按了一下喇叭，余笙长没有反应，显然没有看到他的车。他当即拨通了余笙长的电话。

余笙长依然有说有笑，似乎没有察觉到手机的动静。

宋几何不顾保安的阻拦，强行开车冲了过来，在余笙长即将转到主路上时，截住了她。

余笙长吓了一跳，等她看清缓慢下降的窗户后面是宋几何时，先是一愣，下意识放开身边人的胳膊，片刻过后又尖厉地笑了，如同变了一个人。

"几何，你跟踪我？"

宋几何一头雾水："不是你让我过来接你的吗？"

"我……"余笙长指了指自己的鼻子，摇头，笑容在冷却，"没有，我什么时候让你过来接我了？"

"你自己看。"宋几何生气了，递了过去自己的手机，"你发来的微信消息……还有，我刚才给你打电话，你的手机也应该有显示。"

"是我的微信号……可是我没有发过呀，等等，坏了，我手机呢？"余笙长翻看随身的小包，脸色大变，"怪不得一晚上都很安静，原来是手机丢了。"

余笙长立刻用宋几何的手机拨打了自己的号码，没人接听。她又向自己的微信发送消息："你是谁？你怎么会有我的手机？你怎么知道我的手机密码？请你还我手机，否则我就报警了。"

没有答复。

余笙长不死心，又打了语音。还是没人接听。

宋几何稍微冷静了几分，冲余笙长点了点头："别急，先上车。"

余笙长和她的同行者一起上了车。

宋几何直接开车回了皇冠假日酒店，一路上，他没问任何问题，余笙长也没解释。

一进大堂，就遇到了易正方。

易正方怔了片刻，才说："几何，现在方便吗？有件非常重要的事情要和你说。"他又看了旁边的余笙长和陌生男子一眼，"单独。"

第十八章　3日，生活荒诞是生活原本的状态之一

第十九章　3日，关于创业的人生新难题

——奇变偶不变，符号看象限

易正方的脸色有些过于凝重，应该是发生了什么失控的事情，宋几何点了点头，转身对余笙长说道："你等我一下。"

余笙长若无其事地一拢头发："好，我和裴南在我的房间等你。"

酒店的大堂很大，宋几何选了一个靠窗的僻静角落。

易正方回身看了一眼，确认已经看不到余笙长，才小声说道："昨晚回来后，发生了三件事情，很有意思，也很诡异。"

宋几何今天遇到的诡异事情已经够多了，他摆了摆手："直接说吧，我能承受，别担心。"

"第一件事情就是余笙长夜不归宿。刚才你也看到了，和她一起的男人叫什么来着？裴南，对，明显和她是非同寻常的亲密关系……"

宋几何打断了易正方的话："笙长的私事，她不说，我们不问。她和裴南是从洲际酒店出来的……等下再说我为什么会接上她，你继续。"

易正方按捺住内心的好奇和冲动："第二件事情是方澄在昨晚10点多的时候，来了酒店一趟，约了我和老谢吃了消夜。她再三强调，不让我们告诉你。"

符合方澄一贯的作风，宋几何点头："没有余笙长？"

"她当时已经不在酒店，出去了。"

昨晚方澄借口回家看孩子，扔他一人在家，宋几何就猜测到了什么。果然，方澄继续在背后拉拢和分化几人。

"也是好笑，我们三个人就在旁边的酒都熊帮主羊肉店吃了点儿东西。"

易正方嘿嘿一笑，"方澄直接给我和老谢开出了条件。"

宋几何点了点头，等了一会儿不见易正方继续说下去，笑了："放心，我不会出卖你。另外，我的条件肯定会好过方澄的条件。"

易正方摸着鼻子笑了："我可不是漫天要价，也不是价高者得，我是想让你明白我的心意，以及我们的友情牢不可破。"

"明白。"宋几何坚定地点头，"友情也要建立在互惠互利的基础之上，不会是一方对另一方的无度索取。你支持我，我肯定会回报你。"

"说吧，方澄的条件是什么？"

易正方再次捏了捏鼻子。

宋几何不动声色地笑了，上学时，易正方一紧张或是说谎时就会有一些下意识的小动作。经过长时间的细致观察后，他得出了结论，紧张时易正方是摸鼻子，说谎时是捏鼻子，紧张加说谎时是揉鼻子。

"别不好意思，尽管说，都是自己人。"宋几何依然一脸沉稳，十多年的商场经历，已经将他历练得无比成熟，只谈情怀不谈报酬，是耍流氓，"我也早早为你们准备好了方案，还没来得及拿出来和你们商量。正好，方澄抢先一步，也是好事。以前解题时，方澄也总是第一个开始。"

"但她几乎没有一次做到第一个得出正确的答案！"

"最先开始的，未必就是最好的。"

易正方咬了咬牙，似乎是下定了莫大的决心，他又揉了揉鼻子："方澄的意思很明显，让我和谢勉记都支持她。只要在我们的支持下她的离婚方案能够得到你的点头，你签字生效后，她会为我提供一份年薪50万元的工作和一个北京户口。"

"还包括免费提供一套公寓和一辆价值不低于30万元的北京牌照的汽车。"

宋几何心里有数了，工作和户口应该是方澄开出的条件，公寓和汽车是易正方自己的加戏。

能加戏是好事，讨价还价才是生意，说明易正方想要他开出更好的条件。

宋几何轻轻咳嗽一声:"方澄和我在离婚的事情上,各有一个方案。她的方案可以叫 A 方案,是她拿走我们名下共同财产的七成,孩子她全要。属于我个人名下的财产,她也要拿走七成。"

"我的方案可以叫 B 方案,是我们名下共同财产五五分,属于我名下的个人财产,归我所有,孩子一人一个,我要儿子她要女儿。"

"她坚持她的 A 方案不让步,我也认定我的 B 方案最公平,吵闹了半年,也没能达成共识。最后我和她约定,请你们过来,你们支持谁的方案,谁就是最后的获胜者。"

易正方听明白了宋几何的暗示:"就算我是外人,也认为你的方案最公平,各一半才合适。我和李美玉分家时,也是五五分。男女平等就得体现在方方面面,对吧?"

"其实你有没有想过,几何,你们可以再商量一个平衡两个方案的 C 方案出来?"

"商量过……"宋几何苦笑,"我也明确表示可以让步,只要让我带走儿子,财产的分割我可以只拿四成。方澄不同意,非要坚持她的 A 方案,还说不能有一丝的让步。"

易正方也是苦笑摇头:"12 年过去了,方澄的脾气一点儿也没变,还是那么固执和认死理。当年解题的时候,她也是要求每一步都必须按照规则来,不能有丝毫的出入和发挥。说她是死板也好,严谨也好,反正就是不知变通。"

宋几何摆了摆手:"不说她的为人了,说我们的合作。我的设想是,和方澄离婚后,公司层面的切割会耗费一段时间,最坏的结果是公司一分为二,最好的结果是公司保持原来的架构不变,我和她作为公司最大的两个股东,会让公司内部分裂成两个阵营。"

"公司近年来的发展方向和规划,都是由我一手制定的,公司大部分人对我比较认可,到时方澄在公司的地位会很尴尬。但以她的性格,她又不会放手,会以破坏公司的稳定和发展来建立自己的权威。所以,为了大局着想,我会在离婚后带领一部分公司的骨干力量另外成立一家新公司……"

"新公司成立之初，必然需要大量的人才，你就留在北京帮我，以联合创始人的身份。我们再次建立组合，去解答一道关于创业的人生新难题。"宋几何抛出了诱饵，"年薪60万元起，公寓和专车都有，还有股权……"

易正方怦然心动。

心动之余，他也有一丝冷静与思索。

他作为一个彻头彻尾的失败者，再回家乡的小县城，不但升迁无望，还因为李美玉对他的诋毁而名声扫地，不能说是寸步难行，也是四面楚歌，基本上没有任何前景了。

眼看山穷水尽却又柳暗花明，突然多了一个一步登天的机会，如果他不抓住，他恐怕一辈子都会在白眼和嘲笑中穷困潦倒，再无翻身的可能……易正方几乎要一口答应宋几何了！

记得三角函数诱导公式有一个口诀：奇变偶不变，符号看象限……应用到生活中就是，你变我不变，利益是关键。

听上去有些残酷，但现实却往往如此——没有利益共享的关系不能长久，哪怕是亲朋好友的关系！方澄和宋几何分别开出了无比诱人的条件，说明他们三人的支持对他们二人来说，无比重要。但问题是，他想象不出来他们投票支持他们离婚方案的重要性在哪里。

不过他能明白一点，越是想象不出来，越是说明他们具备了远超他们自身认知的价值。所以，不能轻易答应。否则，会贱卖了自己。

原以为只是一次单纯的聚会，顶多就是再努力劝说宋几何和方澄和好，没想到，事情会演变成现在的样子，易正方心中明白了一个事实——宋几何和方澄离婚的水，比他想象中深多了。二人离婚的背后，肯定隐藏着一个超出他认知范围的巨大内幕。

易正方只犹豫了片刻就立刻拿定了主意："谢谢几何对我的信任，我会认真考虑一下。能和你一起在北京创业，是我很早以前的梦想。现在突然摆在了面前，让人有不真实的感觉。"

宋几何察觉到了易正方情绪的微小变化，大概猜到了易正方是想要待价而沽。

当年他能成为五人组的领军人物，不仅在于他的解题水平最高，还在于他可以充分调动每一个人的情绪，可以捕捉到每个人感情上的波动，从而做出相应的安抚或是鼓励。

再加上宋几何俊朗的外观和礼貌的谈吐，他在短短时间内不但成为五人组的领军人物，而且成为校学生会的主要成员之一。

当年征服包括方澄在内的几人，宋几何采取的是各个击破的方法，因人而异施展不同的策略。每个人都是难度不同、题型不同、解题步骤不一样的难题，只要找对了方法，都能得出正确的答案。

对易正方，他开始时信心还不算十足，从798"耳光事件"之后，他自认有足够的把握让易正方老实听话。

"不用急着给我答复，你好好考虑一下。还有四天的时间。"宋几何见好就收，迅速切入了下一个话题，"不是一共三件事情吗？第三件是？"

"第三件事情就是和方澄吃完消夜后，老谢和方澄又一起出去了，直到现在……他也没有回来。"易正方脸上流露出古怪的笑容，"就是说，昨晚夜不归宿的其实有两个人，一个是余笙长，另一个是谢勉记。"

"不瞒你说，我当时还猜测难道是老谢和余笙长旧情复燃，二人私下有约了……刚才看到余笙长和裴南在一起，我才确定我猜错了。"

谢勉记也一晚上没回来？宋几何读懂了易正方暧昧笑容背后的含义，他是怀疑方澄和谢勉记有什么事情……他摇了摇头："你别瞎想，我和方澄的离婚，不是因为有一个人变心、出轨，相反，我和她都对婚姻很忠诚，没有一个人有外遇。"

"我没瞎想，真没有。"易正方摇头加摆手，"别的不说，以方澄现在的眼光，怎么可能看得上老谢？当年老谢是喜欢过方澄，可他也喜欢过余笙长啊！他是见一个喜欢一个的类型，和我不同。我只坚定地喜欢余笙长一个人！"

宋几何笑笑没说话，心中却想当年全校男生中，喜欢方澄的有三分之一，喜欢余笙长的有三分之二。同时喜欢她们两个人的人，有 90% 以上。学生时代所谓的喜欢，只是单纯的好感加一种想要征服的冲动，除此之外，并没有天长地久、结婚生子的长远打算。

不过易正方和谢勉记对方澄和余笙长的喜欢不同，他们二人是真心喜欢，是想长长久久在一起的喜欢。尤其是谢勉记，还曾经付诸行动，对余笙长表白过三次。

三次，都被拒绝了。

易正方有没有对余笙长表白过，不得而知，至少公开的表白没有。据说有私下的表白，也是被拒绝。

但易正方对方澄的公开表白，曾一度在校内传为美谈。

虽然也是以失败告终。

算起来宋几何是五人组中最后一个认识方澄的。方澄最先和谢勉记认识，然后是易正方、余笙长，最后才是他。

本来在宋几何出现之前，谢勉记和易正方认定他们二人肯定可以分别拿下方澄和余笙长。但在宋几何出现之后，一切都变了。

二人一度痛恨宋几何，后来在方澄和宋几何确定了恋爱关系后，才慢慢调整过来，接受了现实。

"老宋，你说你和方澄对婚姻都忠诚？"易正方坐直了身子，"方澄可不是这么说的，她说，你不但在感情和身体上背叛了她，还给小三成立了公司，转移了大量的公司资产，早就做好了离婚后和小三结婚的准备！"

"你在事业上也背叛了她！"

第十九章 3日，关于创业的人生新难题

第二十章　3日，同学之间的关系分为三种

——无限不循环小数

出乎易正方意料的是，宋几何脸色平静，似乎早就料到了方澄对他的编派。

方澄指责宋几何出轨并转移公司资产不是一天两天了，她委托的律师也和宋几何见过面，当面警告过宋几何——如果他不在方澄的离婚方案上签字，方澄会抓住他出轨并转移资产的证据，让他以过错方的身份净身出户！

宋几何当即就回怼了律师，他虽然不是律师出身，但他也懂法。

"虽然过错方在离婚分配财产时，会有一定的影响。但并没有相关法律强制性规定过错方必须净身出户！"

更何况他压根儿就没有过错，律师对他的警告有误导和威胁之嫌，如果再有下次，他将会向律师协会和司法部门投诉律师的行为涉嫌欺诈。

除非拿出他出轨和转移资产的证据，否则下次再拿此事说事，他不会善罢甘休。

后来方澄一直没有拿出确切的证据，但还是不断地指责宋几何出轨和转移资产。半年前，方澄声称发现了宋几何出轨的证据，拍到了他和助理安若即从酒店出来的照片。

宋几何连反驳都懒得反驳，当时他和助理与客户在酒店大堂谈事，结束后出来开车，被人拍下。如果这也能算作出轨的证据的话，全世界得有多少男人要蒙受不白之冤？

此事后来虽然不了了之，但方澄还是坚定地认为宋几何绝对出轨了，只不过宋几何隐藏得太深。她相信，她早晚会查到真相。

易正方眼珠转动几下，见宋几何还没有要反驳的意思，不由摸了摸鼻子："是真没有，还是事情做得天衣无缝，无论如何也不会被人查到？"

宋几何呵呵一笑，并没有正面回答："我有一个建议，正方你听听是不是可行。我打算成立一家名为五人行的公司，准备邀请你、勉记和笙长加盟，我们共创人生辉煌。"

"可以倒是可以，才四个人，怎么能叫五人行呢？"

"我还物色了一个联合创始人，她就是我的助理安若即。"宋几何意味深长地笑了。

"有机会介绍认识一下，你认可的人，肯定方方面面都很优秀。"易正方回应了宋几何一个心领神会的笑容，"几何，你的意思是我们先达成共识，然后再依次说服谢勉记和余笙长？"

和绯闻的女主角联合成立公司，宋几何是默认还是公开示爱？易正方猜到了宋几何的心理，他和安若即肯定有问题，但事情做得足够隐蔽，不管方澄怎么怀疑怎么调查，都不会抓住真凭实据……他暗暗点头，符合宋几何谋定而后动的性格，他向来是不打无把握之仗。

"正是。"宋几何欣慰一笑，"还是你了解我，正方，干不干？"

"干！"易正方突然热血沸腾了，一拍桌子，"必须得干。我反正光棍一条，能留在北京，还有一份事业，是我的幸运。"

"接下来你说怎么办，我就怎么干！"

宋几何点了点头："今天原本的安排是去西山，现在还在下雨。天气预报说今天一天都有雨，我们去西山的行程推迟到明天。"

"去公司的日程调整到今天？"当年在五人组时，易正方就和宋几何走得很近，打配合也非常默契，他瞬间就猜到了宋几何的想法。

"你还是当年的易正方。"宋几何感慨一番，"先去余笙长房间，了解一下她昨晚发生了什么事情。然后等老谢回酒店，我们就一起去公司。"

"好。"易正方笑得很满足，"这么说，我们现在已经达成了共识，建立了统一战线？"

第二十章 3日，同学之间的关系分为三种

宋几何和易正方握手："我谨代表五人行欢迎你的加入。"

几分钟后，宋几何和易正方敲响了606的房门。

余笙长开门。

她神情稍显慌乱，头发也有些凌乱，眼圈红肿，显然是刚哭过。

裴南坐在房间的沙发上，一动不动，对宋几何和易正方的到来，视而不见。

"没礼貌。"余笙长瞪了裴南一眼，"问好。"

"没心情。"裴南勉强抬起眼皮，瞄了宋几何和易正方一眼，"也没兴趣。"

宋几何摆了摆手："不重要，直接说我们的事情就可以。"

余笙长点头，坐在了床上。易正方拿过桌子上的水，递给宋几何一瓶。

宋几何拧开，递给余笙长，语气轻柔且缓慢："不急，先喝口水，慢慢说。"

难怪当年方澄和余笙长都喜欢宋几何，直且暖的风格，他和谢勉记学不来呀……易正方心中大为感叹。

裴南到底是余笙长什么人呢？易正方暗中打量裴南几眼，20多岁的年纪，身高180以上，头发浓密、长相坚毅帅气，确实是余笙长喜欢的类型。这么多年来，余笙长的审美一直没变，也是难得。

其实每个人的审美基本上会在18岁到24岁定型，之后不管再经历什么，也很难改变已经根深蒂固的品位。就像一个人的智商也基本上会在高中阶段成熟，之后的提升，相当有限。

印象中，大学时代的余笙长只是喜欢型男，却没有年龄上的特殊要求。莫非现在年纪大了，也开始喜欢更年轻的异性了？

易正方心中微微泛起酸意和苦涩。

昨晚方澄和他、谢勉记聊完后，就一个人走了。他回到房间睡不着，想找谢勉记聊聊时，却发现谢勉记已经不在酒店了。打电话，不接。发微信，谢勉记回复说他和方澄一起出去了。

去了哪里、做什么，谢勉记没说，他也没问。就算是亲密如同学，都是成年人了，尊重别人的隐私是基本的操守。

还是睡不着,他就想和余笙长聊聊也行。敲门,结果无人回应。打电话,也是没人接。他就知道余笙长和谢勉记一样,也不在酒店。

仿佛全世界都抛弃了他,他一人在酒店,感觉到了莫大的空虚和寂寞。主要也是他对余笙长还抱有幻想,很想知道余笙长到底去了哪里,是不是和人约会去了?

也担心谢勉记和方澄一起出去,难道是有什么秘密?甚至他不无恶意地想,谢勉记和方澄真的旧情复燃了?

不过也不全对,方澄和谢勉记之间,就没有什么旧情。就像他和余笙长之间一样,只有暧昧,并没有真正诞生爱情。

虽说谢勉记和方澄最先认识,二人开始时确实关系密切,超过一般同学之间的友情。但在宋几何出现之后,方澄迅速和宋几何的感情升温,谢勉记在方澄的世界里就快速退回到了亲密同学的关系。

易正方认为同学之间的关系分为三种——普通同学、亲密同学、爱情同学,三者是递进的关系。实际上,在亲密同学和爱情同学之间还存在着一种超友谊但还不是爱情的关系——临界关系。

临界关系前进一步,就是爱情。后退一步,就是亲密。但往往临界关系最难突破,就像是一个无限不循环小数,比循环小数更绝望的是,永远没有规律可循。

谢逸记和方澄的关系曾一度达成临界关系,就如他和余笙长的关系也曾一度在临界关系徘徊,却最终功败垂成,还是倒退回了亲密同学。

谢勉记和方澄的关系以及他和余笙长关系的倒退,都是因为一个人的出现——宋几何。

12年过去了,如果说易正方心里对宋几何没有一丝怨言,是自欺欺人。如果说他还对宋几何恨之入骨,也是夸大其词。现在的他,在生活的重压之下,知道什么该坚持什么该妥协,轻重要分得清。

尽管如此,他可以不恨宋几何,因为宋几何可能会成为他生命中的贵人,改变他一生命运的轨迹。但他还是对余笙长夜不归宿并且和裴南关系暧昧,

第二十章 3日,同学之间的关系分为三种

心中颇不舒服。

现在的易正方，原本以为人生就此跌入谷底，不想宋几何和方澄的离婚事件，犹如从天而降一条登天的梯子，让他重新燃起了希望。摆在他面前的是一次千载难逢的改写命运的机遇，他不想也不能错过。

也许是他这辈子唯一也是最后一次机会了。

在听到余笙长还在单身的一刻，易正方的内心就怦然点燃了一团熊熊烈火。他离异，她未嫁，再次相聚，如果不是人生的暗示又能是什么？一切都是最好的安排，也许上天就是要让他们在分别12年后，再次走到一起。

只是裴南的出现让梦想破灭得太快，也让易正方内心的失落无法形容。他既没有裴南年轻，更不如他帅气，多半也没有他有钱……他很想问问裴南，放着好多"95后"和"00后"不找，为什么非要找一个1988年的老阿姨呢？

余笙长似乎注意到了易正方的失落，抬头漫不经心地看了他一眼，沉默了一会儿，忽然眼泪又掉了下来："昨晚，我差点儿出事……"

易正方心头一紧，忙问："出什么事情了？你先别哭，笙长。"

宋几何却是及时递过去纸巾，细声细语地安慰："别怕，有我和正方在，你不会有事的。慢慢说，不急。如果现在不想说，等你平复了心情再说也行。"

易正方大为后悔，一对比，差距就出来了。不怕不识货，就怕货比货。当年宋几何出现后，就是凭借他的温柔、细心征服了方澄的同时，还赢得了余笙长的芳心。

他为什么就不能多向宋几何学习呢？不能太急，凡事要缓上三分。易正方暗暗咬牙，宋几何的离婚事件，对他来说既是改变命运的机会，又是一次有可能战胜宋几何的挑战。在学生时代，不管是解题还是人缘，又或者是在感情问题上，他处处是宋几何的手下败将。

甚至是在体力上，现在，也许是该赢宋几何一次了！

"不，我就要现在说！"余笙长止住了哭泣，眼神坚定了几分，"昨晚我和方澄出去，在她的介绍下，认识了张系。张系灌了我不少酒，我差点儿被张系强奸……"

第二十一章　3日，所谓诚意

——数量关系

盘古七星酒店位于北京市朝阳区，坐落于北京城的中轴线上，毗邻奥林匹克公园，与奥运场馆鸟巢、水立方仅一步之遥。

由于正好紧临北四环，交通方便，再加上名气够大，盘古七星酒店一向生意不错。

张系在酒店有常年包间。

雨一直下，气氛不算融洽。酒店大堂，张系打着大大的哈欠，穿着睡衣、头发乱得像狗窝，趿着拖鞋来到方澄面前，一脸不耐烦："干啥呀姐，这一大早喊我起来，你不知道我12点前从来不起床吗？"

"胡闹！"方澄一脸愠怒，"昨晚你都干了什么？你脑子让骡子踢了还是让厕所门夹了？为什么要强奸余笙长？"

"小点儿声，这是公共场合，不要毁我清白。"张系坐在了方澄的对面，斜了一眼方澄旁边的谢勉记，"怎么着，你俩昨晚开房去了？老同学见面，干柴烈火可以理解，想睡，跟我说一声就行，我在酒店有好几个包间。"

"滚！说正事。"方澄脸色一沉，"要不是老谢出现得及时，你就坏了我的大事！张系，我是给你介绍女朋友，不是给你叫外卖。"

"她长得就像是外卖，我以为上完了给钱就行。姐，你以前给我介绍过的女朋友，都没几个正经人你知道不？你是无意的还是故意恶心我？"张系嘿嘿一笑，斜了谢勉记一眼，"老东西，坏我好事，回头再和你算账。"

谢勉记淡然一笑："要不现在就算？你强暴余笙长的视频我已经上传到了云盘，随时可以交给警方。"

"哥，你是我亲哥。"张系立马变了脸色，"有话好好说，别动不动就录小视频，是不是？说吧，你想要什么，只要不杀人放火，弟弟都能满足你。"

"不过，你想要我姐除外。我管不了她。"张系指着方澄放肆地大笑。

谢勉记陡然起身，上前掐住了张系的脖子，手上用力："你再敢对方澄胡说八道，我弄死你！"

张系脸都憋青了，却依然嘴硬："老东西，你怕是不知道我张系是谁吧？敢动我？我让你在地球上没有立足之地！"

"啪！"

谢勉记一个耳光打在了张系的右脸上："别说没用的狠话，我现在就先弄死你，你爹就算再弄死我一万遍你也不能复活！"

"老家伙……"

"啪！"

又一记耳光打在了左脸上，谢勉记表情狰狞："真想换命？我比你多活了十几年，赚！"

张系怂了："哥，别打了哥，我错了还不行吗？我认输！"

方澄冷静地看着谢勉记对张系动手，冷冷一笑："张系，别以为你有一个好老子，家里有点儿臭钱自己就了不起了。得罪了得罪不起的人，你爹加我爹绑一起，都保不了你。"

"姐，成，您说啥是啥，我错了，真的错了。您让哥放开我，君子动口不动手。"张系举双手投降，倒也挺光棍，能屈能伸。

谢勉记放开了张系，却还是恨恨地瞪了他一眼，想起了昨晚的事情。

……昨晚，谢勉记和方澄、易正方吃完消夜后，刚回到房间，就接到了方澄的电话，说还有事情要和他商量。

谢勉记原本不太想出去，方澄一句话又让他改变了主意——

"就叫了你和笙长，聊一下合作方式的问题。"

在消夜时，方澄已经向他和易正方开出了相同的条件，当时他和易正方都没有直接答应，说要考虑考虑。现在方澄又约了他和余笙长，莫非是要放弃易正方了？

还以为方澄约在附近，不料居然约在了盘古七星，离酒店有10多公里。而且，方澄还不负责接送。

好在交通还算畅通，谢勉记叫了个车，沿北四环一路向西，半个小时就到了盘古七星。

方澄和余笙长早已经到了，正坐在盘古七星大堂的一个角落里等他。

谢勉记心里不太舒服，余笙长可以被方澄从酒店接走，为什么他就要自己打车？很明显，方澄对他、对易正方以及对余笙长的态度各不相同，估计开出的条件也各有侧重。

方澄开门见山："在过来的路上，我已经向笙长说过了我和你、易正方一起讨论后的决定，笙长说，她决定加入我们的团队，不和宋几何一路。"

谢勉记呵呵一笑，很直接："是你开出了更好的条件吧？"

余笙长粲然一笑："是的，方澄开出的条件比宋几何的条件厚道多了，她比宋几何更有诚意。其实宋几何连条件都没有和我提，他可能以为凭借他的魅力还可以让我事事服从他，他想简单了。12年后的我，除了利益，没有什么可以打动我的东西，包括爱情。"

"所谓诚意，就是可以衡量的数量关系！"

谢勉记只是笑笑，没有说话。在最后一刻之前，他现在不相信任何人所说的任何一句话，包括标点符号。

宋几何和方澄的离婚，如同一条鲸鱼的陨落，一鲸落，万物生，二人财产的分割，至少可以带来几亿级别的附加利益。

谢勉记有时会暗中嘲笑易正方和余笙长，二人一个落魄一个浪漫，只要给一丁点儿的好处就会被收买。

他就不同了，他在深圳至少拥有数千万元的资产，如果没有远超个人身家数倍的诱惑，他不会动心。在来北京之前，他就暗中计算过宋几何和方澄的个人财富。

虽然没有明确的数据，但根据二人可以查到的直接或间接控股、参股的公司估值计算，二人的身家至少在 30 亿元以上。离婚后就按一人一半，每人也可得 15 亿元左右的资产。

当然，谢勉记相信他的估算只是保守估计，以宋几何的聪明，肯定还有大量的财富隐藏在暗处，无法被公开的资料查到。并且，也不会被方澄知道。根据他对宋几何的了解，不出意外的话，宋几何的个人财富少说也在 30 亿元以上。

而他的全部身家满打满算也不过一个亿，分给于筱一半后，也就剩下了 5000 多万元。和宋几何一比，不在一个量级，更不用说宋几何的公司发展前景很好，未来的财富继续增长是大概率事件。

而且还会是持续的几何级的增长！

刚才方澄给他和易正方开出来的条件，简直是对他的羞辱，当他和易正方一样是从未见过世面的乡巴佬儿吗？

拜托，现在农民伯伯都很富裕了好吧，住别墅开豪车呼吸新鲜空气，生活质量比大城市丝毫不差。再拿乡巴佬儿当土鳖，是因为自己土鳖！

估计方澄也察觉到了他的不屑，才又单独邀请他出来。毕竟，和离婚失业、人生失败到完全无牌可打的易正方相比，他和余笙长已经算是超越了 95% 人群的成功人士。

余笙长居然说宋几何没给她开出条件，谢勉记很不厚道地笑了。应该说宋几何和方澄离婚，最开心最充满期待的就是余笙长了。仍然单身的余笙长对宋几何一往情深，正是和宋几何重新点燃爱情之火的大好时机。

和宋几何结婚，人财两得，就是最好的条件，宋几何不开条件，才会给出最好的待遇。大家又不是不了解宋几何，他从来说得少做得多。他越是在表面上不以为然的事情，越是在意。

如果宋几何真的没有给余笙长开出条件，说明他真有可能离婚后和余笙长重燃旧梦。不过离婚后的宋几何会和谁在一起，不管是 1988 年的余笙长，还是 1995 年的助理安若即，或者是他突然从哪里冒出来的"00 后"的小女友，他都不会惊讶，也不关心。

他只在意他的利益是否可以得到保障，是否可以让他的财富获得大幅度的提升。

而且必须是乘法。

方澄向谢勉记和余笙长明确承诺，她为易正方开出的条件是年薪50万元，加北京户口，是基于易正方的现状。

而她为余笙长开出的条件有两个，由她二选一。

一是在她的新公司中担任副总，年薪百万起，想要北京户口的话，她可以帮忙解决。公寓和专车，都会配备。也会有一定的股权，比例有待商定。

二是帮她介绍一个富二代男友，一次性解决所有问题，婚姻、事业等，都会以爱情副产品的名义，让余笙长的人生圆满。

方澄又为谢勉记开出了新的条件，并且强调之前开出的和易正方相同的条件作废，一起开条件只是为了表面上安抚易正方。

……方澄为谢勉记开出的条件也有两个，由他自由选择。

一是她投资谢勉记的公司，5000万元的资金持有20%的股份。

二是谢勉记的公司和她的新公司交叉持股，谢勉记担任她新公司的副总，持有10%的股份，并进入董事会。

应该说，方澄开出来的条件相当有诚意，对余笙长和谢勉记来说，都准确地命中了他们现阶段最渴望拥有的部分。

谢勉记当场答应要选择第二个条件。

余笙长说她也想选择第二个条件，但要先见见富二代本人。如果有眼缘可以深入发展，自然再好不过。如果不行，她再退回到第一个条件。

方澄一口答应，没有一丝拖泥带水。第一时间叫来了她为余笙长介绍的男友张系。

张系就住在盘古七星。

在方澄的介绍中，张系是北京人，父母均为成功企业家，在北京以及全国拥有庞大的产业，保守估计家族财富在100亿元以上。张系还有一个妹妹，不过父母已经明确表示将由他继承大部分资产。

现在的张系在家族企业工作，担任了一家分公司的老总。每天的工作就是到公司转一圈，然后喝喝茶聊聊天，巩固一下圈子，有大把的时间可以用来谈恋爱。

方澄话说得含蓄，谢勉记却是听得明白，张系就是一个混吃等死、不学无术的富二代，不堪重用难成大器，没有办法接掌家族产业只能继承遗产，都一把年纪了还成天晃荡。

但余笙长却似乎没有听懂方澄的潜台词，一听张系有大把的时间可以用来谈恋爱，当即欢呼，说迫切地想要和张系见面。

张系说到就到，从方澄打出电话到他下楼出现在几人面前，只用了不到10分钟。

既然余笙长和张系要相亲，谢勉记就不好再当电灯泡了，就和方澄一起离开。

方澄依然没有要送谢勉记回去的意思，自己开车走了。谢勉记只好自己打车。结果是车还没到，就接到了余笙长打来的电话。

只打了一下就挂断了。

出事了！谢勉记立刻返回了酒店。

第二十二章　3日，女神有时也是用来破灭的

——互逆命题

上大学时，五人组之间有一个不成文的规定，只要打对方电话一下就挂断，就是有紧急情况。收到电话的一人，必须立刻去帮助打电话者。

尽管几人的约定从来没有一人实施过，但谢勉记却记到了今天！

找了一圈，没找到人。谢勉记急中生智，以张系叔叔的名义冲前台要到了张系的房间号，并凭借口才成功地复制了张系的房卡，刷开了张系的房门。

房间内，张系正压在余笙长身上，试图对她施暴。

谢勉记边拍摄边呵斥张系，勒令他住手。张系不听，还继续动手动脚。

谢勉记就不客气了，一脚踢翻了张系，带走了余笙长。

一问才知，在谢勉记和方澄离开后，张系就请余笙长到了他的房间。接连灌了她几杯酒后，就露出了狰狞面目，扑了过来。

救出了余笙长，谢勉记也懒得过问为什么余笙长大晚上会跟随一个初次见面的人回房间，而且一向不喝酒的余笙长又为什么会被张系灌酒，他打算直接送她回皇冠假日酒店。

余笙长却说她不回皇冠假日酒店，有事要去三里屯。谢勉记也就没有管她，自己打车走了。

半路上，谢勉记又接到了方澄的电话。

方澄让他到三里屯洲际酒店等她，有一出好戏即将上场。谢勉记不明就里，本不想去，却架不住方澄的恳求。

"求求你了，老谢，一定要亲眼看到，你才会相信你听到的和看到的，根本就不是一回事儿。有些人，表面上纯洁，实际上背后坏事做尽。有些人，

看上去纯情,其实背地里比谁都浪荡。"

"越是缺什么的人,越是喜欢宣扬什么。比如老宋总说他对感情和婚姻专一,再比如余笙长总强调她是一个有感情洁癖的人,宁肯没有,也不会将就。"

谢勉记心痒了,难道方澄要去洲际酒店上演一场捉奸大戏?有得好看了,他赶紧修改了下车地点。

赶到洲际酒店时,方澄已经到了,就让谢勉记一度怀疑方澄是不是有夜游症,怎么大晚上的不回去陪孩子做功课写作业,或是整理公司事务,却到处晃荡,她是不是有什么变态的癖好?

方澄让谢勉记戴上口罩和墨镜,和她一起躲在酒店大堂的一个角落里面。差不多等了有半个小时,余笙长和一个男人有说有笑地出现了。

谢勉记惊掉了下巴!

一直以来,余笙长和方澄一样在他和易正方的心目中都是女神一般的存在,所不同的是,方澄是下凡的女神,可咸可强可霸道,可冷可拽可嚣张,是上得厅堂下得厨房的类型。而余笙长则是不食人间烟火的仙子,可甜可温柔,可软可静可听话的类型。

二人最大的区别就是如果说方澄是无限不循环小数,性格让人始终琢磨不透,那么余笙长就是无限循环小数,简单、可爱,性格有规律可循。

带着大学时代对余笙长固有的印象,谢勉记就坚定地认为余笙长之所以还在单身,是因为她性格中过于文艺和纯情的一面导致她对另一半过于挑剔。她的单身,就是纯粹的单身,和任何一个异性既没有感情上的纠葛,也没有肉体上的纠缠。

却万万没有想到,表面上如此纯洁单纯的余笙长,五人组之中唯一没有长大的神话女孩,却在背后和一个小她10岁的小男生开了房间!

更让谢勉记目瞪口呆的是,二人在服务台开好了房间后,余笙长一个人出了酒店。不多时回来,手中拎了几瓶红酒。不用想就知道,是为了助兴。

余笙长不是一直自称酒精过敏,向来滴酒不沾吗?

方澄自始至终什么都没有说,只是平静地看着眼前发生的一切。等余笙长的身影消失在电梯之中后,她又扔下了谢勉记,一个人离开了。

谢勉记一个人在酒店呆坐了一会儿,忽然觉得哪里不对,方澄先是叫上他和余笙长,又以介绍张系为由为余笙长挖坑,现在又带他前来参观余笙长开房,她不但玩弄余笙长于股掌之间,还对余笙长的行踪了如指掌。

她到底在下一盘什么样的大棋?

而余笙长在险些被人强暴之后,还能若无其事地和另外一个男人前来开房,如此心胸和气度,绝非用文艺可以解释⋯⋯

越想越是心惊,谢勉记当即决定把余笙长的事情放到一边,先跟踪方澄,看她还能在背后做什么文章。

⋯⋯⋯⋯

以上发生的一切,在余笙长的叙述中,就简略多了。

余笙长省略了许多关键信息,只挑选了对她有利的部分,在她的陈述中,昨晚她被方澄叫走之后,在盘古七星酒店和谢勉记会合。

方澄向她和谢勉记开出了更高的条件,并且叮嘱他们千万不要告诉易正方。然后方澄请来了张系,她就和张系留下聊天。

随后方澄和谢勉记开车离开。

接下来张系邀请她到房间中坐坐,她本不想去,张系却说他的房间中有方澄出轨的证据,她一时好奇就跟了上去,然后被张系压在了床上。

幸亏谢勉记及时赶到救了她,否则后果不堪设想。

宋几何依然泰然自若,似乎丝毫没有生气。

易正方气得不行,一拍桌子站了起来:"方澄到底想干什么?好,她看不起我,我也忍了,谁让我人生确实很失败呢?给我开出最低的条件,我也可以接受,谁让我人穷志短呢?"

"可是她为什么要算计笙长?算计了笙长还不算,大晚上的开车带着谢勉记又去哪里?谢勉记可是一晚上没有回来,方澄也没回家吧?"

宋几何泰然地迎上了易正方不怀好意的目光:"是,没回家。"

"当年她和谢勉记的事情,你们只知道一小部分,还有80%的部分,你们都不知道。"易正方嘿嘿一阵冷笑,"我不是因为她给我开的条件低才透露她的秘密,是因为她对笙长做出了不可原谅的事情!"

裴南傲然地坐在沙发上,一副置身事外的态度,突然就插了一句:"你们之间陈芝麻烂谷子的事情我不感兴趣,就问问你们想不想知道昨晚我和笙长姐发生了什么?"

"你先闭嘴。"宋几何脸色冷峻而严厉,"让你说话的时候,再开口。现在,老老实实待着!不想待着,走也行。"

也不知为何,始终目中无人的裴南对宋几何却有几分畏惧之意,他缩了缩脖子,自嘲说道:"我才不走,我还要为笙长姐撑腰呢。你们继续,我不和你们一般见识。"

余笙长揉了揉脸,气色好了几分:"方澄以前和谢勉记不是还没有开始就结束了吗?怎么又有了不可描述的秘密?"

"事情,要从谢勉记介绍了宋几何和方澄认识说起……"易正方摆出了揭秘的姿态。

"别说了,事情我都知道,方澄和我说过。她和谢勉记一开始是有朦胧的感情,但还没有发展到爱情,就被我的出现截胡了。"宋几何突然就制止了易正方,"以前的事情提也没用,现在要向前看。还是听笙长说说她和裴南的故事吧。"

"好,好呀。"余笙长快速地眨动了几下眼睛,有意无意地歪着头,粲然一笑,"你们肯定以为我和裴南有什么不正当的男女关系,对吧?"

裴南蓦然站了起来:"你单身我未婚,就算在一起也是正当的恋爱关系,怎么能叫不正当男女关系呢?姐,你能别总是打击我脆弱的内心吗?"

"好,好,不打击。你坐下。"余笙长哄孩子一样,溺爱的目光温和而包容,"其实,裴南是我的学生,我和他就是纯洁的师生关系,简单且纯粹。"

……五年前,裴南从北京转学到南昌,他的班主任正是余笙长。父母离异、姐姐早逝的他,对余笙长有一种近乎恋母恋姐般的迷恋。在余笙长的帮助和鼓励下,他的学习成绩突飞猛进,从全班倒数上升到了第一名。

126

四年前，裴南以优异的成绩考上了北京的名牌大学。上大学后，他和余笙长联系不断，并且向余笙长求爱，希望她能嫁给他。余笙长比他大了足足10岁，只当他是一时的冲动，婉言拒绝了他。

他却始终不死心，一再表示此生非余笙长不娶。

一年前，裴南大学毕业后，进入了父亲的公司工作。父亲虽然再婚，但没有再生孩子。他原谅了父亲对母亲的抛弃，也赢得了父亲的信任。现在的他是父亲的得力助手和唯一继承人。

尽管父亲的产业规模并不十分庞大，但资产也在几亿元以上，他也算得上是一个不大不小的富二代。不过他并没有完全按照父亲的意志子承父业，他自己成立了一家高科技公司，和父亲所从事的传统制造业毫无干系，要的就是证明自己也有能力独当一面，并且开创一片天地。

裴南的创业很成功，在表面上没有借助父亲的人脉和资源的前提下，只用了一年多的时间就打开了局面，开始盈利不说，还在业内引发了不小的反响。

在听说余笙长来到北京后，裴南几次提出要见面，余笙长不同意。昨晚裴南再次提出见面，并以如果余笙长不见他就自杀相威胁，余笙长才急急雨夜出行，匆匆离开宋家前去劝阻裴南。

裴南在洲际酒店有常年包房。

在洲际酒店见到裴南后，只说了几句话，余笙长就又接到了方澄的电话，说要接上她去盘古七星，商量一件重要的事情。裴南不让余笙长走，在余笙长保证还会回来之后，才放她离开。

余笙长随方澄去了盘古七星，先后见到了谢勉记和张系，发生了一系列事情之后，她和谢勉记又分开了。她打车回了洲际酒店，谢勉记不知道去了哪里。

"我记得回到洲际酒店时，差不多凌晨了。我想和裴南碰个面就回皇冠假日，但裴南非不让我走，又哭又闹，实在没办法，我就住下了。"余笙长朝裴南投去了埋怨加嗔怪的一瞥，"非不让我好好睡，折腾了一晚上，现在又困又乏，都怪你。"

易正方瞪大了眼睛，仿佛不认识余笙长一样。女神有时是用来敬仰的，有时也是用来破灭的。

第二十三章　3日，人生有时就是这样

——9与11之间的自然数

有那么一瞬间，空气中似乎都弥漫着尴尬和荡漾的气息。

宋几何轻轻咳嗽一声，打破了沉默："祝贺你，笙长，终于找到了自己的真爱。"

易正方用力咳嗽了一声："咳、咳，怪不得一直单身多年，原来是在等自己的真爱成年。笙长，我是真心佩服你，你终于实现了你多年以前的梦想。"

……五人组有一次郊游，正好也是为了庆祝宋几何和方澄正式确立恋爱关系。晚上篝火晚会，余笙长又唱又跳，到最后却哭了："余生很长，别急着长大，也别急着寻找归宿。我相信，我的真爱为了与我相遇，就算等我10年他也愿意！"

现在，她真的找了一个小她10岁的男友。怪不得都在说现在的努力，只不过是为了兑现当年吹过的牛。

余笙长说完后还故意沉默了一会儿，就是想观察一下宋几何和易正方的反应，让她失望的是，宋几何依然是一副泰然自若的表情，让你分不清猜不透他内心的真实想法。

易正方显而易见地流露出来的悲伤、不甘和绝望，让余笙长内心的虚荣得到了不小的满足，至少，当年对她一往情深的易正方，现在对她依然在意，依然没能彻底放下她。

人有时就是这样，也许不会接受别人的爱，但却很是享受被别人喜欢与追捧的感觉。所以她们会推崇一句话：喜欢你，和你没关系。其实潜台词只

是希望你继续为她付出，哪怕得不到她的任何回应，记住了，继续当一条只管付出不问收获的狗，好让她享受任何时候只要累了倦了，一回身就有好几个"备胎"的安全感。

不过，为了避免宋几何的误会，余笙长没让子弹飞太久，掩嘴呵呵一笑："你们可别想歪了，我和裴南只是在行政酒廊喝了一会儿酒，说起了以前他上高中时的事情，还有他家族的不幸。他一会儿哭一会儿笑，都多大的人了，还跟个孩子似的让人不省心。"

裴南也就及时递了一句话："余老师住在我的隔壁，我又为她开了一间房。我是喜欢她，但我也是一个有原则的人，在她没有答应我之前，我不会碰她一下！"

易正方拍掌大笑："好感人！一个以慈母般的溺爱关怀问题少年，一个以恋母情结的心态迷恋美女老师，5年来，保持了纯洁的简单关系。就连半夜喝酒，外加畅谈人生，也没能越雷池半步，余老师，你就是我的人生偶像。"

"不对，余老师不是酒精过敏吗？怎么又能喝酒了？是不是过敏的不是酒精，是人！人不对，就过敏。人对了，就不过敏了？"易正方冷笑声中有嘲讽和不屑，余笙长的形象在他的心目中破灭之后，他开启了贬低模式。

有时也确实如此，当你发现你一直敬仰的一个人也有不堪的一面，甚至在某方面还远不如你时，你会不自觉地启动报复性的讽刺。或许是对自己偶像破灭的不甘，又或许是内心信仰的崩塌导致的失衡。

余笙长不以为然地斜了易正方一眼："别激动，正方，我不是对所有酒过敏，只对啤酒、白酒和部分红酒过敏，对洋酒会好很多，多少能喝一点儿。"

"现在你的话，我连一个偏旁部首都不信。"易正方多少有点儿因爱生恨，他不相信余笙长和裴南对坐了一夜，什么事情都没有发生，孤男寡女不说，还都单身。一个那么帅，一个那么漂亮。

"你信不信不重要，重要的是几何信就行了。我和裴南都问心无愧！"

第二十三章 3日，人生有时就是这样

129

余笙长似乎生气了，一拢头发，"裴南，你先回去吧。"

裴南站了起来："余老师，我回去可以，但你得答应我不许和岳管见面。"

"为什么？"余笙长的表情立刻切换成她最擅长的天真和好奇："我原本打算你们谁都不见，现在见你了，不见他，说不过去吧？"

"我不管，反正你不许见他。我知道我的号码你备注的是分母5，他是分母6，说明我在你心目中的分量排在他的前面。你要是见他，我就死给你看。"裴南摔门而出，理都没理宋几何和易正方。

易正方气不过，继续发泄："简直是疯子、精神病！笙长，我劝你不要和他在一起，早晚会被他折磨死。都多大的人了，怎么还耍小孩子脾气？你要是想体验老来得子的幸福就请便。"

宋几何摆了摆手，制止了余笙长想要反驳的举动，笑了笑："不闹了，现在一起去公司。说好的今天要参观公司，不能再改变行程了。"

"笙长的个人私事，她自己做决定就好！"

才三天时间，宋几何就感觉有些心力交瘁。不是说应对几人让他感到疲惫，而是各种事情接踵而来，以及天气的突变和方澄的临时起意，等等，各种变量导致他之前精心安排的行程被全部打乱。

他又是一个不喜欢事情没有条理的人。

更不用说谢勉记、易正方和余笙长三人，都各怀心思，并且都变了太多，多到他都不知道哪一面才是他们真实的一面。

或许，哪一面都不真实。每个人都是一个多面体，到底有多少个面，恐怕连他们自己都说不清楚。

上了车，余笙长抢先坐在了副驾驶，伸了伸懒腰："还是最适合我的角度，也许以后就是我的专座了！正方，你不许和我抢。"

易正方哼了一声："几何，老谢呢？他是不是和方澄已经到公司了？"

"听你的口气，好像老谢和方澄有什么事情似的。"余笙长嘻嘻一笑，"老易，当年我拒绝了你，主要原因就是你的性格不讨喜，知道不？腻腻歪歪的，像是江西雨季时黏稠的天气，不敞亮不舒服。你能不能改改？有话就明说，别总是暗示。"

易正方还是没理余笙长，继续说道："几何，我不是污蔑方澄，她昨晚和老谢的举动确实有点儿不正常。老谢昨晚可是一晚上没回来。其实从另一个角度来看，也是好事，如果坐实了方澄婚内出轨的事实，你们的离婚难题，就没那么难解了。"

宋几何不相信方澄会和谢勉记有什么瓜葛，尽管他恨方澄。但凡事要遵循自然规律，方澄是一个慢热的人，她和谢勉记以前是有过朦胧的感情，但不深，不可能12年未见，一见就有了迅速进展。

而且以方澄目前的布局来看，她肯定会清醒地认识到出轨会对她在离婚方案上的诉求带来怎样致命的影响，她不会这么傻，也不会这么笨。

"你们都不相信是吧？"易正方坚持他的判断，如果余笙长的人设崩塌而谢勉记的人品有瑕疵，那么作为最失败者的他就有了和他们平起平坐的资本，至少他只是人生失败而不是人品败坏。

更长远来看，宋几何会更加重用他而不是谢勉记和余笙长，他就能抢先一步在新公司占领高位，说不定翻身的机会就在眼前，哪怕不是他打败了对手，只是因为对手的犯错，没关系，只要能胜利，他不在乎胜利的方式。

易正方打通了谢勉记的手机，打开了免提。

"老谢，你在哪里？昨晚一晚上没回来，去哪里浪了？"

谢勉记的声音带有浓浓倦意："哈……我昨晚见了一个朋友，聊到很晚，就没回酒店。现在我和方澄已经到公司了，你们还有多久到？"

"方澄在你旁边吗？"易正方朝余笙长挤了挤眼，意思是怎么样，有问题吧？

"没在，她在她的办公室处理事情，我在几何的助理安若即的陪同下，参观公司。"

"你跟我说实话，昨晚是不是一晚上都跟方澄在一起？从我们吃完消夜后，你回到房间又偷偷溜了出去，别以为我不知道你的伎俩，上大学时，你就经常大晚上溜出宿舍去网吧通宵。"易正方试图问出一些什么。

第二十三章 3日，人生有时就是这样

131

"……"谢勉记沉默了片刻,"你和几何说了昨夜方澄请我们吃消夜的事情?说了也好,省得我再说一遍了。昨晚我是跟一个异性朋友在一起,但不是方澄。我有三不喜原则,你又不是不知道。"

"什么三不喜,快说说。"余笙长兴奋地叫了一声。

"第一,不喜欢人妻。第二,不喜欢女强人。第三,不喜欢性格有缺陷的女人。很不幸,方澄三条全中。"谢勉记忽然压低了声音,嘿嘿一笑,"几何的美女助理安若即,一条也不中,而且,既年轻漂亮,又得体大方,完美。"

余笙长立刻警惕地问了一句:"她多大?"

"比你小10岁。"谢勉记迅速挂断了电话。

"大家都喜欢小10岁的呀?"易正方搓着手,不怀好意地嘿嘿笑了起来,"10好,是最小的两位数,也是9与11之间的自然数。"

第二十四章　3日，有时复杂，有时又简单得要命

——有理方程

一元集团位于东五环的东一产业园区内，是一家涉及教育、文化和金融的集团公司，是由12年前的一家小公司发展壮大，一步步拥有了今天的规模。

创始人正是宋几何和方澄。

宋几何现任一元集团的董事长，持股35%，方澄任总经理，持股30%，方澄爸爸方恒持股5%，另有其他持股在5%以上的大股东3人。

东一产业园区是朝阳区几处知名产业园之一，占地面积300多亩，主要是以文化、金融和科技公司为主。一元集团的办公楼位于园区的中部，独占了一栋5层小楼。

和易正方想象中写字楼中的办公风格不同的是，一元集团的办公氛围相当随意，每一层都是不同的部门，也都有各自的茶水间。部门与部门之间，既独立，又有连接。

装修风格也倾向于简洁实用，没有任何多余与烦琐的装饰，除了宽大的落地窗和极具现代气息的宋几何的办公室，整体给人的感觉更像是一家新兴的互联网公司，而不是传统企业。

实际上，一元集团还是传统企业的基因，用宋几何的话说，传统企业的成分至少在70%以上。当然，如果剔除了方澄之后，一元集团传统企业的成分会下降到30%。

互联网公司的办公风格、随和而轻松的人际关系，还是在宋几何担任了董事长之后才慢慢调整过来的。以前在方澄任董事长的时代，公司上下等级

分明，所有人都恪守自己的位置，不敢越位，也不敢发表意见。

公司上下一潭死水，就失去了创新和动力，公司业务就一度停滞不前。

还好，换了宋几何担任董事长之后，他一扫之前公司等级森严的制度，制定了一系列奖惩措施，让员工在轻松随意的气氛中友好地工作，并且鼓励员工对公司的发展提出建议。采纳者，会有直接的现金奖励以及间接的升职奖励。

公司风气大变，发展态势迅猛。

宋几何的董事长办公室在五楼，并且没有电梯，需要步行上楼。

一进董事长办公室的门，易正方就毫不客气地坐在了宋几何的办公椅上。他转了一圈，又双手放在桌子上，感受了一下身为董事长的威风，笑问："是不是不管是谁坐在这个位置上，就会自然而然变身为霸道总裁？"

"生活中，压根儿就没有什么霸道总裁，只有忙得团团转的董事长。"谢勉记嗤之以鼻，"别以为当董事长或总经理有多威风，狗屁，威风没有。每天都有忙不完的工作，来得最早走得最晚，操心最多压力最大，什么唱歌跳舞、寻欢作乐，什么旅游度假，统统无缘了。"

"啊？"易正方赶紧起来，"当领导是为了享福为了享受权力的快乐，不是为了付出。如果当董事长了还这么累这么拼，干吗要当？我上一个小班拿一份工资，每天悠闲自在，不好吗？"

"境界不同，格局不同，没法沟通。"谢勉记呵呵一笑，笑容有几分古怪，"方澄对你的判断很准确，她开出的条件对你来说，其实已经超过了你的能力。"

"老谢，我知道你看不起我，行，可以，我现在是不如你！不过你也别太得意了，我们才30来岁，人生的路还很长，以后谁更有出息还不一定呢。"易正方怒了，"说吧，你昨晚去哪里鬼混了？别以为我不知道你，上大学时你就是有名的混子，最喜欢抢别人的女友，虽然一次也没有成功过。"

谢勉记丝毫不生气，笑得还很轻松："老易，打人不打脸骂人不揭短，是底线。"

宋几何和余笙长笑眯眯地看着二人斗嘴，上学时，二人经常各种辩论，有时脸红脖子粗，有时甚至会动手。但过后都会没事，属于不吵不闹就不会促进感情的欢喜冤家。

门一响，安若即进来了。

谢勉记和方澄初到一元集团时，迎接他们的就是安若即。只一眼，谢勉记就在心中喟叹一声：斯人若彩虹，遇上方知有。

一直以来，他都以为史书记载的绝色女子只是文人的溢美之词，怎么可能存在一笑倾人城再笑倾人国的美色？他自认也见过了不少世间的美女，从未有一人可以达到古人所描述的美人的境界。

直到他遇到了安若即。

安若即身高一米六八，瓜子脸，五官无一处不恰到好处无一处不精致，又梳了一个丸子头，更显青春活泼。就连举手投足间，也颇有古典美女的气质。

转念一想，谢勉记就更佩服方澄了。放如此佳人在宋几何身边，不是等于在猫的嘴边放一块鱼吗？猫吃腥是必然事件，只是时间问题。

那么问题来了，宋几何能不清楚方澄的心思吗？换了任何一对夫妻，女方都不会允许男方的身边有如此绝美的助理。宋几何是自认定力过人，可以抵抗诱惑，还是他早已看穿了方澄的阴谋，有意诱敌深入呢？

谢勉记就小声地问了方澄一句："几何的助理是他自己招聘的，还是……"

方澄轻轻一笑："是我推荐的，一个熟人的女儿。"

果不其然，事情有得好看了。以谢勉记对宋几何的了解，宋几何不可能不知道安若即的来历，他却坦然地放她在身边，肯定已有对策。

之前已经被惊艳过的谢勉记，此时依然忍不住又多看了安若即几眼。等他再看易正方时，易正方已经呆若木鸡了。

就连余笙长也是"啊"的一声站了起来，目不转睛地盯着安若即，半晌才吐出一句："太好看了，真是仙女呀。"

第二十四章 3日，有时复杂，有时又简单得要命安若即淡然而不失礼貌一笑,对于别人惊讶于她的美貌显然习以为常:"宋董,方总请你们到会议室。"

易正方从震惊中恢复了清醒,轻蔑地一笑:"方澄好大的架子,还让助理来请,她是不是觉得自己亲自出面有失身份?"

安若即的笑容若有若无,既得体又优雅:"方总在忙着布置会议室,暂时过不来。如果非要方总过来,也可以,不过可能要耽误一会儿时间。"

宋几何点头:"不用她过来了,我们现在过去。"

"等下再走。"易正方拦住了宋几何,转身面向谢勉记,"老谢,昨晚你到底去了哪里,跟谁在一起,能说吗?"

"能。"谢勉记看了安若即一眼,安若即没有要离开的意思。

宋几何一笑:"不用避着她,说吧。"

谢勉记暗暗点头,宋几何对安若即是绝对信任。

"事无不可对人言……昨晚和你、方澄吃完消夜后,方澄又单独叫我出去,到了盘古七星坐了坐。当时还有余笙长……"

"这段我知道了,过。"易正方挥手打断了谢勉记,"就说你救了笙长后,自己又去了哪里。"

谢勉记说道:"我从盘古七星出来,自己打车回去,路上,又接到了方澄的电话,她让我和她一起在三里屯的洲际酒店会合。到了洲际酒店,就见到了笙长和一个男的开房间……"

余笙长嗯嗯两声:"他叫裴南,22岁,大学刚毕业,是我的学生。我们开了一个房间,他有常租房,所以,一共是两个房间。"

谢勉记点了点头:"但在当时看来,很像是你和他一起开房入住了。"

"然后呢?"易正方不耐烦了,"赶紧说后来你又去哪里了?"

"本来从洲际酒店出来后,我想回我们酒店。后来又接到了一个朋友的电话,就去了她那里,住了一晚上。"

"异性朋友吧?"易正方挤眉弄眼地笑了,"说,跟你是什么关系?不对,你不是家庭美满婚姻幸福吗?你怎么也会出轨?"

谢勉记哈哈大笑："别什么事情都往不正当男女关系上面想，我们和笙长认识这么多年，关系不是一直处得清白又纯洁吗？我和她就是普通朋友，如果非说有什么关系的话，也可以算是商业上的合作伙伴。她以后会帮我拓展北京的业务。"

"仅此而已！"谢勉记没说真话，或者说，只说了一半。他在去异性朋友家中之前，中间还有两个小时的时间，他在跟踪方澄。

"就这？"易正方暧昧地笑了，"我信你个鬼！你在她家住了一夜，会什么事情也没有发生？"

"会呀。"余笙长抢答了，"我和裴南在行政走廊待了大半夜，然后各回各的房间睡觉，也是什么事情都没有发生呀。人和人的关系，有时复杂，有时又简单得要命，正方，你名字叫正方，怎么想法总是不够方正呢？"

安若即站在一旁，始终挂着若隐若现的笑容，静静地聆听，不发一言。似乎听得清楚，又似乎什么都没有听到。

"方总又催了，可以过去了。"安若即看了一眼手机。

会议室位于四楼。

方澄的办公室原本在三楼，自从宋几何担任了董事长后，她就搬到了一楼办公，美其名曰要和员工打成一片，其实是想离宋几何越远越好。

实际上一元集团在北京还有几处办公地点，方澄也曾搬过去一段时间，后来又回到了总部。还是总部的氛围好，让她的心情也愉悦。除了宋几何，其他的人和事都顺手顺心。

会议室不大，可以容纳20多人的样子。

方澄坐在会议桌的正中，首位。宋几何瞬间明白了方澄的用心，她不亲自过来邀请几人，就是想坐在首位的位置不动，抢先一个制高点。

形式上的和道德上的双重制高点。

宋几何知道接下来他将要面对什么了。

方澄有时很讲理，有时很无理。但总体而言，她还是一个很细心很善于营造氛围的高手。

方澄的面前，摆着两部手机。余笙长坐在了她的正对面，她手一划，一部手机就滑向了余笙长。

"笙长，你的手机昨晚落在了酒店大堂的沙发上，我替你拿了回来。你呀，还是改不了粗心大意的毛病，总是丢三落四的，什么时候丢了自己可就麻烦了。"

第二十五章　3日，所有问题的症结所在

——一元五次方程

宋几何不动声色地笑了，又一个谜底揭开了。和他想的一样，真是方澄拿走了余笙长的手机，然后方澄给他发了微信，让他今天一早就赶到了洲际酒店，目睹了余笙长和裴南走出酒店的一幕。

手机响了，宋几何打开一看，是谢勉记发来的一张图片。图片不是很清楚，夜色下三里屯的一家酒吧前，一个女人和一个男人在门口亲密地互动。

手拉手脸贴脸，似乎在窃窃私语，又似乎是在谈论什么机密。

宋几何不动声色地回复了一个字："好。"

图片中的女人，正是方澄。男人他也认识，是公司关系密切的大客户胡浩锐。

谢勉记又发来一句消息："还有呢，还要看吗？"

"回头。"宋几何朝谢勉记微微点头，他现在知道谢勉记昨晚都干了些什么——先是和易正方一起与方澄在皇冠假日酒店附近吃消夜，然后又和方澄、余笙长在盘古七星商谈条件，随后见了张系。

接下来方澄离开，他要离开时，又回去救了余笙长。在回皇冠假日酒店的路上，又接到了方澄的电话，去了洲际酒店。

在洲际酒店目睹了余笙长和裴南开房的过程。

从洲际酒店出来，谢勉记就跟踪上了方澄。还好方澄去的是三里屯的一个酒吧，离酒店很近。谢勉记偷拍了照片后，就去见了胡小。

胡小就住在三里屯一带。

理顺了谢勉记的轨迹，宋几何又在脑中过了一遍余笙长的行踪——从盘

古七星出来后，余笙长就直接去了洲际酒店，见到了裴南。至于是她约的裴南还是裴南约的她，不重要，重要的是，她和裴南的关系，绝非如她所说的一样单纯。

而且，她还有故意拿捏裴南之嫌，似乎是在利用裴南。

相比之下，易正方昨晚是最老实的一个，回到皇冠假日酒店后，和方澄、谢勉记吃过消夜，就回去睡觉了。一晚上，在别人经历了许多惊心动魄的事情之时，他波澜不惊安然入睡，也是一种幸福，不是吗？

只不过……宋几何心中突然闪过一丝猜测，谁敢说易正方昨晚就一个人老老实实地待在酒店呢？也许他也有不为人所知的秘密行动。

真正安心待在家中的人，恐怕只有他一个！

当然，安心待在家里不等于什么事情也没做，现在是通信发达的时代，微信或是电话就可以遥控指挥办成许多事情。

昨晚真是一个春风沉醉的夜晚呀，相信在许多人的心中都留下难以磨灭的丰富经历。宋几何收回思绪，看向了余笙长。

余笙长接过手机，看也未看就装进了包里："我说怎么备用机找不到了，原来被你捡走了。还好，没丢。虽然是旧手机，但里面保存了当年我们大学时的许多宝贵照片，是一段历史和见证。"

"备用机？"易正方立刻敏锐地捕捉到了什么信息，"这么说，你和我们联系的手机和微信，都在备用手机上？你的新号和新微信，我们都不知道？"

"当然啦，我的新号和新微信只加学生和学生家长，你们是老同学老朋友，当然会放在备用机上了。"余笙长忙解释，"不对不对，说备用机不太准确，应该说是私人手机更恰当。"

"别扯这些了行不？"方澄微有不快之色，扫了几人一眼，"今天请你们来公司参观，有两个议题……"

宋几何打断了方澄："说是议题不太准确，也太严肃了，应该说是有两件事情。"

方澄接着又说："一是让你们了解一下公司的规模和资产；二是今天继

续昨晚的话题推进，说说我和宋几何在必须离婚的前提之下，孩子如何分配的问题。"

"好呀好呀。"余笙长第一个响应，她下意识地看了坐在了最下首的安若即一眼，"她方便旁听吗？"

"她可以在。"宋几何和方澄异口同声。

谢勉记和易正方同时吃了一惊，二人对视一眼，都震惊于宋几何和方澄在安若即事情上的高度一致，这说明了一点——二人都以为安若即是自己的人！

这个安若即不简单，不能被她迷人的外表迷惑了，她绝对还是一个高智商精于伪装的职场高手。

"公司层面的事情，就由宋董事长来说吧。"方澄既是调侃，又是偷懒。

宋几何正有此意，他打开了携带过来的电脑："公司成立已经12年了，在大学毕业的当年，就注册了公司。12年的发展，到今天，一元集团已经成长为一家市值67亿元的大型集团公司。"

"之所以起名为一元集团，可不是一元复始万象更新的意思，而是一元五次方程的意思。"

"公司目前设有董事会，共有董事11名。目前公司的大股东，持股5%以上的有6人，其中我持股35%，方澄持股30%，滕非持股10%，王守本持股5%，张系持股5%，方澄父亲方恒持股5%……"

易正方插了一句："不对呀，总共加在一起才90%，还差10%！"

宋几何看了方澄一眼，方澄微微点头，他继续说道："是，还差10%，是放在了股权激励池，用来奖励优秀的员工。"

"股权激励池是在一五公司的名下。"

一五公司？谢勉记、易正方和余笙长三人同时惊讶莫名，对视一眼，顿时恍然大悟——总算明白了为什么宋几何和方澄非要邀请他们三人前来北京！

在接到邀请之时，谢勉记、易正方和余笙长三人还私下建了一个小群，很是交流了一番。三人一致认为就算他们三人是宋几何和方澄关系最好的同学，又同是五人组成员，但离婚毕竟是个人私事，何况他们三人有12年未曾和宋几何、方澄见过一面，贸然介入二人的离婚大事，突兀且唐突。

现在三人才如梦初醒，怪不得宋几何和方澄非要请他们来北京一聚。除了也许真有感情上的需求并且需要他们的帮助，一五公司才是所有问题的症结所在！

症结，就是关键就是节点。

如果不是宋几何再次提及一五公司，三人早就遗忘了过于遥远的名字，以及有些恍惚的往事。

刚一毕业，宋几何和方澄就举行了婚礼。婚礼上，宋几何喝多了，意气风发的他拿出一纸协议，说要成立一家公司，要让五人组继续走下去，以一五公司的名义，继续联手共创人生辉煌。

学生时代总是会多一些意气与幼稚，总有指点江山激扬文字的豪情。几人都喝多了，看也未看就在协议上签了字。他们认为，宋几何成立的一五公司不过是为了盛放梦想，为了纪念过去的时光，也是为了珍藏青春，就如一个相框。

没有人会把一个相框放在心上，哪怕再精美再宝贵，毕竟不实用，随着时间的推移，没有人再想起当年一五公司是不是还存在。

不过三人都记得清楚，一五公司的本意是一元五次方程。

后来宋几何的事业越来越成功，他的公司名气也越来越响亮：一元集团。

虽然还是取自一元五次方程之意，但一元和一五是两家公司，三人之中，余笙长早就把一五公司的事情抛到了脑后。易正方也是被生活所累，每日奔波忙碌，只为了碎银几两，也没有在意过一五公司是不是还存续。

只有谢勉记关注过一五公司的动态，发现并没有注销，只有后来变更过几次地址，以及增加了不少股东。始终没有经营活动，是一个空壳公司。

再后来，谢勉记忙于自己的事业，也就懒得再关注一家空壳公司的生死存亡，就当一五公司只是一个情怀一个寄托好了。在，说明宋几何还在意五人组的情意。不在，说明宋几何已经遗忘了过去。

在意和遗忘都是人生常态的一种。

宋几何注意到了三人的惊讶和疑惑，笑道："当年是你们亲自签字的协议书，可能你们都忘了具体内容。只拣最重要的三点说下：第一，一五公司你们三人每人持股15%，共计45%，剩下的55%由我和方澄持有。第二，你们三人享有分红权，但不享有投票权，也就是说，你们的股份是干股。第三，你们三人全权委托我代持你们的股份，我可以替你们三人做出任何决定。"

"明白了。"易正方在想起一五公司的一刻，一瞬间有一种要一步登天的错觉，按照一五公司目前持有一元集团10%的股份推算，他在一五公司持股15%，相当于间接持有一元集团1.5%的股份，折算下来，也有大几千万元的身价了。

现在经宋几何补充说明后，他的梦想迅速幻灭，原来只是干股而不是原始股，没有投票权只有分红权。不对，他的大脑瞬间又高速运转了，分红权也是权利，投票不投票什么的无所谓，有钱分就行。

那么问题来了，12年来，为什么他没有分到一分钱？

"我理解你的疑问，正方。"方澄笑了，"你的表情告诉我你对没有分到钱感到疑惑和不解，还有委屈和不甘，对吧？"

易正方点头又摇头："我只是疑惑，没有委屈和不甘。"

谢勉记咳嗽一声，吸引了几人的注意："我来说吧，作为当事人之一，我的话应该立场更公正。一五公司从成立以来，就没有经营活动，到今天为止，还是一个空壳公司，没有利润，自然就谈不上有分红了。到现在，一五公司依然是作为股权公司存在，只是一个股权池公司。"

"明白了。"易正方连连点头，"公司还在，但没赚钱，所以我们分不到一分钱，对吧？"

第二十六章　3日，互补，是最好的答案

——无理方程

余笙长听出了易正方语气中的怨气，开导他说："正方，你应该感谢几何仍然为我们保留了一五公司，说明他心中还有我们。其实他完全可以注销掉一五公司，新注册一家公司当股权池，那么我们岂不是连一丝缥缈的希望都没有了，不是吗？"

"明白了。"易正方再次点头，心中颇有几分失落，"就是说，我们表面上间接持有一元集团的股份，实际上什么都没有，对吧？"

"对，也不对。"宋几何冲余笙长微微点头，"笙长说得对，我之所以一直保留一五公司，也是念及当年五人组的情意，想让我们的友情有一个可以存放的地方。这些年来，一五公司确实作为股权池，并没有分红，一是时机还不成熟；二是由于一五公司的股权有些混乱，需要时间理顺。"

"如果我和方澄没有离婚，一五公司还会继续充当股权池公司。被奖励股份的员工，都是持有的一五公司的股份。不过因为协议约定三年或五年后才会分红，最早获得股份奖励的员工，最晚明年年底才会开始分红。"

"原本是想等明年年底第一批获得奖励的员工分红时，也为你们分红，没想到，突然发生了意外情况，就是我和方澄的离婚。"

"由于我和方澄的离婚，需要拆分公司，一五公司持有的 10% 的集团股份，是我和方澄的共有资产之一……"

宋几何相信他的话谢勉记三人已经非常明白了。

谢勉记是听明白了，如果要分割资产，涉及拆分一五公司的话，就需要他们几人出面了。先不说宋几何始终保留了一五公司的真实意图是什么，只

说一旦一五公司需要清算资产时，就需要他们三人签字了。

作为股东，必须出具同意书。

怪不得非要请他们来北京一趟，原来有不得已的苦衷……谢勉记忽然觉得胸闷气短，有一种上当受骗的感觉。就像有人说请你过来做客，是他想念你了。过来后才知道，他是不是真的想念你，不知道，只知道的是，他有难关了，需要你签字才能过关。

谢勉记也完全记不清当年协议的具体条款了，只依稀记得确实签过一个全权授权书。虽说当年成立公司，他们三人既没出钱也没出力，即使是宋几何不给他们分红一分钱，他们也不好说什么。

但人心总是喜欢从自身利益出发，公司既然没有注销，还在运营，并且成为一元集团的持股公司。那么在面临着意外可能收获的巨额财富时，是个人都会动心。

何况还是合理合法所得！

易正方也听了个大概："意思是，如果没有我们的签字，一五公司就没有办法拆分？"

方澄点头。

余笙长却不太明白，嚷嚷道："我听明白了一半，就是以前的一五公司还在，但一直没有运营，是个空壳公司，所以没有分红。现在需要拆分了，就请我们过来……需要我们做什么吗？"

"当初不是签了全权授权书，我们的股份又由你来代持，你直接决定不就得了，也不需要我们签字是吧？"

敢情余笙长是揣着明白装糊涂，明显是在为宋几何递刀子，谢勉记不由多看了余笙长一眼，突然冒出了一个念头，莫非余笙长的简单、单纯都是演的？那么她以前的可爱和天真，难不成也是刻意营造的人设？

宋几何呵呵一笑："话不能这么说，我们有代持协议，哪怕你们都忘了，我也会谨记心间，并且认真执行。当初一五公司的成立，你们虽然没有出钱出力出人，但你们对我精神上的支持，是我走到今天的关键。"

"很多伟大的事情，其实起始点就是当初的一腔热血！"

"别扯太远好不好？说正题。"方澄不耐烦地挥了挥手，"现在你们知道请你们过来北京的深层次原因了吧？在邀请你们时，我说一定要告诉你们一五公司的事情，几何说先不用。他说不想破坏你们对五人组的感情，让你们带着纯真和热爱过来……我也就没再坚持。如果你们要怪，就怪他好了。"

宋几何一脸坦诚："是，你们如果觉得我欺骗了你们，可以当面骂我，我都认。我并不觉得一五公司的事情有多重要，我们的同学感情胜过一切。十几年过去了，曾经的小学、初中和高中、大学同学，得有几百人，到现在联系的还有几人？"

"恐怕连还能想起名字记住长相的，都寥寥无几了。我非常珍惜我们之间的友情，是我人生中最重要的财富之一。"

"别说大话漂亮话了，下面该第二个议题了。"方澄再次面露不耐烦之色，"股权分割公司拆分的事情，留到最后一天解决，今天就是先让你们了解一下，不急着做出判断。"

"第二个议题是，孩子应该怎么分配。"方澄扫了几人一眼，自嘲地笑了，"你们三个人，正方离婚了，没孩子。笙长单身，也没孩子。勉记婚姻幸福，两个孩子，让你们帮我们决定孩子的归属，是不是太残酷太滑稽了？"

易正方张了张嘴，还想就一五公司的事情问个清楚，话到嘴边又咽了回去，神情有几分不自然。

谢勉记喝了一口水："我就一个孩子，什么时候传成我有两个孩子了？多出来的那一个，是谁帮我生的？"一边说一边笑，一边看向了宋几何。

宋几何微不可察地摇头。

"不对呀勉记，是你自己亲口说你有两个孩子的，你忘了？"余笙长张大了嘴巴，"啊，逮住你了，肯定是你自己说漏了嘴对不对？你和原配有一个，在外面还有一个，你一时嘴快就下意识说出了总数，对吧？"

"对对对，你说什么都对。反正我不会承认。"谢勉记大笑，"我只有一个孩子，女儿，今年6岁。"

余笙长扭头看向了易正方："正方，你有没有跟勉记一样撒谎？记错了自己到底有没有孩子？"

"别乱开玩笑，自己有没有孩子还能不知道？"易正方不满地回应了余笙长一个白眼，"你要这么说，我都怀疑你是不是结婚又离婚，隐瞒了离异的身份，假装未婚单身。同样是单身，离异单身和未婚单身，可不是一个概念。"

"打住，打住！"方澄再次表达了强烈的不满，"都统一一下思想，帮我们分析一下孩子到底由谁抚养更合适。"

谢勉记暗中观察安若即。

自从进来后，安若即就姿态端庄地坐在下首的位置，脸上挂着若有若无的笑容，神情平静，目光平和，似乎在认真听，又似乎置身事外。

到目前为止，她一言不发，也对刚才的讨论无动于衷。

但在方澄每次提及孩子的归属问题时，她的眼睛总是会快速眨动一下，并且眼神会闪亮，谢勉记就不免多了几分猜测和好奇，为什么她会对宋几何和方澄的孩子的归属问题如此感兴趣？

难道她真是宋几何的什么人？

不应该呀，方澄对她信任有加，似乎也当她是自己人。

"我先发表看法，可以不？"余笙长像是在课堂上举手发言一样，举起了右手，"你们有两个孩子，一人一个多好，既公平又有利于孩子的成长。"

"让他们从小就分开，对他们太残忍，怎么会有利于他们的成长？"方澄连连摇头，"两个孩子从小都在姥姥、姥爷的看护下长大，和姥姥、姥爷感情很深，他们任何一个都离不开姥姥、姥爷……"

"我从小也是在姥姥、姥爷的看护下长大……"出人意料的是，安若即突然开口了，她语气很沉稳语速很缓慢，"后来爸妈离婚，在选择跟爸爸还是跟妈妈时，我犹豫了3秒钟。"

"最后，我决定选择爸爸。虽然我舍不得妈妈和姥姥、姥爷，但我知道，如果我跟了妈妈，会得到更多的关爱和呵护，但同时，也会失去许多只有爸

第二十六章　3日，互补，是最好的答案

爸才能带来的上进心、事业心和坚强意志。"

安若即一拢头发，嫣然一笑："我的建议是，女儿跟爸爸、儿子跟妈妈，是最好的搭配。比起现阶段在姥姥、姥爷面前可以得到一些关爱，未来的人生路上所需要的坚强和奋进，才最重要。"

方澄的脸色微微一变："若即，这么说就太绝对了，坚强和上进心，我也能给孩子们。"

"不一样。"安若即丝毫没有畏惧方澄的意思，她坦然地迎上了方澄犀利的目光，"在孩子们的心目中，爸爸和妈妈的定位是不同的，妈妈永远替代不了爸爸的作用，同样，爸爸也永远覆盖不了妈妈的价值。但在不得不做出二选一的选择时，互补，是最好的答案。"

"同意。"余笙长鼓掌叫好，"安安，你不但人长得漂亮，话也说得好听，还特别清晰有条理，神了。"

"您过奖了。"安若即冲余笙长微微颔首，"我不过是根据自己的经历得出了一些人生经验，不一定适合所有人，但应该适合大多数人。"

谢勉记微微点头，安若即的态度不卑不亢，虽是宋几何的助理，但并没有表现出过于谦卑的一面，也不傲然，拿捏得恰到好处，分寸感十足，也说明了一点——她来历不凡。

"你呢，正方？"方澄没有接话，将难题抛给了易正方。

"噗……"宋几何喝了一口茶，突然喷了出来，溅了旁边的易正方一身，他惊恐地指着茶水，"若即，今天谁泡的茶，怎么会有虫子？"

茶水中，漂浮着一条蠕虫，是不属于茶叶上可以生长的虫子。显然，是人为放进去的。

安若即站了起来，微微一想："是我泡的茶，是您最爱喝的金骏眉。不应该呀，我仔细检查过了，明明没有虫子的。别说是不会在茶叶中生长的虫子，就是误入的飞虫也不会有。奇了怪了，应该是中途被人放进去的，而且，还是特别熟悉宋总的人。"

"否则，也不会放宋总最怕的蠕虫！"

宋几何很少动怒，他向来可以很好地克制情绪，这次，终于发作了。重重地一摔杯子，猛然一推椅子："过分了！方澄，你还有完没完了？"

　　让人更加震惊的一幕发生了——被宋几何推开的椅子转了几转，碰到了墙上，居然应声而坏！

　　是的，椅子哗啦一声散架了！

第二十六章　3日，互补，是最好的答案

第二十七章　3日，也是生活的预演

——两点之间，线段最短

如果此时宋几何还坐在椅子上，必然会摔一个仰面朝天。轻，头破血流。重，瘫痪也不是没有可能！

方澄一脸淡漠，呆了一呆，忽然哈哈大笑："报应，报应呀宋几何。椅子是老天惩罚你，你逃也逃不过。别污蔑我，没有证据我可以告你诽谤！"

"你自己也不反思一下，从1日起就不断地有各种细节暗示你会倒霉，你还不信，还说我迷信。现在信了吧？哈哈！该，摔得轻！"方澄站了起来，探头看了宋几何一眼，就坐了回去，"日常悬念、生活暗示，最终都会变成现实。你还别不信，也真不是迷信，而是无数细节累加在一起形成的逻辑推演，也是生活的预演。"

方澄长篇大论，余笙长惊呼。

"几何，你没事儿吧？人没事儿就好。吓死我了。"余笙长拍了拍胸口，"太吓人了，茶里有虫也许是偶然，好好的椅子怎么会坏得这么彻底？肯定是人为的。"

谢勉记十分冷静，他来到散架的椅子旁边，蹲下，仔细观察了一会儿，点头："确实是人为破坏的，螺丝被松开了，关键的连接部位也被拆开了，万幸。如果几何是坐着散架的，他非得受重伤不可。"

"可以报警了，可以定性为蓄意伤害！"

宋几何摆了摆手："先不用了，明摆着是谁，谁心里有数。既然我没有受伤，事情先放到一边儿。我们继续。正方，你接着说。"

刚刚易正方正在暗暗欣赏安若即的美，稍微有些走神。如果说方澄的美是飒爽之美，余笙长的美是婉约含蓄之美，那么安若即的美就是古典加知性之美，是端庄和优雅的完美统一。若不是亲眼所见，他没有办法想象世间会有如此绝色的女子。

如果不是被宋几何的虫子和椅子的事情意外打断，他可能还会沉浸在安若即的美貌之中无法自拔。

易正方忙收回心思："孩子们是什么想法？"

宋几何轻松地笑了："他们都愿意跟我。"

"他们当然愿意跟你。你一不管他们学习二不管他们吃喝，只陪他们玩，纵容他们迁就他们，在他们的记忆中，妈妈就是唠叨加批评加督促，爸爸就是陪伴加温暖加关爱，他们跟你是被你以爱的名义的放纵给欺骗了。"方澄快语如珠，对宋几何一顿发射。

"方澄的话也有几分道理。"易正方不置可否，"既然孩子们都愿意跟几何，不妨和他们多沟通，告诉他们跟了爸爸的不足和跟了妈妈的不好，看他们能不能接受最差的一面。"

"两点之间，线段最短。线段，也可以看成是我们记忆的片段。孩子们的记忆片段是很短的，确实有时不能作为参考。就是我们成年人，时不时也会被一些人的假象欺骗。"易正方一脸认真和思索，"话又说回来，我认为，还是要充分尊重孩子们的想法，他们有权决定他们未来的生活。"

"他们有个屁权。"方澄当即反驳，对易正方骑墙派的说法毫不赞成，"屁大点儿的孩子，谁给的糖多就跟谁好，以为甜就是爱。他们不知道，糖吃多了会得糖尿病。有时有的人以爱的名义设下的圈套，往大里说，可以毁一生。往小里说，可以荒废你十几年的青春！"

"我绝对不会让我的孩子再走我走过的错路！"

"方澄，你先别急，要讲道理而不是讲情绪。"谢勉记开口了，慢条斯理，一副老成持重的样子，"虽然我没有离过婚，但就我个人的认知来看，首先要从孩子自身的需求出发，不要以为孩子小就什么都不懂，要学会尊重和理解他们。"

第二十七章　3日，也是生活的预演

方澄讥笑一声:"你的意思是,孩子说要跟谁就听孩子的了?你的孩子想天天打游戏天天玩不学习,你会听吗?"

"不是同一个概念好吗?"谢勉记不慌不忙地一笑,"你的意思是几何天天纵容孩子打游戏不学习了?"

"他就是!"方澄切换了吵架模式,数落宋几何的种种不是,"他从来不管孩子的学习,也不辅导作业,每次都是在我管孩子过多之后和孩子发生矛盾的时候,他再出面当好人。"

"久而久之,孩子们就都觉得妈妈太唠叨太烦人了,还是爸爸好,包容他们理解他们。我呸!"方澄声色俱厉,"曲突徙薪无恩泽,焦头烂额为上客……从来都是真心对你好指出你的缺点的人得不到认可,反倒是等你病入膏肓时搭一把手的人被你视为神明。人性千百年来都是如此,现在的孩子也一样!"

"良药苦口、忠言逆耳,从来都不如哄骗、甜言蜜语和花言巧语受用!孩子必须归我,原则问题不能谈判!"

"从来没有什么不能谈判的原则问题,也没有不能突破的底线!"安若即忽然悠悠地说了一句,"方总,希望您认真权衡一下,是权衡,不是考虑。考虑会带有情绪,权衡是要在理性的前提下,计算得失。"

"我是在权衡,不是在考虑。孩子都归我,对孩子的成长有利。对宋几何未来再重新组建家庭,也有利。我其实也是为了他好,你想,他不带孩子的话,不就是钻石王老五了吗?"方澄对安若即说话的语气平和了许多,不再咄咄逼人,"若即,男人哪里有女人会照顾孩子会带孩子?你说呢?"

"不能一概而论。女人不一定都会照顾孩子,男人不一定都不会。放在你们夫妻身上,不是正好和常识相反吗?"安若即从容地起身,"夫妻一场,从事业到家庭,都是两个人共同努力的结果。现在你们的离婚不是因为一方的背叛,而是性格不合,因此,平分财产是最公平的选择。"

"两个孩子,一人一个,也是最妥善的处理方式。"

"我还有事,先去忙了。"安若即冲宋几何微一点头,又冲方澄微微一笑,不忘冲每个人示意，转身出去了。

得体、大方、细节满分，是谢勉记对安若即的评价。从安若即对宋几何和方澄从容不迫的态度来看，她在二人的心目中不仅仅是一个助理，应该还有另外的身份。

"不聊了，没意思，都不支持我，你们都被宋几何收买了吗？有点儿志气好不好？"方澄气呼呼地站了起来，也转身出去了，"我出去透透气，你们继续。"

余笙长吐了吐舌头："方澄也太喜欢生气了，她在上学时，脾气没这么差呀？这些年她都经历了什么？是不是被你折磨的，几何？"

宋几何苦笑一声："谁折磨谁不是一目了然吗？我折磨她？当年在五人组的时候，谁事情最多谁最爱挑刺，你们心里还不清楚吗？"

"清楚归清楚，但此一时彼一时，几何，当年你能接受得了方澄所有的不好，现在为什么忍受不了她的半点儿不是呢？还不是因为你不再是当年的穷小子，摇身一变成为知名企业家，拥有了北京户口、豪车和房子，以及你想要的一切。你现在有足够的资本摆脱方澄的影响了，是吧？"易正方的声音带着几分刻薄和讽刺，"你难道没有想过，如果没有方澄，你会有今天的成就吗？"

"在你需要借助方澄和她家族的影响力时，你就会迁就，就会忍让，就会包容她的一切。现在翅膀硬了，方澄不管说什么做什么，都不对味了，是吧？"易正方越说越是气愤，"在我们看来，方澄依然是当年我们心目中的完美女神，神圣不可侵犯，永远光芒万丈，并且没有任何缺点。"

"呵呵。"谢勉记笑了，"正方，上大学时，你可是很正直的一个人，现在怎么变成这个样子了？我很好奇，是不是不幸的婚姻让你对女性产生了变态的迷恋和崇拜？"

"滚你的。"易正方意味深长地笑了，"偶尔插科打诨一下，有利于调节情绪缓解压力不是，你没听出来我说的是反话？"

"没有！"余笙长立刻接话，"我可是当真了，你以前没少对方澄说过类

第二十七章　3日，也是生活的预演

似的话吧？"

"我现在忽然怀疑你离婚的真正原因了……"余笙长忽闪着一双大眼睛，似笑非笑，"说实话，正方，你是不是因为在外面有人被李美玉发现了，才被离婚的？"

"好好的一次协商会，又被你们的打岔破坏了。得，又是一次没结果的讨论。"易正方站了起来，"我出去走走，不和你们瞎扯了。对了几何，你助理的办公室在哪里？"

谢勉记当即说道："正方，我劝你少打，不，完全别打安若即的主意，她不是一般人，你HOLD不住。你难道没有看出来她既不怕几何又不怕方澄吗？你什么时候见过一个助理不但可以介入董事长和总经理的家庭事务，还可以同时让董事长和总经理都尊重三分的？"

"我说得对吧几何，你说说安若即到底是什么来历？"

宋几何摆了摆手："你们少打听安若即的事情，不知道要比知道好。她确实不是一般人，我和方澄都让她三分。不说她了，今天的事情，表面上没讨论出来最终结果，实际上，已经有让人满意的答案了。"

"我相信，方澄坚持不了多久了！"

第二十八章　3日，不可逆的意思是……

——互逆定理

易正方离开会议室，在公司随意转了一转，来到了一楼。路过方澄办公室的时候，隐约听到里面传来方澄和安若即的对话。

他站在门口，左右看看，没有其他人，就把耳朵放在了门上。

"若即，你答应我要支持我的，为什么刚才要向着宋几何说话？"是方澄的声音，隐含着不满压抑着怒气。

"我是说过要支持你，但也强调了一个前提，就是你必须站在公正的立场上。问题是，你的立场并不公正，对宋几何、对孩子、对公司上下的所有人，都带来了危害。"是安若即的声音，淡然中包含了一丝平和与从容。

"你不相信我的出发点和能力？"

"非要我说实话吗，方总？"

"说。"

"如果按照你的离婚方案，你拿走公司的七成，并且带走两个孩子，相信我，公司会有七成以上的人辞职，不是跳槽到宋几何的新公司，就是去其他的公司。两个孩子，也会不开心不幸福。"安若即的声音依然温柔，但却没有一丝退让的意思。

方澄沉默了一会儿："你是被宋几何收买了还是被他洗脑了？"

"方总，你最大的问题就是太自以为是，认为凡是支持宋几何的人，都是被宋几何收买或是洗脑了，从来没有冷静而认真地想一想为什么公司上下支持宋几何的人会在七成以上？你被情绪和偏见影响了判断，先入为主地认定宋几何一没能力二没影响力。"

"不改变你以上两点错误的认识,你会把公司拖向深渊。"

方澄愤怒了:"宋几何拥有的一切,都是我给的!"

安若即依然平静:"没有宋几何,你不会拥有两个聪明可爱的孩子。同样,没有他,公司也不会有今天的规模和影响力。你确实为他提供了基础前提,但后来的发展壮大,是他的能力带来的拓展。"

"我言尽于此,方总。如果你执意认为你必须拿走你和宋几何共有股份的七成的话,我会辞职。"

"你让我再想想。"方澄的声音不再气盛,黯然了几分,"让我再好好想想。"

听到脚步声离门越来越近,易正方忙离开房门,才走开两步,身后门一响,安若即出来了。

易正方假装刚到:"安助理好。"

安若即淡淡一笑:"易先生,最好不要偷听别人谈话,不礼貌,也有失身份。虽然您是没什么身份的人,但也别太看低自己了。还有,宋几何和方澄离婚的事情,你们作为外人,可以提一些建设性意见,但不要深度参与。"

"更不要以为可以借机捞到什么好处,这么危险的想法,如果不能及时收回,极有可能会给您带来不可逆的伤害。"

易正方听得既惶恐又一头雾水:"不可逆……"

"对。"安若即习惯性一拢头发,微微歪头,"不可逆的意思是不可补救、不可挽回,会让你后悔一辈子。"

易正方呆立当场!

安若即的语气一如既往的温柔、淡然,但让易正方听出了杀气和冷意,他感觉一股凉意从脚底升起,一直上升到了头顶。

为什么越是漂亮的女人越是容易让人心惊胆战呢?

易正方一瞬间想起了李美玉。

电话突兀地响了,吓了他一大跳。他忙拿出手机一看,来电显示赫然是李美玉。

易正方忙跑到外面，来到一棵大树下，确信周围没人时，才接听了电话。

"美玉，不是告诉你我这几天都在北京，不要给我打电话吗？"易正方压低了声音，"真的不方便让他们知道我们的事情。"

李美玉的声音跨越了几百公里的距离，通过无线传播再从话筒中传来，居然高度还原，如同她平常在易正方耳边说话一样。

"孩子病了，我找不到病历了。快说在哪里！"李美玉的声音尖刻而犀利。

"在床头柜第二个抽屉里面。"

"没找到！"李美玉吼了一嗓子。

"我那边的床头柜。"易正方嘟囔一声，"吼什么吼，又不是我的孩子，凭什么让我管？"

"找到了。"李美玉惊呼一声，"你说什么易正方？有种你再说一遍？信不信我把你的糗事都说出去，让你在县里名声臭大街。"

"别别别，我们说好的，我同意离婚，答应净身出户，并且承担债务，就是要你保守秘密。你可要说话算话，不能反悔，更不能耍赖！"易正方急得脸都涨红了，"李美玉，我们夫妻一场，我连孩子不是我的种都可以忍，你就不能让我几分？"

"让，如果不是让着你给你几分面子，我早就让你臭满朝乡了。"李美玉哈哈大笑，笑声狂放，"孩子的病你可以不出人，但必须出钱。"

"我没钱！"一提钱易正方就火冒三丈，"我净身出户，还承担了全部的几十万元的债务，又得替你还房贷自己还没地方住，凭什么还要让我出钱给野孩子看病？李美玉，别太欺负人了，大不了鱼死网破。"

"好呀，死就死破就破，谁怕谁呀。"李美玉吃定了易正方，"我就等着你这条大头鱼撞破我的天罗网呢。有本事你就撕破脸，看谁死得更难看。"

"……"易正方秒怂，立刻认输，"我错了，我错了还不行吗？美玉，我们还按照离婚时的约定，我出抚养费还房贷还外债，你享受现成。"

"你说得好听，该还的外债还了吗？昨天狗哥还问我欠他的10万元什么

第二十八章　3日，不可逆的意思是……

157

时候还，再不还，他就要对你不客气了。狗哥的语气分三类，你又不是不知道，第一类是不礼貌，就是打一顿。第二类是不客气，就是打断腿。第三类是不人道，就是让你下半辈子生活不能自理。"

"别说了，我知道，我知道。还，一定还。三天之内，保证一次性还完。"易正方冷汗直流，"你帮我向狗哥多说几句好话，我现在在北京，正在搞钱。三天，保证三天后能弄到一大笔。"

"行吧，就再相信你一次。"李美玉并不在意易正方在哪里，"有钱就行，没钱，你要么别回朝乡，要么永远消失，听明白了吗？"

"明白，非常明白。"

"现在、立刻、马上，转3000块钱给我，我要给孩子看病。"

"孩子什么病，要花这么多？"

"要你管？赶紧转钱。"

"好嘞，马上。"易正方挂断电话，立刻转钱。

提示余额不足，又换了一张卡，还是一样。最后他只好把几张卡里面的钱都充值到了微信钱包，好不容易凑够了3000元，才给李美玉转了过去。

一切都做完之后，易正方如释重负，仿佛是完成了一件重大使命一般。抹了一把脸，脸上汗水一片，才感觉到后背都湿了。

暗暗自责自己太没出息，易正方朝卫生间走去。刚走两步，却见安若即从旁边的房间中走了出来。

安若即依然是一副淡然的笑容，她冲易正方微微点头："易先生，能听我一句劝吗？"

易正方一愣，莫非她听到了什么？随即又强作镇静："安助理请讲，我听着呢。"

"别有什么不安分的想法，就当来北京七天是一次旅游，是五人组的一次重逢。总之，把来北京的目的解答得越简单越纯粹就越好。"安若即一拢头发，转身走了，"你的人生难题，宋几何和方澄的离婚，给不出解决方案。放弃幻想，认清现实。"

易正方的心迅速沉了下去，从安若即的暗示来看，她肯定是听到了什么。如果她告诉宋几何他的人生真相，恐怕宋几何会对他深感失望，并且会让谢勉记和余笙长更加看不起他。

也不知道一个人在楼道中呆立了多久，直到谢勉记的电话打了过来，才惊醒了易正方。

"去哪里了，老易？吃饭了，还在会议室。快来！"

午饭就在会议室吃，是安若即负责叫的外卖。

宋几何和方澄陪同。

吃饭时，方澄有说有笑，似乎浑然忘记了刚才的不快。

虽是外卖，却很丰盛，搭配得当，品种齐全，摆满了桌子，倒也有一场盛宴的感觉。

"中午就简单吃一些，晚上再请你们吃大餐。"宋几何最先吃完，"平常中午，我就在公司吃工作餐，你们肯定想象不到我的工作餐有多简单。"

"我可以做证。"安若即笑道，"宋董的口头禅是'食无求饱居无求安'，在吃饭上面从来不讲究。不过要是讲究起来，也要求很严很挑剔。"

"其实越不讲究的人，才越讲究。"谢勉记微笑着嘟囔了一句。

"今晚就为大家预订了地道的北京菜饭店——小吊梨汤，离公司也不远。下午的行程就是继续参观公司，深入了解公司的运转和管理模式。"

安若即介绍完毕，朝谢勉记三人示意："下午有任何问题，都可以随时找我，我的办公室就在宋董办公室的对面。"

"我没问题，服从安排。"易正方第一个表态，语气非常诚恳。

余笙长点头一笑："好呀，不出去最好了，我最懒了，能待在房间就绝不会出门。"

"我也可以……"谢勉记话说一半，手机突然响了。

接完电话，谢勉记脸色如常，似乎是什么无关紧要的电话，不过他却说道："不行了，我下午临时有个紧急事情要处理，就不留下了。你们先聊，我尽量晚上赶回来吃饭。"

第二十八章 3日，不可逆的意思是……

尽管谢勉记刻意保持了淡定，但他急匆匆的脚步还是让他暴露了慌张。

宋几何跟了出去，送他下楼，到了楼下的停车场，问道："怎么啦，这么着急？"

"于筱知道了胡小的事情……"谢勉记左右看看，压低了声音，"有人发给了她我和胡小在三里屯一起吃饭还有我和她手拉手进酒店的照片。"

"跟踪我并且拍下照片的人，就是我们五个人中的一个！"谢勉记抬头朝楼上望了望，古怪地一笑，"几何，你猜是方、易还是余？"

第二十九章　3日，无非利益与三观

——中间变量

楼上，会议室内，方澄、易正方和余笙长在窗前一起探头朝下张望。

方澄呵呵一笑："手法太笨拙了，老宋和老谢要有什么悄悄话说，有的是别的办法，不必非要假装一个要走一个要送，多虚伪，哼！"

"不，不，我觉得你想多了，方澄，老谢肯定是真有什么事情要去处理，几何也是好心送他关心他。他们真没有你想得那么复杂。"余笙长忙替宋几何开脱，"你又不是不了解几何和老谢，他们都不是复杂的人，简单得很。"

"简单？"方澄冷笑了好几声，"你是觉得他们当年都曾经是简单的解题少年，现在还是简单的油腻中年？笙长，是你活得太简单了，还是你把世界想得太简单了？"

余笙长吐了吐舌头，也不争辩："当我没说。"

"说过的话怎么能收回呢？"方澄不依不饶，"正好老宋和老谢都不在，我就和你们聊聊我和老宋到底是怎么走到了今天这一步……你们有没有统计过，我们认识结婚的7对同学中，现在还没离婚的有几对？"

易正方心不在焉外加神不守舍，他摇了摇头："没统计过，同学们联系的也不多，加上你们几个人在内，我经常联系的大学同学不超过10个，高中同学不超过3个，初中同学只有1个。人越大，失去的就越多，对吧？"

没人在意易正方的感慨，方澄继续说道："老宋应该已经和你们说过我和他的矛盾，他的解释肯定冠冕堂皇，比如说是三观不合、理念冲突等，再比如说公司之所以有今天，全是因为他的英明决定，我的决策不是错误就是失误。从他当上董事长后，公司的发展才进入了快车道，对吧？"

"没有！"余笙长和易正方一起摇头，异口同声。

易正方哈哈一笑："方澄，也不知道你为什么对老宋偏见这么严重，他真的没和我们说过你们的事情，我们问他，他也不过是说一句——都是夫妻间常见的矛盾，走到今天，一个巴掌拍不响，都有问题——他真的没有把全部责任都推到你的身上。"

"对呀对呀，几何确实没有说过你的坏话。"余笙长加重了语气，"至于你说的公司层面的事情，他也没有明确地和我们说公司是在他手里才发展壮大的。但我们都不瞎，看得清楚，公司上下都非常尊重几何。不是员工对董事长表面上的尊重，而是发自真心对一个掌舵人的敬仰！"

"我当老师多年，很清楚学生对一个老师的尊重是敷衍还是真心。"余笙长目露向往之色，"感觉在员工们眼中，几何就像太阳一样光芒四射……"

"行啦行啦，别吹捧他了。"方澄不耐烦地摆了摆手，"是，我承认他是有些本事。但他有两副面孔，在外人面前戴着面具，在家里在我面前，就露出了面目可憎的一面。"

…………

楼下的停车场，宋几何拉过谢勉记，来到槐树下。

停车场的一角有一棵上百年的大槐树，树冠遮天蔽日，为停车场保留了难得的清凉。

当初兴建停车场时，想要砍掉大槐树，宋几何竭力阻止，并以退租相威胁。园区承受不了宋几何退租的巨大损失，只好妥协。

最终大槐树得以保留，虽然占据了两个车位，让园区承受了一些损失。但相比宋几何的退租，简直就是九牛一毛。更不用说后来有新租户本来犹豫要不要租园区的房子，最后一刻看到停车场的大槐树后，立刻决定租下。

新租户的理由很充分，一个园区，还能保留着百年以上的大树，并且长势良好，说明风水好人气旺。

宋几何很喜欢这棵大槐树，每次烦躁不安时，或是遇到难题无法找到解决之道时，他都会一个人来到树下静一静。有时绕树转上几圈，一些问题的答案就浮现在眼前了。

"为什么会猜是他们？"宋几何对谢勉记的猜测微微吃惊，"他们几个人，应该都不知道你和胡小的事情。"

"不，至少会有两个人知道。一个是方澄，另一个则是余笙长。"谢勉记下意识抬头朝楼上又看了一眼，"老易应该是真不知道，他陷在自己的麻烦中还出不来，没时间理会别人的问题。"

"为什么这么说？"宋几何语焉不详地问了一句，也不知道他问的是前一个问题还是后一个问题。

谢勉记回答了前一个问题："我觉得跟踪我并拍下照片的人应该是方澄，余笙长虽然知道我和胡小的事情，但不会有跟踪并拍照的想法。"

"为什么？"宋几何又追问了一句，他似乎有些心神不定。主要是不断地有突发情况打乱他的部署，让他有一种失控的感觉。

失控、变量和变数，是宋几何生平最讨厌的事情。

单单是开始时的变量还没有什么，事情发展到现在，差不多到了中间阶段，还是不断有中间变量出现，就说明他之前制订的所有计划，会有被全部推翻的可能。

方澄怎么会知道谢勉记的事情？他心底蓦然升腾起一股寒意，原以为谢勉记的事情是他和谢勉记之间的秘密，不会有第三个人知道。如果方澄和余笙长都知道的话……事情就会进一步失控。

"什么为什么？"谢勉记见宋几何有几分愣怔，不由笑了，"我都不担心，你瞎操什么心？不是正好可以和于筱坦白吗？然后逼她离婚！她都拖了我两年了，就是不肯离。我这次下定了决心，就算是以过错方的身份，也要和她离了，不能再继续耗费自己的青春。"

"不明白为什么有些人非要死死抓住原本不属于自己的东西，就算死皮赖脸也不肯放手，难道为了所谓的爱情，尊严和人格都不要了吗？"谢勉记拍了拍宋几何的肩膀，安慰他，"别想太多了，也不用为我担心，我能处理好和于筱的事情。"

第二十九章　3日，无非利益与三观

"如果你和于筱离婚的事情公开了,你精心塑造的家庭和事业都幸福的好男人形象,不就崩塌了?"宋几何有些惆怅,"我和方澄本来也是想天长地久的,哪怕在婚姻中没有了激情,至少在生活中还有责任和牵挂,为什么偏偏走到了非要离婚的地步?"

"不好意思,这道题,我没有答案。"谢勉记摆了摆手,潇洒地转身离去,"我去见下胡小,某人同时把她的联系方式发给了于筱,于筱打电话骂了胡小一顿,还说要来北京找她,她现在很害怕。"

"你不用管我,我能处理好。晚上回来早了,就去参加你们的饭局。太晚的话,就明天再见面。"

宋几何点了点头。

下午,易正方和余笙长先是在宋几何的办公室坐了一会儿,又在方澄的办公室聊了一会儿,最后在安若即的带领下,了解了公司的运转模式。

几人都没有再听方澄说起她和宋几何走到今天的原因。余笙长是不想听,无非利益与三观。易正方是没心情听,他焦头烂额一身麻烦,对别人的离婚原因,毫无兴趣。

六点,一行人出发去了安若即订好的饭店。

是一个10人间,易正方扫了一眼几人:"房间太大了,有点儿浪费。"

安若即笑了:"等下还有人来,不是只有我们几个客人。"

"谁呀?"易正方不是好奇,是想多和安若即说话。

安若即却没有回答他,起身出去了:"宋董,我去接人。"

应该说,安若即在商务安排上,十分得体并且面面俱到,和她在谈及宋几何与方澄离婚事情时的鲜明的态度相比,判若两人。

这就更让易正方怀疑安若即到底是什么来历了。

"三天了,还有四天……"余笙长先坐下了,"希望几何和方澄的事情可以尽快顺利解决,不一定非得等到第七天才有最终答案,是吧?如果今晚就能解决就好了,我都想家了。"

易正方本来心情低落,忽然忍不住笑了:"笙长,你别演了成不?天天装可爱扮天真，累不累？你都 35 岁了，不是 18 岁！"

"年龄可以是 35 岁，心态永远 18 岁，怎么，不可以吗？还有，你记错了，我今年 33 岁，你才 35 岁！"余笙长歪头一笑，依然是天真烂漫的表情，"别嫉妒我心态好，我是永远 18 岁的女神！"

曾经在相当长一段时间内，余笙长就是易正方心目中永远年轻的女神，他一度认为余笙长会是他永远的唯一的女神。

但现在，不知何故，易正方心中没来由大起厌恶之心，总觉得余笙长的歪头笑、天真杀不是可爱和纯真，而是做作和假装。

为什么曾经的女神会变成现在的样子？是以前没有发现她的虚伪，还是她变了许多，又或者是他的心态也改变了？易正方忽然在心中闪过悲哀，岁月匆匆，我们都丢失了曾经的美好，过去的种种，都一去不复返了。

易正方没接余笙长的话，问道："除了我们，还有谁？"

方澄伸出四根手指："我爸妈，还有两个孩子。"

第二十九章　3日，无非利益与三观

第三十章　3日，你可以永远相信我

——变数中的变数

门一响，安若即先进来，她推着门，微微弯腰："您二老慢一些。宋黛、宋束，你们别挤，让姥姥、姥爷先进来。"

两位老人走得慢，两个孩子等不及，就先挤了进来。

女儿宋黛11岁，已经出落得亭亭玉立，像大姑娘了。儿子宋束7岁，正是活泼好动的年纪。二人一见宋几何就同时扑了过去。

"爸！"

女儿抱住了宋几何的脖子，儿子则搂住了腿。

"老爸，为什么都不来看我？"女儿的小脸上写满了不满。

"老爸，你是不是忘了你还有个儿子了？老妈说你就知道工作，赚钱赚得连家都不顾了。咱家还缺钱吗？"儿子用力推开姐姐，想要抢占最有利的位置，"老爸，抽空陪陪我们好不好？我和姐姐都省着花钱，好不好？"

易正方和余笙长对视一眼，既羡慕又心酸。

两个老人精神状态不错，身体也挺硬朗的样子，不过对宋几何的态度就远不如一儿一女友好了。二人自始至终都没有正眼看向宋几何，直接坐到了主位上。

余笙长小声说道："正方，似乎不太对呀，今天不是我们同学聚会吗？怎么多了老人和孩子？如果是他们的家庭聚会，我们就没有必要参加了吧？"

易正方点了点头，看了一眼上来的几个好菜，又摇了摇头："客随主便，几何既然这么安排，肯定有他的道理。我们可不能像谢勉记一样临阵脱逃。"

余笙长注意到了易正方咽口水的动作，暗自腹诽一句："没出息！没吃过东西嘛!"

方父威严地咳嗽一声:"你们是小易和小余吧?辛苦你们过来一趟,招待不周,多担待。"

二人刚要客气,方父一摆手:"方澄和宋几何闹离婚的事情,你们也都知道了。听方澄说,你们都支持宋几何,认为他做得对?好,今天就当着我们两个老人家的面儿,说说你们为什么非要支持宋几何?"

易正方和余笙长面面相觑,敢情两位老人家是兴师问罪来了?他们要受批评了?

宋几何忙说:"方澄,这是怎么回事儿?不是说只是一起吃个饭,怎么变成了要讨伐正方和笙长了?有什么都冲我来,他们是外人,是无辜的。"

"只要是参与到了你们离婚事件中的人,没有一个是无辜的。"方父目光扫过易正方和余笙长,"你们现在离开还来得及,我可以当你们没来过。如果不离开,等我说完了下面的话,你们就真正卷入他们的离婚事件之中,就不可能全身而退了。"

"你们可要想明白了!"

重重的鼻音再加上多年上位者养就的威风,方老爷子的话一出口,立刻给易正方和余笙长带来了莫名的威势和压迫!

易正方顿时心生畏惧,第一个念头就是想要逃跑。他本想借助宋几何的离婚事件大赚一笔,实现人生的逆袭和翻转,还不用付出什么,不承想,老爷子把事情说得如此严重。意思是,一旦真正地卷进来,就别想有好,只能不死不休了?

他现在可承担不起任何风险了,不行,得赶紧走人。

屁股刚离开椅子半寸,却被余笙长拉住了。

余笙长缓慢而坚定地摇头,小声说道:"谁都可以走,就你不能!正方,你也不想想,你还有什么可以失去的吗?富贵险中求,现在不拼一次,你觉得你以后的人生还会有机会吗?"

"也是。"易正方似有所悟地点了点头,"和你们相比,我是最应该奋不顾身义无反顾的一个，对吧？"

余笙长甜甜一笑："对，也不对。我和老谢，其实也没有什么可失去的了。比起可能的收益，就算败了，大不了一无所有从头再来，反正我也是孤家寡人一个。"

"可是老谢不是……"易正方挠了挠头。

"说不定很快也就是了。"余笙长依然是甜甜地一笑，"人生而孤单，终将一个人承受一切，不管是单身还是在婚姻存续状态之中。"

"方澄和老宋，不就是很好的例子吗？"

"还有余小星和柳鑫，他们也是同学结婚，现在应该是我们同学中最幸福的一对了。两个人家世相同，都是公务员，工作安稳家庭安定，好多人都羡慕他们，但事实却不像外人所看到的……"

易正方惊呆了："老谢怎么会？余小星和柳鑫的婚姻又是怎么个情况？"

"算了不说了，说了你也体会不到。"余笙长摇了摇头，一脸惋惜，"你还是赶紧拿主意要不要吃这顿饭吧。现在走，还来得及。"

"不走了。"易正方再次看了一眼桌子上的菜和茅台，咽了一口唾沫，"我要陪你一起打江山，五人组从不解散！"

"别单独扯你和我的关系，我们可以是一个团队。但我们两个人，不是可以组合的数字。"余笙长注意到了易正方贪婪的举动，鄙夷地一笑，"时间和生活真的能改变一个人，让他屈从于压力臣服于金钱。"

易正方假装没有听见。

"商量好了吧？"方老爷子耐心地等了一会儿，再次发话了，"现在不走的话，就走不了了。"

易正方点头："不走了。五人组从不解散，难题都是团队解决。"

余笙长小鸡啄米般点头："不走，不走，必须得留下来听老爷子的教诲。"

方老爷子脸色凝重："你们不要以为就跟解决一道数学难题一样简单，错，大错特错！事情远比你们想象中严重100倍以上。宋几何和方澄碍于同学的面子和情分，不和你们说实话，也会对你们留有情面！我就不同了，我只管你们能不能达到我的要求！"

"接下来我所说的每一句话，都关系到你们的未来是财务自由还是蹲一辈子监狱……"方老爷子冷笑一声，笑声极其冷峻，"世界上任何事情都要付出相应的代价，得到的越多，所承担的后果就越严重。如果我和你们谈的是一份月收入几万元的工作，我不会对你们提出任何要求。但是……"

易正方心中大跳，月收入几万元的工作在方老爷子口中，云淡风轻，如同说一个几千元的工作，如此气度和格局，确实非常人可比。一想也是，其实宋几何现如今也身家十几亿元以上，因为是同学的缘故，他不觉得宋几何有多高大和了不起。

但在外人眼中，宋几何是位于人类金字塔塔尖的极少数成功者之一。

自从方老爷子进来后，宋几何就一言不发，也没有任何表示，他只顾和两个孩子亲热，似乎是置身事外的态度，任由老爷子反客为主。

原本今天的饭局，和方澄的约定并没有邀请方父方母参加，只叫了两个孩子。事到临头时，方澄却告诉他她的父母也要来，理由是两个孩子离不开姥爷、姥姥。

糊弄鬼呢，宋几何连冷笑都欠奉了。方澄总是喜欢做一些先斩后奏的事情，要的就是打他一个措手不及。

方澄太了解他了，知道他凡事都喜欢规划好了再行动，自从闹离婚以来，她就事事打乱他的节奏，不按照他的规矩来，并且还不断地在生活中制造日常悬念和细节暗示，试图对他进行洗脑，让他相信一些无稽之谈的说法，从而被她控制。

做梦！宋几何对方澄拙劣的做法嗤之以鼻，他甚至都懒得反驳，不如省些力气用在事业上，或许还可以做出更多的成绩。

既然方澄请来了父母，也是好事，随机应变就好，宋几何一边和孩子玩耍，一边冷静地聆听方老爷子到底要摆什么龙门阵。

宋几何一直有个观点，夫妻二人闹矛盾上升到离婚层次时，除非真的决心非离不可了，否则不要惊动双方父母。一旦双方父母介入之后，离婚之事就基本上无可挽回了。

本来是一个家庭的事情，上升到了三个家庭，不闹个头破血流才怪。

不要紧，现在宋几何虽然还是有几分烦躁，但差不多已经习惯了方澄经常性的不按常理出牌，他是不喜欢变数和变量，但既然变化来了，静观其变冷静面对不就行了？

天又塌不下来！

只是他不清楚易正方和余笙长在方老爷子的重压之下，会不会出现新的变数？变数中的变数最不可控，很容易出现重大失控。

宋几何拿出手机，悄悄给易正方和余笙长各发了一个消息。

"不用担心，冷静！稳住！"

易正方没反应，他的手机太旧了，电池不经用，没电关机了。余笙长的手机动了一下，她看了一眼，迅速回复了宋几何。

"你可以永远相信我！"

"但是，我和你们聊的是一桩生意，一桩可以改变你们人生让你们脱胎换骨的生意！所以……"方老爷子神情陡然一变，凌厉而肃杀，"我就想问你们一句，你们愿意用一次人生豪赌来换取让你们成为亿万富翁的机会吗？"

易正方被方老爷子的气势所迫，说不出话来。

余笙长还好，一副淡定从容的样子，她歪头一笑："愿意呀，为什么不呢？不过老爷子您能不能说清楚，赢了，我们可以得到多大的好处。输了，我们需要付出多大的代价。"

方老爷子微微点头："怎么，宋几何没有和你们明说？"

第三十一章 3日，无心之话，杀人诛心

——交换律

"嗯。"余笙长连连点头，"几何没说太多，倒是方澄提了一嘴，不过也说得不是很清楚，责权利并不是很明确。正好老爷子在，大家说个明白，省得猜来猜去，对吧？"

"方澄，宋几何办事还是和以前一样，喜欢玩信息不对称的手法。"方老爷子呵呵一笑，笑声中有不屑和嘲讽，"也可以理解，从小地方出来的人，都喜欢紧紧抓住手中有限的权力，生怕被别人夺走。不管你现在有多强大，你以前的基因还是刻在你的骨子里，至死都改变不了。"

"谢谢老爷子夸奖。我始终认为我的谨慎和保守是优点。"宋几何毫不犹豫地反驳，"大胆和激进，有时可以带来成功，但大多数时候都会导致失败。您作为时代的既得利益者，在以前，确实手中掌握了大量的资源，凡事敢于抢先，不是您真有敢为天下先的勇气，更不是因为您有先人一步的眼光，而是因为您所在的位置为您提供了便利条件。"

"您难道没有想过，近些年来，尤其是近五六年来，为什么您的决策失灵了不管用了？您的企业效益一落千丈，被时代浪潮远远地抛到了后面，原因很简单，您退下来了，不再拥有权力，就失去了许多先机。而且现在许多事情越来越透明，不像以前可以暗箱操作可以打政策的时间差……"

宋几何表面上恭恭敬敬，语气中却带着明显的鄙夷："您如果现在还不明白自己并不是时代的先驱者，只是落后势力的既得利益者，那么可以预见的是，您接下来的决策还会一再地失利，公司也就离倒闭不远了。"

"够了！"方母猛然一拍桌子，站了起来，对宋几何怒目而视，"宋几何，

你狂妄过头了！别忘了你能有今天的一切，都是我们对你的栽培。"

宋几何也站了起来，朝方母鞠躬："我承认在我起步时，确实受益于您二老许多。该有的感谢和回报，都已经通过股份、分红以及对方澄的照顾，一一偿还了。"

"现在再算以前的事情，算不清也没有意义！如果非要再重新计算一遍的话，有些事情当着大家的面儿说出来，脸上都不好看。毕竟，数学的部分好算清，人情、是非上面，没有办法计算出来良心的重量！"

方母虽然还是一副气呼呼的表情，但还是在方澄目光的暗示下，缓缓坐了回去。

方澄语气轻蔑："不提就不提，我一向喜欢向前看。如果倒追以前的是非曲直，没意思，也永远是一笔糊涂账，对吧？爸，您接着说。"

方老爷子被宋几何气得不行，连喝了几口茶才压下火气："宋几何，你就是一个白眼狼！"

"非要当着孩子的面儿说这些吗？"宋几何神情淡淡，左边抱着女儿右边抱着儿子，"我是希望不管是他们的姥爷还是姥姥，或是妈妈，都可以在孩子们的心中留下了一个慈祥和蔼的印象，而不是算计和阴险……"

方澄反倒一改以前的咄咄逼人，站了起来："爸、妈，请你们过来不是为了和宋几何吵架，是让你们和易正方、余笙长说清利害关系，好让他们做出明智的选择。至于我们和宋几何的私人恩怨，以后再算。"

方老爷子似乎很不情愿地点了点头："行，听女儿的。"

"就是，就是，清官难断家务事，就算亲如父母，也未必清楚儿女们婚姻中的问题。"余笙长嘻嘻一笑，努力缓和气氛，"老爷子您也别生气，孩子大了不由人，更不用说是女婿了。您想想您的儿子，再对比一下女婿，相信您心理会平衡许多。"

"你懂什么？我没有儿子，但我的二女婿刘日坚……"方老爷子对余笙长不假颜色，"……比宋几何强100倍。"

"不知道您是怎么得出了刘日坚比宋几何强100倍的精准结论，是用的归纳法还是演绎法？"余笙长毫不畏惧方老爷子威严加盛气凌人的眼神，"一般来说，人和人的对比，很难得出一个准确的数据。人很复杂，方方面面的成就有许多无法量化的地方。"

"当然，如果您是指刘日坚的事业比宋几何的事业成功100倍，是因为刘日坚的公司市值是宋几何的公司市值的100倍，当我没说。"余笙长吐了吐舌头，做了个鬼脸，似乎她说的真的是无心之话。

方老爷子脸色铁青，余笙长的话杀人诛心！他一生最大的败笔就是养了一个一无是处的女儿方清。

方清比方澄小了5岁，不但从小学习极差，还非常叛逆。作为一个女孩子，长得丑也就算了，居然还因为醉驾、斗殴进去过。

一提起方清，别说他头疼，身边的亲朋好友都是连连摇头。

方清勉强大学毕业后，曾在他的资助下创立过公司，比宋几何晚了几年创业。后来方清一连倒闭了三家公司，赔进去少说5000万元。

方清嫁给刘日坚后，方老爷子把对方清的希望全部转移到了刘日坚身上，也是为了制衡宋几何，让宋几何知道他完全可以再复制一个成功的公司，宋几何没什么了不起，所凭借的不过是他的资金和资源。

结果刘日坚在不到三年的时间内接连倒闭了三家公司，并且赔得比方清还惨。方老爷子对方清两口子彻底失望了，让方清和刘日坚到他的公司任职，不敢再放手让他们折腾。

要说到市值的对比，宋几何的公司市值是方清加刘日坚公司市值的1万倍不止！

被余笙长一句话戳中痛点，方老爷子原本以为可以轻而易举地拿捏住几人的信心，微有动摇。

易正方看上去呆呆的，没什么见识，而且既馋又贪还好酒，很容易摆平。但余笙长就不同了，表面上她天真烂漫，时而懵懂时而可爱，说话也似乎无心，却偏偏处处有的放矢，方老爷子不由多看了余笙长几眼。

余笙长回应了方老爷子一个甜甜的微笑："老爷子，能不能边说边吃？

饿得不行了，没力气了。"

方老爷子颇感无奈，让人饿着肚子听他训话是他一直以来的策略，可以让人有紧迫感和压力。余笙长直接提了出来，语气又很轻柔，他又不好拒绝，只好点头："失礼了，大家先吃。"

一动筷子，氛围就不同了，好不容易营造出来的压迫感为之一松。

余笙长一动筷子，易正方也迫不及待地吃了起来。他早就饿了，还馋酒。

主动为每人倒上酒，易正方借敬酒之际，自己连喝了几杯，一副陶醉的样子，还是酱香型的味道让人着迷。

方澄没有动筷，脸色不悦。方父方母也没有吃东西。宋几何不管三七二十一，和两个孩子一起吃得不亦乐乎。

方老爷子耐心地等了几分钟，还是按捺不住了："你们吃你们的，不用停，我接着说……"

"你们应该都还不知道当年你们签订的那个合同，隐藏了什么陷阱……"方老爷子重新酝酿了情绪，恢复了威严和犀利，"你们都上了宋几何的当！他利用了你们对他的信任！"

"宋几何，你从来没有对他们说起，你是靠什么起家的吧？"

宋几何淡然一笑，不慌不忙："老爷子，您不妨改改您的习惯，要说什么就一口气说完，别讲究什么起承转合，还非要停顿一下，就是要等别人的奉迎，好显示您是在发表重要讲话，对吧？现在不是以前了，在座的也不是您的下属，您别耽误时间了成不？"

"您不就是想说我是靠贩卖五人组的解题思路捞到了第一桶金吗？"

方老爷子脸色一沉："怎么着，我怎么讲话还得听你的指挥？宋几何，你弄清你的身份地位，从实力的出发点和我说话！易正方、余笙长，你们是不知道当年宋几何为什么非要让你们签一个合同，并且到今天他还保留了你们的股份，是因为他有愧于你们！"

"当年他刚创业时，是用我提供的资金和方澄的人脉，再利用你们解题五人组的解题思路，打造了一套教材，开了一家教育培训机构，很快就赚到了人生的第一个 100 万元。"

"然后，宋几何如法炮制，照葫芦画瓢，在全国范围内推广，光是靠卖加盟费就赚了少说也得有 5000 万元。如果按照你们当初的协议，至少要有 45% 的收益是属于你们三个人所有，易正方、余笙长还有一个叫什么来着……"

余笙长就及时回答了："谢勉记。"

"对，谢勉记。"方老爷子点头一笑，似乎很认可余笙长的乖巧，"后来宋几何的生意转型，虽然不再从事教培行业，但他今天的一切都是得益于一五公司的成功。实际上，他只是一个资源整合者，只是一个投机者！"

"嗯，然后呢？"余笙长双手托腮，目不转睛地盯着方老爷子，"是不是按照协议，宋几何欠我们三个人每人不少钱？"

"何止是不少，至少每人 1 个亿起！"方老爷子竖起了一根手指。

"啥？"易正方嘴里叼着一块肉，惊呆之下，肉滑到了衣服上，弄得到处是油，他顾不上擦，"真的假的？几何要给我们每人分 1 个亿？"

"理论上是，但实际操作的话，还是有一些问题。"宋几何解释说明，"其中涉及许多商业操作、股权转移、公司运营、认缴和实缴的权利与义务，等等，我已经有了一个详细的解决方案，正准备发给你们。"

易正方呵呵一阵冷笑："正准备发给我们？如果不是老爷子说出真相，是不是就永远在准备中，我们永远不知道我们应该拿到多少钱？你也永远不会分给我们一分钱……对吧？"

宋几何微有愧色："是，我承认这些年向你们隐瞒了一些商业上的事情，但从本心来说，我并没有要吞没你们应得部分的意思。背后的原因很复杂，也不是一句两句话能说清楚的事情。按照我的行程安排，第 5 天的晚上，我会和大家解释清楚你们的股权如何处置的最终决定，也会给你们一个满意的答复。"

"只是没想到，老爷子突然来了兴致，非要亲自和你们见上一面，还要替我说出来，真是为难他老人家一把年纪了，还操心这么多事情。"宋几何从最初的震惊中恢复过来，基本上摸清了方父方母现身的出发点，反倒更坦然了几分，"不过我相信老爷子不顾生病非要大老远地跑一趟是出于善意的考虑，他住在海淀，来到朝阳吃饭，也算是真爱了。在北京，跨区约晚饭的人，都是真爱。"

"老爷子的真爱可不是为了你们，更不是为了我，而是为了方澄，你们应该清楚。他也不是为了提醒你们应该从公司分走多少钱，他是想警告你们，不要在不懂交换律的前提下打公司的主意！"宋几何风轻云淡地笑了，"是吧，老人家？"

"老爷子最爱做的事情就是以最小的投入拿到最大的回报，当然了，如果能不投入就更好了！"宋几何越来越笃定了，脸上甚至流露出一丝得意的笑意，"这么多年来，他早就习惯了玩弄人心！"

第三十二章　3日，见异思迁是男人的本性

——同类项

夜色初上，晚上六点多的北京，正是高峰期。三里屯又是人流最密集的区域之一，谢勉记花了近一个小时的时间，才赶到和胡小的约定地点。

这一次没有约在网红餐厅，而是约在了一家有情调但稍偏僻的俄罗斯特色餐馆。

"怎么办呀勉记，怎么办？"一见到谢勉记，胡小就扑了过来，抓住了他的胳膊，"于筱知道我的名字、电话、住处，还说她订了明天的机票，要来北京找我。"

"别怕，别急，有我在，你不会有事的！"谢勉记安抚胡小，和她坐在了角落里面，"和我说说于筱是怎么和你说的。"

……接到于筱电话时，胡小正在睡觉。迷迷糊糊中，她也没有仔细看来电显示，直接接听了。

电话中，传来了一个陌生的女声："胡小你好，我叫于筱，是谢勉记的妻子。"

胡小顿时睡意全无，一下就站了起来："嫂子你好。"

"别叫我嫂子，你不配！"于筱的声音悲愤中压抑着委屈和软弱，"你也是女人，为什么要伤害另一个女人呢？"

胡小一愣，没想到会是这样的开场白，她脑中甚至还闪过一个荒诞的念头——女人不就是最喜欢伤害女人吗？

毕竟，伤害同类才更有成就感和满足感。

"于女士，我并没有伤害你，是你自己在伤害自己。"冷静下来之后，胡

小立刻调整了情绪,"你应该从自己身上找找原因。就像一家餐馆,客人越来越少,都去了旁边的饭店,你能抱怨客人见异思迁吗?不,你应该好好想想到底是自身哪里出了问题!"

"你难道从来没有想过是因为你跟不上谢勉记的脚步,不再是他的同行者而是成为他的累赘,他才会移情别恋,不再爱你了吗?"

"行有不得,反求诸己……才是一个人对待生活应有的正确态度。"

于筱停顿了片刻:"你伤害了我,还要教训我,说我是活该是罪有应得?你可真行,胡小。你是不是就是凭你的一张能说会道的嘴打动了谢勉记,让谢勉记不惜抛妻弃子也要和你在一起?"

胡小敏锐地捕捉到了于筱语气中的不满之中,还有一丝退让与忍耐,她得寸进尺:"不,不是的,你错了,于筱。我和勉记不存在谁打动谁谁讨好谁的情况,我们在一起是互相需要,是互为补充。你可能真的不懂两个相爱的人在一起,不仅仅是因为爱情,还有三观、理念以及人生追求上的同步。"

"你才多大,就敢跟我谈人生谈三观?我和谢勉记在一起10年了,我们还会三观不合理念不一致吗?"于筱被激怒了,"你不就是仗着年轻、漂亮的优势吗?别以为谢勉记会有多爱你,你也会有老的一天,到时你一样也会被抛弃!"

"见异思迁是男人的本性!"

胡小反倒笑了:"我想过这个问题的,真的,于筱,而且想得比你认为的还要深刻。是,谢勉记以后也有再喜欢上更年轻漂亮的女孩的可能性,但你忽略了一个客观规律,就是他的年龄。"

"男人通常出轨或者说移情别恋的高发期在20岁到40岁。20岁阶段的男人,正是被荷尔蒙主宰的年纪,追逐女人是天性,是与生俱来的狩猎本能。所以我很佩服敢于和20多岁男人在一起的女孩子,她们真的是在用青春赌明天。"

"男人到了30岁的阶段,就开始把追逐女人的天性大部分转移到追逐事业上面,事业心迅速提升。当然,此时的男人心理和生理都还没有稳定下来,还有很大的移情别恋以及出轨的可能。不过比起20多岁时，概率会下降一半以上。"

"而男人到了40岁的阶段，事业开始稳定并且初见气象，对异性的兴趣大降，对事业和养生的诉求会占据人生的主导地位。同时，40多岁的男人大多数已经成家，并且有了孩子。此时他们移情别恋和出轨的可能，会再比30多岁降低一半以上。"

"就算出轨，40多岁的男人也会更冷静更理智，会权衡得失计算收益，如果得不偿失，他们轻易不会改变现有的生活轨迹，就是说，他们通常不会离婚。用他们自己的话说，不想从一个火坑再跳进另外一个火坑。"

"但真正有眼光的女孩子都清楚，40多岁的男人才最成熟最有魄力，也最值得托付。他们通常都经历了该经历的人生，渴望事业的成功和家庭的安定，一般不会因为所谓的爱情而改变现状。除非他们对拥有的婚姻极其不满，不惜一切代价也要改变，否则，再漂亮再年轻的女孩，也没有办法凭借激情打动一个40多岁优秀且成功的男人。"

于筱听明白了什么："你的意思是，不是你打动了谢勉记，是他自己渴望改变才遇到了你？"

"你真聪明，嫂子，一点就通。"胡小自认已经掌控了主动权，更加笃定了几分，"是首先勉记对婚姻对你不满意，甚至是已经绝望，他才会开始向外寻找，然后他才遇到了我，然后我们才在一起。根源不是勉记出轨，也不是我插足你的家庭，而是你没能跟上勉记的脚步，让他对婚姻对生活失望，一度抑郁，差点儿自杀，你不会不知道吧？"

"胡说八道！"于筱哭笑不得，"谢勉记跟我在一起时天天笑呵呵的，从来没有愁眉苦脸过，怎么就抑郁了？你会相信一个出轨男人的花言巧语？"

"信，为什么不信呢？"胡小继续坚持她的理论，"当然了，勉记才30多岁，还远不到40岁。但他比同龄人早熟，有着40多岁男人的心智和阅历。他见识过无数女人，比我年轻的比我漂亮的比我有钱的比我有才的，等等，但他最终还是被我吸引，愿意为我牺牲现有的婚姻，愿意打破一切和我重新

第三十二章　3日，见异思迁是男人的本性

179

来过，我真的非常感动。"

"是，他以后还会有出轨别人的可能，但比起 12 年前的他，概率会大大降低，更不用说他以后很难再遇到如我一样和他近乎同类项的女孩。也可以这么说，如果一个男人一生中的出轨次数是有限的，那么在我认识他之前，希望他已经用完了他的所有出轨次数，从此，只专一地爱我一个人。"

于筱被气笑了："哈哈哈哈，小朋友你到底年轻，挺会幻想和自我安慰。抢了别人老公还这么理直气壮，还敢指责原配成为拖累，笑话原配活该，你们现在的年轻人都这么思想进步意识形态开放了吗？"

"谢谢夸奖。能够横刀夺爱，是我们新时代年轻人更优秀更前卫的一种生活表达。"胡小只想在气势上压于筱一头。

于筱直接摊牌了："好，我很快就会当面见识你更优秀更前卫的生活表达了……你住在三里屯 SOHO 公寓 505 房间，你是 1994 年 5 月 5 日生人，四川人。毕业于传媒学院，目前的职业是平面模特，月收入不固定，有时一两万元，有时零。平均下来，连房租都维持不住。"

"等我，一定不要跑，我明天就到。另外，你也可以告诉谢勉记，我希望我们三个人坐在一起，把事情说清楚。"

于筱挂断了电话。

胡小一个人呆了半晌，先是大脑一片空白，然后无比混乱，又过了差不多半个小时才想起打电话给谢勉记。

听完胡小的叙述，谢勉记沉默片刻："不要怕，有我在，我不会让于筱对你做出任何过激的行为！"

"我该怎么办呀？"在和于筱对话时应付自如的胡小，此刻在谢勉记面前惊慌失措得像个孩子，她紧紧抓住谢勉记的双手，"勉记，你会不会放弃了我然后跟她回家，如果你现在就有了决定，请马上告诉我，我不会非纠缠你不放，我会理解你的苦衷的。"

"我不是一个死缠烂打的人，我想要的是互相需要，而不是一方的施舍。我对你好，是我心甘情愿并且不求回报。如果你不爱我了，请不要隐瞒，直接告诉我，我会转身离开，绝对不会恳求你留下来。"

胡小眼泪汪汪、楚楚动人的样子我见犹怜，更不用说她以退为进的柔软之语，谢勉记感觉心脏如同被大锤击中，他一把将胡小揽入怀中："说的是什么话，我是没有担当不负责任的男人吗？我跟你说过100遍了，一定会和于筱离婚然后娶你。"

"既然她都知道了，事情可以提前摊牌，也是好事。"

"可是……"胡小迅速擦干了眼泪，由柔软变成体贴，"可是你现在正在紧要关头，于筱的出现，会不会影响你和宋几何的合作？"

"会，肯定会。但人生必须得有取舍，顾不了那么多了。"谢勉记咬了咬牙，于筱早不发现晚不发现，偏偏在现在的节骨眼儿上发现了他和胡小的秘密，而且对胡小的所有资料都了如指掌，如果背后没人告密，没有人为的推动，打死他都不会相信。

忽然，谢勉记眼睛的余光发现在他的九点钟方向，有一个打扮妖艳的女孩正在假装自拍，实际上却是在偷拍他和胡小！

第三十二章 3日，见异思迁是男人的本性

第三十三章　3日，基于感情的原因会有选择性信任

——分配律

谢勉记强压下上前揭发女孩的冲动，以假装去厕所为由，绕到女孩的背后，偷拍了几张她的照片。

她究竟是谁，又是受谁指使，现在先不用追究，他现在所能做的就是如何化解来自于筱的攻势，解决了突如其来的变数再说。

他和于筱的离婚固然重要，也涉及财产分割和孩子的归属，但比起宋几何和方澄的离婚，还是差了太多，完全不是一个数量级的对比。

不能因小失大，不能让于筱闹个没完，要先以安抚为主，行缓兵之计。至少，不能让于筱破坏了他和宋几何的大计。

"于筱这么清楚我的一切，是谁告诉她的？"胡小似乎才意识到问题的关键，"会不会是宋几何？"

"这事儿你不要管了，我会解决的。"谢勉记拍了拍胡小的肩膀，"你只需要做一件事情就可以。"

"是什么？"胡小仰起小脸，甜甜地一笑，泪花犹存，如梨花带雨。

"相信我，听我的话！"谢勉记心中一动，这该死的温柔总是让男人把持不住，他强自镇静，"你现在马上搬家，先出去躲几天。于筱来了后，我来对付。"

"我不用见她吗？"

"不用，你见她干什么？论打架，你没她力气大。论骂人，你又没她粗俗。何必和她正面作战？你只需要安静地找个地方休息几天，等我让你出来时，你再出来见我，就会迎来全新的世界。"谢勉记声音轻柔而缓慢，眼中

既有宠爱又有溺爱的光芒。

"嗯，听你的。"胡小乖巧地点头，"你打算怎么对付于筱？"

"她是明天到，明天是第四天……"谢勉记微一沉吟，还有三天的时间，宋几何和方澄的离婚大戏就要落下帷幕了，不能让于筱的横空杀出影响到宋几何和方澄的财产分割大事。

而且更深入一想，如果他没有猜错的话，于筱就是方澄用来搅乱计划的工具，背后肯定是方澄的推动，他不能上了方澄的当，被方澄牵了鼻子。

"先安抚了她，只要过了这三天，三天后宋几何和方澄签了离婚协议，我就和她签。"谢勉记下定了决心，"这一次来北京，我就没有打算再回深圳。"

"你说了算，都听你的。"胡小温柔地一笑，"我今天晚上就搬家，然后就消失，除了你的信息，谁的信息也不回，好不好？"

"真乖。"谢勉记摸了摸胡小的头，脸上虽然在笑，心思却沉了下去，事情越闹越大，不知道会以什么样的结局收场，别失控了才好。

真失控的话，恐怕谁都经不起翻账，都在社会上摸爬滚打这么多年了，谁还没有一个小黑本本？

手机的震动让谢勉记回到了现实之中。

是宋几何的微信："尽快回来，有好戏看。方澄父母都在，正在上演大决战。"

谢勉记立刻热血沸腾了："立刻！马上！半个小时！"

真是无比漫长的一天，宋几何打了个哈欠，耐心地等方老爷子的回答。

宋几何承认在方父方母突然出现的一刻，他的内心有过波动和不安，因为他不清楚方澄请出她的父母到底打的是什么算盘，又有什么招数。但现在他心情平静了许多，根据刚才的一番对话，加上以他对方老爷子为人的了解，他很清楚方老爷子是想递刀子给易正方几人，好让易正方他们站在他的对立面。

问题是，方老爷子为人太小气太精明了，他递刀子的同时，还附带了炸

第三十三章 3日，基于感情的原因会有选择性信任

弹，很容易让易正方几人炸伤自己。

方老爷子不了解人性呀，自以为凭借威逼利诱和玩弄人心就可以控制99%的人，却不知道，人性是很容易迷失在威逼利诱之下，也会迁就于感情，并且还会基于感情的原因会有选择性信任。

只是，时代已经远不是老爷子当年的时代，现在的一代人，没有那么多的敬畏和对权势的畏惧。更不用说，老爷子已经失去了权势。

信任才是人际关系之中最关键的一环。人和人之间之所以会花费大量的时间来完成沟通，高昂的沟通成本就是为了打下信任的基础。方老爷子才和易正方见第一面，就以为可以说服或是震慑几人，不是方老爷子太天真，而是他太固执。

方老爷子身居要位多年，后来下海经商，打造了一个巨大的商业版图。虽说还称不上是商业帝国，但至少也是百亿元规模了。

尽管后来由于没有跟上时代潮流，被互联网浪潮冲击得七零八落，产业不断萎缩。到现在，恐怕只有十几亿元的市值了。并且由于摊子铺得过大，而且人员臃肿、机制僵化，每年都在亏损之中。

相信连四五年都坚持不到了。

问题是，方老爷子还顽固地认为他的决定永远正确，不但公司上下严格按照他的喜好制定规章制度，还听不进去任何人的意见，包括宋几何。

宋几何刚开始时还幻想着进入方老爷子的公司上班，然后一步步掌权，成为接班人。毕竟老爷子只有两个女儿，他是大女婿，又能力出众，从两个女婿之中二选一的话，也非他莫属。

但在和方老爷子交流了一些对公司发展和未来趋势的看法之后，宋几何立即决定另起炉灶，不和方老爷子共事。

事后证明了他决定的正确性和长远性。

直到二女婿刘日坚接连创业失败，为方家带来了上亿元的亏损之后，方老爷子还没有痛定思痛，完全没有意识到是他的决策失误眼光不行，宋几何就看透了一点——方老爷子几十年来形成的惯性思维和做人原则，已经病入膏肓、无药可救！

这不，才过了不到一个小时，几招下来，还是之前的老套路老手段，方老爷子从来没有想过时过境迁，他的老思想老做派早已失灵了……宋几何甚至很可怜方老爷子为了摆出威风连饭都没有吃的狼狈，反正他是吃饱了。

"你说对了，宋几何，我是要先提醒他们需要付出多大的代价，才能拿到多丰厚的报酬。"方老爷子狠狠瞪了宋几何一眼，"别想着坐享其成，世界上没有天上掉馅饼的好事。"

"谢谢老爷子。"宋几何欣慰地笑了，他第一次觉得方老爷子的耿直是好事，直接就断了易正方和余笙长的幻想。

易正方还没有完全看清形势，他满嘴是肉，含混不清地问道："老爷子，要付出代价没问题，我现在就想知道如果分钱的话，我可以分到多少？"

余笙长却一脸淡定："正方，别激动，激动容易露怯。"

"在暴富面前，别说露怯了，就是让我到大街上裸奔，都没问题！"易正方又自顾自地喝了一杯酒，晃了晃茅台酒瓶，嘿嘿一笑，"不好意思，一不小心都喝光一瓶了……还有吗？"

方澄鄙夷地瞄了易正方一眼，转身又拿出一瓶茅台，收走了易正方跟前的瓶子："瓶子得收好，别乱丢。可以拿到茅台直营店换购，原价。"

方澄虽然出身非凡，从小就家庭条件优越，但受父母的影响，还是养成了一些稀奇古怪的见小的习惯。比如谈生意时，可能上下出入上千万眼睛都不眨上一下，但在买菜时，非要讨价还价计较一两块钱的得失。

以及在购买茅台酒时，千方百计地认识了直营店的店长，通过店长的权限去购买原价茅台。每次喝完酒后都要保留酒瓶，是为了拿酒瓶去换购。

其实以方澄的时间计算，她这么做得不偿失，损失的收益远大于收获。但她偏偏就是喜欢，似乎每瓶以原价购买的茅台就是身份和实力的象征。

方老爷子几乎掩饰不住对易正方的蔑视，他阅人无数，易正方的窝囊、好酒贪吃落在他的眼中，几乎令他作呕。他接触的都是政商两界的高层次人群，如果不是为了方澄，他别说会和易正方同桌吃饭了，连看都不会多看他一眼。

没素质没水平没未来的"三没"人群，都不配和他说话！

但现在，迫于形势，还必须对易正方既拉拢又敲打，方老爷子强压心中的厌恶，脸色冷峻了几分："根据眼下一元集团的市值估算，一五公司持有一元集团10%的股份，等于说一五公司价值10亿元左右。"

易正方嘴巴里的肉掉了下来："几何不是说一元集团的市值只有67亿元吗？怎么老爷子的意思是有100亿元了？"

"公司的市值对外有不同的说法，人群不同，数额就不同。"方老爷子嘿嘿一笑，"对你们，肯定要往少里说。对商业伙伴，可能会说是167亿元。真正的价值，别想瞒过我，我清楚得很。除了控股、参股的公司，一元集团持有的地皮、古董和字画，也值几十个亿。"

宋几何只是默然一笑，不说话，摆出了洗耳恭听的姿态。

方老爷子继续说道："一五公司，你们三个人的股份加在一起是45%，是按照10亿元的价值计算，折合现金是每人1.5亿元。"

"天！"易正方的眼睛都亮了，嘴巴张大，"真的可以分到1.5亿元现金？"

"如果你愿意付出相应的代价，你拿到手的现金，扣除个人所得税后，不会少于两个亿。"方老爷子盛气凌人地伸出两根手指，"当然，还有一个前提是愿意听我的话。"

"愿意，肯定愿意，当然愿意，傻子才不愿意！"易正方发出灵魂深处的积极回应。

第三十四章　3日，有时一步错，就会步步错

——交换律

余笙长张了张嘴，想说什么又没有说出来，只是悄然看了宋几何一眼。

宋几何回应了余笙长一个少安毋躁的眼神。

"真的愿意听我的话？"方老爷子意味深长地笑了笑，拉长了声调，"我和宋几何不同，他喜欢先谈好处后谈后果，我是先摆明利害关系，先谈前提，没有前提，就不会有利益。"

"您说，我听着呢。"易正方一脸谄媚的笑容，有了几分醉意的他，脸上浮现出了红晕，他不无得意加挑衅地看了宋几何一眼，"不好意思了老同学，我可不是背叛你，而是你瞒着我在先。"

宋几何十分淡定地点了点头："先别急，听老爷子说完。"

方老爷子哈哈一笑："正方，你可要听好了。如果你是第一个听我话的人，会有额外的奖励。除了你应得的部分，你还会在方澄的新公司中担任副总裁！"

易正方搓了搓手，激动地站了起来，鞠躬："谢谢老爷子的栽培，我一定不会辜负您的重托！"

"你呢，小余？"方老爷子笃定加犀利的眼神看向了余笙长。

余笙长依旧是甜甜一笑："我也会听老爷子的话，但前提是，我得先知道听老爷子话的付出和收益比，或者说是交换律也可以。老爷子你来了半天了，也说了不少，绕来绕去到现在，还没有说我们需要承担的最严重的后果是什么，太磨叽了。"

"还有，您要不要先吃几口饭？"

方老爷子脸色陡然一变，想要发作，却被方澄制止了。方澄拉住了他的胳膊，微微摇头。

方老爷子强忍胸中怒气，再看余笙长时，眼神就复杂了许多。他沉默少许，决定改变策略。现在才发现余笙长不简单，还不算太晚。

再一想，至少第一个回合就拿下了易正方，也算是不小的收获。方老爷子轻轻咳嗽一声："接下来你们要听好了，我要说到重点了……"

"来了，来了，希望还能赶上最重要最精彩的部分……"门一响，谢勉记推门进来，他气喘吁吁、满头大汗，一进门就连连鞠躬，"不好意思老爷子，我来晚了，实在是有非常重要的事情耽误了。不过晚了就是晚了，理由都是借口，我自罚三杯赔罪。"

也不等方老爷子发话，谢勉记上来就连喝了三杯，然后坐在了方澄的旁边，摆出了认真谦逊的姿态："老爷子您请继续。"

方老爷子刚刚提起的一口气又被谢勉记的突然出现打断了，心中恼火，但谢勉记的姿态很到位态度很诚恳，又让人说不出什么，只好强行压下不满："你就是谢勉记？行啦行啦，别表态了，前面的部分没听，我也就不重复了，下面要说的话，才最关键。"

谢勉记立刻放下筷子，双手放到桌子上，身体微微前倾，一脸恭敬加认真的神情。不得不说，谢勉记的谦卑比起易正方的低下和余笙长的随意，起码让人在观感上舒服多了。

"如果你们照我说的做，我保证你们每个人少说可以分到两个亿，税后！"方老爷子恢复了久居上位者的气势，伸出了两根手指，"想要拿到这两个亿，你们首先要做三件事情，做成了做好了，我会一分不少地把钱打到你们的账户。"

"第一件事情，签一份保证书，听我的话，旗帜鲜明地站在方澄的一边儿，支持方澄的所有决定，并且同意加入方澄的新公司担任重要职务。"

"这个没问题，我能保证百分百做到。"易正方第一个表态，笑得像是一朵向阳花，眼中只有方老爷子一人。

余笙长笑笑，没有说话，微微点头表示赞同。

谢勉记连连点头，似乎是在附和，又似乎什么都没明说："嗯，有道理，讲得非常好！老爷子您继续！"

"第二件事情，你们必须签署一份协议书，保证你们三人行动一致，并且同意将你们三人的股份全部转让给方澄。"

"这个……"易正方没明白过来，"是不是等于说老爷子您用两个亿收购我名下的股份？"

余笙长依然没有说话，还是一脸好奇加天真的笑意。

谢勉记继续保持了一脸谦和的姿态，也没说话。

方老爷子并没有正面回答易正方的问题，继续说道："第三件事情，你们每人先签一个责任书，责任书一签，再签前面的两个条款。"

"什么责任书？"谢勉记终于开口了，他赶上了最关键的部分，也问出了最关键的问题，"不会是卖身契吧？"

"让我捋捋，老爷子，您的意思是要我们三个人分别签三份文件，一份是保证听话保证站队的保证书，一份是股权转让协议，一份是责任书。三份文件各有不同的要求，前提是，先签了责任书，才有资格签前面的两份文件，对不？"

方老爷子微有不耐地瞪了谢勉记一眼，想说什么，最后只是点了点头。

谢勉记的态度诚恳、和善并且毕恭毕敬："也就是说，如果不签责任书，前面两份文件的具体条款，我们就没有机会知道了？"

方老爷子傲然点头："没错！不签责任书，就是没有诚意，就不用合作了，自然就没有必要知道前面两份文件的详细内容。"

余笙长也恍然大悟地点了点头："敢情我如果不先签了责任书，就连听话的资格都没有？更不用说签股权转让协议了？老爷子，您能不能告诉我责任书责权利是什么？"

易正方继续追问刚才的问题："老爷子，股权转让协议是不是直接收购我们名下的股份？如果是，责任书我立马签，看也不看。"

谢勉记讥笑一声："正方，能不能多少矜持一下？你这吃相像是猪八戒吃人参果。"

易正方嘿嘿一阵冷笑："有钱道真语，无钱语不真……我没钱，张口就是错再帅也是丑，等我有钱了，开口是真理再丑也有人欣赏。"

"有酒有肉多兄弟，急难何曾见一人？谢勉记，如果我比你有钱100倍，你还敢跟我讲吃相吗？怕是得像巴结宋几何一样巴结我了！"

谢勉记眉毛一挑，就要吵架，宋几何出面了。

宋几何始终保持了足够的镇静，他摆了摆手："勉记你别和正方吵，正方也别急着表态，先听方老爷子说完。不要太早露出自己的底牌，否则，你就没有讨价还价的余地了。"

易正方哈哈一笑，狂放而大声："不，我就没想过要跟老爷子讨价还价，我认定他老人家了。"

方老爷子当即将军："是真的认定我了，还是假话？"

"当然是真心话了。"易正方站了起来，满脸涨红，摇晃几下，"如果有半句假话，叫我出门让车撞死……"

"别发誓，我不信这个，没用。"方老爷子摆了摆手，朝方澄示意，"易正方，如果你真的愿意听我的话，跟我一路，就签了责任书。"

方澄就势扔给易正方一个密封的信封。

易正方接过，朝宋几何、余笙长和谢勉记望去，得意扬扬地笑了："你们说，我要不要签？"

"不要！"宋几何一向镇定，此时却微微变色，"正方，如果你相信我的话，千万不要签。"

余笙长轻描淡写地笑了笑："都是成年人了，都要为自己的行为负责。想签就签，我不发表意见。人生的道路上，关键的就一两步。有时一步错，就会步步错。"

"你的意思呢，老谢？"等了片刻，见谢勉记没有说话，易正方就主动问道。

谢勉记喝了一口茶："你是不是觉得第一次赢了我们？第一次跑到了所有人面前，我们都得哄着你让着你，你终于扬眉吐气了？"

"你错了，正方，作为最好的同学，你混得不管多好也不管多坏，我都不会仰视你也不会看不起你，只会永远当你是五人组的一员，就像多年以前一样。"

"所以，你签也好不签也好，我都会默默地为你祝福。请自便！"谢勉记举起酒杯，朝易正方示意。

易正方也回应举杯，随后一口喝干，马上拆开信封，看也未看就在最后一页签上了名字。

一式两份，他全部签完后，还给了方澄。

方澄点头一笑："爸，签好了。"

方老爷子哈哈一笑："好，好样的，易正方，你是第一个签了责任书的，我会额外赠送你一份大大的奖励，价值1000万元。第二个签责任书的，奖励500万元。第三个签责任书的，就只有100万元了。"

有意制造紧张的气氛，是要迫使余笙长和谢勉记臣服，宋几何不无担心地看向了二人。不得不说，姜还是老的辣，方老爷子一出手，就先拿下了易正方。如果二人禁不住诱惑也先后投降的话，麻烦就大了……

第三十五章　3日，世界上没有什么不可能的事情

——不等式

余笙长还是一脸天真的表情，让人看不出来她的真实想法。

谢勉记回应了宋几何一个坚定的眼神，暗示他不会签。

谢勉记经商多年，很清楚从来没有天上掉馅饼的好事，更何况方老爷子已经再三强调了先付出后收获的道理，易正方太迫切太没有城府了，也对，他的经历太苍白阅人太少，又太贪心，被方老爷子骗上船也在情理之中。

一般除非山穷水尽或是脑子有问题，否则谁会签一个盲目协议？万一里面有致命的陷阱不就没救了？况且以他所观察到的和听到的方老爷子的为人，陷阱肯定有，致命程度就看方澄是不是念及同学之情了。

谢勉记轻轻咳嗽一声："笙长，你可要想好了。你和易正方不一样，你有退路，不需要押上全部……"

"不，我也无路可退，而且，我也是一个很喜欢赌的人，喜欢押上全部。"余笙长打断了谢勉记，一拢头发，"方澄，责任书可以先让我看看吗？"

"看过了你就会签吗？"方澄反问。

"不会，就是看看。"余笙长嘻嘻一笑，说出了让宋几何如释重负的话，"我就是单纯地想看看条款而已。不过不看也能猜到，我把全部赌注押在几何身上，肯定不会有错。"

方澄的脸色沉了下来："这么说，你不会签了？"

"只是不会和你签。"余笙长咯咯一笑，"不好意思，我其实知道责任书的具体条款。"

方老爷子脸色大变："你不可能知道！"

余笙长歪头一笑："老爷子，世界上没有什么不可能的事情，只有超出你认知的事情。"

方澄也是脸色一寒，看了宋几何一眼，随即又否定了自己的想法，宋几何都不知道具体条款，肯定不是他告诉了余笙长，她随即一想就又笑了："笙长，现在不是开玩笑的时候。"

"我没开玩笑。"余笙长一脸认真，伸出了三根手指，"我只拣最主要的三条说一说，你们自己判断是真是假，第一条……"

余笙长竖起食指："此协议的全部解释权归甲方所有，甲方可以单方面宣布协议无效，不需要征得乙方的同意。"

方澄和方老爷子对视一眼，二人同时愕然，几乎不敢相信自己的耳朵！

余笙长暗中观察二人的反应，笑得更开心了，伸出了中指："第二条……本协议一旦签订，自生效之日起，如果甲方认定乙方做出了不符合甲方要求的事情，甲方有权要求乙方赔偿甲方的全部损失，包括但不限于甲方预付款项的 10 倍罚金以及精神损失。"

方澄和方老爷子的震惊无以言表，二人几乎要拍案而起了！

宋几何和谢勉记对视一眼，震惊之外是疑问。

易正方满头大汗，此时酒醒了大半，才意识到自己犯了多么严重的错误。还真让谢勉记不幸言中了，他刚才头脑一热之下签订的果真是卖身契！

谢勉记就插了一嘴："不符合甲方要求的事情……真是魔幻的条件，完全没有标准，甲方说什么是什么，是不是符合要求，看心情了？"

余笙长伸出了无名指："第三条……甲方在协议签订之日起三日内，一次性支付乙方 10 万元的预付金。如果乙方不能完成对甲方的承诺，甲方有权要求乙方 10 倍退还预付金。乙方承诺以名下所有财产担保保证对甲方的承诺。"

方老爷子忽地站了起来，声色俱厉："余笙长，你从哪里知道的具体条款？谁和你透露的？说！"

盛怒之下的方老爷子，威风凛凛，不得不说确实有一股让人想要屈服的

第三十五章　3 日，世界上没有什么不可能的事情

193

压迫感。

余笙长却不怕,俏皮地嘻嘻一笑,还故意吐了吐舌头:"不告诉你!"

宋几何冷笑了:"这么说,笙长说对了?方澄,你让易正方签的不是责任书,而是要承担无限连带责任的卖身契!是不等式!"

方澄呵呵一笑,风轻云淡:"卖身契也好,陷阱合同也好,签了就是签了,就得认。每个人都要为自己的所作所为负责,想要打一个漂亮的翻身仗,想要一夜暴富,实现财务自由,就得拿出义无反顾的勇气。"

"你们不佩服易正方的勇气和勇敢,还想嘲笑他打击他,你们真是无耻的小人懦弱的浑蛋!"

易正方此时心乱如麻、汗如雨下:"现在反悔还来得及吗?"

"你说什么?"方老爷子一脸怒气,用力一拍桌子,"你再说一遍?一个大男人说过的话签过的字,转身就想不认账,易正方,你想一辈子当窝囊废吗?"

方澄的态度就好多了:"正方,责任书的条款虽然苛刻了一些,但对你来说只要你不背叛我,就不存在赔偿的问题。那么,你会背叛我吗?"

"你是愿意跟随一个真心帮你希望你可以有所成就的人,还是非要跟几个看不起你,在背后总是嘲笑你事业失败、婚姻戴帽子、替别人养孩子的所谓同学加朋友一起,天天充当他们的笑话和反面教材?"

"别辜负我对你的信任和期望,也别错过了我对你的一腔热情!"

易正方脸涨得通红,他一时没有深思为什么方澄会知道他替别人养儿子的真实情况,摇摇晃晃地站了起来,扫了几人一眼:"还有酒吗?要茅台!"

"有,多的是,管够。"方澄转身从身后拿出了一瓶,打开,递了过去,"都是你的。"

易正方倒满一大杯,足有半斤多,他一口气喝完,一抹嘴巴:"以后我是不是天天都可以有茅台喝?"

"天天!"方澄郑重地承诺。

易正方重重地一放酒杯:"干了!"

方澄欣慰地笑了："识时务者为俊杰，笙长、勉记，你们是不是也要从善如流呢？"

突然间，手机铃声响起。是方澄的手机，正被宋束拿在手中玩游戏。

在孩子玩游戏的事情上，宋几何和方澄不知道有过多少次争吵。每次孩子要她陪要跟她玩时，她图省事都会塞手机给孩子，让孩子自己去玩游戏。

宋几何批评方澄的做法既不符合孩子成长的需要，又不科学，方澄才不听，反倒以让孩子早些适应电子产品为由为自己开脱。久而久之，孩子想玩游戏时，就会去缠方澄，方澄每次都会递上自己的手机，只要孩子不烦她就好。

电话一响，宋束直接就接听了电话，还打开了免提，方澄想要阻止却晚了一步。

一个除了易正方之外都熟悉的男声响起。

"姐，谢勉记的老婆于筱已经到北京了，现在应该已经堵住了胡小。"

宋几何和谢勉记对视一眼，同时震惊。

"还有，我刚想起来一件事情，上次在盘古七星，余笙长来我的房间，套了我的话，我无意中说漏了嘴，告诉了她责任书的主要条款……"

破案了，宋几何看向了余笙长，余笙长甜甜一笑，一脸得意，言外之意是我到他的房间是有用意的，必须得有收获。

"对了，你上次在三里屯的酒吧和胡浩锐见面，被人偷拍了，宋几何应该已经看到了照片，小心他拿这事儿对付你。"

"另外，你和胡浩锐更多的事情，宋几何多半还不知道，你可长点儿心吧，被发现就完蛋了……"

免提的声音很大，在场的众人听得清清楚楚，不但宋几何几人震惊莫名，方澄以及方父方母都目瞪口呆。

方澄此时总算反应过来了，忙大声咳嗽一声："宋束，关了手机！立刻！马上！"

张系敏锐地捕捉到了什么："姐，是不是不方便说话？"等了片刻没有

第三十五章 3日，世界上没有什么不可能的事情

回答，他立刻挂断了电话。

气氛，一时就既微妙又尴尬。

…………

雨还在下，夜色之下的北京，雨水阻止不了游人的热情，大街上汽车拥堵行人如织。

宋几何开车，副驾驶是安若即，后座是谢勉记和余笙长。

易正方留在了饭局上，方澄声称接下来的安排由她负责，既然易正方已经选边儿站了，她就得拿出相应的姿态，要为易正方安排更好的住处。

易正方习惯性地想跟宋几何几人一起走，当他看了几眼桌子上的几瓶茅台后，咽了咽口水就留了下来。

宋几何几人也没有勉强他，迅速离开了。事已至此，再待下去也是菜不香酒无味，还要冷脸面对，不如赶紧去帮谢勉记化解危机。

上车时，余笙长还想坐在副驾驶，却被安若即抢了先。她才注意到，和她身高相仿的安若即坐在调好的副驾驶上，竟然也是完美地贴合。

到底她的贴合只是安若即之余的巧合，还是有别的原因呢？余笙长很生气地坐到了后座。

"能不能快点儿，我怕晚了来不及。"谢勉记十分焦急，前方，红色的车灯排得很长，犹如长龙，半天才前进几米。

谢勉记发微信，胡小不回。打电话，不接。再打，提示关机。他就猜测估计不好了，情急之下打了于筱的电话。

于筱倒是很快就接听了电话。

"你在哪里，于筱？"谢勉记语气急促。

"在你想不到的地方。"于筱语气轻松，甚至还轻笑了一声，"你背叛我，我瞒着你，是以牙还牙。"

第三十六章　3日，世界上不是只有黑白两种颜色

——锐角

谢勉记强迫自己冷静下来，越急越容易出错："于筱，我知道你现在和胡小在一起，希望你不要做出得不偿失的傻事。我们之间的事情，我们面对面解决，如果你因为伤害了胡小而进了监狱，你和她都损失巨大，对我来说却无所谓。"

"我大可以再找一个更年轻更漂亮的，从此开始全新的幸福人生篇章。而你们，一个身体受到了摧残，一个人生遭遇了不可逆的转折，两败俱伤，真正的始作俑者却毫发无伤，值得吗？"

坐在副驾驶的安若即意味深长地笑了，扭头看了宋几何一眼，眼神复杂而有戏谑之意。

宋几何全神贯注地开车，对谢勉记的话置若罔闻，对安若即的注视视而不见。

余笙长夸张地张大了嘴巴，惊恐、迷茫加难以置信的表情。

谢勉记继续说道："我们的问题由来已久，在我认识胡小之前，就已经不可调和了。我提出和你离婚，与她无关。没有她的出现，我也一样坚持和你离婚。"

"好，我答应你见面后好好聊聊，你也别冲动别做出格的事情。行，我可以答应你在一周之内不再提离婚的事情，你也得告诉我是谁告诉了你胡小的一切，包括我和她的事情、照片还有她的地址……"

"是一个不认识的人加你的微信？"谢勉记无比震惊，他一直推测是方澄所为，"好，见面再说。"

余笙长此时将没能坐在副驾驶的不满放到了一边，切换到了八卦谢勉记的模式："老谢，原来你才是超级渣男！对外宣称婚姻美满而幸福，却在闹离婚的同时，还有了外遇，你可真行，用实际行动告诉所有女人什么样的男人才是渣男的典范——人前秀恩爱，人后磨刀快！"

"连你都成了渣男，这个世界上还有好男人吗？"

安若即不赞成余笙长的观点："余姐的话太唯心了，立场不够公正，是站在性别的角度想当然的想法。女性比较容易共情，总喜欢代入别人的事情，把自己的感受和情绪当成事情的真相。但凡是离婚，就不经大脑地认为是男人有错，尤其是在婚姻存续期间还出轨的男人，更是不可饶恕的人间败类。"

"不是吗？"余笙长哼了一声，"安助理，你是女人怎么还向着男人说话？这世界不都是男人欺骗女人吗？难道还有女人祸害男人的事情？"

安若即不慌不忙："能说出女人向着男人说话的人，就缺少理性的思索和逻辑的思维。不要以性别为前提条件看待问题，要追究事情的真相。离婚是一件复杂的工程，是一道步骤烦琐、解题过程千差万别的人生难题。"

余笙长颇不服气："你的意思是谢勉记婚内出轨也不是他的错了？他是被逼无奈，错的是于筱了？"

"你曲解了我的意思。"安若即一拢头发，神色淡淡，"世界上不是只有黑白两种颜色，夫妻离婚也是，未必男方出轨就是全错；反过来也一样，女方有了外遇，也不一定就都是她自己的原因。"

余笙长步步紧逼："好吧，我是不是可以理解为你会认为易正方选择站在方澄的一方，签了责任书，他也是正确的选择了？"

安若即回头看了余笙长一眼："你不要自作主张替我下一个定义。你属于非要逼别人站队、如果不站队就认为别人有错的一类人，是很自以为是、很有道德优越感的道德圣人！"

"我从来不为别人的事情下一个对错的结论，对与错并不重要！每个人都要为自己的人生负责。想成功是人之常情，只要你能承受如果失败可能带来的严重后果就行。易正方只要不杀人放火，他不管是站方澄还是站几何，我都不会发表意见。"

"对你,也一样。"安若即用右手支撑下巴,微有疲惫之色,"余笙长,你到底是一直单身至今,还是有过婚史却对外自称始终单身,都不重要,我不会评判你的所作所为。你没有因为隐瞒而伤害别人,也没有犯法,你哪怕说你才18岁,也没什么好指责的。"

余笙长愣了片刻,忽然大笑:"你的意思是我就是隐瞒了婚史,对外假装是一直未婚了?不要信口开河,你有证据吗?是不是结过婚,现在互联网可以查到的。"

安若即摆了摆手:"我刚才说过了,我不评判你的所作所为,也没有下一个结论,所以,不需要证据。"停顿了片刻,她又问,"几何,我们一起去见于筱,方便吗?"

"真的方便吗?"宋几何转身问谢勉记。

让大家一起陪他过去,是谢勉记的意思,谢勉记自有他的打算。

"你们可以帮我劝劝于筱,她有时喜欢听外人的分析。"谢勉记看了看手机,"还有多久?"

"乐观的话,半个小时。"宋几何看了一眼导航提示。

…………

"不用非得换酒店吧?"皇冠假日酒店,易正方正在方澄的陪同下,退房。

"不是换酒店,是让你搬到公寓住。安全,又方便。"方澄帮易正方结清房费,带他上车,"我在北四环有一个公寓一直闲着,你既然已经选择加入我的阵营,从现在起,公寓就是你在北京的落脚点了。"

"你现在肯定遭人恨了,不管是宋几何还是谢勉记、余笙长,你再住下来也没什么意思了,不是吗?"

晚上九点多的北京,北四环依然堵车严重,方澄不得不放慢车速,她微有焦虑之色。

"北京就没有不堵的时候,从南到北、从早到晚,服!"方澄不时地看

第三十六章 3日,世界上不是只有黑白两种颜色

看时间，"早先让你打车过去就对了，真耽误事情。"

易正方微有不快："我又没说非要搬到公寓去住，更没说让你送，你现在埋怨我耽误了你的事情，过分了吧？"

"不能说吗？说不得吗？"方澄脸色一寒，"你的10万元预付款已经打给你了，你现在是我的手下，我还不能说你了是吧？"

一提钱，易正方立刻服软了。也确实，方澄办事非常利索，宋几何几人一走，他单独留下，在又喝了半瓶茅台后，方父方母离开，方澄当即转账10万元当成预付款。

10万元，正好解了易正方的燃眉之急。易正方喜出望外，他还以为会在三天后才打款，不料方澄连一丝迟疑都没有，在饭店包间就转账了。

李美玉欠狗哥50万元，为什么借这么多钱，又花在了哪里，她没说，易正方也没敢问。反正他清楚的是，虽然他和李美玉已经离婚了，50万元的外债还是得由他来还。

世界的不公平之处就在于明知道有些事情是错的，并不是你造成的，你不但不能纠错，还得承受后果，易正方深为不满，有几次想要和李美玉说个清楚，但最终还是没能鼓起勇气。

李美玉手中握有他的把柄，一旦抛出来，他在朝乡就没有立足之地了，并且还会身败名裂。虽然有时易正方也想发狠和李美玉决裂，大不了一拍两散鱼死网破，也好过总被她控制和折磨。可惜的是，每次勇气提到了胸口，只要李美玉一开口，他的气势就全线溃败了。

如果说在婚姻期间他害怕李美玉还说得过去的话，那么现在离婚了，他还畏之如虎，就像是中了李美玉的毒，还是没有解药的毒，怕是余生都会永远畏惧李美玉的淫威。

易正方为了即将到期的10万元外债，忧心忡忡，他原本是想和宋几何谈妥条件后向他开口，不料形势比人强，计划赶不上变化，居然一顿酒的工夫就成了方澄的人，而且，方澄还第一时间打来了预付款。

似乎方澄知道他的难处？易正方压下心中的不快，以他现在的处境，李美玉骂得宋几何打得，方澄还不能说得了？

"能说，别说说我了，方总就是骂我打我，看我敢不敢还口和还手？"易正方嘻嘻一笑，放低了姿态，"在大学期间，我不就是你的小跟班，事事听你的吩咐？现在看来，你得是我一辈子的领导了。"

方澄白了易正方一眼："什么时候变得这么油腻了老易？以前的你是耿直些，但阳光、爽朗，有坚持的一切，现在的你，油腻、油滑、油腔滑调，区区50万元的外债，就让你变成了这个样子？正方，你太看轻自己了。"

易正方的笑容瞬间凝固了："方澄，你怎么知道我欠了50万元？你让人调查我？"

方澄脸色淡然："不然呢？我不能打无把握之仗。我至少比宋几何实在，他太虚伪，光做不说，为了立人设，天天处心积虑地维护形象，太累。是，我调查过你们每一个人，清楚你们在人设背后的真实的一面。"

"你放心，现在先付你10万元，让你解了眼下的困境。剩下的40万元，争取在一周之内打到你的卡上。"方澄拍了拍易正方的肩膀，"但有一点，你必须得死心塌地地跟我，不能三心二意，如果你是和宋几何串通好想要打入我的内部，我劝你现在就说出真话，否则，你会死得很惨。"

"我比宋几何心狠手辣多了，你又不是不知道，我是一个锐角！"

第三十六章 3日，世界上不是只有黑白两种颜色

第三十七章　3日，要当一个尖锐、锐利的人

——直角

大于 0° 并且小于 90° 的角，是锐角。角度大小为 90° 的角，是直角。大于 90° 并且小于 180° 的角，是钝角。

早在初中时，易正方就知道三者的区别。

大学时，五人组中，宋几何和谢勉记自称为钝角，是迟钝、喜欢下笨功夫的意思。易正方和余笙长自以为是直角，是耿直、方正的意思。

只有方澄一人自称是锐角，她自我解释是要当一个尖锐、锐利的人。

想起方澄以前的尖锐之事，易正方打了个寒战："不会，肯定不会，绝对不会！我今天签了责任书，是喝多了冲动之下的决定，要是事先和宋几何商量好了，演戏的话，也不会演得这么真实对吧？我现在是油腻、油滑，但基本的节操还有。你帮我渡过难关，我对你不离不弃！"

"要做一个明白事理、有职业精神的社会人。"方澄点了点头，电话就又响了。

方澄迟疑一下，还是接听了电话。她的手机和汽车蓝牙连接，整个汽车音响就成了免提。

"姐，你认识小米粒吗？"

易正方听了出来，是在饭局上给方澄打电话的男人。对，余笙长说他叫张系，是他险些强奸了她。

"不认识。"方澄微有不耐，"张系，以后有事能不能先微信一下问我是不是方便接听电话？"

张系丝毫不怕方澄，嘻嘻一笑："姐，现在方便接听电话吗？"

"滚！"方澄笑骂，"有事说事，没事滚蛋。"

"宋几何今天在三里屯被小米粒碰瓷，小米粒说他睡了她，提裤子不认人……"

方澄愣了愣："不能吧，宋几何不是乱睡女孩子的人，他很挑剔的……小米粒到底是谁呀？"

"啊？小米粒不是你安排去碰瓷宋几何的？"张系大惊，随即又嘿嘿一笑，"姐，咱俩又不是外人，跟我还不说实话？小米粒是我前女友中的一个，特开放特爱玩特贪财的那个，还记得不？你见过的，在一次饭局上，我特意介绍她给你认识，你看了一眼说我和她在一起超不过三个月……"

"然后三天后就分手了。"

方澄嗤之以鼻："才处了三天也叫前女友？你是追求绝对数量不讲究质量是吧？"

"不不不，我在意的是结果而不是过程。凡是被我归类为前女友的，都是发生过实质性接触的，我称为第三类接触……"

"别扯闲篇，说正事。"方澄毫不客气地打断了张系，"什么叫我安排小米粒去碰瓷宋几何？我是偷偷摸摸做事的人吗？我有什么事情都会摆到明面上，说，怎么碰瓷的，是不是你在捣鬼？"

张系也是刚知道小米粒碰瓷未果被另外一辆车撞伤的事情——他和小米粒分手后，并没有断绝联系，当然，他和所有的前女友都没有主动断绝一切联系，除非对方先拉黑他。

刷朋友圈时，发现小米粒发了一张在医院的自拍照，自嘲说人倒霉的时候碰瓷都能碰错人，被撞也能被错误的车撞上，还好伤得不重，万一死了，不知道是不是能在地府喊冤？

张系当即抱着有枣没枣打三杆子的心态向小米粒发去了慰问，反正他闲着也是闲着，约别人没约到，说不定可以和小米粒来一次故地重游。

一聊才知道，小米粒是受人之托忠人之事，一早前去碰瓷宋几何。按照对方所给的剧本，当她说出宋几何提上裤子不认人时，宋几何会立马吓得不轻，会提出让她闭嘴的条件。到时，她就可以狮子大开口，好好敲诈宋几何一笔。

不料宋几何不但没有接招，还把她吓得匆忙离开，然后就不幸地被另外一辆车撞了，当场头破血流昏迷过去。

醒来后就在医院了。撞她的司机只留下1000元就溜了，而她住院治疗的花费，要在数万元以上！之前委托她去向宋几何碰瓷的人，只在开始时转了10000元给她，现在微信删除电话拉黑，她已经联系不上对方了！

小米粒向张系控诉对方的失信，决定通过朋友查实对方的真正身份，如果对方对她没有经济补偿，她决定公布对方的阴谋！

她还告诉张系对方的微信号叫一元二次方程。

张系以为是方澄的手笔，虽然方澄的微信号就是本名，但谁敢说方澄没有小号呢？就暗笑方澄的做法有点儿低端，怎么会想到让小米粒出面来对付宋几何呢？小米粒是什么人？她的原则和节操牢牢指向一个固定方向——钱。

听完张系的复述，方澄沉思了片刻："这件事情有点儿意思，说明除了我，还有人在暗中对付宋几何。肯定不是我指使的小米粒，我压根儿和她不熟，也没有联系方式。而且，我也不屑于用这么低级的手段，既然也不是你，那么到底会是谁呢？"

方澄扭头看向了副驾驶的易正方。

易正方连连摇头加摆手："不是我，我没有，我更不认识什么小米粒，也没有动机做这件事情。"

"会是谁呢？"方澄似笑非笑地想了一想，又对张系说道，"这样张系，你帮助小米粒找出是谁指使她去碰瓷宋几何的，如果她按照我们的要求去做，我愿意帮她结清医药费用。"

"医药费用我已经帮她结清了，毕竟夫妻一场……"张系哈哈一笑，"我已经让小米粒想办法查实幕后黑手了，我出钱的同时，也会出力，姐你尽管放心，你的事情就是我的事情。"

"少来！别天天说得好听，我不是一听好话就晕头转向的小姑娘了。"方澄冷笑一声，"你答应我的投资什么时候落实一下？"

"嘿嘿，嘿嘿……姐，你又不是不知道我当家不做主，现在公司层面的决定，还是老爷子说了算。我跟他提了几次，他都不表态，脸阴得跟死了儿子似的，我就不敢再提了。"张系又想到了什么，"姐，这事儿记在心里呢，早晚帮你落实。对了，小米粒的事情真不是你下的手？"

"皮痒了是吧？"方澄怒骂，"信不过我就拉黑！"

"别，别呀，要有涵养要大度。那么还有最后一个问题，你车里的男人是谁？不会是易正方吧？要我说，易正方和谢勉记都配不上你，他们跟宋几何都差了十万八千里，更不用说跟我比了……"

方澄直接挂断了电话。

"别听张系胡说八道，他不了解我们五人组当年的感情和现在的密切合作。"方澄难得地解释了一句，"老易，你说小米粒的事情是谁出的手？"

易正方故作大方地嘿嘿一笑："放心，我不会在意外人对我们挑拨离间的任何说法。"

"小米粒的事情还真不好说，你是怀疑余笙长和谢勉记？"易正方连连摇头，"不会，不可能！他们既没有动机，也没有实力，更没有机会。他们在北京没有人脉和资源，都没有可能认识小米粒……"

方澄轻轻地嗯了一声，若有所思地笑了笑，没再说话，一路开车送易正方到了公寓。

是一处高档公寓，设施完善环境优美，80多平方米的房间，两室一厅，足够易正方一个人安居了。

房间内的生活用品一应俱全，装修也相当不错。对易正方来说，是从未住过的豪宅。

帮易正方设置指纹和密码，交代了一些注意事项，方澄下楼。

易正方送到楼下，他搓了搓手，语气谦恭而低下："公寓太好了，谢谢你方澄，我现在安心了，以后一心一意追随你的脚步。"

"能不能问下，是不是除了房租，日常开支包括水、电、暖和物业，都不用我负担吧？"

方澄气笑了："房子是我买的，在我的名下，没有房租。其他日常开支，我都按时付清，你不用管！不过现在车子还配不了，得过一段时间。"

易正方开心地嘿嘿一笑："行，明白，车子不急。我知道的，至少也得过了考察期不是？我有耐心，你就放一千个心。"

"还有，方澄，我和李美玉的事情，你到底知道多少？"易正方有些局促不安。

"你说呢？"方澄没有正面回答，"你不是已经有10万元了？可以先还了第一笔，第二笔能不能及时还上，看你以后的表现了。"

"没有人会承诺你的未来，只有你自己可以解出自己的人生大题！"

方澄走后，易正方回到公寓，兴奋得转来转去、开心不已。第一次住如此豪华的房间，他既得意又自豪。

熟悉了房间中的每一个角落和设施之后，易正方又打开租房软件，查看了一下所在小区的租房价格，顿时更加震惊加欣喜——他所住的户型对外月租报价高达一万五。

终于……他也住上了就连北京当地人都羡慕的豪宅，用房地产商夸张的广告词描述就是——占据绝版地段坐拥一城繁华！

只不过兴奋来得快也去得快，易正方的开心才持续了不到10分钟，就被李美玉的电话浇灭了。

"孩子的烧算是退了，医生说还得住院观察几天，现在需要住院费用10000元……"李美玉的声音充满了威胁意味，"限你明天中午之前转账给我，晚了，就全完了。"

易正方心情瞬间从顶峰跌落谷底："李美玉，你没完了是吧？"

"我没完又不是一天两天了，你不会才知道吧？"李美玉反倒轻蔑地笑了，"易正方，别以为你去了北京就找不到你了，你的行踪全在我的掌控之中，就是你去过哪里住在哪里，我也一清二楚！另外，别怪我没有提醒你，狗哥已经到北京了，他明天就能见到你，说要和你好好聊聊……"

易正方顿时惊吓出一身冷汗："美玉，我又没说不给钱，狗哥的10万元，我现在就还。5分钟，5分钟后就到账。"

他还是抱了一丝幻想和希望："你不可能知道我去过哪里住在哪里，你又不是孙悟空，没有火眼金睛。"

第三十七章　3日，要当一个尖锐、锐利的人

第三十八章 3日，从一开始就不纯洁

——钝角

"你住在北四环对吧？"李美玉不屑地笑了，笑声很刺耳，"今天去了东三环，晚上在东四环，现在是北四环，我没说错吧？"

易正方几乎要惊声尖叫了，李美玉说的全中，他都怀疑李美玉一直跟踪在身后了，忙打开房门，门外无人，又朝窗外看了一眼，也没有李美玉的身影，他才暗舒了一口气。

"别到处乱看了，我没在北京，但我就是知道你的行踪，就问你服不服吧？"李美玉似乎猜到了易正方的沉默是在做什么，"易正方，第一，赶紧打 10000 元住院费过来。第二，准备好 10 万元还狗哥，剩下的 40 万元，在一周之内还清。"

易正方大叫："一周之内？开什么玩笑，狗哥不是说剩下的 40 万元在三个月之内还清就可以了吗？"

"原本是，现在他改变主意了，好像是他急需用钱，所以改成了一周。你们男人之间的事情，我不管，你们自己当面谈。"

易正方气得跳脚："明明是你欠的钱……"

李美玉却不由分说地挂断了电话："狗哥会打电话给你，如果你不接他的电话，后果会更严重。"

易正方气得想要摔了手机，高高举起又轻轻放下，摔坏了还得买新的，问题是他现在真没钱。忽然，目光落在了屏幕破裂浑身伤痕的苹果手机上面，是一台用了好几年的苹果 6，还是李美玉淘汰下来赏赐他用的。

为什么李美玉对他的行踪了如指掌，莫非问题出在了苹果手机上面？易

正方想起谢勉记对数码产品颇有研究，当即打出了电话。

……………

谢勉记直接拒听了易正方的来电，现在他没有心思和易正方说话。

在堵了将近40分钟之后，总算赶到了三里屯胡小的公寓。一行人上去，却发现人去楼空。不过胡小的东西还在，说明没有搬家。

房间很整洁，只有门口的鞋柜有些杂乱，不但歪倒在了一旁，还有几双鞋被扔得满地。

说明胡小离开时很慌乱。

宋几何朝谢勉记点头："继续打电话。"

谢勉记打给胡小，依然关机。打给于筱，于筱没有接听。

宋几何想了一想："你的是苹果手机，于筱的也是吗？"

谢勉记点头："她不喜欢摆布电子产品，她的手机、电脑全是我帮她买的，并且帮她设置好。"

"你们共用一个ID登录苹果账号？"宋几何又问。

谢勉记顿时眼前一亮："是同一个。明白了，现在马上定位她的位置。"

操作几下之后，谢勉记定位了于筱的大概位置："在洲际酒店一带，不远。"

一行人来到洲际酒店，并没有发现于筱和胡小。定位显示，于筱就在附近。

安若即思忖片刻，问道："于筱对北京熟吗？"

谢勉记摇头："很少来北京，她是南方人。"

安若即点头："我刚才查了一下航班，深圳到北京的航班很多，根据时间推算，她应该是晚上八点落地，赶到三里屯是九点多。现在不到十点，她应该是带上胡小一起吃东西去了……于筱喜欢吃什么？"

谢勉记被瞬间点醒："她吃不惯北方菜，肯定要吃南方菜，附近……正好有一家粤菜馆。"

新派粤菜的包间中，于筱和胡小相对而坐。桌子上摆满了各式粤菜，小

第三十八章 3日，从一开始就不纯洁

209

巧且精致。

于筱吃了不少，她细嚼慢咽，优雅而得体。胡小坐在对面，没动筷子，只是不停地喝柠檬水。

于筱的面前摆着她和胡小的手机。

"胡小，你今年才23岁吧？正是大好年纪，为什么非要走错路呢？"于筱吃饱了，她说话的声音很轻柔，即便隐含了愤怒，听上去依然软绵绵的，很是动听。

30多岁的她，身材保持得很好，微瘦，锁骨很突出，有着典型的潮汕人的长相。

胡小不耐烦地拨弄筷子："同样的话别翻来覆去地说个没完，像个更年期的老女人一样。姐，你还年轻，该放手的时候就放手，给谢勉记一个机会，也是给自己一条生路。再拖下去也没有意义，只会显得你更歇斯底里。"

"真的认定谢勉记了？"于筱强忍内心的冲动，努力让自己表现得更文明一些，"想不想听听他的坏习惯和各种毛病？"

"姐，别再枉费心思了好吗？"胡小直接拒绝了于筱，"他是什么样的人，又有什么不好的习惯和毛病，我一清二楚。在爱上他之前，我既然都能接受他是已婚男人的事实，并且甘愿冒险赌上一把，那么在爱上他之后，我早就想好了需要面临的一切和所有可能承担的后果。"

"我现在只想告诉你，我一定会和他在一起，不管你怎么反对、挣扎、不甘，都没用！爱情是两个人的游戏，分手，是一个人的选择。"

于筱叹息一声："你为什么非要拆散别人的家庭？胡小，你就不怕报应吗？"

"我的报应就是得一辈子照顾谢勉记，一辈子忍受他的坏习惯和各种毛病，哪怕他一无所有了，也得对他不离不弃。"胡小的脸上洋溢着幸福的光芒，憧憬未来，"你不会理解我和他的感情有多深厚多纯真，真的，比起你们的从前，纯洁了不知道多少倍。"

于筱被气笑了："纯洁？谢勉记告诉你我和他的感情从一开始就不

纯洁？"

"他说得没那么直白，只说潮汕女孩一般不外嫁，你嫁给他，肯定有什么不为人所知的想法……"

"哈哈……"于筱悲愤地大笑，"他居然认为我会有什么不为人所知的想法？真是可悲。他当时要什么没什么，而我家虽然不是什么有钱人家，但至少比他强了不少。他初来深圳时，两手空空，我能图他什么？他有什么可为人所图的？"

"我不关心你们的过去。"胡小的语气柔软了几分，"我只想知道你是不是同意和他离婚？"

"不同意！"于筱咬牙切齿，"我就是死，也会拖着他一起！"

"你要怎么拖他一起死？"胡小还很镇静。

"下药、用刀、跳楼、车祸，方法多得是。"于筱双眼冒火，"你们这辈子别想在一起，我绝对不会放手的，永远！"

"这次来北京，你是不是打算逼谢勉记就范？如果他不同意，你就自杀？"胡小继续诱导于筱。

于筱哈哈大笑："开什么玩笑，我怎么会自己去死？我肯定是要拉他一起死！"

"那我呢？也要跟你们一起死吗？"

"你不配！"于筱终于忍无可忍了，怒不可遏，"我和他夫妻一场，同林鸟，一起死是人之常情，你一个外人，凭什么？"

胡小还能保持镇静："你的意思是，要单独弄死我了？你打算怎么对付我，下毒、用刀，还是推我摔下楼去？"

于筱淡淡地说道："当然是下毒了，下毒最快最省事，还能做到神不知鬼不觉……"

"扑哧……"胡小乐了，"还神不知鬼不觉，姐，你强行带我过来，就已经是限制了我的人身自由，已经犯法了。一路上有那么多的摄像头，饭店也有，我现在告你，一告一个准。还神不知鬼不觉？不知道有多少人目睹了你

第三十八章 3日，从一开始就不纯洁

211

和我一起进入饭店进了包间……"

"那又怎样？我不会承认杀你，也不会真的对你下毒，只需要在你过敏的时候拖延一些时间，让你自己因为过敏而死就行了。"于筱看向了胡小面前的水杯，"你对牛奶蛋白过敏，你的杯子里，我加了牛奶蛋白。"

过敏有时确实会导致死亡，致命原因主要是人体对过敏食物或药物瞬间过激反应，导致喉头水肿、窒息，还可诱发循环系统衰竭、血压下降、心律失常等。

"你怎么知道我有过敏症？"胡小怦然心惊，"不可能是谢勉记告诉你的，快说，是谁？"

"不重要。你没必要知道。"于筱上下打量胡小几眼，"不对呀，你怎么还没有过敏的反应？"

"如果你告诉我，是谁告诉了你我的信息透露了我的秘密，我就告诉你我为什么没有过敏的反应。"胡小咬着嘴唇笑，"怎么样，还算公平吧？"

胡小以为于筱会反对，不料于筱沉默了片刻忽然说道："说实话，我也不知道他是谁，甚至连他是男是女都不清楚。是一个陌生的号码加了我的微信，告诉了我谢勉记和你的事情，还有你的详细信息，包括电话、住所、年龄、身高等个人资料，还有你和谢勉记在一起的照片。"

胡小想了一想："姐，你真是一个钝角！你就没有想过谁会这么好心告诉你这一切吗？他或者她又是出于什么目的？这世界上没有无缘无故的恨，也没有不求回报的好，向你透露这一切的人，肯定会有什么诉求。"

"我不管那么多，我只想解决麻烦，只想解决了你。"于筱又红了眼睛，神色凌厉，"胡小，你为什么没有反应，说！"

"你就没有想过会是谢勉记告诉了我你的一切，想借我的手除掉你，然后他就有机会去寻找新的目标了吗？"于筱转念一想，又想离间了胡小和谢勉记。

"不会，不会是他。"胡小甜甜地笑了，"因为告诉你我的秘密的人，对我了解得不够深入，只知道我对蛋白过敏，并不知道我其实只是对高蛋白过敏，牛奶压根儿就不是高蛋白食物。所以，牛奶对我来说是无害的。"

"是的，你说对了，胡小，向于筱透露你的秘密的人，不是我。"谢勉记推门进来，后面跟着宋几何几人，"我知道是谁了。"

谢勉记的眼睛中流露出坚定的神色。

第三十八章　3日，从一开始就不纯洁

第三十九章　3日，男人到了一定阶段都是实用主义者

——不等边三角形

从公寓出来后，方澄开车驶上了北四环。不多久，就到了盘古七星酒店。

停好车，方澄直接上了18楼，来到了1818房间。也没敲门，拿出房卡刷开，推门进去。

张系正躺在床上，怀中抱着一名妖艳的女子。女子吓得不轻，惊慌失措。

张系轻描淡写地拍了拍女子的后背，冲方澄说道："姐，以后咱能不能敲门？万一我正和清清办事，你撞见了，见识到了我的超能力，心动了，算我的错还是你的？"

"少贫。赶紧穿衣服，我已经通知了胡浩锐，他马上到。"方澄捡起地上的衣服扔了过去，"你，也穿上衣服，走人。"

清清还以为被捉奸了："张系，你不是说你是单身吗？她是谁？"

"聋啊你，没听见我叫她姐吗？麻利地，穿上衣服滚蛋。"张系脸色一寒，"不听话没下次了，听到没有？"

清清不满地嘟囔几句，却还是不得不穿上衣服离开了。方澄的目光始终不离清清的身影，等她走后，撇了撇嘴，笑了："张系，你的眼光越来越有水准了，清清的身材真是不错。"

"那是。我已经过了只看脸的年纪，一个高质量的女人，脸蛋固然重要，但真正懂行的男人都清楚，身材才是第一位的。"张系贱贱地一笑，"毕竟，男人到了一定阶段，都会变得务实，都是实用主义者。"

"对了姐，你叫胡浩锐过来干吗？"张系只简单穿了一件睡衣，露着毛茸茸的大腿，坐到了方澄的对面。

"你还有脸说？"方澄气不打一处来，"今天你打的电话，当时儿子开的免提，一屋子人都听见了，包括宋几何！"

"啊？"张系张大了嘴巴，"这是命中注定的吗？该，我也算是办了一件好事，没让宋几何被你继续欺骗下去，对不？"

"姐，我比胡浩锐年轻，比他帅，比他功夫好，你为什么就不答应我，非要跟他？你伤了我的心和自尊你知道不？"

方澄冷笑连连："滚蛋！我和胡浩锐就是合作关系，没有你想的乱七八糟的事情……"

有人敲门，张系起身开门，门口站着满脸笑容的胡浩锐。

40岁的胡浩锐面相显老，感觉像是50岁开外，一脸沧桑不说，还留了一个山羊胡。

胡子倒是浓密而黑，头发却是浓密而斑驳，黑白相间，并且白发多黑发少。满头的花白头发反倒为他平添了几分飘逸，再加上他始终挂着的淡然笑意，不得不说别有一番成熟男人的韵味。

头发就算花白，也比光头看上去顺眼多了，并且更有风采。

方澄也没跟胡浩锐客气，一指沙发："坐，有事要说。"

"张系，说吧，你怎么知道我和胡浩锐在酒吧门口被人偷拍了？"

胡浩锐微有震惊："被偷拍了？不就是在酒吧门口礼节性地抱了一下，也值得被偷拍吗？得有多没见过世面才会对这点小事大惊小怪。"

张系一咧嘴："姐正在闹离婚，小事也能放大。现在她想争取70%的财产以及两个孩子的抚养权，不能出差错。"

"被偷拍的事情，是一个朋友私下告诉我的，我答应过他要替他保密，要不，他以后就不提供相关消息了。"张系嘻嘻一笑，抱了抱拳，"姐，饶了我吧，别逼我，真不能说。"

方澄歪头想了一想："让我猜猜，你只管说是还是不是，不，你只管点头和摇头就行。"

"是不是宋几何？"

第三十九章 3日，男人到了一定阶段都是实用主义者张系摇了摇头，又点了点头："姐，真不能说。"

"余笙长？"方澄又问。

张系点了点头，又摇头："姐，确实不能说。"

方澄不管，再问："谢勉记？"

张系不摇头也不点头，很干脆："不是。"

"我知道了，是安若即。"方澄笑了笑，"行，有本事你就别说，有的是办法收拾你。你记住了，敢和安若即谈交易，小心死无葬身之地。"

一向天不怕地不怕的张系顿时紧张起来："姐，我哪里敢打安若即的主意，躲她还来不及呢。也是怪了，我从小到大就没怕过谁，为什么一见到她就心虚呢？"

"姐，你说实话，安若即到底站谁，你还是宋几何？"

方澄不以为然地笑了笑："想多了，以她的身份不会站任何一人，只有我们站她的份儿。行了，别提她了，她在我和宋几何的离婚事情上不持立场，说说我们的事情。"

胡浩锐安静地听完方澄和张系的对话："意思是，叫我过来一是想查清是谁偷拍了我和方澄的照片；二是再敲定合作的事情，对吧？"

方澄点头："我和宋几何的离婚已经是板上钉钉了，不管最终是哪个方案获得通过，我必然会另起炉灶单干。说吧，你们答应我的投资款，是不是都准备好了？"

"我的投资款已经到位了，随时可以打款。"胡浩锐一脸笃定，"就等新公司成立了。"

张系搓了搓手，嘿嘿一笑："不是说过了嘛，我丫鬟拿钥匙、当家不做主，一动钱就得老爷子点头，他不同意我和你们成立联合公司。我正在想办法说服他们……不是姐，你和宋几何的离婚官司，不得打上个几年？不可能这么快就落停。"

"你要拿七成，宋几何肯定不会同意。你现在是争取到了五人组几个人的支持？"

"一个，就易正方。"方澄伸出了一根手指。

一五公司持有一元集团10%的股份，而易正方、余笙长和谢勉记三人各持有一五公司15%的股份，共计45%。剩下的55%，宋几何持有30%，方澄持有25%，也就是说，宋几何需要赢得一个人的支持，是45%的投票权；两个人的支持，是60%的投票权，才是绝对控股。

而方澄也必须赢得两个人的全部支持，才是55%的投票权，可以绝对控股。

宋几何拥有一元集团35%的股份，方澄则是30%，二人加在一起是绝对控股，但闹分家的话，就得争取其他股东了。

张系是一元集团的大股东之一，持有5%的股份，他自然站在方澄的一边。方老爷子也是持有5%的股份，他更不用说，也是方澄的阵营。方澄的影响力就达到了40%，离绝对控股的51%还差11%。

宋几何争取到了另外一个大股东滕非的支持。

滕非持股10%，他的支持让宋几何的权重上升到了45%，而另一个持有5%股份的大股东王守本是中立的立场，早早就明确地告诉二人，他两不相帮，会投弃权票。

因此，一五公司的10%的投票权就成了宋几何和方澄争夺的至关重要的支点。

如果拿到一五公司的10%投票权，对宋几何来说，就绝对控股了。但对方澄来说，却刚刚到50%，虽然还不能绝对控股，但可以完全否决宋几何的任何提议。因此，一五公司的投票权之争，就是生死之争。

余笙长、谢勉记和易正方三人，就突然之间成为宋几何和方澄的关键支点。五人就像从一元五次方程到五元五次方程的递进，越来越复杂、越来越没有标准步骤，甚至越来越没有解。

就连余笙长、谢勉记和易正方三人，也从以前的等边三角形变成了现在的不等边三角形。

人和人之间的关系，要么从熵增到熵减，要么从熵减到熵增，但总体而

第三十九章 3日，男人到了一定阶段都是实用主义者

言，是从无序到有序，从认识的开始就上升到了顶峰，然后一路下滑，直到寒冷。不管以后再如何弥补和维系，都再难回到当初的心动。

人生若只如初见，只能是美好的愿望，永远无法实现。

爱情也是一样，从一开始的怦然心动到想收割对方的强烈欲望，再到迫不及待地想要达到未来的期许，都在爱情萌芽的一开始就已经被严重透支了，在以后不管怎么努力，都制止不了下滑的热情和退潮般的冷静。

成家之后，如果爱情没有转换为亲情，没有共同爱好的支撑，没有孩子的维系，没有共同事业的连接，当初热恋甚至海誓山盟的两个人，很有可能会形同路人，离婚也是大概率事件。

人生是一道极其复杂的超级难题，没有标准的解题步骤，没有统一的答案，更没有一套试题练习册让人预先学习。

"就一个易正方不行呀，你还得再争取一个人才行。"张系眼睛转了转，"不是说余笙长可以拉拢过来吗？"

方澄自信地笑了："余笙长和谢勉记，都不在话下。他们不是问题的关键，我有十足的把握让他们为我所用。问题的关键是你们的承诺必须提前到位，否则我没有办法说服公司的高管和中层跟着我不跟宋几何。"

新成立一个公司容易，培养公司的高管和中层很难。一家公司最主要的资产是人才，人才才是公司发展的关键。

方澄想得很长远，和宋几何离婚后，公司必然会被分割。她私下探过口风，也做过调查，公司上下至少有七成的人会跟随宋几何的脚步。

剩下的三成没有明确表态，但她清楚事情摆到面前时，三成里面的八成以上的人也会追随宋几何而去。

如果她未雨绸缪，提前成立了联合公司，并且资金到位，再开出优裕的待遇，相信愿意追随她的人会多上数倍。

张系咧开大嘴笑了："姐，不成，如果你争取不到余笙长或是谢勉记的支持，你就没可能在离婚官司中获胜。如果你输了第一局，接下来的第二局、第三局，都会输。"

"就像解题，第一步都错了，后面的步骤和答案，能对吗？"

"滚远点，就知道你关键时候会掉链子，我早就物色好了替代你的人选。"方澄看向了胡浩锐，"你呢老胡，肯定是支持我的，对吧？"

胡浩锐轻轻点头，从容地一笑："我会全力以赴地支持你，会押上全部……但有一个前提条件，你得在离婚后嫁给我。"

张系惊恐地张大了嘴巴："哥，亲哥，你和姐真的有事！"

第三十九章　3日，男人到了一定阶段都是实用主义者

第四十章　3日，为什么总是女人的错

——排除法

随着宋几何、谢勉记、余笙长和安若即几人的到来，包间顿时显得局促了不少，气氛也随之陡然一变。

胡小立刻起身躲到了谢勉记的身后，声音颤抖："勉记，她、她想害死我！"

于筱也缓慢地站了起来，看了宋几何几人一眼："谢勉记，叫来这么多帮手？不至于！"

宋几何上前一步："我们不是勉记的帮手，我和笙长是他的同学，若即是我的助理。我们一起过来，是想帮忙。"

"两个人的事情，不需要外人帮忙。"于筱立刻拒绝了宋几何的好意，"宋几何，你别装了，谢勉记出轨，你既是知情者又是怂恿者，说不定，还是你介绍了谢勉记和胡小认识！你就是同案犯！"

"别在这里假惺惺了，虚伪、卑鄙、恶心！"

宋几何呵呵一笑："别上来就先入为主地下一个定论，把我当成谢勉记的同案犯，意思是我有出轨的嫌疑了？"

"不是吗？"于筱看了看宋几何身后的余笙长和安若即，哼了一声，"她们中的一个，肯定和你的关系非同寻常。"

"是谁是谁？快说说看。"余笙长立刻大感兴趣，凑了过去，"大姐，你觉得是我还是她？"

于筱警惕地打量余笙长几眼，又看向了安若即："别问了，肯定不是你。为什么？很简单，你没她漂亮没她年轻没她有气质，也没她有钱，和她相比，

你完全没有优势。"

愣了一愣，于筱想起了什么："你就是五人组里面的余笙长吧？你们什么狗屁五人组，就是男女淫乱五人组，打着解题的名义乱搞男女关系！"

谢勉记一摊手，苦笑："几何，你现在知道我为什么要离婚了吧？平常的时候，于筱千好万好，家里照顾得井井有条，但一遇到事情，就存着严重的三观冲突，是谁也说服不了谁的分歧，除了离婚，没有第二条路可走。"

"为什么总是女人的错，你们男人就没有丁点儿错误？"安若即出人意料地冒出一句，她平静地看向了谢勉记，"你从来就没有反思过自己的问题吗？"

"反思过，我的问题也有很多。"谢勉记低下头，一脸愧色，"我大男子主义思想严重，事业心强，不顾家，不懂得照顾别人的情绪，过于自我。只顾自己的发展，不想着拉于筱一起进步。不陪孩子，不关心孩子的成长和学习。"

"遇到事情不善于沟通，只想粗暴地解决，对生活中的难题没有解题时的耐心。对于筱过于忽视，每次吵架都只想让她认可我听我的话，而不是用心说服和交流。在于筱意识到我们之间的问题后，想要好好交流沟通时，我又逃避，只想着再遇到一个更理解更体贴自己的另一个人，我错就错在没有反思也没有想办法解决问题，任由问题扩大化……"

谢勉记的一番话情真意切，不但让宋几何大为动容，也让在场的每一个人都为之沉思。

于筱感动了："我也有错，不全怪你。我是错在一遇到事情就想你的不好，忽视你为这个家所付出的一切。你事业心重，我恋家顾家，更应该支持你鼓励你，而不是成为你的拖累。我生怕你生意做大后抛弃我，抱着小富则安的想法，只想过安稳的日子。而你注定不是一个安稳的人，你不想被平凡淹没，你渴望成功，向往鲜花和掌声，我应该和你一起奋斗，陪你完成心愿……"

"如果我能为你改变，你还会回到我的身边吗？"于筱以渴望加殷切的

第四十章 3日，为什么总是女人的错

眼神看向了谢勉记。

谢勉记没有片刻迟疑，坚定地摇头："人生是单行道，只能前进不能后退……回不去了，我们再也回不去从前了。除了离婚，别无选择。"

他回身抱住了胡小："对不起，于筱，我婚内出轨，犯了极少数男人才会犯的常识性错误，我向你郑重道歉，对不起！"

谢勉记深深鞠躬："我不是渴求你能原谅我，只想尽可能补偿你！我可以净身出户，孩子也可以归你！我什么都不要！"

就连宋几何也震惊了，谢勉记如此决绝，到底他经历了什么？以他对他的了解，他不可能只是为了爱情而一腔奋勇，早就过了玩儿命地喜欢一个姑娘的年纪了，那么他不顾一切也要和胡小在一起的深层次原因到底是什么呢？

宋几何又深入一想，忽然有所醒悟，也许谢勉记并不是不顾一切也要和胡小在一起，而只是不惜任何代价也要离婚！胡小只是支点，离婚才是目的。

问题是，似乎于筱比方澄好了太多，温柔、体贴又不极端，还有分寸知进退，为什么谢勉记非要离婚不可？宋几何想不明白，他是和谢勉记联系密切，也早早就达成了共识，但在离婚的事情上，谢勉记并没有和他透露太多。

离新派粤菜不到 100 米远，有一家咖啡馆，宋几何、安若即、余笙长和胡小一行四人坐在偏僻的角落里面。

尽管故意找了一个远离人群的角落，几人还是被来往的顾客好奇加审视的目光扫来扫去，毕竟宋几何一人带着三位各有千秋的美女，难免会引来注意和嫉妒。

在宋几何的提议下，谢勉记点头同意他先和于筱单独聊聊，宋几何就带领几人来到咖啡馆等候。

雨还在下，并没有减弱的迹象，是北京少见的大雨。

余笙长没要咖啡，要了一杯白水，说太晚了喝咖啡容易失眠，她打了一个大大的哈欠："真是漫长的一天，发生了太多的事情，我都消化不过来了。胡小，你可以相信我，跟我说实话，如果谢勉记真的净身出户，他身无分文，成了穷光蛋，你还会跟他在一起吗？"

"我又不是图他的钱，你这问题很低级你知道吗？"胡小不知何故，第一眼起就不喜欢余笙长，她坐在宋几何和安若即的中间，离余笙长远远的，"追我的人中，有钱又年轻的，多的是！我向往的爱情是他必须比我年纪大，必须比我懂得多，必须是学历史的，世界那么大又那么多人中，只有他一个人符合我的全部要求。"

"遇见就很不容易了，何况相爱？既然相爱了，不管他贫穷还是富有，健康还是疾病，我都不会离开他，永远！"

余笙长又打了一个哈欠，想说什么，手机突然响了。

来电显示是分母1……

余笙长脸色瞬间大变，尽管她片刻之后努力恢复了平静，但起落之间的变化，还是被宋几何和安若即尽收眼底。

余笙长故作镇静地站了起来："我接下电话。"

然后去外面接听电话了。

此时已是晚上10点多的光景，打来电话的就不会是外人，余笙长还要接听，说明关系更是不一般。

安若即一拢头发笑了："不是前男友就是前夫，根据女性心理推测，分母都是备选人选，分子才是意中人。分母的电话可接可不接，看心情。而她第一时间就接听电话，说明分母1对她来说分量很重。"

胡小坐立不安："宋哥，勉记会不会有事？于筱想害死我，她说不定也会冲勉记下毒手。"

宋几何安慰她："他们夫妻多年，都了解对方，会有沟通的技巧……于筱想害死你？怎么回事儿？"

胡小说出了于筱知道她蛋白过敏并且在水中加牛奶蛋白的事情。

"会是谁告诉了于筱胡小的秘密呢？"安若即大感兴趣，"先用排除法解题，首先排除谢勉记，其次排除你，再次排除余笙长，假设知道谢勉记和胡小秘密的一共就你们五个人，那么最大的嫌疑人就是方澄和易正方，而易正方由于不在北京，不可能清楚地知道胡小的事情，是不是可以确定就是方澄呢？"

宋几何摇了摇头："你的解题思路是惯性思维，没有考虑到人性的变量和人心的复杂。如果从利益的出发点来推算，确实方澄是最大的怀疑对象。但如果是我来解题，我不会用排除法，而是用反推法。"

"方澄有动机，但不符合她的利益，她就算知道胡小的所有事情，也不可能告诉于筱，并且希望于筱对付胡小。因为方澄的最终目的是争取到谢勉记的支持，而不是破坏他现在的生活打乱他的节奏。她真的这么做了，除了让谢勉记焦头烂额，只会让谢勉记更加一心地加入我的阵营而和她彻底决裂。"

"方澄需要的是合作，渴望的是支持，而不是对抗。对她来说，没有意义的挑拨离间是浪费生命。她可能会拿胡小的事情和谢勉记讨价还价，但肯定不是直接点燃导火索。"宋几何眯着眼睛，陷入了思索之中，他不管是解答数学题、哲学题还是人生大题，都习惯如此，"那么，是不是只能在余笙长和易正方二人之间二选一了？"

第四十一章　3日，总有一天你会发现人生就是……

——等边三角形

胡浩锐起身推开窗户，雨声伴随着夜晚的气息立刻涌入了房间，让房间的气氛为之一变。

掏出一支烟，胡浩锐放到鼻子下面闻了闻，又收了起来："方澄不喜欢烟味儿，就不抽了。忍一忍，一个男人如果不能为心爱的女人放弃一些她反感的习惯，证明他对她不是真爱。"

"哥，亲哥，都多大岁数了，别整这些甜腻腻的表白成不？駒得慌。"张系小跑过来关上了窗户，"别开，冷。我身子虚你又不是不知道，能不能体谅下弟弟？"

胡浩锐摇头笑了："别仗着自己年轻就胡来，等你岁数大了你就会发现，年轻时造的孽糟蹋的健康，到老时会全部还回来，还是加倍。"

"打住！"张系甩手暂停，"我不想听姐的批评更不想听哥的养生，我现在特想睡觉，所以，咱们赶紧聊正事成不？"

"哥，你和姐是不是已经……睡了？"张系挤眉弄眼地笑了。

胡浩锐缓慢摇头："没有，你想多了。我是喜欢方澄，愿意为她做很多事情，但我的原则是绝对不和已婚女性有感情纠葛，更不会突破底线。我现在只是想要她一个承诺。"

方澄站了起来，整理了一下头发："说吧，什么承诺？我年轻的时候最喜欢承诺了，什么事情都想着天长地久，现在戒了。现在我只信协议，白纸黑字写下来，才让人放心。嘴上说得再好听，风一吹就散了。"

"等你离婚了，如果你想恋爱想再结婚，请一定首先考虑我，把第一个机会给我。"胡浩锐目光真诚,"至少,给我一个考察期,别一开始就把我拒之门外。"

张系惊得张大了嘴巴:"哥,我认识你这么久了,咋没看出来你还是一个深情王子呢?你是没见过女人咋的,对姐这么一往情深,戏过了吧?干吗非得在一棵树上吊死?还是一棵老树……"

话未说完,被方澄严厉的目光一瞪,张系吓得一缩脖子:"抱歉呀姐,嘴快了,有口无心。你不老,正当年,还不到高龄产妇的年龄……"

方澄气极,一脚踢中了张系。

张系惨叫一声,躲到了胡浩锐的身后。

胡浩锐哈哈一笑:"你们别闹,我在正式表白,没开玩笑。"

"方澄,你能答应我这个小小的请求吗?"

"认真的?"方澄站了起来,一脸正式,"老胡,你真没结过婚吧?"

胡浩锐连连点头:"当然认真的,我从来不开玩笑!没结过婚,但谈过三次恋爱,都无疾而终。和平分手,没有吵架没有争论,没有任何遗留问题和后遗症,联系方式也全部删除干净,分手后再也没有过一次联系……以上,汇报完毕。"

"目前的状况是,单身,父母在西安,身体健康,都有养老金。我没有北京户口,在北京有房有车,有多少就不说了,没什么意义。身体健康,早睡早起,坚持锻炼,喜欢自驾、旅游、探险,也喜欢数码产品,心态年轻,积极向上……以上,介绍完毕。"

张系被踢疼了,还是没忍住好奇:"哥,亲哥,就你这条件,除了年纪稍大点儿没别的毛病!不过现在不少小姑娘喜欢你这一款,有风度有温度有高度,最主要的是有钱,超级钻石王老五。我估摸着至少得有100个'95后'的女孩排着队要为你生孩子……那么我就实在想不明白了,你干吗非要追求一个离婚并且有两个孩子的妈?"

这一次,方澄没动手打人,也是一脸好奇加期待:"对,张系问的也正是我的疑惑,交个底老胡,我想听听你的真实想法。"

226

胡浩锐沉默了片刻："我以前是一个完美主义者，**事事追求完美**，包括爱情。第一个女友，漂亮、高学历，但不温柔，也不大方，小气、自私、矫情，谈了一年就分手了。第二个女友，长相中等，学历一般，但温柔体贴，并且也大方，待人接物很有水平。谈了半年就分手了，原因很简单，她和我没有共鸣，我在做想做的事情，她没有一样可以理解。不理解，还总是喜欢让我按照她的想法来。"

"第三个女友，长相好、学历高、出身优越、落落大方，又温柔体贴，对我的事业很支持，也和我有很多的共同语言。谈了两年，打算结婚时，还是分手了。"

张系嘿嘿笑着点头："这个不错，为什么要分？哥，你也太事儿妈了吧？麻利地，把她的微信、电话发我，我接盘。"

胡浩锐摆了摆手，苦笑："快结婚时，我发现她劈腿了，送我一顶大大的帽子。问她为什么，她说我方方面面都可以满足她，唯独没有太多的时间陪她玩陪她疯，她喜欢聚集性活动，剧本杀、聚会、集体旅游，我既没兴趣又没时间。"

张系如遇知音一般，紧紧握住了胡浩锐的手："亲哥，说得太好了，说到我心坎里了。知道我为什么现在变成渣男了吗？都是被她们逼的！我对她们深情且专情，她们说我不懂浪漫，不够温柔。我对她们浪漫加温柔，她们又怪我虚伪滥情，不够专一和认真。反正，她们想要的永远是她们得不到的，你专情，她们想要多情。你温柔，她们想要霸总。你体贴，她们想要自由。"

"最后，我变成了自己讨厌的样子，结果反而更受她们欢迎。尽管她们都骂我是渣男，但一个个前仆后继地主动投怀送抱，我又何必在乎一个所谓的名声？好吧，如她们所愿，她们想要什么，我就给她们什么，除了真诚、专一和婚姻！只要她们给我想要的，就行了。"

"说完了没有？"方澄不耐烦了，看了看手表，"不早了，我得回去看看孩子。"

"还是希望你给我一个明确的答复。"胡浩锐拦住了方澄的去路，"对于爱情和婚姻，我想了很多。现在我一不追求浪漫二不追求完美，只想遇到一个让自己心动、方方面面都成熟大方的女人，和她在一起，没有压力和约束，二人可以一起同步前行……"

方澄打断了胡浩锐声情并茂的演说："差不多行了，别煽情了，我都多大的人了，还能被你这些东西打动？实话和你说，老胡，我离婚后就没打算再结婚。我对婚姻已经彻底失望了，不想刚出虎口又入狼窝，当然了，如果我到时改变了主意，有了想法，我肯定第一个考虑你。"

胡浩锐下楼送方澄离开，转身又上楼，回到了张系的房间。

张系刚躺下，正和小米粒聊天，就有几分不满："怎么又回来了，哥？"

胡浩锐坐了下来，摆出了长谈的姿态："和方澄成立联合公司的事情，我们得好好谈谈，确保方澄需要时，资金第一时间到位。"

"哥，你对方澄是真爱呀。"张系躺回床上，"资金我可保证不了，我做不了我家老爷子的主，他死活不同意。"

"你别说是和方澄合作，说和我合作，就没问题了。"胡浩锐点燃一支雪茄，深深地吸了一口，"相信我，张系，我会借此机会让你翻身，让你在你家老爷子面前证明自己。"

"别给我画大饼，我胸无大志，不想证明自己。你想泡妞没问题，别拉我下水。"张系翻了个白眼，"说实话，哥，我觉得你追不到方澄。"

"怎么说？"胡浩锐摆出了认真聆听的姿态。

"我总觉得吧……"张系愣了愣，自嘲地摇头笑了，"姐跟宋几何离婚的事情，不一定会以什么结局收场，也许还离不了呢。你等他们真离了再表白再投资，也不晚，不差这两三天不是？"

胡浩锐摇头："现在敲定投资，是雪中送炭。离婚后再定，是锦上添花，性质不一样。"

"你没有我对付女人的经验丰富……"张系咧嘴大笑，"算了，不说了，你自己想怎么办就怎么办吧。投资的事情，我按照你的说法跟我家老爷子再提提。万一有转机，你可得出面和我家老爷子谈。"

……方澄开车回家，雨还在下，行人稀少，堵车反倒更严重了。

等车的间隙，方澄拿出手机，翻了半天微信消息，又打开拨号界面，也不知道要打给谁，百无聊赖又心烦意乱。

终于，她还是打开了宋几何的微信，发了一段语音："宋几何，我们需要认真谈谈，单独！"

宋几何没有回复。

方澄又发了一条语音："我觉得再这么下去，我们会两败俱伤，会让余笙长他们趁机坐地起价、渔翁得利。我们必须得掌握主动，不能让事情失控。"

依然没有回复。

方澄焦躁了，再次拿起手机时，一个失神没注意前车急刹车，咚的一声，追尾了。

方澄的心顿时沉了下去，她开车这么多年来第一次发生车祸，莫非预示着接下来的事情，她会陷入被动之中，以及她精心安排的一切，都要失控了？

一般来说，追尾很容易引发连锁反应……才这么一想，方澄感觉车后咚的一声巨响，她被一股大力推动，朝后一仰，心中一沉，妈呀，被追尾了！

第四十二章　3日，没有办法算透人心，但有办法看透人性

——灵活题

方澄的微信，宋几何都收到了，他只看了一眼，还没顾得上回复。

胡小瞪大一双无辜的眼睛，茫然而没有焦点，似乎神游物外，压根儿没有在听宋几何和安若即的对话。

安若即想了一会儿才说："往余笙长和易正方的身上推测，还是惯性思维，为什么就不能是谢勉记自己呢？"

宋几何意味深长地笑问："为什么这么说？"

"我猜的，只是随口说说，概不负责。"安若即轻轻一笑，"我估摸着谢勉记来北京之前，有离婚的想法，但还没有彻底下定决心，或者说，还没有想好对付于筱的策略，来北京之后，尤其是和你达成了共识，他增强了离婚的决心、坚定了离婚的意志，于是，谢勉记就制定了策略想出了对付于筱的法子……"

宋几何呵呵一笑："我只能说，你的推测是基于不了解谢勉记的前提之下做出的臆测，不符合谢勉记的性格。"

安若即忽然脸色凝重了几分："宋董，你跟我说这些言不由衷的话，有意思吗？你刚才说的话，你自己会相信吗？别自欺欺人了，你比我了解谢勉记，比我清楚谢勉记性格的变化和观念的转变。"停顿了片刻，她又俏皮一笑，"我总觉得你看似处处被动，其实成竹在胸，是不是一切都在掌握之中？"

宋几何苦笑摇头："世界上有太多未解之谜，也有许多解不出来的难题，人生的大题更是复杂，谁敢说每道题都可以成竹在胸？不可能的，事态的发

展不以人的意志为转移,就算你再聪明再有妙计,也没有办法算透人心。"

"是没有办法算透人心,但有办法看透人性。"安若即重重地叹息一声,"我是希望你和方澄的离婚,尽可能快刀斩乱麻,尽最大可能把对公司的负面影响降到最低。"

"宋董,你跟我交个底,一定可以争取到余笙长和谢勉记的支持吗?"安若即关切之意溢于言表,"不许打马虎眼,不能隐瞒,不要谦虚,要真心实意地说真话。"

宋几何沉默了一会儿:"每次解一道新的难题时,我都会先用常见的思路来解答。如果此路不通,再换不寻常的思路。还不行的话,就会全盘推翻之前的想法,另辟蹊径,剑走偏锋。"

"目前看来,常见的思路解题,应该已经没有办法过关了。接下来,我会切换到不寻常的思路上面。"

安若即明白了什么:"意思是说,还没有完全失控,用不着另辟蹊径和剑走偏锋的手段?"

"暂时用不着。"宋几何认真地点头,"至少有你的支持,我就没有后顾之忧了。"

安若即一脸平静:"别对我过于信任了,也别期望过高,我对你的支持,有前提条件,并且还要求相应的回报。如果你没有做到你承诺的一切,我不但不会再支持你,还有可能会对你背后一刀。"

"有这么狠的吗?"宋几何摇头自嘲一笑,"在我的固有印象中,你是一道有多种解法且没有唯一答案的灵活题,怎么突然变成了限定解题步骤、必须运用特定公式并且只有唯一答案的难题呢?"

"人是会变的。从大的方面讲,人的相貌,包括面相、气质等,是七年一变。从小的方面讲,人体的生理变化是七天一代谢。从大自然的变化规律来讲,也是七天一周期。"安若即笃定地笑道,"古人说,反复其道,七日来复,天行也……现在的你和七个小时前相比,已经切换了无数个念头,改变了许多想法。和七天前的你相比,周身的血液,都已经流经了一遍。和七年前的你相比，浑身的细胞都已经换了一遍，可以说是判若两人。"

"我们认识还不到七年，你对我的了解相当有限。所以，先别急着对我下一个结论。"

"好吧。"宋几何老实地点头，似乎是认可了安若即的说法，"我们认识也有半个七年了，等于你已经换了一半的细胞，是半新的你。等你全新的时候，我们的关系也许就会进入新的一页。"

安若即脸色漠然："你还是不够了解我，宋董。算了，人和人之间的缘分不能强求，大多数人终其一生也遇不到一个真正了解自己的人，何必勉强呢？我早就看开了。"

宋几何笑："为什么非要要求别人了解自己呢？为什么不是努力推销自己让别人接受你认可你呢？你所期待的别人了解，是被动的是半拒绝的，同时又渴望被别人主动解答。"

"我喜欢，你管不着吧？"安若即耍赖地笑了，"余笙长的电话打的时间够长，你应该去关心一下，她多半遇到麻烦了。"

胡小此时如梦方醒，问道："宋董，要不要去看看勉记，我怕他被于筱伤害了……"

宋几何看了看时间，微微一想："若即，你去外面看看余笙长，我去房间看看勉记。"

安若即点头，转身往外走，才一迈步，一人急匆匆过来，眼见就要撞在她的身上。

宋几何手疾眼快，伸手一拉安若即，安若即身子一侧，就倒在了他的怀里。

来人余势不减，一下撞到了胡小的身上。

胡小被撞得倒退两步，差点儿摔倒。

来人不管不顾，就要走人，被宋几何一把拉住。

"撞人了还想走？道歉！"宋几何很生气，对对方怒目而视。

对方是一个年约50岁的男人，浓眉大眼，方脸大耳，明显是北方人长相。他先是一愣，随即露出了谦卑的笑容："对不起，刚才没看见，我道歉，我道歉！"

男人连连点头哈腰，态度极为诚恳。

宋几何松开手："下次注意，也就是我脾气好，换了别人，你早就挨打了。"

"你是……"男人仔细打量宋几何几眼，蓦然愣住了，"你是宋几何？"

宋几何下意识点头："你认识我？你是谁？"

"我是你爹！"对方突然爆起，一拳就砸向了宋几何的鼻子。

还好宋几何近几日来被各种层出不穷的意外练就了警惕心和本能反应，一闪就躲开了，才避免了满脸是血的下场。

对方一击不中，再次出手，一脚踢向了宋几何。

宋几何已有防备，怎么可能被他踢中，再次躲开。他还没有来得及还手，安若即动了。

先是后退一步，安若即弯腰、收腹、挺胸，右腿飞出，正中对方的后腰。对方朝前一扑，摔倒在地。

对于日常练习拳击的安若即来说，打一个非专业选手，哪怕对方是男人，也不在话下。

对方挣扎着爬起，又冲宋几何扑来。宋几何侧身，准备反击时，余笙长出现了。

余笙长跑得飞快，冲到对方面前，扬手两个耳光打在他的脸上，怒气冲冲："阳亮，够了！再胡闹，我让你生不如死！"

阳亮被打蒙了，捂着脸，直勾勾地盯着余笙长："笙长，你居然为了宋几何打我？你背叛了对我的承诺！"

余笙长不屑地冷笑："承诺？什么承诺？我从来没有对你有过任何承诺！我们的事情早已过去，是你还揪着过去不放，是你还没有放下以前。"

"我再说一遍，我们已经离婚了，回不去了！"

宋几何和安若即对视一眼，同时震惊。

尽管早有怀疑余笙长的个人问题不符合常理，但亲耳听到她离异的事实，宋几何还是难免震惊，震惊的同时，又有一丝失望。

不是失望于余笙长在他心目中美好形象的破灭，而是失望于余笙长的刻意隐瞒。12年来，他和余笙长的联系从未中断，在余笙长的描述中，她始终单身，只遇到过心动的人，从未走进过婚姻。

没想到，她隐瞒了人生中最重要的一环——婚姻，如此就造成了宋几何对她的误判。婚姻对一个人的影响无比巨大，不管是事业还是观念。未婚的人和已婚人士，对待人生大题时的解答思路，会有着明显的不同。

如果早就知道余笙长离异的事实，宋几何不会歧视她，却会调整思路，重新定位她在他的规划中的角色。但她隐瞒了关键信息，导致他之前的思路全部作废！

宋几何心情郁闷，余笙长的变数让他的必胜信心产生了动摇。

阳亮脸色由阴转为铁青："你为了他而和我离婚，真的值得吗？宋几何哪里比我强？他还没有离婚，你就敢保证他一定会在离婚后娶你吗？"

等等，哪里不对，宋几何愕然："阳亮，你说什么？"

10分钟后，宋几何在余笙长的解释和阳亮的补充中，算是初步了解了事情背后的真相。

第四十三章 3日，从而得到了错误的答案

——公分母

余笙长和阳亮的婚姻，是各取所需的结合。阳亮比余笙长大了20岁，离异多年。认识余笙长后，对她一见钟情，立马展开了猛烈的追求。

余笙长不为所动，阳亮完全不符合她的择偶标准，更不用说比她大了太多。但在她委婉拒绝多次之后，阳亮依然不改初心，甚至提出了一个匪夷所思的建议——只要余笙长答应和他结婚，他保证不碰余笙长，并且要分给余笙长一套房子。

余笙长开始时没有答应，但在阳亮又追加了30万元现金的条件之后，余笙长心动了。

经过一番讨价还价，余笙长在和阳亮约法三章后，同意了和他结婚。第一，结婚后七天内，将阳亮名下的一套房子过户到余笙长名下。第二，如果婚姻超过一年，则一次性向余笙长支付30万元现金。第三，婚姻存续期间，除非余笙长同意，否则不公开、不同吃同住。一年后，余笙长可以随时提出离婚，阳亮不得反对。

阳亮认为一年的时间足够他暖化余笙长了……

余笙长和阳亮的婚姻持续了一年零一个月，在阳亮向她支付了30万元现金之后的第二天，她就提出了离婚。在僵持了半个月后，阳亮妥协了，同意了离婚。

但他要求余笙长给他一个让他死心的理由。

余笙长就抬出了宋几何当幌子，声称她和宋几何旧情复燃，她要离开南昌前往北京和宋几何结婚。阳亮在了解到宋几何是何许人之后，向余笙长提

出了要求，如果宋几何不和她结婚，她就得回南昌，回到他的身边。

余笙长当即一口答应。

只是让余笙长没有想到的是，她前脚来到北京，后脚阳亮就跟了过来。三天来，他躲在幕后，悄无声息地跟踪余笙长，摸清了余笙长的行踪，也进一步了解了宋几何的现状。

今天，阳亮指责余笙长欺骗了他，他要和余笙长摊牌。宋几何到目前为止还在婚姻存续之中，并且离婚是一项庞大的系统工程，至少从目前的进展来看，估计得持续一年半载。以他对宋几何的观察，离婚后，宋几何也不会和余笙长在一起。

余笙长要么和他复婚，要么还钱退房，没有别的路可走。

……宋几何摸了摸额头，用力咬了咬牙关，才感觉清醒了几分，他看向了余笙长："真的是……前夫？"

余笙长点了点头，用力眨动几下眼睛，既无辜又无奈的样子："一时糊涂的后果。有名无实，只是一次失败的交易。"

阳亮对宋几何依然充满了敌意："宋几何，你说实话，你离婚了会娶余笙长吗？"

这是一道送命题，宋几何正要开口，安若即替他说话了："不会！完全没有可能！"

余笙长脸上的失望和不满一闪而过："阳亮，我当初是为了骗你才拿几何当了挡箭牌，我和他要是有缘分，当年大学时就在一起了，还用等到今天？你别纠缠几何，想娶我的人多着呢，年轻的、有钱的，又年轻又有钱的，我受欢迎的程度，是你想象不到的热烈。"

"你们说了都不算，我要听宋几何亲口说出来。"阳亮紧握拳头，"宋几何，是个男人就站出来，别躲在女人后面。"

宋几何哭笑不得，他遭受的完全是无妄之灾，沉吟片刻，斟酌了一下语言："我和笙长从大学毕业后到今天，整整12年了，这是第一次见面。就算有以前的感情基础在，12年没有见面的人感情会上升到谈婚论嫁的地步吗？

反正我坚持认为，恋爱是谈出来的，是两个人长期在一起用习惯和照顾磨合出来的。"

"同时，我还是一个有感情洁癖的人，在一段时间内，只能喜欢一个人，做不到脚踏两只船。而且我有契约精神，婚姻就是一种约定，一种法律上的承诺，在离婚之前，我不会和任何人产生感情，更不会对任何人有任何承诺……我这么说，你能明白吗？"

阳亮愣了一会儿，点了点头："行，我信你。如果我以前做过对不起你的事情，以后我会还回来。"他抓住了余笙长的胳膊："余笙长，既然这样，我们的事情我们自己先解决清楚，就不牵涉别人了。你现在就跟我走！"

宋几何刚要说什么，余笙长站了起来，淡定地一笑："不好意思让你们见笑了，阳亮就是我手机中的分母1，是公分母，我和他的事情，本来就不应该惊动你们。我跟他走，不解决清楚我和他的事情，我不会再见你们。"

宋几何没有阻拦，任由余笙长和阳亮离开。

安若即似笑非笑："你不担心余笙长的安全？"

"12年来，她又不是只有今晚不安全。"宋几何笑得很坦然。

"阳亮真是她的前夫？你信她说的是真话吗？"安若即又问。

"不完全信。"宋几何先是摇头，又点头，"阳亮是她的前夫，这一点应该不假。"

安若即会心地笑了："你不信的是她所说的和阳亮结婚离婚的理由？很荒诞很匪夷所思对不对？"

"对，也不对。对大多数人来说，是很荒诞很不可理喻，但放到余笙长身上，又是可以理解的解题思路。"宋几何叹息一声，"五人组到今天，居然没有一个婚姻幸福事业美满的，到底是我们过于追求完美才导致了生活的缺陷，还是我们的解题思路都不适合各自的生活，从而得到了错误的答案？"

突然，胡小的手机响了一下，她看了一眼，惊呼起来："不好啦，勉记被于筱带走了。"

宋几何当即拨通了谢勉记的电话。

第四十三章　3日，从而得到了错误的答案

"几何，一时半会儿和于筱说不清楚讲不明白，我先安顿她住下来。你就劳累一下，帮我安抚下胡小。先谢了。"

谢勉记的声音还算平稳，宋几何心中稍安："你确定可以应付得了于筱？"

"我和她十几年的夫妻了，过招多年……"谢勉记轻笑一声，"倒是你，现在带着三个美女，可要保护好自己。"

居然还有心情开玩笑，说明他和于筱并没有吵得不可开交，宋几何想了想："胡小不能再回公寓住了，我找个地方安置她。"

"最好是你的秘密据点，别住酒店，不安全。总之，把胡小交给你，我放心。"

挂断电话，宋几何无奈地摇了摇头。

安若即猜到了什么，替宋几何出主意："可以让胡小先住在你北四环的公寓。"

宋几何思忖片刻："倒也是个好主意。"

半个小时后，宋几何一行来到了北四环的公寓。

易正方已经睡下了，听到了外面传来的密集而杂乱的脚步声，听上去是有好几个人在走动，以及对面房间开门的声音，他也没多想，迷迷糊糊就睡着了。如果让他知道是宋几何一行，他肯定得马上爬起来看个明白。

当初买公寓的时候，方澄和宋几何一人买了一套，还是门对门。公寓当时还没有限购，宋几何和方澄的想法也是用作投资。

后来北京限购的政策一出台，公寓房价跳水，个别地段近乎腰斩，二人也就没有卖掉的想法。反正又不缺钱，不如放着。

再后来，公寓就成了二人的另一处独居的天地，尽管二人各有其他的房子，但都租了出去，只有公寓一直空着，想要安静的时候，就一个人过来住上两天，就当是暂时的技术性隐居。

有时，男人的独立空间很小，小到只有汽车的空间。有时，也很大，大到有公寓和别墅。是大是小，全凭实力。

宋几何的公寓生活用品和家具也是一应俱全，甚至比方澄的公寓条件还好，装修风格一样，但布局更温馨，格局更宜居。由此可见，热爱生活的人不管走到哪里，都可以让日子闪亮。

胡小对房间很满意，非常感谢宋几何的安排。

安顿好了胡小，宋几何和安若即下楼。发动了汽车，宋几何却没有开动，而是呆呆地望着前方出神。

安若即也没有说什么，静静地坐在副驾驶座上。她很清楚有时安静比开口更有抚慰的力量。

"我送你回家。"过了不知多久，宋几何如梦方醒，开动了汽车。

安若即看了看表："不回家了，太晚了，回去得被骂，还得吵醒爸妈他们。不如跟你回家。"

宋几何也没多说什么，开车回家。

回到家里，宋几何开门，一开灯，顿时吓了一跳。

客厅中，湿了一片，像是被水冲过一番。他大惊，见鱼缸完好，才又舒了一口气。

卫生间传来了哗哗的水声。

安若即愣了愣，笑了："方澄在家。我先回房间。"她轻车熟路地去了客房，不多时换了一身睡衣出来。

宋几何也换了一身居家服，刚和安若即坐在沙发上，方澄裹着浴巾擦着头发，从卫生间出来了。

"若即也在……"方澄对安若即的到来，丝毫没有惊讶之意，她淡淡地看了宋几何一眼，"怎么没收拾家？你平常不是挺勤快的？"

以前宋几何见不得半分杂乱，早就抄起家伙打扫干净了，今天他是实在太累了，而且也想弄清楚到底发生了什么。

四人座的沙发，宋几何在最左边，安若即在中间，方澄在最右边，三人坐在遍地水渍的客厅，一时静默。已经是深夜，外面无比寂静，北京在喧嚣了一天之后，总算进入了短暂的安静之中。

过了一会儿宋几何才问："发生什么事情了？"

第四十三章　3日，从而得到了错误的答案

239

"别提了，追尾了，又被追尾了。"回忆起刚才的情景，方澄仍然心有余悸。

事故一共造成至少5辆车追尾，每辆都是价值百万元以上的豪车，直接损失超百万元。财产的损失倒在其次，下车处理时，方澄不但被淋了一身雨，还被人泼了一头的咖啡。

方澄气得差点儿和对方当场打起来。

是一个打扮时尚、隆鼻、垫了下巴、割了双眼皮的女孩，顶多20岁出头。她开了一辆轿跑，在120万元左右，追尾了方澄。

一下车，女孩就气势汹汹地指责方澄不会开车，还让方澄赔她的维修费用。方澄理论，是她追尾她，她是全责。女孩不干了，泼了方澄一头咖啡，还骂方澄人老色衰，靠当人小三才开得起宝马，而且还是便宜的宝马。

方澄开的是宝马7系的顶配，也不是什么便宜车。当然，以她的见识和格局，才不会和一个20岁出头明显是被包养的女孩攀比，她只想让警察尽快处理，好回家休息。

最后拖车时，女孩才知道她所开的车并没有过户到她的名下，而是在一个她不认识的人的名下。她大急大怒大喊，接连打电话控诉一个男人为什么骗她。

方澄冷冷地讽刺了一句："你身上原生态的东西都没几样，你整容骗人在先，就别怪男人骗你在后。"

女孩就又泼了方澄一身咖啡。

方澄才知道有些人大晚上也是能喝两杯咖啡的，不嫌睡不着觉是小事，难道不怕撑着吗？

更让方澄生气的是，她的车被拖走，想打车回家，结果叫不上车，没有车敢拉她！不说她一身湿外加咖啡，会被人以为是精神有问题，就是她一副怒不可遏的样子，也没人敢冒险一试。

最后方澄步行回家，好在并不太远，只走了10分钟。到家后，淋得已经彻底湿透了，像穿着衣服游泳了一番，还是在咖啡味儿的泳池。

"是不是觉得我活该？"方澄说完，隔着安若即看向了宋几何，"想笑就大声笑出来，没什么。不就是洗了一次咖啡澡吗？高级！"

宋几何没笑，拿出了手机："你发消息说要和我好好聊聊，聊什么？"

"我说的是单独。"方澄斜了安若即一眼。

安若即却没有要离开的意思："姐，我是外人吗？"

"你虽然是我表妹，是我亲姨的女儿，有血缘关系，但……终究是外人。"方澄摆了摆手，"你先去睡吧，给我和宋几何一个空间。"

安若即起身便走："姐夫，明天见。"

宋几何也站了起来："太晚了，今晚不聊了，明天早上六点，我准时在客厅等你。晚安。"

方澄没说什么，呆了半晌，低头看了一眼客厅的水渍，以前不觉得有什么，反正有宋几何收拾，现在没人管了，就有些刺眼和不习惯。想了一想，她拿起拖布清扫起来。

一不小心碰到了鱼缸，哗啦一声，玻璃碎了一地。宋几何新买的几条鱼，全部掉到了地上。

跳来跳去，像是远处闪烁的霓虹灯。

第四十三章 3日，从而得到了错误的答案

第四十四章　4日，所有想要完美的人，都是精致的利己主义者

——三角函数

5点30分，宋几何醒了。

一觉睡到闹钟响起，是很久没有过的事情了。如果不是闹钟顽固地重复，他还醒不过来。

昨天一天实在事情太多了，心力交瘁。

来到客厅，他惊奇地发现不但地面被打扫得干干净净，窗台还被擦过了。只是鱼缸不见了，他心中一跳，正要问时，见一个精致的花瓶中装着他心爱的鱼。

方澄正在做早饭。

宋几何有点儿恍惚，一切都那么的不真实，记忆中，方澄至少有10年没有做过早饭了，有7年没有收拾过家了。当然，他并不在意做早饭和收拾家的小事，两个人过日子，只要一方愿意，谁多付出一些都是生活的常态，更何况他本身也喜欢将杂乱的东西归置整齐的过程，也沉迷于将简单的食材变成美食的成就感。

是昨晚的一场大雨清洗了方澄的灵魂吗？

"我睡下后，又发生什么了？"宋几何躺到床上就睡着了，完全没有听到任何动静。

安若即推门出来了，她还是一身睡衣，更显身材曼妙："昨晚方澄打碎了鱼缸，她自己收拾干净了。"

宋几何以难以置信的目光打量了方澄几眼："你……会收拾？"

"我又不是傻子，四肢健全，收拾家还能不会？干不干不是能力问题，

是态度问题。"方澄摆好了早饭,"吃饭了,吃完饭你们出个人刷碗。"

"不谈了?"宋几何看了看时间,还早。

"边吃边谈。我想过了,若即算是半个外人,我们要聊的事情,她听听也可以。"方澄坐下,夹起一根油条,大口吃了起来。

安若即也不客气,和宋几何并肩坐在一起,显得她和宋几何像是一家人。

早饭很丰盛,油条、油饼、豆浆、豆腐脑、胡辣汤、咸菜、茶叶蛋、小笼包、大饼,摆了满满一桌子。

宋几何剥鸡蛋,先给安若即一个,又给方澄一个,最后给自己。

方澄吃了一口鸡蛋,噎着了,忙喝了一口豆浆:"几何,我们得改变策略了,不能再僵持下去,要不很容易被谢勉记他们几个人掌控主动。如果他们结成同盟,非不签字,非要一大笔费用,我们就没有办法顺利拆分公司了……"

宋几何拿过油饼,卷了起来,用力咬了一口:"你觉得他们会结成同盟?易正方都已经和你签约了,他们三人的同盟关系已经没有可能了。"

"未必,别太乐观了,易正方你又不是不了解,他既不正直又不方正。对他来说,无所谓忠诚,只看背叛的筹码是不是足够。"方澄想要寻求支持者,"你说呢,若即?"

安若即埋头吃饭,头也不抬:"想什么呢?你们在争取他们的支持,他们也会有基于自己利益出发点的想法,不是很正常吗?他们结成同盟或是各自为战,都正常。"

"我不持立场。我一向认为,胜者为王。"安若即喝豆腐脑吃油条,既优雅又真实,"你们说,我听,别问我意见,问我也不说。"

方澄气笑了:"白做饭给你吃了,当喂狗了。"

"你想怎么样?"宋几何吃好了,放下了筷子。

"今天的行程是去西山吧?"方澄心中有了主意,"今天我们要表现得和往常不太一样,要让他们觉得我们就算离婚,在对待公司的利益上也是一致的立场,他们只有选择支持我们其中一人的权利,没有结盟共同对付我们讨价还价的资格。"

第四十四章 4日,所有想要完美的人,都是精致的利己主义者

243

宋几何呵呵地笑了:"是谁先哄抬了价格,不断开出高价的诱惑?又是谁先抛出了股份的事情,想要引诱他们三个全部倒向你?方澄,是你先给他们画了大饼,让他们看到了暴富的希望,现在还想再让他们断了念想,可能吗?"

方澄一哂:"昨晚的事情,也是情急之下的权宜之计,是我爸一时糊涂,我原本也不想的……事情都已经发生了,再埋怨还有意义吗?我们应该面对现实,基于现在的状况再想其他办法。"

"姐夫,你是不是就没打算告诉他们真相?"安若即叼着一根油条,笑眯眯地问,"你们协议的真相?"

宋几何喝了一口茶,缓慢摇头:"怎么会?如果想,在早些年还不太规范的时候,想变更公司把他们踢出去,早就踢了,何必等到现在?我还是念及和他们的情谊,以及他们的解题思路对我事业成功的帮助。"

"现在拆分公司,需要他们出面和签字,我是想留到最后一天再告诉他们。该给他们的钱,一分都不会少。和他们说太早了,反倒容易出现变故。以他们来说,平白多了一大笔钱,难免会有各种各样的心思。"宋几何表情凝重,"就像是一个经过长途跋涉的旅人,又渴又饿,突然来到了一户富贵人家,好酒好菜好招待,让他们放开了吃,很容易吃出病来。"

"就应该让他们先缓一缓,化解了疲惫和饥渴,再慢慢享受美食和舒适的环境。"

"结果,昨晚方澄就直接端上来一桌子丰盛的大餐,让他们有人吃得挺饱有人想得挺美有人琢磨得挺多,等于是本来只有一个固定解题步骤的难题,你突然告诉他们还有好几个步骤可以选择,每个步骤都可能产生更大的价值和无法估量的未来,他们不动心才怪!"

"如果他们真的成为同心圆,也是你的问题!"

方澄一拍桌子站了起来:"怪我咯?你的意思是都怪我咯?行,怪我就怪我,反正已经这样了,你说怎么办吧?大不了一拍两散!"

"姐,你不要动不动就这么情绪化好不好?情绪化是你事业成功人格魅力稳定的绊脚石。"安若即拉方澄坐下,"凡事得协商才会有解决之道,对立只能让分裂更加严重，并且让别人乘虚而入。"

"现在你和姐夫还有他们三个人的关系，像是三角函数，都需要争取一方的支持才能取得最后的胜利……"

宋几何摆了摆手，打断了安若即："形容得不恰当，不是三角函数，是混合运算，谢勉记他们三个人不是一条心，不能算一方势力。他们三个人，各有想法。"

"所以你们一团结，他们就没有办法漫天要价了。或者，姐，你退让一步。"安若即歪着头，似笑非笑，"对半分最公平，只要你认可姐夫的方案，事情会很顺利地得以解决。"

"绝不可能！"方澄当即摇头，"就算多补偿给谢勉记和余笙长，我也不会妥协。"

安若即呵呵一阵冷笑："不可理喻！宋几何是你孩子的爸爸，他多分一些财产，早晚会回到孩子身上，你为什么就不能理性地分析问题呢？"

方澄也是一阵冷笑："我理性得很！他以后肯定会再婚，再婚了，还会有孩子，有后妈就有后爹，有了小的肯定会亏待大的。他敢保证以后不会再结婚就算结婚也不会再要孩子吗？"

"如果是我和他结婚，我会保证不会要孩子！"安若即大着声音，似乎唯恐方澄听不见。

方澄目瞪口呆："宋几何，你们……"

宋几何也有几分愕然："若即，玩笑不能乱开，尤其是亲人之间。"

"什么亲人？我和你又没有血缘关系。"安若即淡定地看了方澄一眼，"别瞎想，姐，我和姐夫迄今为止清白得很，他的底线是在婚内不出轨，我的原则是不和已婚男人有纠葛。但你们如果离婚了，他的底线我的原则就都不是问题了……"

"他有什么好，你居然还想嫁给他？"方澄才放下心来，她还以为安若即真和宋几何有什么事情，愤愤不平地说道，"你别被他的外在迷惑了。"

"我会吗？"安若即拉长了声调，"从上大学开始，到毕业这些年，追我

第四十四章　4日，所有想要完美的人，都是精致的利己主义者

245

的男人中，什么货色都有，官二代富二代创一代，从20岁到60岁，我都见识过了，你觉得我还会被一个离异带娃的男人迷惑？简直可笑！"

"说得好听，现实却是，你为什么还想嫁给他？是因为骄傲吗？"方澄反唇相讥。

安若即依然细声细语："世界上没有完美的另一半，就像没有完美的自己。所有想要完美的人，都是精致的利己主义者。宋几何是有这样那样的缺点，但他有一个我认为足够强大的优点，就是做事情永远认真永远热爱。"

"不管你的理由是什么，二姨是不会同意你嫁给一个离异带娃的男人的，而且，还是你曾经的表姐夫！"方澄懒得再和安若即理论什么，都是成年人了，谁也说服不了谁，求同存异才是常态，"行啦，不和你扯了，赶紧吃完去西山了。"

"我也没说要和你扯，只想问清你的态度而已。当然了，你和姐夫离了婚后，我和他在一起，你是什么态度并不重要，也影响不到我和他的事情。"安若即语气轻松，表情却很坚定。

方澄打了个哈欠，一副无所谓的态度："随便，是你嫁他还是余笙长嫁他，都和我没关系。他越受欢迎，我心里越踏实，说明我的眼光好，即使是我不要的东西，在别人眼里，也还是个宝。"

安若即笑了："为什么不反向思维想一下，这么好的宝你都不要，说明你眼光得有多差。"

方澄气不顺，正要吵架，被宋几何劝住了。

"没必要为了还没有发生的事情闹个没完，等真的发生了，又与你无关了，现在的争吵不是变得既浪费时间又毫无意义吗？"宋几何指了指墙上的石英钟，"到点了，现在出发去酒店。"

方澄气呼呼地说道："你们去酒店接谢勉记和余笙长，我去公寓接易正方。他现在住公寓了。"

宋几何一愣："北四环的公寓？"

方澄反问："你说呢？"

第四十五章　4日，没有几人的人生题答案完美无缺

——内错角

宋几何换了一辆商务车，安若即自告奋勇当司机，二人来到了酒店。刚停下车，谢勉记和余笙长就上车了。

二人状态不错，似乎都没有被昨晚的事情困扰。有说有笑，还都换了一身衣服。

昨晚大雨，今天天气放晴，空气清新，天空湛蓝，是一个适合出游的好天气。

宋几何坐在副驾驶座，扭头看后座的谢勉记和余笙长，笑问："麻烦暂时解决了？"

"是问我吗？"余笙长嫣然一笑，"我的事情不叫麻烦，只能叫过往，是过去式了。勉记的事情才叫麻烦，是现在进行式。"

"暂时过去了，和他说通了，他先回南昌。等我北京的事情结束后，回南昌再和他处理善后事宜。"余笙长淡然地一拢头发。

酒店门前的内部道路很窄，只能单向通行，约有 200 米长，安若即就开得有点儿快，前面拐弯就可以驶入大路了，她微微减速，一个人影就突兀地冒了出来。

安若即的车技一向过硬，从小就喜欢玩赛车骑摩托，独自驾驶里程超过了 30 万公里。但对方出现得太突然，是在谁也想象不到的前提下跳了出来。

狭窄的内部道路两侧是绿植，任谁都不会想到会有人从绿植中蹿出来……安若即第一时间采取了制动措施，但距离太近了，还是撞了上去。

不，准确地讲，应该是对方撞了过来。

砰的一声巨响，对方被撞得横飞出去，少说也有十几米开外。在地上翻滚几下，就一动不动了。

"啊！"余笙长吓得尖叫一声，下车冲了过去，"阳亮！你干什么？"

阳亮？宋几何心中大跳，当即对安若即说道："赶紧呼120！"

安若即已经在呼叫了。

阳亮满脸是血，人事不省，不知道伤得有多严重，嘴角不时有血渗出来。

安若即打过电话，也围了过来，她十分镇静："速度不快，但也不慢，他又是冲过来的姿态，估计伤得不轻。所有医疗费用，我来负责，尽最大努力救人。"

谢勉记回身看了商务车一眼："我看得清楚，是他冲过来的，不是你撞上去的，责任不在你。车上有行车记录仪，可以证明一切。"

安若即冷冷地看了谢勉记一眼："救人要紧，责任谁来负是小事。"

西山明显是去不成了，宋几何一行跟在救护车的后面，到了医院。

阳亮被送去紧急抢救了。

警察来了，询问了事情经过，查看了行车记录仪，暂时没有下结论，要等阳亮抢救的最后结果出来。

忙活了近一个小时，宋几何才忽然想起要打电话和方澄说一声，告诉她西山之行暂时取消了。

安若即扬了扬她的手机："已经打过了，方总说她在处理事情，处理完了会和我们联系。"

"什么事情？"宋几何没往心里去，下意识一问。

"具体没问。"安若即也是心不在焉，"好像是易正方出事儿了……"

宋几何就没过脑子，他颓然地坐下，医院的椅子冰冷而没有人情味儿，似乎在暗示生命就是一场毫无意义的旅行，到终点了，不管有多难过和不舍，都得下车。

回想起自从谢勉记三人来到北京后，五人组重聚的一刻起，各种诡异、荒诞、匪夷所思的事情就层出不穷地发生，宋几何以前从来不相信什么生活暗示、日常悬念和细节演绎，觉得都是无稽之谈都是自我暗示，但现在，他不得不相信确实有一些事情超出了人力的控制。

人生毕竟不是有步骤、有公式、有标准答案的数学题，而是一道包含了所有的数学公式、哲学思辨的高深题，古往今来，没有几人的人生题答案完美无缺。

如果说他和方澄的离婚，是人生解题道路上的一个错误的步骤，那么邀请三人前来北京相聚，就是另一个错误的步骤。两个错误的步骤相加，能得出正确的答案吗？

才怪！

第一次，宋几何对自己的计划能否成功有了深深的怀疑，不，不仅仅是能否成功的问题，而是要以什么样的方式收场的问题……

恍惚中，也不知道过了多久，宋几何被安若即的摇晃惊醒，回到了现实。

"醒醒，方澄和易正方来了。"

"在哪里？"宋几何忽地站了起来，蓦然想起之前安若即的话，"易正方出什么事情了？"

迎面走来了方澄和易正方。

易正方鼻青脸肿，大大的墨镜掩盖不住他的黑眼圈，他的左手上还缠着绷带，走路也走不太稳。

"到底怎么回事儿？"宋几何和方澄异口同声，问出了同样的问题。

"你先说。"宋几何示意方澄坐下，"易正方这是被人打了？"

易正方咧了咧嘴，想说什么，牵动了疼痛，嘶了一声，痛苦地闭上了眼睛。

"我来说吧……"方澄扫了一眼几人，神情有几分愤怒，"我去接易正方，他刚下楼，就被几个人围住暴打了一顿。我下车后，人已经跑了。我带他到附近的医院简单包扎了下，就过来了。"

"打他的人是谁？"宋几何平静地问道。

"明知故问。"方澄翻了个白眼，"除了狗哥还能有谁？"

宋几何心领神会地点了点头:"李美玉过分了,让他养别人的孩子替她还债,还不算完,还打他,居然追到北京来,是不是觉得易正方好欺负?"

"然后呢?"

方澄冷哼一声:"在我的眼皮子底下打我的同学,我能放过他们?让张系去处理了。"

方澄的电话响了,来电显示是张系,她直接接听了。

"说。"

"姐,事情办妥了,人抓住了,怎么处理你说了算。"

"怎么办?"方澄压低了声音问宋几何。

宋几何微一思忖:"教训一顿,放人。"

方澄愣了一愣,想明白了什么,放了狗哥才能对易正方形成持续的威慑力,点头:"张系,批评教育一下,放了。"

"放了?"张系很是不解,"不好好收拾一顿然后让他们进去一段时间?"

"废话这么多?"方澄很不耐烦。

张系哈哈一笑:"行,听姐的。批评教育的尺度是不是由我自己掌握?"

"随便。"方澄挂断了电话。

易正方没敢凑过来,一个人远远地站着。谢勉记过去安慰他,余笙长却若无其事地坐着发呆。

方澄碰了碰宋几何的胳膊:"怎么个情况?说说。"

宋几何简单一说事情的始末,方澄震惊地张大了嘴巴:"余笙长结过婚了?隐瞒得太好了,我们完全没有查到丁点儿消息。"

"等等,会不会我们得到的易正方、谢勉记的个人信息,都不全面?"

宋几何呵呵笑了:"我们各自打听他们三人的情况,我提议共享一下信息,你不同意。结果造成了现在的信息不对称。你是认为你拿到的信息比我的更详细准确,怕和我共享吃亏,对吧?"

"就是,随便你怎么想。反正我不后悔不和你共享。"

"无所谓了。"宋几何已经看开了许多,"就算我们共享,掌握的信息肯定也不全面。以目前事情的进展来看，再全面的信息，代表的都是过去，也预测不了现在和以后的变故。"

"西山之行看来又得泡汤了。"方澄看了谢勉记一眼，见他神色平静，脸上也没有抓痕，就问，"谢勉记和于筱和解了？"

"还不知道。"宋几何还没来得及关心谢勉记的事情，他的心思落到了余笙长的身上，"三个人中，余笙长的信息最不全面，她是出现变量最多的一个。"

"这么说，你有把握拿下谢勉记，没有办法摆平余笙长了？"方澄朝余笙长招了招手，"就不喜欢你吞吞吐吐的性格，有什么直接问就是了。"

等余笙长走到跟前，方澄直截了当地问道："笙长，你和阳亮的事情没你说的那么简单，要不，他犯不着拿命来拼，说吧，你到底伤害他有多深？"

余笙长眨动几下大眼睛，笑了："为什么不是他伤害我有多深呢？伤害别人的人，就不会自杀了？越是坏人，越觉得自己是天底下最吃亏的一个。"

方澄板起脸："如果阳亮死了，你会觉得愧疚吗？"

余笙长想了一会儿："我会难受，会觉得可惜，但不会愧疚。错不在我，我不应该承担心理上的压力。"

宋几何示意余笙长坐下："笙长，阳亮为什么要这么做？"

"我怎么知道？"余笙长继续一脸无奈的表情，见宋几何神情严肃，忙又收敛了几分，"好吧，你是想问昨晚到底发生了什么是吧？我说，我都说。"

……昨晚余笙长和阳亮离开宋几何几人后，去了阳亮所住的速8酒店。阳亮想让余笙长到房间坐坐，余笙长没同意，二人就在酒店大堂聊了半个多小时。

阳亮坚持让余笙长回南昌跟他复婚，否则要在网上揭发她骗婚骗钱。余笙长才不怕，她和阳亮的婚姻本来就是阳亮的一厢情愿，有口头承诺也有书面协议，她的所作所为完全没有背离承诺，她和他的关系就像是内错角。

阳亮过户房子打款30万元，也只是兑现诺言的应有之义，但要求她复婚，就是超纲了。

复婚，就需要另外的协议了。

第四十五章　4日，没有几人的人生题答案完美无缺

第四十六章　4日，你说的道理我都明白

——极端值

阳亮提出了新的条件，如果余笙长同意复婚，他会将名下的全部房产过户给她。结婚后，怀孕的话，会再一次性打款 30 万元。生儿子的话，再给 50 万元。生二胎的话，不管是儿是女，会再给 100 万元。

余笙长为了让阳亮不再纠缠她，假装答应下来，但得等她北京的事情结束后回到南昌，再往下推动。阳亮答应得挺好，还挺开心。

随后余笙长就回皇冠假日酒店了，一晚上再也没有出来。

谢勉记不知何时也凑了过来，他听完余笙长的话，嘿嘿一笑："听上去就很假，笙长，如果阳亮这么有钱，他怎么可能在你这一棵歪脖树上吊死？你肯定是答应了他什么却没有做到，让他人财两空，他万般无奈绝望之下，才会做出极端的事情。"

"笙长，说实话吧，这里没有外人。你不说出真正的病因，我们没有办法帮你解开难题。相信我，阳亮会是你一辈子的噩梦！"

余笙长不以为然地斜了谢勉记一眼："别光说我，先说说你昨晚都干什么了？我回房间的时候是晚上 12 点了，你还没有回来。大概是凌晨 2 点我上卫生间的时候，听到你的房门响。"

"比狗耳朵还灵。"谢勉记低头想了想，"你说对了，我确实差不多是 2 点才回酒店。我和于筱去了三里屯，喝了酒，还唱了歌，然后就回来了。"

"于筱住哪里了？"余笙长很是好奇。

"也在皇冠假日，就住我的房间。"谢勉记见余笙长一脸震惊，不解地笑了，"怎么啦？不行吗？我和于筱还在婚姻存续期间。几何不也和方澄住在

一起，有什么大惊小怪的？只有结婚了不住在一起的，才是怪胎。"

余笙长不应战，呵呵一笑，转移了话题："这么说，你是说服了于筱，她同意你红旗不倒彩旗飘飘了？"

"我和她的私人事情，就不占用大家的宝贵时间了。"谢勉记打了个太极，笑眯眯地问宋几何，"今天的行程是不是改成自由活动了？"

以眼下的形势来看，自由活动反倒是最好的选择，宋几何点头："你有事可以先去处理，胡小住在我的公寓，地址是北四环……"

"我知道，她发我地址了。"谢勉记转身就走，"行，我就自由活动了。我去接上于筱，让她和胡小好好谈一谈。"

谢勉记一走，易正方坐不住了，挪着脚步来到方澄面前："方、方总，狗哥的事情，到底怎么解决才好？"

方澄哼了一声："我只能保证他在北京不再撒野，回到你们老家，就管不着了。"

易正方擦了擦额头上的汗："明白，明白，我不离开北京了，就跟在方总身边。"

易正方冲宋几何讪讪一笑："几何，让你见笑了。我其实已经还了狗哥的钱，可是他不讲理，说好的剩下的部分过段时间再还，突然改变主意现在就想要……"

宋几何摆手打断了易正方继续说下去的意愿："正方，你既然和方澄签了协议，就是她团队中的人了，你的事情，跟我说不着。"

易正方更尴尬了，张了张嘴，求助地望向了方澄。方澄摆了摆手："他说得对，跟他说不着，有我在，你就不会有事。"

"不过我可提醒你，如果你还跟宋几何暗中勾结，想要两边的好处都落，小心我让你加倍偿还。我可比狗哥狠多了。"

易正方脸色一沉，重重地点了点头，转身走远了。

半个小时后，医生告诉几人，阳亮抢救过来了，保住了性命，但能不能醒来还不好说。

安若即主动支付了全部的费用,并预存了不少,充分保证了后期费用。

医生让病人家属留下陪护,余笙长说阳亮没有直系亲属,她只能留了下来。

所有的计划被打乱,宋几何有几分疲惫,准备回家休息一下。方澄不同意,非要拉他好好谈谈。于是一行四人,包括安若即和易正方,都来到了公司。

先到了宋几何的办公室,安若即支走了易正方,为二人泡了茶,也出去了。

沉默了一会儿,宋几何先开口:"方澄,我劝你别再闹腾了,该收手就收手吧。"

"怎么收?"方澄眉毛一挑,"为什么是我收而不是你收?"

"你觉得你的霸王条款的保证书,还会有谁跟你签还会有人站你吗?"宋几何揉了揉太阳穴,"你输了,方澄,现在认输还来得及。别把事情闹得连回旋的余地都没有,再后悔就晚了。"

"不,我没输。未必余笙长和谢勉记就不会跟我签,只要我的回报足够丰厚,就不怕条件苛刻。"方澄依然坚持,"我要七成,一分都不能少。"

"你这不是对话的态度。"宋几何态度平和,"昨晚你还说要好好聊聊,其实,只要你答应我的方案,我们就不用再纠结谢勉记和余笙长支持谁的问题。"

"现在我又改变主意了。"方澄故意一脸挑衅的笑容,"今天才第四天,还有三天时间,许多事情都还可以扭转过来。"

"你是觉得阳亮的车祸、于筱的出现,可以让你有机会让余笙长和谢勉记改变主意,是吧?"

"随你怎么想,我不会给出解释。当然了,如果你现在同意我的方案,我也不会在乎谢勉记和余笙长支持谁。"

宋几何微皱眉头:"非要不见棺材不落泪?非要让事情走向极端值?"

"就是要赢你一次,哪怕是最后一次!"方澄态度决绝,"我还有事,先走了。你别多想,我不是去私下说服谢勉记或是余笙长,是为了孩子上学的事情。"

方澄出了宋几何的办公室，打通了易正方的电话："你在哪里？马上到停车场等我。"

"是，是，马上。"易正方的态度很谦卑。

收起手机，易正方站了起来，对面前的安若即说道："安助理，你还有什么话要说吗？"

安若即端坐不动，虽然是仰视易正方，却有一股凌然的气势："我想刚才我的话已经很明确了，你也应该明白你的处境。跟着方澄，眼前有好处，从长远看，死路一条。跟着宋几何，眼前该有的利益，不会少。未来，他也不会亏待你。"

"宋几何是一个念旧的人，当年方澄说要瞒着你们注销一五公司，宋几何没同意，他认为做人做事就应该善始善终，不要辜负人与人之间最初的信任和善良。也正是他的坚持，你们才有了今天的机会。"

"其实按照方澄的想法，早就该暗中注销了一五公司，也不会有现在的后遗症……"

易正方很诚恳地点了点头："你说的道理我都明白，可是我已经签了保证书，没有回头路了。"

"只要你答应当内应，我有的是办法帮你解决保证书的问题。"安若即抿了抿嘴唇，"你相信我吗？"

易正方想起了安若即在处理阳亮事件上的坚决和负责任的态度，再联想到她的神秘身份与超然地位，点了点头："相信你。"

"好。相信我就听我的安排。第一，我们达成的共识，不能告诉方澄，也不能告诉宋几何。只有我们两个人知道。"

易正方连连点头："明白。"

"第二，如果你向方澄透露了我们的共识，你的下场会很惨。"

易正方一愣，随即笑了："有多惨？"

安若即看出了易正方对她的疑虑，她早有准备，拿出了手机，打开了免提。

话筒中传来了狗哥的声音。

"陈二狗……"安若即直呼狗哥大名,"到车站了吧?"

易正方熟悉的狗哥的声音传来,既谦卑又惶恐:"到车站了安总,刚上火车,马上回朝乡。"

"张系没怎么你吧?"

"没有,没有。原本他想打断我一根肋骨,您的电话一到,他就赶紧放了我。"

"40万元,收到了吧?"

"收到了。安总的钱,不敢不收。易正方欠我的钱,一笔勾销。回朝乡后,我就把钱转给李美玉,让她养育孩子。"

"钱给你了,怎么花是你的事情。"安若即的声音很冰冷,"朝乡很小,谢建华、孙西敢、柳金庄,我都很熟。"

易正方顿时冷汗直流,安若即随口提到的几个名字在朝乡都是呼风唤雨的人物,他别说认识了,连对方的圈子外围都够不着。而安若即的口气轻描淡写,明显和他们的关系不一般。

"以后还找易正方的麻烦吗?"

"不找了,再也不找了。"狗哥连连承诺。

"和李美玉好好养你们的孩子,也别总是拿易正方当冤大头了。总欺负一个老实人,既没本事也没水平,是不是?小心老实人被欺负急了,也会杀人的。"安若即冷哼一声,挂断了电话。

易正方已经冷汗湿透了衣服,同时内心有一股愤怒的火焰在燃烧:"安助理、安总,孩子是狗哥的?李美玉和狗哥串通一气骗我当驴,给他们拉磨?"

安若即没有正面回答易正方的问题:"事情就是这么个事情,你应该明白该怎么做了吧?"

"明白,明白。"易正方点头如捣蒜。

下楼,上了方澄的车,易正方第一句话就是:"方总,刚才安若即找我谈话了……"

第四十七章　4日，那些巧合的事情有很多人为的因素

——圆柱体

方澄似笑非笑，等易正方说下去。

"安总就问我还有没有可能反悔，再站到宋几何的一边，我说没有可能了，签字了，就得认。做人，必须要有诚信。"易正方暗中观察方澄的反应，见她不动声色，似乎并没有放到心上，心里踏实不少，"方总，我能不能问一个问题？"

"安若即和你们到底是什么关系？"

方澄提高了车速，很快就驶入了主路，她沉默了足有10分钟才说："她是我姨的女儿，是我表妹。"

"啊！"易正方大为震惊，"这么说，她是方总的亲戚，为什么感觉她是站在宋几何的一方呢？"

方澄抿了抿嘴唇："这也正是宋几何的迷惑人心之处，好多人都认可他，都被他的演技骗了。"

易正方小心翼翼地说道："有没有另外一种可能，其实宋几何本来就是表里如一，大家认可他，是对他的人品和能力的赞同……"

"你真这么想？"方澄斜了易正方一眼，"别忘了你现在是我的人，和我是同一个阵营！"

"只有真正地了解了对手，才能找到对手的弱点并且打败他。"易正方抹了抹鼻子，讪讪一笑，"方总，如果真的输给了几何，该怎么办呢？"

"不会输，我怎么可能输？"方澄依然嘴硬。

易正方微微叹息一声："方总难道就从来没有想过，其实从你们确定恋

爱关系的一刻起，你就已经输了。再到几何成为董事长而你只能当总经理时，就输得一塌糊涂了。如果再继续僵持下去，更是会一败涂地。"

"这么多年了，你还不了解宋几何吗？他能整合五人组，能娶了你，能有今天的成就，他人生的每一步都没有走错，答案都堪称完美。如果你非要成为他完美的休止符，他肯定会把你这个错误的步骤拿掉，再换一个新的解题思路。"

"能不能收手？"易正方语重心长，"他是圆柱体，你是长方体，你没有他的接触面积大，就没有他胜算大！"

方澄一脚急刹车停在了路边，直视易正方的眼睛："易正方，你吃错药了还是脑子坏掉了，怎么向着宋几何说话？"

易正方一脸惶恐："不是，真不是，方总，我是替您着想！现在我们还掌握主动权，可以稍微退让一步，宋几何还能接受。如果等宋几何完全拿下了谢勉记和余笙长，我们就彻底失去了优势，只能任由宋几何说了算……"

"所以，我们现在就去拿下谢勉记和余笙长。"方澄自信地挥舞了一下胳膊，"成败在此一举！"

"方总还有牌？"

方澄得意地一笑："不然呢？我是轻易认输的人吗？其实有一点你错了，正方，和几何确定恋爱关系，不是我输了，是他输了。"

"因为，促使我和他确定恋爱关系的几个巧合，都是我有意为之制造出来的。"

……从皇冠假日酒店出来不远，就是四得公园。昨晚一场雨过后，今日天气放晴，阳光明媚，气温适宜。

谢勉记和于筱在公园中漫步。

也不知走了多久，走累了，二人便坐在一个长椅上休息。

身前，陆续有男女走过。有人手拉手，欢声笑语，犹如热恋；有人并肩而行，却形同陌路；有人看似同行，却各玩各的手机；还有人带着孩子，各拉孩子的一只手，却对另一半视而不见。

生活，就像一道道难度不同答案不一样的难题，每个人都困在自己的步骤中，都想突围，却又找不到更好的方式。

于筱望着来来往往的人群发了一会儿呆，忽然问道："我记得你说过宋几何和方澄确定恋爱关系前，发生了好几件巧合的事情，让方澄确信宋几何就是她的真命天子，现在想想，那些巧合的事情有很多人为的因素，你说，是谁故意制造的巧合？"

"方澄。"谢勉记不假思索地就给出了答案，"许多人认为宋几何做出的最正确的一道人生大题就是娶了方澄，其实应该反过来，是方澄所做的最好的一道人生大题是嫁给了宋几何。"

"不对不对，你说得不对，应该是他们都做出了人生最正确的一道大题。只有两个人互相适合对方，才能日子幸福事业成功。"于筱反驳谢勉记。

谢勉记也没多说，只是笑了一笑："当初我们几个人都喜欢方澄，本来方澄对我的好感多一些，对易正方也有一点儿，但不强烈。谁知等宋几何出现后，方澄明显对宋几何热烈起来，让我和易正方都感受到了危机。"

"有一次我和易正方都喝多了，找到方澄，问她到底是怎么想的。方澄说，她一碗水端平，会对我们三个人一视同仁。因为她相信生活暗示和细节演绎，我们三个人谁和她的默契多巧合多，她就选择谁。"

"然后她列了三个条件，一是必须是巨蟹座男；二是必须比她高五六厘米；三是体重不能超过70千克，并且要和她有共同的看电影、旅游、看书和解题的爱好。"

"当时我和易正方听完三个条件后，都傻眼了，我们只符合第三点，前两点还差了很远。不过又一想，宋几何也不符合，我们就又笑了。宋几何是5月的生日，是双子座。他比方澄高了得有七八厘米。人都是不患寡而患不均，既然我们三个人都不符合，说明方澄的心思在外面。"

"后来方澄宣布和宋几何确定了恋爱关系后，我和易正方都震惊了，包括余笙长也是完全难以置信！方澄主动向我们解释：一、宋几何身份证上的出生年月是阴历，换算成阳历他是6月25日生日，是巨蟹座。二、宋几何

第四十七章 4日，那些巧合的事情有很多人为的因素

259

平常穿的鞋都是内增高，他其实净高正好比她高了五六厘米，连一毫米都不差。三、宋几何的体重始终控制在 68 千克左右……"

"后面的共同爱好就不用说了，肯定一致。我们几个人尽管觉得太不可思议太巧合了，但也只能接受现实。余笙长认为方澄的几个条件是专门为宋几何量身定做的，但又没有证据，更何况恋爱这种事情，本来是双方看对眼就行，外人再怎么说，也影响不到双方的审美。"

于筱沉默了一会儿，问道："你们有没有觉得是方澄和宋几何联合演了一出戏，好让你们输得心服口服？要不宋几何穿内增高的秘密，你们都不知道，方澄怎么会清楚？还有他农历和阳历生日的问题……"

"我是觉得，方澄和宋几何早就暗中确定了恋爱关系，为了让你们觉得一切都顺理成章，他们串通在一起，一个演主角另一个演配角，最终你们不但认可了他们的恋爱是天作之合，还继续围绕在他们身边，无怨无悔……"

谢勉记轻描淡写地笑了笑："当时我们讨论过这个问题，最后还是认定方澄和宋几何在一起，确实是他们太般配了。至于背后的巧合是谁制造的，肯定是方澄，宋几何并没有参与。"

"但已经不重要了，事情都过去了那么多年。"

"不，很重要。"于筱有不同的看法，"如果真的只是方澄制造的巧合，宋几何并不知情，反倒是好事。如果当时是宋几何配合方澄欺骗你们，那么我就有理由怀疑，他们现在的离婚大剧，也是在演戏，为的是让你们上当，再对你们各个击破，好达成他们的目的。"

谢勉记一愣，他还从未从这个角度想过问题，过了一会儿才说："达成他们什么目的呢？"

"这我就不知道了，我就是胡思乱想想出来的。反正我是觉得，他们就算离婚了，他们的共同利益也比你们的多。他们有孩子，有共同的公司，还有 12 年一起生活的经历，在重大利益上，他们肯定会保持一致。"于筱平静地注视前方，她摇了摇头，"勉记，不闹了行吧？跟我回家。我知道你们男人到死都是个孩子，孩子玩心重，喜欢胡闹可以理解，没关系，我可以等，有耐心。等你什么时候累了疲了，想回家了，我随时欢迎。"

谢勉记挠了挠头："于筱，为什么你非要抓住我不放呢？不是说好了我们离婚，我净身出户吗？你昨晚都答应了。"

"睡了一觉，又想了许多，我反悔了。我不离婚，死也不离！"于筱站了起来，表情坚毅，"我也不会阻止你和胡小在一起，你爱在外面浪多久就多久，等你什么时候玩够了，累了，想回家了，就随时回来，我永远不会嫌晚。"

"只要你不把人带到家里来，我都没问题。"

谢勉记很惆怅："不要这样好不好，于筱，我以为我们昨晚已经谈得很透彻了。你不能说变就变，我接受不了。"

"一开始你出轨，我也接受不了。现在不也接受了？而且我还一再地说服自己退让，已经退到无路可退的地步了，如果你再逼我的话，就只有一死了。"于筱笑容惨淡而决绝，"你也了解我，决定的事情决不更改。我表面上性子柔弱，但遇事有韧性……所以你别觉得我一下亮出最后的底牌，你还可以得寸进尺。你要敢再前进半步，我死给你看！"

谢勉记很悲伤："犯不着！行，我答应你。"

第四十八章　4日，恰恰好的状态

——线性方程

"我就想不明白了，我对你已经完全没有了爱情和激情，和你在一起，犹如一潭死水，让我激不起对生活半点儿的向往。有人说，一个人在 25 岁时就已经死了，只是到 75 岁时才会被埋葬。对我来说，在和你结婚的第 7 年时，就死了。又坚持了 3 年，已经真的很不容易了。"

"我是一个不安分的人，总是喜欢追逐新鲜事物，每年换一部手机一台电脑，每季都换新衣服，就是要寻求新鲜感和刺激，让自己有活着的感觉。和你在一起，就像行尸走肉，既没有感情，又没有激情，活着和死去，没有多大的区别……"

"放过我吧，于筱，也给你自己一个机会，也许，你能遇到更好的另一个。"

于筱伸出了右手："不，你别说了，我已经决定了。不管你怎么说，我都不会和你离婚，除非我死了。"

"你是以为我不敢杀你是吧？"谢勉记目露凶光，"你想谋害胡小，证据确凿，起诉你的话，你会进去，至少要坐 10 年。我到时起诉离婚，肯定没问题。"

"你可以杀了我，死，我也要死在婚姻之内。"于筱淡淡一笑，"好了，该说的话都说了，我已经买好了今晚回深圳的机票。从现在起，我安心地在深圳等你回来。一年不行就两年，两年不行就三年，你总有疲倦的时候，对吧？"

"要是得十年以上呢？"谢勉记问道。

"我们结婚10年了，我已经习惯了你。如果非要我再用10年的时间来等你回心转意，我愿意赌一把。10年后，你40多岁，按照人均70多岁的平均寿命计算，还能陪你30多年，也算赚了……"于筱起身离开，头也不回，"不用送我了，我叫了车。什么时候想回家了，说一声，我接你。"

软刀子杀人，最是难以抵抗，谢勉记一时无计可施了。

过了一会儿才想起什么，谢勉记冲于筱的背影大喊："是谁向你透露了我的秘密？"

于筱脚步一停，还是没有回头："反正就是你们五个人中的一个，具体是谁我也不知道，应该是个新号，叫一元二次方程。"

谢勉记一个人在公园里又待了一会儿，准备回酒店时，接到了方澄的电话。

半个小时后，方澄和易正方来到了公园，和谢勉记会合了。

谢勉记坐在长椅的中间，方澄和易正方坐在左右两边。阳光正好，他微眯着眼睛："你们想劝我加入你们的阵营，开条件吧，别绕弯子，越直接越好。"

方澄刚要开口，又被谢勉记打断了，他嘿嘿一笑："在开口之前，我把丑话说到前头，别想拿于筱的事情威胁我，我和于筱已经达成了共识，我们自己能够解决我们之间的问题。我不像老易，活得很狼狈弄得焦头烂额，只能靠别人拉一把才能走出泥潭。"

"我一切都很好，想要来北京发展，只是因为我的不安分和冒险精神，所以，你开出的条件最好能命中我的需求，否则，我们之间的对话就没有必要了。"

方澄认真地点了点头："你不像余笙长那么缺爱，也不像易正方那么缺钱，你可以说什么都不缺，缺少的是激情和全新的开始。"

"不，他缺自由。"易正方及时补充了一句，"他现在的生活是线性方程，他向往的是非线性方程。"

"对，你缺的是自由。如果我能让于筱同意和你离婚，再开出和宋几何

第四十八章　4日，恰恰好的状态

同样的条件，你会加入我的阵营，对不对？"方澄抛出了诱饵。

谢勉记笑得很欣慰："当然，当然。能帮我解决了目前我最大的难题，我肯定跟你。谁有本事追随谁，是人之常情。良禽择木而栖，识时务者为俊杰。"

"不过我想知道的是，于筱固执得很，没有办法说服，你怎么能让她同意离婚呢？"

"别问我手段，你只需要等待一个结果就行了。"方澄拍了拍谢勉记的肩膀，"今天4日，7日之前，我会给你一个满意的答案。在此之前，你得答应我先不要跟宋几何签署任何协议，怎么样？"

"可以！我答应你！"谢勉记重重地点了点头。

……宋几何坐在安若即对面，不慌不忙地泡茶。今天他泡的是绿茶，烧开水后，先用杯子来回倒上几遍，待温度降下来后，才倒入茶杯中。

绿茶不能用滚开的热水浸泡。

安若即轻轻喝了一口，点了点头："今年的绿茶不错，余味比较绵长。"

宋几何点点头，望向了窗外。窗外，已经绿树如织，夏天以强烈的绿意昭示着它的到来。

办公室内就他和安若即二人，外面不时传来员工走动的声音，以及一些窃窃私语声。

"瞒不住了，不少人知道了你和方澄闹离婚的事情，现在员工无心工作，都在考虑公司的前途，以及到底要跟谁的问题。"安若即偷偷一笑，"你好像一点儿也不着急？"

"明天的事情，后天就知道了，急什么？"宋几何继续慢条斯理地泡茶，"有时慢下来，才有助于思索。"

"方澄肯定是去找谢勉记和余笙长了，在做最后的说服工作。"安若即漫不经心地瞄了宋几何一眼，见他还是不动声色的样子，心中暗暗佩服他的镇定，"她特别擅长帮助别人解决最迫切的困难来获取别人的支持，谢勉记和余笙长，都有过不去的人生难题。"

宋几何依旧淡定地点点头:"易正方的事情,办妥了?"

"必需的,你交代的事情,能不办妥吗?"安若即一副邀功的表情,"不过易正方值得相信吗?我让他不要告诉你就是一个测试。"

"值得。"宋几何点了点头,"如果是我出面,他可能会犹豫纠结,但由你出面,就好多了。放心,他肯定会按照你和他的约定做事。"

"为什么这么说?"安若即有几分不解。

"因为对他来说,你既有神秘感又有吸引力,还有威慑力。三种力量叠加在一起,让他都不敢有别的想法。"

"我替你出面了,他肯定会猜测我和你的关系。"安若即斜着眼睛,俏皮一笑。

宋几何微微摇头:"随便他怎么想,时间会证明一切。"

安若即一脸平静:"你真的不担心方澄会说服谢勉记和余笙长?如果他们都站了她,你就没有机会拿到主动权了。"

"我一向喜欢后发制人,等对手出了牌,我再接招,更有获胜的把握。"宋几何品了一口茶,摇了摇头,"水温高了点儿,破坏了绿茶的清香口感,下次得多倒一次水,火候很关键,太早太晚都不行,太高太低也不行,在恰恰好的状态出手,才能感受到最好的口感。"

安若即呵呵地笑了起来:"恰恰好的状态,听上去很玄妙,你能知道什么时候是恰恰好的状态吗?"

"我不知道恰恰好的状态什么时候来临,但在来临时,我可以感觉得到。就像一道难题,在快要解开时,会有恰恰好的感觉。"宋几何信心满满的样子,洋溢着自信与可爱,"感觉到现在,七道难题全部接近尾声,只有一点点的距离了。"

安若即微有忧色:"虽然我有时很佩服你的镇静和谋局,但现在觉得你还是有点儿过于乐观了,万一方澄真的拿下了谢勉记和余笙长,你不就完全陷入被动了?难道你还有什么后手?"

"你说呢?"宋几何气定神闲地笑着说。

第四十八章 4日,恰恰好的状态

"你还能有什么后手？现在的谢勉记和余笙长都是急需救助，方澄此时出手，是雪中送炭。你再想拉拢回来二人，要费的力气可就大了去了。除非……"安若即眯着眼睛，忽然惊呼一声，"除非你手里握着方澄的什么重大把柄，迫使她不得不让步？"

宋几何摆了摆手："别把离婚当成一场战争，我和方澄的较量只有阳谋没有阴谋。即使打败她，我用的也都会是光明正大的手法。"

手机响了。

宋几何当即接听了电话："方澄和你见过面了是吧？好，我们现在就过去，对，我和安若即。"

放下电话，宋几何拿起车钥匙："出发。"

"见谁？"安若即跟了上去。

"于筱！"

第四十九章　4日，互相交换价值

——二元一次方程

阳亮躺在床上，依然昏迷不醒，余笙长坐在沙发上，正在手机上快速地打字。

安若即为阳亮安排了特护病房，单间，非常奢华，房间也很大，设施应有尽有。

余笙长始终没有多看阳亮一眼，只顾投入地玩手机。过了一会儿，她坐累了，起身伸了伸懒腰。

突然响起了敲门声。

"谁呀？"余笙长一边问，一边拉开了房门，门口站着一位手捧鲜花、一身西装的年轻人。

"岳管！"余笙长既惊又喜，"怎么是你？我不记得和你说过我在北京，更没告诉过你我在医院……你怎么就来了呢？"

"你发了朋友圈，还留了地址，我就知道了……"岳管扬了扬手中的鲜花，"送给我最亲爱的余老师，只要余老师没事，就一切都好。"

余笙长接过鲜花，深深地吸了一口："谢谢，谢谢你。哎呀，我想起来了，发朋友圈时本想屏蔽你来着，结果操作失误，设置成了仅你一人可见，我真是太笨了！"

岳管比裴南更高更帅，也更稳重，他和裴南是同班同学，因为裴南，得以认识了余笙长。加了微信后，二人每天都聊很久。

"余老师来北京也不提前和我说一声，还是当我是外人。如果不是我及时关注你的朋友圈，就错过了。"岳管半是埋怨半是玩笑，"来得匆忙，忘了带水果，你不会怪我吧？"

"还得感谢老师的笨，笨得可爱！"

"想怪，也不敢呢。"余笙长抿嘴一笑，"大老远过来看老师，老师很感动，中午请你吃饭吧。"

"不，我请老师。"岳管看了床上的阳亮一眼，"他是谁呀？是余老师的亲人？"

"算是亲人，远房的叔叔。"余笙长飞了阳亮一眼，"哎呀，不好，裴南也知道我在医院了，非说要过来，怎么办呀？"

岳管倒是很淡然："来了也好，一起陪余老师吃饭。"

"不好吧？他对你有敌意，不愿意和你一起怎么办呢？他总以为我们有什么关系，误会太深了。"余笙长一脸担忧，"他比你冲动，我怕他会对你动手。"

岳管有着超出年龄的冷静："不会，不会，万一裴南真要动手，我也会让着他！裴南总有一天会明白他和余老师不合适，我和余老师才是情投意合。"

"别这么说，老师对你们一视同仁，你们还是小孩子，老师比你大了太多。"余笙长脸微微一红，摇了摇头，"以后不许再跟老师乱开玩笑，听到没有？"

有人敲门。

余笙长开门，门口站着裴南。

裴南本来一脸笑容，见到岳管也在，脸色迅速转阴："你怎么也在？是不是余老师让你来的？"

岳管脸色平静："我不能来吗？不是余老师，是我自己听说她在北京，又打听到了她在医院，就过来了。正好你来了，有些事情，是需要好好说个清楚的时候了。"

裴南一把推开岳管，气呼呼地坐下："没什么好说的，余老师是我的，你别想跟我抢！抢也抢不走，你就是个无耻小人、流氓、败类！"

"如果不是我，你都不会认识余老师。结果你撬我的墙脚。岳管，你还是个人吗？"

岳管并不生气："这么说就没有意思了，你通过我认识的人还少吗？也有不少是认识你之后，和你越走越近和我越来越疏远的。人生就是一个加减乘除的过程，一路上总有风景会印在脑海中，也总有风景会错过。"

"记住的，才是风景。忘记的，只是路过。"

裴南气笑了："岳管，别跟我灌鸡汤，我今天就要和你说个清楚，你以后离余老师远一点。"

"如果我不同意呢？"岳管双手抱肩，无比自信。

"我会逼你同意的！"裴南气势汹汹，逼近了岳管，抓住了他的衣领，"现在认输还来得及！"

"你们别闹！"余笙长大喊一声，"这是在医院！你们是在为我打架，不会问问我到底选择谁吗？"

"不用！"岳管和裴南异口同声。

裴南大笑："对，不用。我们决出胜负，获胜者才有资格和你对话。余老师，你别管，这是我和他的事情。"

岳管也是连连点头："对，对，这是我和裴南的私人恩怨。"

二人扭打在了一起。

床上的阳亮有了反应，挣扎几下，似乎是想要醒来，却又无能为力。余笙长只顾关注岳管和裴南，没有注意到阳亮的微小动作。

二人你一拳我一脚，打个不停，还好，房间足够大，二人施展起来没有问题。但还是不可避免地碰到了病床、沙发，阳亮就被波及了，成为次生伤害的受害者。

岳管和裴南看似打得激烈，其实都留了余地，并且二人都还算克制，没有碰到余笙长。

余笙长在一旁似乎是想劝阻，却又有意躲开，唯恐被伤着。她在焦急之余，又有一丝小小的得意与庆幸。

"你们别打了,好不好?不值得!"

"你们都冷静一下,再不住手,老师以后就再也不理你们了!"

"你们听好了,老师不会和你们在一起的,你们太年轻了,老师配不上你们。"

余笙长的哀怨没能阻止二人,突然推门进来的二人,让岳管和裴南的争斗戛然而止。

余笙长无比震惊地望着突然出现的二人:"方澄、正方,你们怎么又来了?怎么不提前说一声!"

方澄瞥了一眼岳管和裴南,又注意到床上有所动静的阳亮:"人到中年,谁不是一地鸡毛?谁又不是还想青春光鲜、继续保持亮丽和幻想呢?"

"现实却是,人总会长大总会变老,也总会失去光鲜与亮丽,会被生活的残酷与严峻打得没有还手之力。笙长,我真的很羡慕现在还有人肯为你争个头破血流。"

"过来看你,还需要提前说一声吗?不就显得太见外了?是不是我们来得不是时候?"方澄笑眯眯的样子,像是大灰狼。

余笙长连连摇头:"随时欢迎。只是病房太小了,气氛不对,我们出去坐坐?"

"不用,不用。在病房里面谈事情,挺应景的,可以让我们感受到人生的无常,也好让我们更加珍惜健康。"方澄一边笑,一边朝易正方使了个眼色。

易正方会意,出去叫医生了。

"坐,都坐,别傻站着。"方澄反客为主,招呼余笙长几人,"自我介绍一下,我叫方澄,是笙长的同学,老同学。"

"你们是?"

在余笙长介绍了岳管和裴南后,方澄大方得体地和二人握手。还没说几句话,易正方带着医生进来了。

医生检查发现,阳亮已经醒了过来,虽然还很虚弱,但可以正常交谈了。

在交代了一些注意事项后，医生离开了。

余笙长想让众人跟她一起出去，怕影响阳亮休息。阳亮不同意，他坚持让余笙长等人留下："有什么事情就在这里说吧，就是死，我也要死个明白。"

阳亮看了看岳管和裴南："你们都是余笙长的追求者？你们这么年轻，为什么要喜欢一个又坏又精明的老女人？你们都不了解她，她就是假装仙女的恶魔。"

裴南大怒："你个老东西，再敢说一句余老师的坏话，看我不掐死你！"

岳管拦住裴南："别闹，裴南，你要听听他是以什么身份对余老师得出了这样一个结论的。"

阳亮猛烈地咳嗽几声："你们想听吗？好，我就从头讲给你们听……"

方澄见余笙长脸色不对，就及时站了起来："你们都不要吵了，听我说一句。我和笙长是老同学了，认识她有快20年了！她是什么样的人，我比你们谁都更有发言权。如果你们相信我，现在都闭嘴！"

方澄的话立竿见影，都识趣地不再说话。

方澄见时机成熟，起身拉过余笙长，二人来到了外面。

"你肯定不想让他们两个年轻人知道阳亮事件的真相，对吧？"方澄问。

余笙长连连点头。

"你想让他们两个人过来医院找你，是认为阳亮不会醒来，不会耽误你的好事，是不是？"

余笙长继续老实地点头，确实，阳亮突然醒来，打乱了她的计划。

"结果阳亮意外醒来，还要当众揭穿你，你的形象即将崩塌，是不是很担心？"

"是，是。"余笙长抓住了方澄的手，"你说得都对，方姐，快帮帮我救救我。我不想当坏人！"

"不想当坏人？"方澄冷笑了，"不想当做了坏事还被人知道的坏人吧？善欲人见，不是真善；恶恐人知，便是大恶……余笙长，你本来就是一个大恶人，你知道吗？"

第四十九章　4日，互相交换价值

余笙长眼泪汪汪，一脸无辜："我哪里是恶人了？我没有做伤天害理的事情，没有犯法，没有杀人放火。阳亮有今天，都是他自作自受，又不是我挖坑让他跳进来，是他自己非要贴上来，非要缠着我。我是万般无奈才提出了几个苛刻的条件，想让他知难而退，谁能想到他没条件创造条件也要硬上，发展到今天，我才是受害者……"

"别哭了，在我跟前没用。"方澄打断了余笙长的表演，"现在有两条路供你选择，笙长，第一，你自己处理好和阳亮还有两个小年轻的关系，他们叫什么来着？岳管和裴南？第二，我来帮你处理，保证还会让你维持现有的人设。"

"谢谢姐姐。"余笙长开心地跳了起来，"条件是？"

"跟易正方一样，签保证书。"方澄笑得很灿烂，"你站我，我挺你，互相交换价值，才是人生最有意义的事情。"

第五十章　4日，只是陈述一个事实

——角的平分线

余笙长微微犹豫片刻："签了保证书是不是就不能反悔了？"

"当然，白纸黑字，如果还能随时反悔，签字的意义就不存在了。"

"好，我签。"余笙长咬了咬牙，"现在就签。人生总得有取舍才行，就像阳亮和岳管、裴南，我只能选择一个，对吧？"

"你想选谁？"方澄咬着嘴唇笑。

"姐姐觉得哪个好？"余笙长接过协议，看也未看就签上了名字。她的连笔很重，"余笙长"写成了"余生长"。

"岳管和裴南谁更有钱？"

"裴南。但岳管也不差，家底也很好。"

"那就岳管。"

"为什么？"

"岳管比裴南成熟稳重，更可靠。记住了，女人找一个比自己小的男人，不是为了体会老来得子的感觉，更不是为了满足小男人母爱缺失的遗憾，是为了显示我们新时代女性热爱生活追求卓越的个性。所以，就算找小男人，也要找比同龄人更成熟稳重的，不会给你带来负担与拖累的，对吧？"

"对，对，姐姐说得太好了。"余笙长喜笑颜开，"姐姐打算怎么帮我处理眼下一团乱麻的局面呀？"

方澄没细看协议，扫了一眼就装在了包里："跟我来，有我在，天塌不下来。"

易正方突然探出头来，问了一句："谈好没有？局面快控制不住了。"

方澄点了点头,和余笙长回到了房间。易正方故意落在后面,迅速发了一个信息给安若即。

"余笙长签了协议,应该是保证书。"

片刻之后,安若即回复:"知道了,继续保持联络。"

"签了。"安若即冲正在开车的宋几何点了点头,"你又失了一城,距离彻底失败,只有一步之遥了。"

宋几何笑了笑:"急什么,余笙长签字在意料之中。还有多久到机场?"

"10分钟。"安若即看了看导航,"对了,谢勉记现在在做什么呢?"

"跟胡小在一起,正在安慰她。"宋几何加快了速度,"我们时间不多了,于筱的飞机还有两个小时就要起飞了。"

……北四环,宋几何的公寓中,谢勉记和胡小面对面而坐。

"于筱如果想一直拖下去,我就跟她耗下去,谁怕谁?我比她小了十几岁,看谁更有耐心,看时间站在谁的一边儿。"胡小挥舞着拳头,气呼呼的样子像是要打人。

谢勉记异常冷静:"胡小,你是不是觉得于筱知道了我们的事情,就会让事情没有回旋的余地,我们就会更快地在一起?"

胡小下意识地点了点头:"对呀,长痛不如短痛。有些事情不点燃导火索,你就不会知道爆炸之后是什么结果。"

"所以你就注册了一个新号,加了于筱的微信,自导自演了这一场闹剧?"谢勉记紧握拳头。

胡小一脸慌乱,连连挥手:"没有,我没有,真的不是我。"

"你虽然注册了一个新号,但你还是经验不足,还绑定了身份证。"谢勉记无奈地摇了摇头,"我用于筱的微信给一元二次方程转账,显示出来真名是 * 小,不是你还能是谁?"

谢勉记笑得很悲伤:"我还让张系拿小米粒的手机也给一元二次方程转账,显示出来的真名还是 * 小,再对比了头像和微信号,确定两个人是同一个人!"

"胡小，你真厉害，比我想象中厉害100倍！"

胡小紧张的神情慢慢变得淡定了，她微微一笑："没错，被你发现了，是我！其实我也是有意留了一个漏洞，就是为了方便让你发现一元二次方程到底是谁。"

"现在才发现，比我预期的晚了一些，但还不算太晚，说明你的智商在线。"

谢勉记嘿嘿一笑："其实我早就怀疑是你，只不过事情太多，顾不上查证。现在确定是你了，胡小，我们得好好谈谈了。"

"好呀，怎么谈、谈什么，你开头。"胡小很淡然。

"我们分手吧。"谢勉记咬了咬牙，心中微有不舍，但还是说了出来，"我们不合适。"

"什么时候？现在吗？"胡小咬着嘴唇嘻嘻一笑，"如果你说几年十几年后分手，我还可以理解。如果是现在，对不起，太早了。"

"不对，应该说是已经太晚了。"胡小抚摩了一下肚子，"因为……我怀孕了。"

谢勉记猛地站了起来："多久了？"

"三个月了，马上就会显肚子了。"胡小也站了起来，转了一个圈，"我身材好，又瘦，一时还显不出来。不过也快了，顶多还有半个月就包不住了。"

"三个月……"谢勉记想了一想，"是上次你去深圳的时候？"

"是呀，你忘了？我专程去深圳看你，住了一周呢。"胡小笑得很开心。

"当时你不是说你是安全期吗？"

"哪里有绝对的安全期？我的例假一向不准，你又不是不知道。"胡小轻轻坐下，"如果你非要分手，也可以，孩子归我，我会一个人抚养他长大。他会随我的姓，不会知道他的爸爸是谁……"

"其实我知道，我只是你离婚的导火索，不是动机。你只是想离婚，至于离婚后和谁结婚，或是结不结婚，对你来说都无所谓。"胡小喃喃自语，

"说实话,我是爱你,但还没有爱到非你不可的地步。你也可以只是我用来生孩子的支点,我是需要一个孩子,孩子的爸爸是谁,对我来说也都无所谓。"

谢勉记反倒笑了:"意思是说,如果我继续跟你在一起,你会让孩子姓我的姓,认我?"

胡小点点头:"我可没有威胁你的意思,只是陈述一个事实。"

"哪怕不结婚也可以?"

"只要在一起就行。"胡小扳动手指,显得既可爱又期待,"我能独自带孩子生活,也能接受没有名分和你在一起。"

谢勉记沉默了一会儿:"你为什么要让小米粒去诬陷宋几何?"

胡小低头想了一会儿,抬起头来时已是眼泪汪汪:"我是受人之托,对方给了我一笔钱,我一时贪心就做了傻事,你别怪我好吗?"

"是谁?"谢勉记心中疑惑加重了。

之前在他查到一元二次方程是胡小时,就很是不解。胡小自己向于筱透露她和他的事情,是为了激化矛盾,好让他加速离婚,没有退路,动机可以理解。但她让小米粒去碰瓷宋几何,他无论如何也想不明白出发点是什么。

在得知一元二次方程就是胡小时,谢勉记的内心还稍微挣扎了一下,对胡小的印象有部分破灭。后来也想通了,他以为的胡小是懵懂可爱不谙世事的胡小,实际上的胡小是一个意志坚定、思想独立的女性,否则,她也不会有勇气跟他在一起。

但她为什么要对付宋几何呢?她是知道宋几何的存在,也知道宋几何在跟方澄闹离婚,不过她并不认识方澄,也不认识五人组的其他人,她没有动机参与进来。

"是不是一个女的?"谢勉记又追问了一句。

"是。"胡小瞪大了眼睛,"你知道是谁吗?"

"她打电话给你?有没有录音?"话一出口谢勉记就知道了答案,"对了,你的是苹果手机,没法通话录音。"

276

"是没有录音，不过，我记住了她的声音。所以，我知道她是谁。"胡小想了一想，"昨晚，和她见过了。"

谢勉记立刻想到了什么，昨晚胡小见到了余笙长："是余笙长？"

"是的。"胡小用力点点头，"她给我打电话时，声音通过变声器做了处理，开始我还没有听出来，后来注意到了她说话的节奏和习惯，才确定是她。"

"她说话的语速控制得很好，应该是当老师时养成的习惯，很注意抑扬顿挫，节奏感把握得特别好，而且她断句有特点，喜欢加强助动词……"胡小很肯定地点了点头，"我敢说就是她！她见到我后特别自然，以为我听不出来是她的声音，我只是没有当面揭穿她而已。"

谢勉记想到了一个关键点："她给你转了多少钱？"

"10万元。"胡小不好意思地吐了吐舌头，"我要价到15万元，对方也答应了。但只先转了10万元，我就给小米粒转了1万元……"

"对方给我转账的账号是一个男人的名字，叫什么刘金龙，多半不是她本人。我原本想等小米粒的事情办成了，再给她转5万元，我自己还可以留一些。不承想她事情办砸了，我吓坏了，就赶紧删除了她。"

谢勉记沉默了片刻："现在你还留着对方的电话吗？"

"有。"胡小忙递过了手机。

谢勉记看了看号码，是一个陌生的北京号，他想了想，发了一个短信过去："笙长，你为什么要这么做？"

然后他又存下了号码。

"我们……"胡小迟疑地问道，"我们还在一起吗？"

谢勉记欲言又止，想了半天才说："给我两天时间考虑，好吗？"

"返程机票买了吗？"

"还没有。"

"是8日回深圳吗？"

"还没定。"谢勉记咬了咬牙，"我7日给你一个最终的明确的答复。"

第五十章 4日，只是陈述一个事实

第五十一章　4日，别做无用功了

——无穷小数

婚姻七道题

首都机场2号航站楼停车场，宋几何和安若即拦住了刚下车的于筱。

在宋几何的几次请求下，于筱勉强答应坐下谈谈。

宋几何想去咖啡店，于筱不同意，说道："就在车里好了。"

于筱坐在了后座，扫了宋几何和安若即一眼："你们男人都一个德行，都喜欢吃着碗里看着锅里的，她是你的后路吧？"

宋几何倒也诚恳："不知道。这么说吧，在我和方澄离婚之前，我不会考虑感情上的人选。真离婚后，也许会和她有所发展，也许没有。我不假设还没有发生的事情，她也不在我们今天讨论的话题的范畴之内。"

安若即大方地一笑："我不是说宋几何多有节操多高尚，他至少能不突破自己的底线，是一个有责任心的男人。所以，如果他真跟我姐离婚了，我会主动追他。"

"你姐？方澄？"于筱震惊了。

"表姐，亲的。"

宋几何摆手："不扯还没有发生的事情，我想和你谈谈，是想帮你解决问题，于筱，你知道你们的婚姻问题出在了哪里吗？"

"不过是大多数婚姻都有的厌倦期，是男人喜新厌旧的本能，是男人为了证明自己还行还有魅力就去追求更年轻漂亮的女孩……难道还有别的原因吗？"于筱冷笑了一下。

宋几何依然保持着诚恳谦和的作风："我和方澄的婚姻出现问题，是我们两个人的性格都太强势，不管是事业还是生活中，都想说了算。当然，尤其是在事业上，久而久之矛盾就不可避免地累积了。"

安若即插了一嘴："他说的都是表面现象，深层次原因是因为表姐不能接受他的成长。他们是大学同学结婚，好处是知根知底，有共同的成长经历。坏处是谁也不服谁，都带着对对方的固有印象，认为对方还是没有长大的孩子，因此对对方缺少应有的神秘感和敬畏……"

"尤其是方澄，她始终认为她和宋几何的婚姻带着一定的下嫁意味，是宋几何高攀了她。而且，宋几何能有今天，也是她家赏赐的结果。不能否认，宋几何的成功和方家的助力有一定的因果关系，但不是绝对关系。方家二女婿刘日坚的失败就说明了问题。"

宋几何摆了摆手，打断了安若即："别扯太远了，我和方澄的问题，就是可以简单地归纳为四个字：谁主谁次……这个问题比较难解决，是零和游戏，但勉记和你的婚姻，就不同了。你们的婚姻问题出现在你过于追求安稳而他喜欢创新和进步上面。"

"安稳不好吗？"于筱不悦地问道。

"不能用好或不好来定义，在于个人的感受。勉记学的是历史，喜欢从历史的跨度看待人生。他认为一成不变的人生是对生命的浪费，是对来人间一趟的不尊重，他想要不断地挑战自己，想要追求一种和现在不一样的生活，你如果能够和他同步，他不但不会想要离婚，还会离不开你。"宋几何继续开导于筱。

于筱明白了什么："你的意思是要让我改变了？为什么不是他改变呢？"

宋几何笑了："如果是你提出的离婚，他想要挽留，自然是要让他改变了。现在是他提出离婚，而你不舍，所以就只能是你来改变适应他。"

"你也可以不尝试改变自己，而是接受婚姻破裂的现实。婚姻和爱情一样，开始时需要两个人的同意，结束时，一方同意就可以了。虽然残酷，却是事实。"宋几何一脸温和的笑容，"你告诉我，于筱，你想结束婚姻吗？"

"不想。"于筱回答得非常干脆。

"你想改变自己好挽留谢勉记吗？"

婚姻七道题

"也不想。"于筱温和地笑了,"我有我的笨办法,回家等他,相信总有一天他累了倦了,就会回心转意。"

"你打算等他多久?"宋几何笑得很意味深长。

"三年,不行就五年。"

"勉记今年才30岁出头,离60岁倦了累了的年龄还有将近30年,你又何必拿30年来赌一个人的回心转意呢?"宋几何看了看时间,"我就说这么多了,你自己选择。是选择回深圳等他,还是搬来北京和他一起闯荡,给他鼓励的同时,再给他一个海阔天空的画卷,你可要想好了。"

送走了于筱,回去的路上,宋几何接到了谢勉记的电话。

"中午一起吃饭?"

"好,发我地址,我现在过去。"宋几何一口答应,"你和胡小吧?我和安若即。"

…………

方澄和余笙长回到病房,见裴南对岳管怒目而视,而病床上的阳亮也想要挣扎着起来,眼见场面即将失控。

她轻轻咳嗽一声,环顾几人:"中午了,一起吃个饭,我来帮你们厘清一下关系。"

"不!"裴南毫不犹豫地一口拒绝,"我不认识你!"

岳管倒是礼貌而客气:"吃饭可以,不过得事先说好,我请客!"

"你走,你们都走!"阳亮压抑着怒火,"我要和余笙长单独聊聊。"

方澄不理会阳亮的愤怒,吩咐下去:"因为阳亮行动不便,就在病房吃吧。正方,你叫外卖,丰盛一点。笙长,你叫点儿水果……"

"我带水果了,不用叫了。"岳管笑了笑,"我负责削皮、切块。"

几人迅速忙活起来,只有方澄和裴南闲着。不,方澄也没闲着,她拿过一把刀,坐在了阳亮的旁边,为他削苹果。

方澄看出了裴南的百无聊赖,叫他过来,坐在了身边。

"好好听课。"方澄很是自信地一笑,将削好的苹果划下一块,递向了阳亮,"苹果是智力果,多吃有利于提高智商。"

阳亮冷笑了:"你在嘲笑我傻?"

"你傻是事实,还用嘲笑吗?谁会嘲笑事实呢?"方澄见阳亮不接苹果,手一抖,苹果就被她扔进了垃圾筐中,"别甩脸子,没用。愤怒是无能的表现,对别人造成不了半点儿伤害,只会气着自己。"

剩下的一半苹果,方澄划了一块放到了自己的嘴里,边吃边说:"阳亮,你想要的到底是什么?"

"我要余笙长跟我回家。"阳亮咬牙切齿。

"不可能!你死了这条心吧。"方澄不留余地,一口拒绝,"换个梦想,别把时间和生命浪费在自己无能为力的事情上。"

"不!"阳亮怒吼,"就是死,我也要拖她一起死!"

"可笑。"方澄笑得很轻描淡写,"今天要是抢救你的时候,稍微晚一些,你就已经死了。现在你重伤,都走不了路,余笙长还不是好好的,你怎么可能拖她一起死?"

"到现在了还认不清形势,一把年纪活狗身上了?"

阳亮正要发作,被方澄更凌厉的口气怼了回去:"睁开你的狗眼看看,论年轻,你比得上岳管和裴南?论帅气,你更是比他们差了十万八千里!论有钱,你连他们的一根汗毛都不如,你拿什么和他们比?"

"我为什么要和他们比?我要的是余笙长的回心转意!"阳亮还不服气。

"呵呵……"方澄笑得很讽刺,"你没明白一个道理,你在婚恋市场的最终价值不是体现在你所追求的异性身上,而在于你的竞争者是谁。只要你能跑赢你的竞争者,哪怕你再丑再老再穷,也会是优质股。生意上的事情也同样如此,你的最终竞争力不是你能赢得多少消费者的认可,而是你能打败多少同行。"

"听明白了吗?"

阳亮摇了摇头:"不明白,也不想明白。我就想让余笙长跟我回南昌,如果她不同意,我下次还会死在她面前。"

第五十一章 4日,别做无用功了

"都土埋到脖子的人了，还动不动拿死威胁人，真没出息。"方澄冷笑，"其实你也未必有多喜欢余笙长，不过是心有不甘罢了，是觉得自己的付出没有得到回报，一时想不开。我现在有三个解决方案，你选一个。"

"我都不选，你别做无用功了。"阳亮一口拒绝，"余笙长说过，我是无穷小数。"

方澄轻松地笑了："先别急，听我说完再做决定也不迟。第一，继续纠缠余笙长，但以后你会面临来自岳管和裴南的双重压力，他们会联手对付你，暴力的手段可能会让你怀疑人生。"

岳管温和地一笑："不会不会，我轻易不会对人来硬的，但软刀子也一样可以杀人。"

裴南握了握拳头："我不管你是余老师的什么人，你敢骚扰她，我会用至少100种方式让你学会重新做人。"

岳管好奇地问道："方总，他到底是余老师的什么人？"

裴南不耐烦地说道："管他是余老师什么人，不重要，前男友？前夫？随便！只要余老师不喜欢，他就不能纠缠她，否则，就得付出惨痛的代价！"

"不不不，不一样。"岳管耐心而细致，"如果他是余老师的前男友，可以修理他教育他。但如果他是余老师的前夫，就另当别论了。有过法律上的关系，就有相应的责任与义务。"

方澄很是震惊："你们并不在乎余老师之前有过男友甚至是结过婚？"

第五十二章　4日，你就是一个恶魔

——分母有理化

"不在乎。爱一个人，怎么会在意她的过去？她毕竟比我大了十几岁，有过该有的人生经历也正常。"裴南大度地一挥手，"如果她真经历了这么多，还能保持不食人间烟火的仙气，就更值得让人珍惜了。"

好吧，方澄觉得她是真的看不懂裴南了，她还打算以阳亮是余笙长前夫的秘密来要挟余笙长，看来，得改变策略了。

岳管更直接，摇了摇头："其实能想到余老师的人生经历肯定不会像她表现的那么简单，她保持了朴素的人设，其实是向世界宣告她是一个内心单纯的人。"

喜欢一个人会到如此盲目的地步，方澄的内心是崩溃的，算了，不去探究年轻人的爱情观了，她现在是要帮余笙长解决问题。反正，余笙长已经签字，是她的人了。

阳亮看了裴南和岳管一眼，可能是觉得二人都不太像是好人，就说："第二呢？"

"第二，无条件离开余笙长，以前的事情，既往不咎。以后的事情，各自安好。当然了，医药费，由我们负责。"

"第三，保证从此以后再也不纠缠余笙长，不出现在她的面前，永远不再和她有任何联系。条件是，余笙长退还你的钱。"

方澄清楚一点，阳亮之所以不甘，既有感情因素，又有物质原因。

"不，我不要钱，我要人。"阳亮还在坚持。

是该让他明白力量的重要性了，力量包括财力、能力和蛮力，方澄笑着

283

冲裴南和岳管点了点头:"你们会允许他带走余老师吗?或者说,你们愿意看到他总是纠缠你们的余老师吗?"

"他敢!"裴南捏响了手指,一拳砸在了床上,"姓阳的,如果你再瞎闹,你就别想出院了,我能让你直接从医院到太平间,信不?"

阳亮眼睛一瞪脖子一梗:"不信!"

"别这样,你们别吓唬他成吗?他孤苦伶仃一个人,没有家人和亲人,很可怜的。"余笙长及时补充了关键信息。

岳管立刻闻弦歌而知雅意:"这么说,如果阳大爷在手术中,因手术失败而死亡,就不会有家属追究医疗责任了?让我算算,差不多5万元就可以了。"

阳亮气得浑身发抖:"你、你威胁我?"

"没有,绝对没有。"岳管连连摆手,"你老人家连死都不怕,敢自己去撞车,在手术台上一心求死,不配合手术,导致医生手术失败,不很正常吗?"

"我、我、我现在不想死了,我想好好活着!"阳亮看向了余笙长,"是,我是没有家人和亲人,但我还有朋友,也有远房亲戚,他们会替我主持公道的。"

余笙长就又及时补刀了:"你不就是有付学文和熊宗海两个朋友吗?你还欠他们的钱,他们总让你还钱,你是有钱还了?"

"我……我还有别的你不知道的亲朋好友!"阳亮被噎住了,脸憋得通红,"余笙长,你骗了我还嘲笑我嫌弃我,你就是一个恶魔!"

"谢谢夸奖。韭菜有意识,分母有理化。"余笙长还以为岳管和裴南会在意她有过婚史的过去,现在发现二人毫无芥蒂,大为宽心,连带心情也好了起来,"我们的事情,是一个愿打一个愿挨,不能说是我骗了你,是你自己主动跳坑,还连带坑了我,我没和你计较就已经是宽宏大量了。"

余笙长就当着众人的面儿说了一遍她和阳亮的往事。

岳管和裴南听了,都没有什么表示。

外卖到了，易正方和余笙长要帮大家分一分，岳管不让余笙长忙活，他接了过来。

阳亮表示不吃。

方澄也没劝他，端着盒饭坐在他的面前，边吃边说："说吧，你选择哪一个？"

阳亮冷冷一笑："你们不能只听余笙长的一面之词，我和她的事情，不像她说的那么简单。"

"你说，我们听着呢。"方澄保留了吃饭快的习惯，三口两口吃完，一抹嘴巴，"我们又没有堵着你的嘴。"

"行，我说了。"阳亮看向了余笙长，"非要闹到撕破脸的地步吗？"

余笙长咬了咬牙，似乎在权衡利弊，见方澄投来了坚定的目光，就点了点头："说，随便说，我相信岳管和裴南会有他们正确的判断。"

……阳亮和余笙长是在一个饭局上认识的，本来阳亮对余笙长没什么印象，毕竟二人有着不小的年龄差距，平常也没有什么交集，当时就没加微信。

饭局上，有人以面对面建群的方式把所有人都拉进了群里。事后，阳亮没有加群里的任何一人。却没想到，余笙长主动加了他。

阳亮一向自卑，性格内向，且不愿意与人交往。刚大学毕业时，父母双亡。好在父母留了一套房子和百万存款。他工作收入不高，也能度日。

20多年过去了，他相亲无数，却从未牵手成功。一晃到了现在，50多岁了，依旧孑然一身。

本来已经认定自己将会孤独终老的阳亮，意外有一个天仙般的美女主动加了微信不说，还总是找他聊天，这让他欣喜不已。男人对于异性的幻想让他热烈地回应余笙长，在聊了一段时间后，他向余笙长发出了见面的邀请。

余笙长第一次就没有拒绝，直接答应了。

有了第一次，就有了后面的无数次。每次约余笙长，阳亮都要精心准备一番，从吃饭的地点到礼物的挑选，再到穿衣打扮，他感觉到了前所未有的活力与激情。

第五十二章　4日，你就是一个恶魔

在第 30 次约会时，阳亮认为时机成熟了，向余笙长求爱。余笙长含羞地表示了同意，但约法三章。一是不对外公布；二是不允许有身体接触；三是如果她妈妈不同意，她会立刻分手。

阳亮一一答应。

余笙长对阳亮说，她之所以喜欢他，是因为他很像她的父亲。她从小缺失父爱，希望找一个能够像父亲关爱女儿一样照顾她的男友。

阳亮相信了余笙长的话，表示愿意为她付出全部，甚至包括生命。

在阳亮向余笙长求婚时，余笙长没有犹豫就答应了。但答应之后她又后悔了，说她对婚姻很恐惧，从小父亲因为一个女人离开了她和妈妈，还把她们赶出家门。她们无家可归，流落街头。而且父亲还把家里的财产全部转移，让她和妈妈过了很长一段时间颠沛流离的生活。

此事像是噩梦一般，直到今天还让她难以释怀。阳亮听出了余笙长的言外之意，表示愿意一结婚就把房子过户到她的名下，还可以把全部存款交由她来保管。

余笙长一开始是拒绝的，后来架不住阳亮的再三请求，就勉为其难地答应了下来。对于结婚，她又提出了三个条件，第一，除了将房子、现金全部转移到她的名下，阳亮的所有工资收入，全部由她保管。第二，除非她同意，否则阳亮不能碰她。她从小被坏人猥亵过，对男女之事有心理障碍，希望阳亮能够给她时间。第三，如果她实在过不了自己的心理关，她会提出离婚，并且归还阳亮所有的婚前馈赠。

阳亮全部答应了，他坚信一年的时间足够他抚平余笙长所有的创伤。

结婚后，余笙长不让阳亮碰她，别说同床了，就是拉手、接吻都不行。阳亮耐心地等待了一年，还是没有办法改变余笙长。

余笙长主动提出了离婚，说她不能耽误阳亮，并且她声称离婚后要退还阳亮的房子和存款。阳亮一开始不愿意离婚，还说要给余笙长更多的时间。最后余笙长提出也许离婚后，她才会想起他的好，才能克服心理问题。

阳亮选择再一次相信余笙长，他太爱她了，她的仙气和单纯，让他相信她所说的每一句话都真实不虚。为了表示他的真心，他和余笙长离婚时，没有要回房子和存款，是为了证明他对她的爱不会改变。

不承想，余笙长一办好离婚手续，就立刻从他的生命中消失了，删除了他所有的联系方式，甚至直接离开了南昌，去了北京。

阳亮大惊失色，玩失踪也玩得太彻底了，为了甩掉他，居然能做出离开南昌前往北京的决定，要不要这么拼？

费了好大力气，阳亮才知道了余笙长的行踪，也了解到了她来北京是为了应宋几何之约。

来到北京后，阳亮暗中跟踪调查宋几何，他认定是宋几何和余笙长串通一气，玩仙人跳，就是为了骗他的房子和存款。他找到了他的老乡——宋几何小区的保安柳三星，诉说了他的悲惨经历。

柳三星义愤填膺，决定为阳亮打抱不平，后来就发生了一系列宋几何被刁难、被打、被威胁等事件，都是阳亮背后所为。

破案了……方澄心中长舒了一口气，以上事情虽然宋几何曾怀疑是她所为，她懒得解释，但亲耳听到是阳亮所为，她心里还是踏实了许多，毕竟，她不想担无妄之罪。

阳亮一口气说完，眼中冒火："余笙长，我说的是不是实情？"

不等余笙长回答，易正方忽然意识到了什么，问了一句："老阳，你们什么时候离的婚？"

阳亮一愣，想了想："一个月前。"

第五十二章　4日，你就是一个恶魔

第五十三章　4日，没有任何的内在联系

——对立面

易正方点了点头，恍然大悟地笑了："这就对了，一个月前，几何才和我们几个人确定要来北京一聚。笙长应该是听说了几何要和方澄离婚的事情，才痛下决心干脆利落地离婚，对不对？"

余笙长当然知道易正方想说什么，她反手一剑："正方，你和李美玉是什么时候办好的离婚手续？"

易正方冷笑了："我和她早就有离婚的打算了，前前后后拖了一年多，一个月前才办好离婚手续，只不过是赶巧了。和几何让我们来北京，没有任何的内在联系。"

"我也一样。"余笙长直接借了易正方的势。

"听老阳的意思，如果他说的属实的话，你像是一个捞女。"易正方愈加觉得余笙长不顺眼，曾经的女神，现在不但跌落尘埃，而且内心还如此邪恶与肮脏，想起他还曾经当她是高高在上的仙女，他内心的幻灭感让他无比难受，有一种想要发泄的冲动。

"捞女其实也没什么，就怕又当又立的捞女。明着捞，凭本事和手段，再加上长相，也没人说你什么不是。偏偏还要给自己树立一个仙女的人设，等于是一边背地里干着偷鸡摸狗的丑陋事，好处吃尽，一边明面上装清纯装简单，名声捞够，真让人恶心！"

第一次，易正方在余笙长面前强硬了一次，脸上写满了厌恶、鄙视与嫌弃，他甚至有意远离了余笙长几步，唯恐被她从内心散发的恶臭污染一般。

余笙长毫不生气，抬头一拢头发，淡然一笑："正方，我很理解你的心

情。大学时你就喜欢我，追求过我，我始终没有答应你。你对我一直有想法，却没想到，我会嫁给这样一个糟老头子。你梦想破灭，不愿意接受自己被阳亮打败的现实，我选择了他也没有接受你，让你觉得大受屈辱，对吧？"

"别这样，人和人的缘分，有时真的没有办法说个明白。就像我和岳管、裴南的感情，我和他们明明不是一路人，更配不上他们，但他们偏偏非要喜欢我，我能有什么办法呢？你可以说我虚伪，也可以骂我无耻，都不是我想要的人设。我只是一个简单的不想伤害别人的小女人，如果伤害了你，也请相信我是无心的，绝对不是有意的。我从来没有想过人心如此复杂，世界这么险恶！"

"虽然我不再年轻了，但我还是认为我是一个涉世未深的小女人。"

"别说了，余老师。"裴南站了起来，"你是我永远的女神，我不允许任何人亵渎你！"

岳管也忙及时表态："是的，不管发生过什么，都改变不了余老师在我心目中不可动摇的神圣地位。现在，是该解决阳大爷的问题了。"

易正方的怒火和不甘却没有那么容易消退，他刚开口还要再骂余笙长几句，就被裴南一拳打在了脸上。

在方澄的呵斥和岳管的制止下，才避免了易正方和裴南的一场武斗。

方澄重回了中心，肩负起了主导作用："你们的事情往后放放，先厘清笙长和阳亮的事情。"突然想起了什么，她又自嘲地一笑，"原本是请你们过来帮我和宋几何解决离婚难题的，结果反倒成了我帮你们解决人生难题了。"

岳管再一次及时出面了："方总和余老师又不是外人，朋友之间，要的就是互相解决难题，互相帮助，不是吗？您人生阅历丰富，站得高看得远，您的答案，肯定比余老师自己的答案更有前瞻性。"

"别这么说，我认为最合适的答案，未必就是余老师想要的。"方澄一向不怎么谦虚，她说这话也是真心话，"每个人的诉求不一样，阳亮是想要回原本属于他的一切，笙长你的意思呢？"

余笙长此时镇静了几分，也更有了几分底气："第一，我不会和他在一

第五十三章　4日，没有任何的内在联系

起，也不会回南昌，我和他已经没有任何关系了。第二，房子和现金，从法律上都已经属于我了，我没有偿还的义务。第三，如果他再纠缠，我就报警。"

挺决绝呀，方澄点了点头："阳亮，我劝你一句，如果你想又要人又要房子和现金，完全没有可能。不要把一切都想得过于完美，也不要认为事事可以百分百满意，抓住你最想要的部分讨价还价，才是关键……"

蓦然，方澄怔住了！她在劝别人时头头是道，让对方要识大体知进退，却在自己离婚的事情上抓住不放，不肯退让半步，为什么人总是无法做到真正的共情呢？

没有人可以做到完全站在对方的立场上思考问题，如果能，就不是俗人了。

如果她能够在和宋几何的离婚方案上后退一步，选择宋几何的平分方案，她就用不着如此殚精竭虑地拉拢、分化易正方几人，更用不着想方设法地帮助每一个人解决问题和麻烦了。

到底哪条路对哪条路错？她和宋几何完全可以从对立面转化为平行面，方澄第一次对自己的决定产生了动摇。

阳亮挣扎着要起来："余笙长，你就是吃人不吐骨头的魔鬼！"

"俏女幽魂的人设……我喜欢。"裴南得意地仰起了下巴，想再调皮几句，被方澄严厉的目光制止了。

方澄安抚阳亮的情绪，同时又加重了语气："阳亮，你清醒些，现在主动权不在你手里。如果你没有选择性地退让，你就会人财两空。想要得到点什么，就必须放弃幻想、认清形势！"

阳亮还不肯，还想闹，方澄朝裴南使了个眼色。裴南一拳打在了阳亮的脸上，打得他血流满面。

岳管见状，忙找到东西帮阳亮擦血，不料用力过猛，又打了他几个耳光。

一番操作下来，阳亮老实了。

方澄又朝余笙长点头暗示，余笙长会意，坐在床边喂阳亮吃东西。

阳亮不想吃，余笙长不由分说打了他一个耳光。阳亮只好乖乖就范。

连喂了三五口，塞得阳亮满嘴都是，余笙长为他倒了一杯水。

阳亮狼狈地喝着水，目光中终于有了畏惧之色。

方澄见形势正好，就问："吃饱了也喝足了，想好了吗？"

阳亮点了点头："想好了。我不要余笙长跟我回家了，我只想要回我的房子和钱。"

"这才对嘛，乖。"方澄化身知心大姐，语重心长，"不过说实话，老阳，从法律上讲，你的房子和钱已经归余笙长所有了，想要要回，你得不到法理上的支持。就算打官司，你也不会赢。"

阳亮哭丧着脸："那怎么办？我就只能人财两空了？"忽然他又脸色一变，阴沉而狰狞，"大不了鱼死网破，我非死在余笙长面前，就是做鬼也不会放过她！"

"犯不着！"方澄微微一笑，笑容纯净而温和，"这样，我提议一个方案，你和笙长都琢磨一下是不是合适。我是居中的立场，不偏向任何一方。"

易正方见没有人注意到他，便拿出手机给安若即发消息。他的手微微颤抖，既有紧张刺激之下的心虚，又有某种不可言明的期待与兴奋。

也是他有生以来第一次和如此高贵、美丽且神秘的女士保持非常密切的联系，以往，他向其他美女大献殷勤时，对方要么很久才漫不经心地回上一句，要么索性不回，更有甚者，直接拉黑了他。

而安若即就不同了，他每次发信息，必回。虽然话很少，又只是公事公办的口气，但也让他感觉和女神的距离是如此的接近，尤其是在余笙长的形象破灭之后，他急需一个全新的更加高傲的女神来填补内心的空虚，安若即就是最好的替代品。

"安总，方澄在帮余笙长调解和阳亮的关系，差不多要成功了。不出意外，余笙长是被彻底拿下了。"

"知道了。"安若即的消息近乎秒回，虽然还是冷冰冰的毫无感情的程序性回复。

第五十三章 4日，没有任何的内在联系

……………

安若即坐在宋几何的右侧，和胡小面对面。

宋几何的对面，坐着谢勉记。

四人正在北四环的一家餐厅吃饭。

是一家别具一格的朝鲜餐厅，服务员都是朝鲜女孩，热情洋溢、青春活力。

"方澄应该已经彻底拿下了余笙长，刚易正方发来消息说，方澄正在帮她解决阳亮的问题。"安若即晃了晃手机，放下，切了一块牛排放到了嘴里，"宋总，你要输了。"

"他输不了，你还是不够了解他，安总。"谢勉记一脸轻松，丝毫没有受到于筱的影响，他吃得很开心，"余笙长也不可能签保证书，她才不像易正方那么傻，非要签一份拴死自己的协议。从她和阳亮的事情上，你难道还看不出来余笙长的套路？"

"就算签字，她也会为自己留有后路，比如，故意签错名字。"

"她最狡猾了，从来不做对自己不利的事情。一有危险就躲得远远的，只有确认了没有问题后才会靠近。如果一件事情需要她付出时间、精力和金钱，并有一定的风险性，除非可以让她一辈子高枕无忧，否则她不会下注……"

宋几何抬头打断了谢勉记的长篇大论："不说余笙长了，她的事情我心里有数，她就算签字，多半也像勉记说的一样会故意签错名字。她不会倒向方澄，她和方澄之间有一条巨大的不可逾越的鸿沟……"

"什么鸿沟？"谢勉记和安若即异口同声。

谢勉记一脸震惊，他完全不知道此事。安若即也是十分惊讶，宋几何的意思是说余笙长和方澄有致命的矛盾无法化解？

第五十四章　4日，为什么最终还是要让女人妥协和让步

——机会成本

当年，方澄在一件事情上伤害过余笙长，虽然时过境迁，很多年过去了，但以宋几何对余笙长的了解，她肯定不会忘记，还记在心上。并且耿耿于怀！

因为，方澄采取了一些不怎么阳光的手段让他和余笙长之间产生了误会，才让他和余笙长之间刚刚萌芽的爱情被扼杀，然后方澄顺势取代了余笙长，成为他的恋人。

此事涉及他们三人的隐私，没必要说个清楚，宋几何摆了摆手，呵呵一笑："我是夸张加修辞的手法随口一说，你们还当真了？反正你们相信我就行了……先说老谢的事情，老谢，我和若即见到了于筱，和她聊了聊。"

"她同意放手了？"胡小吃好了，放下了刀叉，擦了擦嘴。

"不，正好相反，她坚信她会笑到最后。"宋几何也放下了餐具，微微叹了一口气，"我站于筱，希望你能回心转意，老谢。"

胡小掩嘴一笑："别开玩笑了，老宋，我知道你其实是想祝福我们。"

宋几何脸一沉："我没跟你说话！老宋，也不是你该叫的！"

胡小尴尬地抓住了谢勉记的胳膊。

谢勉记缓缓点头："我理解你，老宋，但我和于筱回不去了，就像你和方澄一样。你看，我就不劝你和方澄回头……"

"不一样。"宋几何摇头，"我和方澄的冲突是主动权的争夺，是零和博弈，不是数学问题，是社会学问题了。除非一方认输，否则没有和解的可能。你和于筱，只是生活方式上的冲突，是可以达成妥协的非原则性问题。"

"哈哈，未经他人苦，莫劝他人善……老宋，你了解我，知道我的性格绝对不会妥协。同时，我也了解于筱，她也不会妥协。那么问题来了，我和她也是没有回旋的余地了！"

"你的意思是说，如果于筱愿意妥协了，可以迁就你的生活方式，并且支持你做出的所有决定，包括从深圳来北京发展，你就会和她重归于好吗？"宋几何发出了灵魂一问。

安若即无奈摇头："为什么最终还是让女人妥协和让步？男人就从来不会考虑到为爱而牺牲一些吗？"

谢勉记愣了一会儿才说："说实话，结婚初期，于筱支持我的一切，不管我的想法有多疯狂多夸张，也不管风险有多大，她从来都是二话不说全力支持。结婚时间一长，事业也稳定下来后，她就不思进取了，不管我做出什么决定，她从来都是怀疑和不安的态度。尤其是在对公司扩张的事情上，一概反对。"

"她太过追求安逸，认为现在的状况就很好。吃穿不愁，钱也够花，每天安分地过日子就可以了，赚再多的钱做再大的生意，不过还是一日三餐，风险与提高幸福指数不成比例。她还有一个观点，男人如果有一两千万，变坏的可能性是 10%；如果有一两个亿，变坏的可能性是 50%；如果有 10 个亿，变坏的可能性是 99%，所以，为了家庭的稳定与幸福，她不希望我赚到太多的钱。她说，机会成本太大了。"

谢勉记苦笑加无奈："这不是爱，这是自私和束缚，是有罪推定！"

安若即嘿嘿一笑："于筱没错呀，你还没有 10 个亿，变坏的可能性已经 100% 了。"

"不，不是的。"谢勉记含情脉脉地看向了胡小，"我和胡小认识时，就已经决定和于筱离婚了，也吵闹了将近一年。我并不是因为胡小的出现才要和于筱离婚，而是因为想要离婚才有了和胡小的恋爱。因果关系不能错，前后顺序不能差。"

"狡辩也改变不了你婚内出轨的事实！"安若即嗤之以鼻。

"我没狡辩，只是陈述事实。我也承认婚内出轨，并且愿意净身出户，还能怎么着？出个轨不至于判死刑吧？"谢勉记大笑，"如果出轨就判死刑的话，相信我，死刑犯中，女的不比男的少。"

"人不要脸则天下无敌。"安若即继续对谢勉记冷嘲热讽。

"过奖了，不敢。如果真能天下无敌，别说不要脸了，不要什么都可以。"谢勉记偏不生气，"要脸和不要脸，只是一个道德范畴的问题。人不要站在自己的道德高地去指责别人，既不道德也不科学。我问你，安总，如果老宋和老方的离婚拖上个三五年，你敢保证这三五年内，不会和老宋上床？"

安若即脸色不变，淡然一笑："敢！我的原则是从来不会破坏别人家庭，从来不跟已婚男人有感情纠葛！我和宋几何清白得很。好吧，我承认对他有好感，但仅限于好感，我的理性会克制我的好感进一步发展，在他没有单身之前。"

"你们也许理解不了我是一个什么样的人，没关系，我也不指望你们能够理解。我是宁缺毋滥的性格，什么都不缺，又什么都缺。有，锦上添花；没有，一样活得自在……"

宋几何笑着打断了安若即："扯远了，现在讨论的是勉记的事情。"

谢勉记愣了一会儿，看了看胡小，摇了摇头才说："其实我和胡小在一起，很大一部分原因是对于筱的气，是因为她对我的不理解和不支持。而胡小什么事情都听我的，让我感受到了男人的尊严。男人需要被认可被支持被鼓励，除非真的没有办法沟通了，否则都不会选择离婚，更不会选择净身出户。"

宋几何明白了谢勉记的意思："如果于筱改变了想法，做出了让步，你可以回到她的身边，那么胡小怎么办？"

胡小很淡定地笑了："不管勉记做出什么样的选择，我都可以理解并且接受。从一开始我就知道我选择的是一条高风险低收益的道路，但为了爱，我愿意奋不顾身一次。得之我幸，失之我命，如此而已。"

安若即抓住了胡小的手："我很喜欢你的性格，如果真走到了那一步，

第五十四章 4日，为什么最终还是要让女人妥协和让步

295

别担心，我会帮你找一份不错的工作，保证让你可以很好地养活自己。"

"谢谢安总的好意，心领了。"胡小摇了摇头，"就连勉记的补偿，我也不会要。跟他在一起，是真心爱他，不是为了他的钱。"

"即使是怀了他的孩子，我也可以一个人抚养！"

宋几何忽然觉得自己有些残忍，但又没有办法，从本心来讲，他是真不希望谢勉记离婚。如果于筱可以原谅谢勉记，他是乐见二人的复合的。

却没想到，胡小还怀孕了，真是意料之外的难题。一边是一个家庭的破碎，另一边是一个出生就会没有爸爸的生命，他左右为难。

"勉记，你做决定吧，我都可以承受！"胡小咬了咬牙，一脸坚决。

谢勉记沉默了。

…………

易正方收起手机，他很清楚安若即不会再回复消息，尽管他很期待她的只言片语，哪怕只是一个表情。

他将心思放在了眼前的局面上，等方澄说出她的方案。

"说吧。"阳亮此时已经没有了多少精神气，经过一系列的毒打之后，他的信心降低士气低落。

方澄朝余笙长点了点头才说："房子已经过户到了笙长名下，算是她的个人财产了。钱可以还你，你保证拿到钱后不再纠缠她，并且永远从她的世界中消失……"

"不行，我可以保证不再纠缠余笙长，但我要钱也要房……"阳亮急红了脸。

"你怎么要？凭拳头还是凭法律？"方澄的声音很轻柔，"我是在替你着想，别做无谓的挣扎，否则，你什么都落不到。"

裴南挥舞拳头："打架？你没那本事！打官司，你又不占理。大爷，做事情得从自身的实力出发，也就是方总还可怜你，换了我，才不会这么有耐心还跟你客气。"

岳管和颜悦色地说道："这样，除了余老师还你的钱，我个人额外再多加一万元，当成对你的安慰。另外，你的住院费用，我也全部负责。还有，你回家的路费，也由我来出。"

阳亮沉默了半天："好，我答应你们。但我有最后一个要求，我要单独和余笙长聊一聊。"

几人出了病房，只留下余笙长和阳亮。

方澄、易正方、裴南和岳管四人在走廊的尽头，站在窗户前。易正方有意和裴南、岳管说话，试图打听一些什么出来，方澄的电话响了，她起身到一旁接听了电话。

是张系来电。

"姐，我和我爸聊过了，谈到了和你联合成立公司的事情，他……"

"直接说，别吞吞吐吐的，我什么时候怕过？"方澄忍不住笑了。

"他说如果我是和宋几何联合成立公司，他会投资，和你……就不必了，完全是肉包子打狗……要考虑到机会成本！"

"去他的，张叔一把年纪了，怎么也为老不尊了？"方澄气得不行，哭笑不得，"是他老人家的原话还是你添油加醋后期加工的？"

张系叫屈："我是有后期加工，但是转化成了委婉的口气，原话更加不堪入耳。"

"原话怎么说的？"

"真要听？"张系支吾了半天，见方澄坚持，就一咬牙说了出来，"原话是：你小子要是敢跟方澄合作成立公司，老子不但不会给你一分钱，还会不认你这个儿子！老子这么精明的一个人，怎么生出来你这么个蠢货？方澄跟她家老爷子一样，眼光差、脾气大，别说合作开公司，就是项目合作都不是最先考虑的对象。"

方澄身子一晃，靠在了墙上才没有摔倒。第一次听到外界对她如此犀利的评价，一时让她难以接受。

尤其是张系的父亲张熙还是和她以及父亲多年的好友！

她在外界的眼中真的如此不堪？

第五十四章 4日，为什么最终还是要让女人妥协和让步更大的打击还在后面，张系继续说道："对了，胡浩锐和你联合成立公司的事情，可能也要黄，你要做好心理准备。好了，先不说了姐，我先去安抚小米粒了。她现在有点儿情绪不稳，还说不和她结婚她就跳楼，我……真是倒霉催的，干吗非要吃回头草？结果一口回头草，成了卧槽马。"

方澄无心理会张系的情绪，立刻拨打了胡浩锐的电话。

无人接听。

第五十五章　4日，人生难题中的一个错误的步骤

——沉没成本

方澄的心一点点沉到了谷底，以前只要她打电话给胡浩锐，他总是会第一时间接听。莫非他没听到手机铃声？或是开了振动？她一边安慰自己，一边又打了胡浩锐的微信语音通话。

依然是无人接听。

她不甘心，留言给胡浩锐："老胡，马上和我联系一下，有要紧的事情。"

还是没有回复。

方澄有一种被全世界抛弃的绝望，她扶住了墙，才让自己站住。刚深呼吸了一口气以平复心情，忽然听到病房中传来余笙长的疾呼。

"阳亮，你干什么？快放开我！"

"救命！"

方澄和易正方对视一眼，几人同时冲进了病房。

病房中，阳亮一只手抓着余笙长的头发，另一只手拉住窗户，正在拖着余笙长，想要跳楼。

"救命！"余笙长大声呼救，脸色苍白而惊恐。

二人扭打、挣扎、决绝、不甘，阳亮一心赴死，不想放过余笙长。余笙长一心求生，不想被拖下深渊。

余笙长远不如阳亮力气大，她半个身子都被拖到了窗外。阳亮一脸狞笑，用尽了全身力气，跌出了窗户，发出了绝望的呐喊："要死一起死！我做鬼也不会放过你！"

余笙长尽管不甘和恐慌，但还是被拉出了窗户，整个人头下脚上跌落。

一瞬间，巨大的恐惧让她失声，大脑一片空白。

病房在五楼，下面是水泥地面，摔下去必死无疑。

难道就这么死了？余笙长心中喟叹一声，也许这就是她的报应吧！她闭上了眼睛，忽然感觉脚上一紧，被几只手抓住了。

有裴南的手、岳管的手，还有易正方的手。

三人分别抓住了余笙长的两只脚，在千钧一发之际，救了她。

阳亮跌落在了水泥地面上，摔得血肉模糊。

当方澄下楼看到阳亮尸体的那一刻，脑中似乎有一个巨大的声音响过，她感觉天旋地转，脚一软，就昏迷了过去。

在失去意识之前，方澄脑中闪过的念头是："也许，真是我害了阳亮。如果我的方案是让余笙长还房子还钱，他可能还不会这么绝望，非要拉上余笙长一起死……"

…………

谢勉记足足沉默了有一分钟之久。

在安若即等得不耐烦，想要催促他之际，他终于开口了："当年在五人组时，遇到了一道天大的难题，我们三个人无论如何也解不出来。后来老宋和方澄各给出一个解题思路，供我和余笙长、易正方选择。余笙长和易正方选择的是方澄的思路，而我出于对老宋的盲目信任，直接选了他的思路。"

"今天，我也一样盲选老宋。如果他最后不和方澄离婚，我也会接受于筱。前提是，于筱肯原谅我的不忠并且愿意跟我来北京发展。"谢勉记苦笑，"以上几种情况同时出现的可能性极低，所以，我最终很可能还是会和胡小在一起。"

胡小笑了，笑着笑着就哭了。

宋几何和安若即对视一眼，二人眼神复杂而无语。

谢勉记的追随策略，其实是取巧的做法，等于是把难题最难的部分交由宋几何来解答，他只管等着出答案就行。宋几何不知道该怎么形容自己的心情了，现在看来，等于是他要为谢勉记解决人生难题了……

怎么走着走着，感觉像是反过来一样？明明他是请他们过来帮他解决人生难题的。

此时电话及时地响了。

是易正方来电。

宋几何立刻接听了电话，话筒中传来了易正方迫切的声音："老宋，快来医院，方澄出事了。"

"还有余笙长，也出事了！"

今天是 5 月 4 日，假期将完，北京的街头继续上演惯常的堵车场景。宋几何开车，一路上不停地加塞，被不知道多少人谩骂以及按喇叭表示抗议，他也顾不上了，只想早一分钟赶到医院。

还好，一路上虽然堵车耽误了时间，好在宋几何担心的意外包括但不限于车祸等生活暗示情况并没有出现，赶到医院时，已经是晚上 8 点多了。

方澄住在了一个双人病房，同屋的病人还有余笙长。原本说要安排在阳亮的病房，余笙长说什么也不肯，只好重新换了一间。

在目睹了阳亮的惨死之后，余笙长在强刺激之下，也昏迷过去。再加上惊吓过度，她高烧不退，情况比方澄还要严重些。

方澄表面上没有大碍，经医生检查后就苏醒了。医生说没什么大事，只是急火攻心导致的昏迷，休息休息就好了。

宋几何赶到后，病房中挤满了人，除了岳管、裴南，还有医生和警察。

医生是方澄的朋友李知恩，她听说方澄昏倒在了自己的医院，忙过来探望。

警察是来了解阳亮坠楼的情况。

岳管和警察认识，裴南也熟，宋几何也认识，为首的队长邢泰是他多年的老友。

在了解了事情的始末之后，邢泰确定了阳亮之死纯属意外，尽管阳亮有杀人未遂的嫌疑，但人死事消，就结案了。

忙前忙后处理了所有事情之后，宋几何才又返回了病房。见岳管和裴南

第五十五章　4日，人生难题中的一个错误的步骤

还在，他脸色一沉："你们可以走了。"

岳管没说什么，裴南想要反驳，易正方和谢勉记二人挺身而出，把他逼出了门外。

裴南愤愤离去，岳管还不忘打了个招呼。

房间中只剩下了五人组和多出来的两个人——安若即和胡小。

胡小倒也识趣，机智地说道："我去外面等着，需要的时候，我可以跑腿可以干很多活儿。放心，我很能干的。"

胡小出去了，安若即也出去了。

宋几何坐在方澄的床前，方澄脸色蜡黄，神情委顿。一旁的余笙长，还在昏睡中。

"怎么会闹成这个样子？"宋几何的内心是崩溃的，阳亮之死让他无比震惊，虽说事情与他无关，但总是感觉像是他的人生难题中的一个错误的步骤，多少因他而起，他握住了方澄的手，"方澄，你不觉得对阳亮太残忍了吗？"

"当时如果你提出让余笙长归还房子和现金，再给他追加一些补偿，他应该不会去死。"

方澄痛苦地闭上了眼睛："这件事情是我不对，我承认。我是拿商业谈判的套路来逼他退让，没想到，他会做出极端的事情……"

"商业即人性，方澄，你没有过从底层一步步上升的经历，理解不了底层上来的人对房子的执着对金钱的执迷，对他们来说，房子和钱比生命还重要。"宋几何叹息一声，摇了摇头，"不说这些了，你现在感觉怎么样？"

"头有些晕，身子乏力，像是被掏空了精气神似的……"方澄虚弱之际，在宋几何面前露出了软弱的一面，不再要强，也不再逞强，"几何，会不会是最近一连串的生活暗示、细节演绎在提醒我会有大灾大难？"

"别胡思乱想了，只有心胸宽广的人才会长命百岁。越是瞎琢磨心太细，越是会积郁成疾。"宋几何安慰了方澄几句，手机振动，是安若即发来的消息。

"出来一下。"

宋几何收起手机，看了谢勉记和易正方一眼，转身出去了。

"怎么啦？"宋几何心情烦躁，"为什么非要让我出来？"

胡小在一旁的椅子上坐着，安若即拉过宋几何，尽可能离胡小足够远才站住。

安若即的脸色无比凝重，眼泪在眼眶中打转，忍了忍，没忍住，哭了："方澄不好了！"

"怎么不好了？"宋几何还没有来得及多想，他还陷在纷乱的事情中，正在努力厘清思绪。

医生李知恩走了过来，她和方澄同龄，是方澄的发小。她梳着丸子头，巴掌脸，显得比实际年龄年轻四五岁。

"姐夫，最近姐姐身体上有什么不适的反应吗？"李知恩也是一脸沉痛的表情。

此时宋几何才意识到了问题的严重性："没有，她身体一直很好，还每天锻炼。到底怎么了，你们快告诉我。"

"脑瘤，晚期！"李知恩眼圈红了，"你怎么照顾她的？这么严重的病现在才发现，之前就丝毫没有察觉到她身体的异常？"

"啊？"宋几何身子一晃险些摔倒，他靠在了墙上，感觉一阵天旋地转，"怎么会？她身体这么好，还这么年轻？"

近一年多来，虽然宋几何在和方澄闹离婚，但二人并没有完全疏远，有时也住在一起，每天都会在公司见面。方澄的健康状况并没有任何异常，她还每天坚持锻炼。

方澄连感冒都很少有。

宋几何接受不了这个现实，连连摇头："一定是误诊，是不是哪里弄错了？"

安若即抓住了宋几何的胳膊："你冷静点，方澄真的是病了！李医生是专家，她的结论不会有错。"

宋几何强忍悲痛："还有多久？"

第五十五章 4日，人生难题中的一个错误的步骤

"最快三个月,最晚一年。"李知恩强忍情绪,"手术已经没有意义了,以后让她开心点,做一些对她来说有价值的事情……"

"她还不知道,现在先不要告诉她,以免病情迅速恶化。如果能早发现就好了,你们付出了太多的沉没成本。"

李知恩走了许久,宋几何还没有缓过来。他靠着墙慢慢坐在了地上,双手抱头,陷入了痛苦与自责之中。

安若即在一旁静静地陪着他,不说话,等他自己缓和情绪。

也不知过了多久,宋几何缓缓站了起来,目光坚定:"我决定了。"

"决定什么了?"安若即忙问。

"我给方澄两个选择。"

第五十六章　4日，抛弃受害者有理的幼稚想法

——底层逻辑

病房内，方澄已经沉沉睡去，谢勉记和易正方坐在沙发上。

宋几何让二人回酒店休息，由他和安若即陪着方澄和余笙长就行。二人想留下，宋几何坚持，二人只好离开。

房间中除了两张病床，还有一张沙发床和一个沙发。宋几何让安若即也回家，安若即说什么也不肯，她留下来不是为了陪宋几何，而是为了表姐方澄。

宋几何只能同意。

方澄和余笙长二人一直沉睡，宋几何让安若即睡在沙发床上，他靠在沙发上打了个盹儿。半夜里醒来后，再也睡不着了。

安若即也醒了过来，和宋几何商量要不要把方澄的事情告诉她的父母。宋几何认为先不用，两位老人家身体都不太好，受不了这么大的刺激，等等再说。

在安若即的追问下，宋几何说出了他要和方澄说的两个选择，一是他同意以方澄的方案离婚，由方澄拿走七成。二是不离婚，让方澄担任董事长，由她来主抓公司的发展方向。

不管是哪个选择，等于是宋几何全面退让。

安若即沉默了半晌，点了点头："从感情来说，你的做法很男人。但是站在公司的立场上，我依然反对你的决定。你可以换一种方式来表达你对表姐的爱，但不应该拿公司的命运和前途当赌注。"

宋几何摇了摇头："我目前能提供给方澄的快乐，就只有这些了。其他

的，她又不缺。"

"随你吧。"安若即长长地叹息一声。

....

谢勉记、易正方和胡小离开医院，到了外面，在易正方的提议下，三人来到路边的一个摊点，要了烤串和啤酒。

易正方一瓶酒下肚，就有点儿上头了，他涨红了脸："谁能想到余笙长是这样的渣女？想想我还一直当她是女神，恶心死我了！"

谢勉记咳嗽几声，拍了拍他的肩膀："是我们自愿非要当她是女神，她又没有逼我们，是我们自己的原因，不能怪她！要怪，就怪自己还沉迷在多年以前的幻象中，没能走出来。"

"今天方澄昏倒，就只是为了阳亮的事情吗？"

易正方又喝了一大口啤酒："我也不知道，多半还有别的事情。老谢，后面该怎么办呢？说说你的想法。"

"我们都是不同的阵营了，没法聊呀。"谢勉记打了个太极。

易正方呸了一口："别扯谈了，宋几何和方澄两口子床头打架床尾和，说到底我们才是外人！我们才应该联合起来，一致对外。可惜现在余笙长昏迷了，应该和她商量一个一致的对策出来，让我们掌控主动权。"

"掌控主动权？易正方，你喝多了吧？"谢勉记呵呵笑了起来，"你有什么资本掌控主动权？退一千万步讲，就算你掌控了主动权，你有能力用好手中的权力吗？"

"看不起我是吧？"易正方摇晃着站了起来，挥舞着酒瓶，"我至少比余笙长正派比你正经，我没有骗婚不是捞女，也没有婚内出轨，我还是受害者……"

谢勉记轻蔑地一笑："你什么时候改了你底层思维的逻辑，抛弃受害者有理、受害者就该得到全世界关爱的幼稚想法，你才有能力和我平等地对话。即使你能和我平等对话了，也不够资格和几何平起平坐，你还差得远呢！"

易正方哈哈大笑："老谢，你什么时候成了老宋的粉丝？这么崇拜他？

你是拿了他什么好处吗？怎么处处替他说话？"

谢勉记沉默地喝了一口酒："我不但没有拿老宋的任何好处，甚至他都没有口头许诺给我什么好处，我们只是达成了一个初步的共识。我其实也不是替他说话，是实事求是。"

五人组中，谢勉记算是和宋几何联系最密切交流最多的一个，宋几何近年来的每一步发展，以及和方澄每一次矛盾的积累与爆发，他都清楚。当然，他和于筱的事业与婚姻的各种问题，宋几何也是明明白白。

宋几何走到和方澄非要离婚的地步，他很理解并且赞成，因为他也感同身受。虽然于筱并不像方澄一样是一个富二代，他也不像宋几何一样借助了方家的势力，并且他和于筱婚姻的破裂也和宋几何婚姻的崩塌原因不尽相同，但各有各的不幸的婚姻却有一个相同点——除了出轨的狗血，都是三观的不合。

他和于筱的婚姻也经历了和宋几何婚姻几乎相同的心路历程——初结婚时的甜蜜、结婚一年后的奋斗、结婚三年后的感情平淡期和事业上升期，后来的每一个阶段的转变，他几乎和宋几何同步，因此，二人的共同话题也最多。

实际上，近年来谢勉记事业上的成功，或多或少都受益于宋几何的帮助。只不过他和宋几何还有原则与底线不同的是，他遇到了胡小后不久就出轨了。也是他铁了心想要离婚的出发点给了他足够的勇气。宋几何原本不想离婚，想求同存异，想要用事实说服方澄。但最终还是失败了，方澄提出了离婚，他也只能被迫接受。

宋几何喊他来北京，请他帮忙解决离婚难题，他一口应允下来，并且和宋几何商量，他想借机留在北京发展，不再回深圳。宋几何也同意了，但同时劝他对离婚的事情再认真考虑一番。

宋几何认为他和于筱的矛盾不是不可调和的矛盾，而是可以化解的冲突。于筱是潮汕女人，温柔贤惠顾家，或许有小富即安的局限，但本质上对家庭忠诚，是贤妻良母。

第五十六章 4日，抛弃受害者有理的幼稚想法方澄算不上贤妻良母，只能算是事业上的好伙伴。要强不是坏事，问题是跟谁都要分一个高低胜负，就麻烦了。

谢勉记从大学时就对宋几何十分佩服，不管是解题还是为人，每一步都走得很踏实。就连他和方澄的婚姻，他表面上附和别人的说法，认为是宋几何攀附了方澄，实际上他最了解是方澄套路了宋几何，制造了所谓的巧合让宋几何相信他们是天作之合。

方澄是看中了宋几何的人品、能力和人缘，三者加在一起，就是一个天才型的领导者。

谢勉记认识方澄在先，很清楚方澄的择偶标准带着明显的目的性倾向，是要帮方家物色接班人，毕竟方家只有两个女儿。

当初方澄对他也有好感，还带他见过方父，却被方父否决了。方父认为他能力尚可，但人品和人缘还有所欠缺，抛开长相不论，谢勉记顶多只能打50分。

如果算上长相的话，就只有40分了。

五人组三个男人中，论长相，宋几何第一，既周正又大气。易正方第二，运动健将，一身肌肉也颇有魅力。谢勉记第三，个子不高先不说，身材比例也不行。

因为谢勉记的前车之鉴，后来方澄就没带易正方单独见方老爷子，而是在一次聚会中，让方老爷子暗中同时观察了易正方和宋几何。

事后方老爷子告诉方澄，从长相上看，第一眼易正方似乎比宋几何更有视觉冲击力，但不耐看。易正方由于经常运动的原因，青春气息也比宋几何更浓郁一些。但综合下来对比，宋几何更沉稳更有内涵，也更有长久性。同时，宋几何无论长相、人品、能力和人缘，都是中上水平，难得的是他比较均衡和全面。

一个人某一方面的特长或才能越突出，其他方面就越短缺。所以对比下来，一个人各方面都是中上之资，叠加在一起，就是难得的全才了。

方老爷子一锤定音，敲定了宋几何，方澄才开始制造巧遇和巧合，一步步俘获了宋几何。

个中内情，只有谢勉记一人知道，其他人包括宋几何本人，也不得而知。他向方澄做过保证，永远不会透露背后的种种。

谢勉记也遵守了承诺，始终没有向宋几何透露半分。后来还是宋几何主动向他提及此事，说他其实早就知道方澄对他的套路和考察，他本身也喜欢方澄，就坦然接受了。男女相爱，不是我套路你就是你套路我，爱情本身就是愿者上钩的游戏。

从相爱到结婚，再到婚后的事业发展，以及二人矛盾的产生、爆发与激烈，谢勉记全程跟进，每一个阶段他都清楚宋几何的真实想法，所以，他才对宋几何由欣赏到敬佩。

可以说，宋几何始终以大局为重，一直在努力挽救婚姻。但婚姻不能和事业混为一谈，他既然肩负着保证方家兴旺的重任，方家就得信任他，而不是既想利用他又要提防他。

好在后来和方老爷子分家后，宋几何独当一面，在为自己的公司打拼时，来自方家的压力就小了许多。但慢慢地，方澄的不满却多了起来，并且总想抢走本该属于宋几何的权力。开始他还以为只是简单的路线之争，是对大方向不同导致的分歧。后来才意识到，方澄想要争权，是想让她和宋几何的公司归方家所有。

宋几何就不干了。

第五十六章　4日，抛弃受害者有理的幼稚想法

第五十七章　4日，在取舍之间的妥协

——除法

他可以让方家分红，拿应得的部分，但不能直接拿走他的全部。他对方澄的不满也因此种下，他认为既然方澄和他结婚，就应该以他们的婚姻为重，他们才是一家人。但方澄还事事想着方家，说明她还当他是外人。

矛盾就越积越深，再加上在公司的发展方向上二人渐行渐远，最终才酿成了现在的局面。

在谢勉记看来，宋几何的离婚方案已经很照顾方澄了，各方面都是一分为二的平分。实际上近几年来宋几何对公司所做的贡献超过了90%，如果他在方澄有离婚的动向时就采取转移财产的举措，现在他已经轻松地转移了大部分财产。当然，是在合理合法的前提下。

宋几何非但没有这么做，还很公正地厘清了公司所有的财产，并且假装不知道方澄暗中和胡浩锐、张系正在组建新公司，试图对他来一手釜底抽薪，就让谢勉记大为感慨宋几何对方澄的宽容。

也正是宋几何对方澄的态度，才导致他最终下定决心净身出户，也算是对于筱的补偿。男人就得敢作敢当，要承担应有的责任。

五人组当年签订的协议组建的一五公司，谢勉记还有印象，是否存续也没有关心。他相信宋几何的为人，如果可以分红时，会分；如果经营亏损了，也不会让他们出钱。

后来方老爷子当众提出一五公司的事情试图分化他们时，谢勉记能理解宋几何没有提前向他们透露一五公司现状的原因，应该是时机不到，别人是不是能够理解，他就管不了那么多了。反正他对宋几何近乎绝对的信任，在

他公司几次遇到危机时，如果不是宋几何出手相助，公司早就倒闭了。

宋几何不会吞没他们应得的部分，就算有私心，也是正常，毕竟当年他们三人只是签了一个字，没有付出过任何财力和人力上的支持，相当于买彩票，他们三人每人出了一个数字，宋几何花钱去买。不能说没中的话大家不用平摊资金，中奖了却要平分奖金。

本来有许多事情闷在心里，宋几何不让他向几人透露，今天易正方突然想要"造反"，谢勉记就生气了。

在宋几何劝他不要离婚时，他嘴上没说什么，心里却是清楚宋几何是真心为他着想。他所追求的是事业上的创新，而不是感情生活上的从头再来。他其实很习惯于筱的顾家和对他的照顾，胡小就是年轻漂亮，温柔是温柔，却远不如于筱对家庭的投入全心全意。

世界上没有完美的女人，就如没有完美的男人。只要明白自己想要的到底是什么，取最适合的一人就行。宋几何了解他最需要的是什么，也清楚他在取舍之间的妥协。

谢勉记冲动之下，想和易正方理论一番，话到嘴边又咽了回去，有时和层次相差很大的人对话，你永远没有办法说服他，因为他停留在自己的格局和眼界中，无法和超过他的人共鸣。

谢勉记和易正方碰了碰酒瓶："不说几何了，说说方澄。你就这么跟定她了？"

"白纸黑字，签字画押，我是一个说话算数的人。"易正方拍着胸脯，"终于知道为什么方澄会选择我了，原来她早就知道了你和余笙长在背后的龌龊事儿，哈哈……"

易正方狂放地大笑，在谢勉记和余笙长面前，他终于找到了优越感。

"你和余笙长非要跟着宋几何，捞到什么好处了吗？一个被现任逼得焦头烂额，另一个被前任差点儿弄死，你们可真行，明明活得这么狼狈，却在人前演得这么光鲜，服了。"

谢勉记等易正方笑完了才说："差不多行了，别自我安慰自我陶醉了。

第五十七章 4日，在取舍之间的妥协

说吧,你到底想怎么着?"

易正方又喝了一大口啤酒:"我草拟了一份协议,你看看怎么样。等余笙长好起来后,争取拉她一起加入。我现在发给你……"

谢勉记打开微信看了一眼,又关上了:"不看了,字太多,你拣重点说说。"

"行吧。也简单,就三点,一是我们三个人同意成为一致行动人。二是我们三人在一五公司股份如何处置的事情上,必须保持一致的立场。三是我们商量好一个分红方案,让他们必须接受,不接受的话,就拒绝签字。"

"先说说你想要什么样的分红方案?"谢勉记笑眯眯地问道。

易正方嘿嘿一笑,伸出了右手:"我们每个人是 15% 的股份,先拿出 5% 套现,多的不敢说,先算 5000 万元总可以吧?每人 5000 万元到手,在北京的生活也有着落了。剩下的 10%,就留着以后慢慢分红了。"

"想的是挺美。先不说我们三个人能不能达成一致,就算能,我们三个人加在一起的持股才 45%……"谢勉记一口喝完杯中酒,"宋几何可以一票否决分红的提议,如果他再提出公司需要增资来扩大经营,每人需要追加资本金 1000 万元,你能拿得出来吗?拿不出来就稀释股份。"

"如果我没记错的话,我们手中的股份只有分红权没有决策权,也就是说,你连提出分红的权利都没有。"谢勉记站了起来,"正方,如果不是几何念旧,早年解散了公司也不用我们出面签字,我们哪里还有现在的念想?人得知足,也得懂得感恩,贪心不足的人,总有一天会毁在自己的贪婪上。"

"你的所作所为是用除法在快速消耗自己的人品!"

易正方告别谢勉记后,一肚子气。他叫了个车回北四环的公寓,一路上酒意翻腾,吐在了车里。

司机大怒,赶他下车,并要求他擦干净座椅。

易正方更怒,挥拳打向司机:"你算个什么东西,也敢欺负老子?老子比你有钱多了,老子马上就有北京户口、北京的房子和车子,老子身家上亿,你才有几个钱?"

"放开老子！你一个臭开车的，别以为是北京人就了不起，老子以前就在北京上的大学，还是名牌，你呢？老子现在回来了，灭了你！"

几分钟后，易正方鼻青脸肿地倒在了地上，肋骨也断了两根，血流了一地。

随后，易正方被送到了医院，巧了，正好是方澄和余笙长所住的医院。

伤势不重，但易正方惊吓过度，昏迷了过去。

司机由于打人被抓，医生通过易正方的手机联系上了李美玉。

李美玉拒绝支付一切费用，声称她和易正方已经没有了任何关系，不要再打电话给她，就挂断了电话。医生无奈，只好先救人。

易正方迷迷糊糊中，浑身剧痛。醒来的时候，已经凌晨5点多了，天光将亮，城市开始喧嚣起来。

睁开眼睛，周围全是人，一个病房中至少有七八个病人，每个病人都有一两个以上陪护，房间就无比拥挤加热闹。才是凌晨，有人睡觉，呼噜震天。有人睁大一双空洞无神的眼睛，不知道在思索什么人生重大课题。

还有人在哭，小声地、压抑地哭泣，若有若无，<u>丝丝缕缕</u>，动人心魄，让人听了神思恍惚。

更让易正方头大的是，有个病人在打电话，很大声旁若无人的那种，一口方言，也不知道在说些什么，语速快、语气急，像是在吵架又像是在讨论什么事情。

这是哪里？我是谁？发生什么事情了？易正方发出了常见的狗血灵魂三问，随即想起了事情的前因后果。

别让我再见到你，见一次打一次！易正方对司机恨之入骨，想了想，便从床头拿过手机，打算给对方一个大大的差评，却发现订单已经取消了。

他很生气，就打电话给平台，要求平台严惩司机。电话打到一半，医生进来了。

"易正方，你赶紧缴一下住院费用。"

易正方应了一声，吸了一口气，胸口钻心地痛，他挣扎着下地，腿一软，

第五十七章 4日，在取舍之间的妥协

一下跪在了地上。

医生扶他起来，告诫他现在不要行动，他肋骨断了，需要休养一段时间。

易正方回到床上，见周围的病人有人在冷眼旁观，有人在笑他，他冷哼一声："等下我会转到单人病房，不和你们这些闲杂人等在一起，你们也配？"

没人理他。

易正方笑得更得意了："你们不说话是不是觉得我在吹牛？等下你们就知道我有多厉害了。你们可能真没见过什么有钱人，不明白人有时真的会分出三六九等。你们呀，注定一辈子只能挣扎在社会的最底层，除非有奇迹出现，否则别说成为有钱人了，连有钱人长什么样子都见不到……"

一个缠得像木乃伊一样的小伙子受不了了，站了起来："你有完没完？有钱就搬去高级病房，没钱就老老实实待着，别瞎吵个没完，信不信我让你肋骨全断，永远出不了院？"

易正方秒怂："别价，我是喝醉了，说的醉话胡话瞎话，别跟我一般见识！我错了还不行吗？"

门一响，宋几何和谢勉记推门进来了。

易正方如见亲人，顿时哭诉："老宋、老谢，你们可算来了！你们再不来，我就要死在这里了。快，我要换单人病房！"

"你先冷静一下，老易。"谢勉记上前一步，按住了易正方的肩膀，"恐怕你还得住在这个病房，而且，暂时也没人可以照顾你。"

易正方感觉到了气氛的不对："出什么事情了？"

第五十八章　5日，每个人的形象都在崩塌

——等价方程

宋几何和谢勉记是一早才知道易正方出事的消息。

谢勉记第一时间赶到了医院，先是见了宋几何。

宋几何和安若即陪了方澄和余笙长一晚上。

方澄半夜时醒来一次，余笙长一夜未醒。

天亮时，方澄再次醒来。宋几何当即和她说了他的两个决定，让方澄二选一。

方澄愣了半天，也不知道想到了什么："为什么争了这么久，眼见就要分出胜负了，突然又让步了？"

宋几何嘿嘿一笑："快要输了，给自己一个体面下台的机会。你同意了，算是我高风亮节，让给你的，不算是输给你。"

方澄盯了宋几何半天，又打量了安若即一会儿，才点了点头："说吧，你有什么附加条件？"

"不管你选择离婚后分七成财产，还是不离婚当董事长，我都希望现阶段不要告诉孩子和双方父母真相，给他们一个缓冲期。"宋几何表现得很诚恳。

"缓冲期是多久？"

"一年，最多一年半。"

"好，我答应你。"方澄点了点头。

"你选择哪一个方案？"

"还没想好，等我想好了再告诉你。"方澄的表情有些复杂，在努力克制

着什么,"想好了,我选择不离婚,当董事长。"

谢勉记赶到时,余笙长也醒来了。

余笙长目光呆滞,神情萎靡不振,似乎连说话的力气都没有了。醒来后,不吃不喝,只是发愣。

谁劝都没用。

安若即在出去安排早饭时,得知了易正方住院的消息,回来后告诉了几人。

"烂泥扶不上墙!"方澄很生气,"就先让他住在普通病房,好了再说。一副小人得志的嘴脸,看着就烦。这几天,别让我看到他。"

随后,李知恩为方澄和余笙长做了例行检查,二人都已经没有"大碍"了,随时可以出院。

方澄一刻也不愿意在医院多待,和余笙长一起办好了出院手续。自始至终,余笙长都是一副呆呆的样子,失魂落魄,似乎丢掉了什么,任由几人摆布。

出院后,一行几人两辆车,回了公司。

谁也没管易正方,直接扔下了他。宋几何没忘让安若即帮他缴了费用。

到了公司,余笙长缓过来一点儿,不说话,只掉泪。

安若即只好陪着她,防止她出现什么意外。谢勉记陪宋几何和方澄到了办公室。

方澄坐在了主位,环视了宋几何和谢勉记一眼,笑了:"老宋,你的决定还没有和老谢说吧?你觉得他听了会是什么感受?"

"还没说,我相信他会支持我的。"宋几何一脸笃定。

"说吧,不管发生什么事情,我都做好了心理准备。"谢勉记苦笑一下,"五人组现在只剩下三个人了,一个住院一个吓呆,还不知道接下来会不会有人死掉,别怪我乌鸦嘴,我是真的快要受不了接二连三的变故了。不行就毁灭吧,真的,累了。"

谢勉记不是开玩笑,确实是内心无比疲惫,今天才第五天,每个人的形象都在崩塌，除了宋几何还能勉强坚挺。更要命的是，居然闹出了人命！

虽然人命并非是由宋方二人的离婚事件直接引发的，但是也有一定的干系。现在余笙长也不知道什么时候清醒过来，她是受了强烈刺激才有了自闭的倾向。不过谢勉记有理由怀疑余笙长是在假装，只是为了装可怜来化解别人对她的指责。

易正方进一步暴露了他的下限，12年的人生经历在他身上形成的烙印无法去除，已经深深地印在了性格中成为他生命的一部分，他的眼界和格局，已经和自己相差甚远。真希望他以后不会再和自己有任何联系，更不用说共事了。

现在的谢勉记就是想要尽快结束宋几何和方澄的难题，不管是什么答案，有结果就好，他还要想办法处理好于筱和胡小的事情，毕竟，留给他的时间也不多了。

方澄倒了水，递给了谢勉记："我和老宋的事情，麻烦你们了，尤其是你老谢。我先谢谢你了。"

宋几何也是心中起伏，他拍了拍谢勉记的肩膀："是这样的，我和方澄达成了一致，具体内容，让方澄来说。"

方澄接过话头："我和老宋先不离婚了……"

"啊？"谢勉记大吃一惊，站了起来，"气氛都烘托到这个份儿上了，又不离了？这不是要人玩吗？就像我唢呐都放嘴里了，气也鼓起来了，马上要吹了，你跟我说人没死，还有气，我还得咽回去，得憋出内伤不可。"

"真的不离了，老宋？"谢勉记不太相信，看向了宋几何。

宋几何点点头："你不是说如果我不离，你也就不离了吗？我现在不离了，你说话算话？"

谢勉记哭笑不得："别闹，说正事呢。为什么又不离了？"

"简单呀，老宋意识到了我的重要性，愿意把董事长的位置让给我，他甘愿当总经理。"方澄很开心的样子，"既然他认识到了自己的错误，愿意让步，我也不必非要步步紧逼不是？毕竟多年的夫妻了，打起配合来也比外人

第五十八章　5日，每个人的形象都在崩塌

默契。"

谢勉记还是不信:"老宋,确定?"

宋几何重重地点了点头。

"行。"谢勉记站了起来,"你们床头打架床尾和,没我们外人什么事情了,我这就走。"

"闹呢?"方澄笑了,制止了谢勉记,"我和老宋和好,不影响之前我和老宋分别对你们做出的承诺,我和老宋欢迎你们留在北京,留在公司,继续五人组的事业。"

"一五公司我会重组,还需要你们的签字。具体方案,我会在今晚拿出来,总之,不会亏待你们任何一个人。"

谢勉记呆了一会儿,摇了摇头:"行吧,我心里有数了,让我好好想想。留在北京是我不变的目标,留下来的方式,我再琢磨一下。"

"余笙长和易正方还不知道吧?"

宋几何摇头:"还没和他们说。今晚我们聚一下,宣布我和方澄不离婚的决定,再拿出全新的方案。"

谢勉记想了想才说:"今天没什么事情了吧?我叫上胡小,去医院陪陪正方。"

宋几何说道:"暂时没什么事情了,你先去医院,我和方澄再商量一下,中午前也会过去。晚上我们好好聚下。"

送走了谢勉记,宋几何和方澄回到董事长办公室。宋几何不说话,默默地收拾东西。

"干吗这是?"

"腾办公室给你。"

"不用。"方澄摆了摆手,"我还用原来的办公室,都当董事长了,还在乎一个虚头巴脑的办公室?我只在乎实权。"

"得,你是董事长,你说了算。"宋几何笑笑,停了下来,"他们三个人的股权问题,你想好解决方案了吗?"

"既然不离婚了，而且现在你是董事长，得你拿主意。"

方澄像不认识一样上下打量宋几何几眼："转变得有点儿快，转弯半径也有点儿大，让人一下适应不了，说，是不是做了什么亏心事，过意不去，想要补偿我？"

"让我猜猜，是不是出轨了？跟谁？余笙长还是安若即？"

"你呀你……"宋几何心中悲伤遍地，却强忍着不流露出来，"我如果出轨也不会现在出，而且在你的眼中，除了余笙长和安若即，我对别的女性就没有吸引力了？你也太小瞧我了吧？"

方澄大笑："你都30好几的人了，拖家带口，有两个孩子的中年男人，还这么有自信，也不容易。人家小姑娘凭什么喜欢你？凭你老凭你又臭还不爱洗澡？"

宋几何一本正经："第一，我不老。第二，我不臭，并且挺爱洗澡。第三，我虽然拖家带口，但男人魅力依然在。第四，至于小姑娘凭啥喜欢我，得问她们，我又不是她们，不知道她们的择偶观。"

"说你胖，你还喘上了。"方澄笑着笑着，眼泪出来了，忙背过身去，不让宋几何看到。

宋几何就假装没看到："董事长，你是不是已经有方案了？"

"有，当然有。既然我当了这个董事长，就得拿出解决问题的能力。不要做解决不了问题但能解决提出问题的人的领导，这是无能的表现。"方澄轻松自若地笑了，"我的想法是，让他们三个人留在公司，由公司负责解决食宿和交通问题，他们持有的一五公司的股份，等到了分红时，和其他员工一并分红。"

宋几何不置可否："他们留在公司，各负责哪一块儿呢？"

"老谢先从分公司的副总做起，笙长先从分公司的总监做起，正方留在总公司，负责行政……"

宋几何和方澄的一元集团虽然规模不小，但不同于传统的公司并不需要大量的行政工作，因为并没有设立专门的行政总监。

第五十八章 5日，每个人的形象都在崩塌

319

思忖片刻，宋几何点头认可了方澄的安排："倒也不错，如果他们三个人都没问题的话，我也没有意见。"

"还有一件事情，如果他们不同意怎么办？再如果谢勉记不想留在公司，想要自己创业，你有没有相对应的预案？"

"有，当然有了。"方澄转身拿过电脑，"我一向细心，你又不是不知道，考虑问题很全面的。"

过了片刻，方澄惊呼一声："几何，帮我看看电脑怎么了，开不了机了！不应该呀，我的是新电脑，刚买了不到半个月！"

"现在的电脑质量这么差了吗？"

宋几何帮方澄看了看电脑，捣鼓了几下，还是没有动静，只好摇头："现在的电脑质量是比以前好多了，不但更好用使用寿命也更长。但总是会有个例，刚出厂的也有可能会坏掉。"

方澄苦着脸："就和人一样，有人寿终正寝，有人夭折。生死面前无富贵，黄泉路上无老少。看来，我很不幸选了一台先天不足而导致夭折的电脑。"

第五十九章　5日，最基本也是最核心的关系却很简单

——直角三角形

宋几何忽然意识到了什么，忙转移了话题："一台电脑而已，怎么联想到人的身上了？别瞎想。回头给你换一台新的，我刚买了一台华为新出的笔记本电脑，最高配置。"

"可是里面还有许多文件……"方澄一脸不悦。

"可以恢复的。"宋几何宽慰了方澄几句，又聊到了其他相应的预案上面。方澄确实做了许多细致的工作。

聊完之后，方澄回自己的办公室了，安若即敲门进来。

宋几何有几分忧色："方澄不会知道自己的病情了吧？"

安若即摇头："不会，没人告诉她。现在只有你、我和李知恩知道，李知恩向我确保没有向方澄透露，那么除非你说，否则她不可能知道。"

"那就好。"宋几何长出了一口气，"就怕她联想到什么就麻烦了，你又不是不知道她喜欢猜疑，天天强调什么生活暗示、日常悬念，没事都给自己吓出事了。"

安若即坐下，沉默了一会儿才说："宋总，真的决定让方澄担任董事长了？不怕她把公司搞垮？"

宋几何摆手一笑："我知道你担心的是什么，放心，不会的，我会再采取一些措施限制方澄的决策权，不会让她随心所欲地做出不利于公司发展的决策。"

"比如……"安若即还是不太放心，想听听宋几何的具体举措。

"比如，我会引进你和胡浩锐的资本，增加你们的持股比例，从而在董

事会形成一股力量,不让方澄的错误决策得以通过。"宋几何一脸真诚,"你会愿意增资一元集团吗?"

安若即歪头想了想:"容我考虑一分钟……嗯,考虑好了,我愿意!"

其实安若即一直想增资一元集团,但宋几何不同意,理由是一元集团发展势头良好,现金流充足,资金链健康,不需要外来资金。现在他主动提出可以增资,她自然是愿意了。

愿意归愿意,还是得适当矜持一下,毕竟她算是资方,是要拿真金白银投入的。

"胡浩锐?他不是方澄的追求者吗?他怎么会听你的?"安若即想到了一个关键点。

宋几何自信地笑了:"胡浩锐是仰慕方澄,但作为成熟的男人,会分得清事业和感情之间的界限,尤其是在求而不得的前提之下。他和方澄达成的共识以及所做的一切,我都清楚。包括方澄想要和他成立联合公司,他的投资想法被他公司的董事会否决,我都了如指掌。"

安若即立刻一脸八卦的表情:"展开讲讲,他是你的间谍,对吧?还有张系,是不是也同时和你有密切的互动?我就知道你是背后运筹帷幄的那个人,你早就布局好了一切。"

"不,不是你想的那样。我只是有渠道和他们保持了密切的沟通而已,而且他们也清楚谁才是一元集团的灵魂,他们和方澄合作的前提是我和方澄离婚,方澄掌控了一元集团或是成立了新公司。如果我和方澄没有离婚,我们还是共同拥有一元集团,他们会立刻转向,调整立场。"

"同样,谢勉记他们三个人,也会改变立场的。"宋几何叹息一声,"接下来,又是一场硬仗要打。"

安若即若有所思的样子:"但愿前面的努力不会前功尽弃,希望接下来的事情一切顺利。"

"还有,万一有一天方澄真的……"安若即顿了一顿,"你怎么办?"

宋几何摇了摇头:"我不知道。真的来临时,谁知道我会是什么样子?"

"你还爱她吗？"

"结婚十几年后的男女，要说爱会显得矫情，要说不爱又显得无情。"宋几何苦笑，"我和方澄的情况更特殊一些，单纯地用爱情和婚姻定义我和她的关系，显然不够。如果再加上亲情，也还欠缺一些什么。这么说吧，我和她算是婚姻和事业的同行者、人生的合伙人。"

"当然，其中也包括爱。"

安若即愣了半天，重重地叹息一声："男人都这样吗？从你到谢勉记再到易正方，似乎没有一个婚姻幸福事业完美的，到底是谁的错？"

宋几何沉默了。

他和方澄不能说婚姻不幸，毕竟也曾经有过幸福的过去，但到今天，已经不能用幸福来形容他和她的婚姻了。即使是在他做了让步之后，他和方澄的关系暂时达成了一种平衡，但再难回到从前的和谐与信任。

但如果说他和方澄之间完全没有了爱，也不是。如果不是爱的前提，他不会对方澄做出妥协与让步，哪怕她得了绝症！他会不惜一切代价为她救治，哪怕花费再多的钱也在所不惜，但让出公司的控制权，只能是爱的驱使。

谢勉记的情况和他有相同之处，起因都是夫妻二人对婚姻和事业的看法没有完全同步，不同之处在于他的婚姻是男强女强的势均力敌，而谢勉记的婚姻属于男强女弱，只要谢勉记让步，婚姻就能回到从前。

但势均力敌的婚姻就不一定了，他可以暂时退让，不可能永远退让。让他为了方澄改变性格，收回锋芒和事业心，他做不到。除非他七老八十了！

所以宋几何并不看好势均力敌的婚姻，婚姻组成的家庭就像是一家无限关爱有限责任的公司，一家公司只能由一人说了算，另一人负责执行，如果有两个董事长，就会乱套。

谢勉记的情况相对来说就好多了，男强女弱的婚姻，必然会有一方服从另一方。只要强势的一方懂得照顾弱势一方的情绪，不忘初心不抛弃不放弃，就能做到和谐。

男人确实有喜新厌旧的本能，以及见异思迁的毛病，但并不是所有男人

第五十九章　5日，最基本也是最核心的关系却很简单

在发达之后都会抛弃发妻。一个真诚的男人，会永远记得发妻与他一起拼搏一起努力的岁月，曾经的过往是谁也无法替代的感情。

宋几何了解谢勉记，也清楚他的问题所在，所以他才劝谢勉记回头而不是劝易正方。

易正方就属于女强男弱的典型代表了。

在婚姻中处于弱势一方的易正方，又没有事业成功的加持——当然，大多数在婚姻中处于被支配地位的男性很少有在事业上的成功，他们往往性格压抑、自卑又敏感。

正因如此，易正方才会露出暴发户的嘴脸，也是以前被太多人看不起导致了心理的扭曲。

他们三人，婚姻各有各的不幸，虽情况不同，但导致的结果几乎相同——都指向了婚姻解体。

现在看来，宋几何的婚姻还可以短暂维持，如果不是方澄突染重病的话。而谢勉记的婚姻，还有可能挽留。易正方的婚姻，基本上没有可能回去了，因为即使易正方愿意戴着帽子负重前行，李美玉也不会给他机会。

那么他们三人的婚姻走到现在的地步，到底是谁的错呢？

简单地将错误归咎于任何一方，都不公平，也不科学。一段婚姻的解体就像一道难题的解答，既然是需要双方维持的关系，就必然是双方的责任。人和人之间的关系虽然复杂，但最基本也最核心的关系却很简单——就是两个人之间的关系。

维系好了两个人之间的关系，就维系好了夫妻关系、父母与子女的关系、同事关系、上下级关系，也就是维系好了与整个世界的关系。

不过双方都有错，也会有一方错得多另一方错得少的区分。如果一段关系真到了无法挽回的地步，宋几何还是希望可以善始善终。有时，适当地退让，不是因为软弱，而是因为善良。

"中午叫点外卖得了，我和方澄，还有你，和笙长简单吃点儿。"宋几何没有回答安若即的问题，她的问题上升到了哲学的高度，太形而上了，他现在还处于形而下的阶段。

"已经安排下去了。"安若即神情微有几分不安,"我总觉得方澄的事情瞒着她和她的父母还有我爸妈,早晚会落埋怨……"

"不能说,一说就会乱套。"宋几何想了一会儿,"还是等一个合适的时机,我先和方澄说一声。我了解她,她也会认可我的做法,不让我告诉别人。"

"她那么要强,就算死,也要死得有尊严。哪怕是人生最后的时光,她也要过得有质量。"

中午,宋几何和方澄没去医院,而是让安若即简单安排了午饭。

只是每个人都没有胃口吃。

余笙长精神好了不少,但还是不怎么说话,时不时会陷入沉思之中。她的手机不断有电话打进来,安若即嫌烦,帮她关了手机。

方澄也没怎么吃东西,对付了几口,就关在自己的办公室里面工作。

宋几何没有午睡,平常他都要至少休息一个小时左右,而是和安若即一起陪着余笙长。

余笙长先是睡了一会儿,醒来后饿了,吃了点儿东西,慢慢恢复了几分精神。听说晚上要聚餐,她提议去吃火锅。

本来安若即已经订好了一个比较清淡的饭店,余笙长提议吃火锅,宋几何又是默许的态度,她就忙去换了一家。

下午五点多时,谢勉记打来了电话。

"刚帮老易办好出院手续。"

宋几何一惊:"他伤得比较严重,不是得住院观察几天?"

第五十九章 5日,最基本也是最核心的关系却很简单

第六十章　5日，每个人都要认清自己的定位才不会痛苦

——角的平分线

"他说什么也不肯再住下去，嫌环境太差。主要也是他和病友处得不好，有人想打他。"谢勉记强忍着笑，"如果不是我在场，他肯定又会被痛打一顿。"

宋几何不知道该说什么了，让谢勉记直接带易正方来公司，晚上的聚餐就安排在离公司不远的一家饭店。

"岳管和裴南不放心我，非要过来，能不能让他们过来？"余笙长一开机就接到了二人的消息和电话。

"不合适！"安若即当即拒绝。

宋几何也是一脸坚决："今晚的聚餐，关系到我和方澄的事情，有重大决定要宣布。他们过来确实不合适，这样，你让他们晚些再过来，晚上9点以后吧，饭后你们可以聊聊。"

"好吧。"余笙长本不想同意，见宋几何表情坚定，只好点头了。

坐了一会儿，余笙长又要喝茶又要喝咖啡，不是挑剔茶不好就是嫌弃咖啡味道不对，惹得行政小妹花小颜连翻白眼，像是要昏过去的样子。

最后还是宋几何制止了余笙长的挑三拣四："别喝茶也别喝咖啡了，你现在身体还虚弱，喝点儿枸杞水就行。"

不在茶和咖啡上纠结了，余笙长又开始向宋几何和安若即絮叨了起来。

"几何，你说阳亮的事情能怪我吗？我从来没有要坑他害他的想法，他想死，我没他力气大，也没法拉住他……"

"他说要和我单独聊聊，我都答应他要把房子和现金都还给他，他还不

行，非要我跟他回南昌和他复婚。我不同意，他就要和我同归于尽，拉着我想跳楼……几何，他是不是疯了？他是不是精神病？他是不是该死？"

"幸好方澄他们出现得及时，要不现在我也会躺在冰冷的太平间里面。想想就吓人，光着身子躺在又硬又凉的不锈钢床上，得多冷多孤单多害怕！"

"不能想，一想就后怕。幸亏没死，要是死了，就太惨了。我到时叫天天不应叫地地不灵，你们谁也不会管我，不会和我说话，我就是哭死也没人理会……"

"几何，你一定会相信我的，对吧？警察都说了我没有杀人动机，我不是犯罪嫌疑人，你们不会因为阳亮的事情而对我有看法吧？我也是受害者！"

安若即实在听不下去了，冷冷地打断了余笙长："你真死了，就没有知觉了，不怕冷不怕孤单也不会害怕……更不会说个没完！"

余笙长立刻眼泪汪汪："我是一个差点儿死掉的人，你怎么能这么对我？你太凶了，没有一丝同情心。"

"不要道德绑架，也不要为自己开脱，阳亮的死，你有不可推卸的责任！"安若即气不过。

宋几何忙出面制止："阳亮之死，笙长是负有一定的责任，但主要责任还在于阳亮的固执与偏激！也说明了一个问题，每个人都要认清自己的定位才不会痛苦。"

"不要替她说话，谁知道在病房中发生了什么？也许是她故意激怒阳亮，让阳亮拖她一起跳楼，然后间接促成了阳亮跳楼自杀的事实。"安若即双目如电看向了余笙长，"你看着我的眼睛，然后告诉我当时到底发生了什么。"

余笙长直视安若即的眼睛："到底发生了什么，我已经向警察说过了，警察也采信了我的说法，并且结案了。安助理，如果你怀疑案子有问题，请向警方提出建议，而不是质疑我。你在这个事情里面没有可以质疑我的资格，我可以不回答你。"

安若即笑了："我现在代表宋总告诉你一件事情，并且向你提一个要求。宋总和方董不离婚了，他们在公司也互换了位置，宋总从董事长转任总经

第六十章 5日，每个人都要认清自己的定位才不会痛苦

理了。"

"啊？真的呀？"余笙长张大了小巧的嘴巴，一脸震惊，"那前面不是白忙活了吗？后面该怎么办呢？"

安若即又说："所以宋总要向你提出要求，他希望你还能一如既往地支持他，并留在北京留在公司，你愿意吗？"

余笙长愣了足有半分钟，才说："留在北京是肯定的了，但留在公司还能做什么呢？几何不是董事长了，他说了又不算，我可不愿意为方澄打工事事听她的，我来北京的目的又不是她。"

安若即露出了一切尽在掌控中的笑容："留在北京，不留在公司，余老师是有别的什么打算吗？也是，阳亮死了，隐患消除了，在岳管和裴南中间选一个接盘侠结婚，又可以大捞一笔，下半辈子都有保障了。"

"我谢谢你呀，替我出了这么好的主意，我得好好考虑一下。"余笙长并不生气，还笑得很坦然，"我来北京之前，其实已经辞了南昌的工作，就没打算回去。就算几何不收留我，我也会自己去打拼。要说打算的话，还真有。"

"我是想套现一部分资金，不用多，5000万元就行了，然后在北京开一家幼儿园，我要当园长！我从小就有一个梦想，想成为孩子王。希望北京可以实现我的梦想承载我的未来。"

安若即看向了宋几何，意思是看到没有，余笙长现在看到大局已定，立刻就转向了。

宋几何微微点头，他能猜到余笙长的转变，也能摸到余笙长的真实想法。

来北京之前，余笙长确实是辞职了，她也和他说了。女人一向比男人更缺少安全感，余笙长细腻、敏感，比一般的女人更缺少安全感。她居然敢辞掉安稳的工作，说明她对可以留在北京发展，志在必得。

也说明她并非只有他一个支点，肯定还有其他的路子。以宋几何对余笙长的了解，如果没有至少三四个支点，她不会贸然辞职。

现在宋几何总算明白他还是小瞧了余笙长，就算没有他、岳管和裴南可以借力，只凭她拥有了阳亮的房子和现金，也足够她在北京待很长时间了。

更不用说她肯定还有其他的备胎没有出现，毕竟她的手机上出现了分母6，说明至少有6个可供挑选的人选。

而现在阳亮已死，隐患解除，余笙长不管怎么走，接下来的路都不会太难。

宋几何微微一笑："想法很不错，我支持你。不过如果不能套现5000万元，你怎么办呢？"

余笙长歪头想了想："没有5000万元，1000万元总该有吧？"

宋几何摇头。

"100万元呢？"

"这个可以有。"

"如果只有100万元的话，我就先安心在公司工作，以后再等机会创业。"余笙长嘻嘻一笑，"也许，还会先结婚，安定下来。"

谢勉记和易正方推门进来了。

易正方还缠着绷带，脸上有伤，挂着拐杖，走路一瘸一拐不说，还龇牙咧嘴，一步一吸凉气。

余笙长呵呵一笑："太不好意思了，正方，本来我还心情抑郁，一见你现在的样子，突然就开心了。"

易正方哼了一声："死了前夫，赚了遗产，又有小鲜肉接盘，你的人生铺满了鲜花，不用见我惨才开心。"

谢勉记也笑："人最开心的事情就是看到身边的人比自己惨。"

"比惨大会吗？"宋几何招呼几人坐下，"我也说说我的惨，在和方澄的离婚大战中，我输了。现在已经休战，方澄重回董事长的位置，我现在是总经理了。"

易正方坐下又站起来："我不是白挨揍了？折腾了好几天，还是要妥协，为什么不一开始就妥协？"

由于用力过猛，易正方痛得一咧嘴，出了一身的冷汗。

第六十章　5日，每个人都要认清自己的定位才不会痛苦谢勉记连连摆手："不一样，不经过较量，谁也不知道对方的实力到底怎么样，底线又在哪里。只有较量过了，才知道深浅。现在老宋既然输了，我们作为他的支持者，也要尊重他的决定。"

易正方哈哈大笑："你们是他的支持者，我可不是，我是方澄的支持者。虽然我中间有过向安若即通风报信，但总的来说我还是方澄的亲信和嫡系，对吧？你们惨了，你们将会被打入冷宫了，哈哈。"

安若即脸色一沉："易正方，宋总在讲话，没有你插话的份儿。注意听，关系到你的身家性命。"

易正方现在最怕安若即，立刻打了个寒战："是，安助理，我错了，我闭嘴。"

宋几何依然是一脸淡然的微笑："其实你们也不用在意我和方澄的输赢，我们谁输谁赢都不影响我们是一家人的事实。现在，问题回到了一五公司的层面。虽然我和方澄不再拆分一五公司，也就不需要你们每个人签字同意了，但既然你们都来到了北京，也愿意留在北京，我还是想把责权利和你们说个清楚。"

易正方抢先问道："我和方澄签的保证书，是不是也可以作废了？"

宋几何瞪了他一眼，没正面回答，说道："你们现在可以选择保留股份留在公司，也可以卖掉股份……"

"我要卖掉。"易正方立刻表态，脸因兴奋而扭曲，"一下子到手好几个亿，不拿现金是傻子。"

"几个亿？"安若即冷笑了，"你不只是被打断了肋骨，还被打坏了脑子。"

第六十一章　5日，落了一个没有赢家的结局

——直线

"上次方老爷子说过我们的股份价值折算下来值 1.5 亿元……"易正方在面对切身利益时，再害怕安若即也要力争一番。

"方老爷子是为了让你们跟他签协议，故意夸大了价值。而且，他本人也没有看过你们和宋几何所签的股份代持协议。"安若即拿出了一份协议，"你们当年的协议，都看看，是不是你们的亲笔签名。"

一式三份，谢勉记、易正方和余笙长人手一份。

说实话，谢勉记记不清协议的具体内容了，他手里的那份早就不知道丢到了哪里，相信易正方和余笙长也是一样。他拿起协议，迅速看完了全部，心，一点点沉了下去。

是沉，也是欣慰。沉是因为协议之中对他们有利的条款几乎没有，也可以理解，他们的股份是干股，除了分红没有任何权利。欣慰的是，宋几何并没有因为协议中的漏洞而吞没他们的股份。

协议很短，很潦草，当时都不太懂相关的条款，严格来说只是一个框架协议，并且相关的责权利也划分得很不清晰。

主要条款就三条：一、谢勉记、易正方和余笙长各持有一五公司 15% 的干股，不出资、不参与管理，只享受分红。二、三人的股份由宋几何代持。三、如果一五公司有经营活动，需要增资，三人不需要出资，但要相应地稀释股份。

三条，除了第一条，后面两条都有很大的弹性空间。比如说第二条由宋几何代持的条款，并没有详细规定代持的权利，也就是说，宋几何完全可以

代替三人行使任何权利，包括投票权。

而第三条，则是最大的伏笔，或者说是最大的漏洞，一五公司当时的注册资金是 10 万元，后来有过几次增资，现在注册资金已经到了 1000 万元，足足增加了 100 倍。换句话说，他们三个人后继没有一分钱的出资，股份应该也被稀释 100 倍才对。

那么他们三个人的股份就由 15% 变成了 0.15%，方老爷子所说的 1.5 亿元分红就变成了 150 万元，前提是宋几何如果决定分红的话。

单从协议来看，首先宋几何如果暗箱操作，把他们的股份吞没都不是问题；其次是不是分红，他们也没有权利提出要求。最后宋几何重情义，为他们保留股份至今，现在他们的股份也被稀释到了每人只有 0.15% 了。

易正方脸色铁青，看完协议后，揉成一团扔到了地上："这么说，我能不能拿到钱，全看你的脸色了？就算你肯赏脸，我顶多也就能拿 150 万元了？"

余笙长冷笑连连："150 万元？想多了，只是注册资金就增加了 100 多倍，中间肯定还有很多次追加投资，都算上的话，我们的股份怕是连 0.05% 都没有了。我就说资本家从来不会大发善心，宋几何现在和我们已经不是一路人了。"

宋几何一脸淡然的微笑，不说话。

"谢勉记，你什么意思？"易正方等了半天不见谢勉记帮腔，怒了，"你是不是被宋几何收买了，是不是不想站在我们的立场上说话？"

谢勉记漫不经心地抬头看了易正方一眼："先不管我站在谁的立场上说话，易正方，你有什么资格冲我大呼小叫？或者说，你是以什么身份命令我？"

易正方立刻软了几分："我、我、我没命令你，是和你商量，是请求你站在公正的立场上替我们三个人争取更大的利益。"

谢勉记呵呵一笑："老易，你觉得我能被老宋怎么收买？我的立场不是为我们争取更大的利益，而是尽最大可能在法律允许的范围之内，争取老宋对我们最大的照顾。"

"呵呵……"余笙长也笑了，笑声中满是讽刺，"老谢你的屁股真是歪到家了，照你这么说，就算一分钱也不给我们，他宋几何还有理还占据道德的制高点了？"

"不然呢？"安若即轻蔑地看了余笙长一眼，"你们的协议严格来说，就是一纸空文，不客气地讲，就是一张废纸。如果不是宋总的坚持，方澄早想作废了它。你们还能看到这份协议，宋总还承认它，就是宋总念在过去的情义上，对你们的照顾和关爱。"

"话不能这么说，若即……"宋几何不得不出面了，气氛也差不多到了，"当初要是没有他们三人的创意，我也不会进入教育行业赚到第一桶金，我对他们的帮助，永远铭记在心。所以，我有一个解决方案，不知道你们是不是愿意。"

"快说。"易正方迫不及待了，从高峰跌落，现在又有了新的希望，他自然要赶紧抓住。

余笙长不说话，脸色铁青，咬着嘴唇点了点头。

谢勉记最为轻松，笑了笑。

"你们三人的股份全部退出一五公司，以300万元的价格转让给我个人。同时，我再成立一家新公司，你们都以原始股东的身份加入，每人可得干股5%，享有永久的分红权。当然，也可以实缴资金，就是正式股东了，享受一切权利。"宋几何一口气说完，暗中观察众人的反应。

谢勉记最为平静，易正方在低头深思，余笙长却是第一个表态。

"不行，300万元太少了，500万元还可以考虑。新公司我就不加入了，说不定又是一个新坑。"余笙长伸出右手，晃动五根手指。

"对，对，没有5000万元，最少也得500万元，要不我不签字。新公司我也不加入了，闹心。"易正方立刻附和。

谢勉记哈哈一笑："谢谢老宋的慷慨，我知道你的意思，行，300万元就300万元，我也不要现金了，直接放到新公司当股份吧。"

第六十一章 5日，落了一个没有赢家的结局

"协议拿来，我签字。"

安若即当即递上协议，谢勉记扫了一眼，签上了名字。

"看，现在信我了吧？我早跟你说过谢勉记是叛徒，你还不信，现在怎么样？"易正方冷冷一笑，对余笙长说道，"老谢最狡猾了，吃着碗里看着锅里，家里一个外面一个。一边假装跟我们一伙儿，一边又和老宋串通，他就是一个两面三刀的人渣！"

谢勉记站了起来，不动声色地捏了捏手指："老易，皮痒了不是？别以为你缠成这样我就不敢打你了，一样打得你哭爹喊娘！"

宋几何摆了摆手："你们不同意我的方案是吧？好，既然你们不想按照感情的分量来交接股份，那就按照正常的商业规程来。若即，麻烦你叫一下赖律师。"

赖达庄是公司的法务。

安若即点了点头，走出了办公室。

她刚出去，易正方就立刻跟了出来。

"安助理！"易正方叫住了安若即，一脸讨好的笑容，虽然隔着纱布看不清楚，"如果按照正常的商业规程来办理，我会拿到多少？"

"一分也拿不到！"安若即冷若冰霜。

"真的，不骗我？"易正方内心瞬间动摇了，他可以不信宋几何不信方澄，也不信谢勉记，但对安若即有着绝对盲目的信任。

"我从来不屑于骗你！"安若即一拢头发，目光冰冷，"狗哥的事情，我骗你半分了吗？"

"你们的协议从法律上讲全是漏洞，可以说除了让宋总代持的第一条，剩下两条都有太多可以操作的空间。如果让律师出面的话，你们不但拿不到一分钱，还得自愿退出公司。"

"给你们每人 300 万元，既是宋总对你们的照顾以及顾及情义，也是他为人守诺的表现，你不要不识好歹！告诉你，宋总是自己掏腰包买下你们的股份。要是按照我的建议，我认为每人 100 万元足够了。"

"啊！"易正方愣了不到三秒，立刻有了决定，"我签，我现在就签。"

拿过协议，易正方看也不看地签上了自己的名字，然后如释重负地笑了："还好，我及时弃暗投明了。"

回到办公室，易正方不动声色地喝水，见余笙长还摆出一副不肯妥协的姿态，就暗暗发笑。

很快，安若即和律师赖达庄进了办公室，宋几何再次问余笙长是什么选择，余笙长坚持要按照规矩来，他只好点头让安若即与律师和余笙长谈判。

易正方坐在一旁偷听，越听越是心惊肉跳，到最后，他惊吓出一身冷汗，庆幸他刚才的英明决定。

余笙长的脸色由铁青转到通红，再转回铁青与苍白，最后她无比怨恨地看了宋几何一眼，起身就走："宋几何，你真行，有一套！你有律师了不起是吧？行，我们法庭见！"

宋几何送她到门口："笙长，我劝你再好好考虑考虑。"

"不考虑了！我不是任人欺负的小绵羊，我也有自己的想法和原则。"余笙长扬长而去，"希望你别后悔今天的选择！"

都没想到和宋几何翻脸并且决绝的，居然是余笙长。

晚饭时，方澄出现了。

满面春风的方澄和之前截然不同，多了份自信和优雅，她坐在首位，招呼大家入座。见余笙长不在，她还关切地问起余笙长去了哪里。

宋几何以正确的姿态向方澄汇报了他和三人谈判的结果，以及余笙长负气离开的原因，方澄笑着摆手，说不必理会余笙长。

几人把酒言欢，小酌怡情，还算其乐融融。

谢勉记和易正方小声交流，只要让方澄坐在首位，让她主事，什么事情都好说。方澄习惯了当中心，习惯了众星捧月的感觉。

哪怕是对自己的丈夫、曾经的同学，她也要成为他们的女神。

易正方身体不适，强忍着坚持了一个小时，顶不住了，提出回去。方澄见状，也就顺势结束了。

第六十一章 5日，落了一个没有赢家的结局饭后，方澄跟宋几何一起回家了。

家里一切如故，花草依旧，鱼儿在水中畅游。就连消失了几天的槐米和远志都回来了，它们一见到宋几何就开心地摇头摆尾，一个扑到了宋几何的怀里，一个跳到了他的身上。

槐米和远志对宋几何的感情发自内心，它们从小由宋几何养大，对它们来说，宋几何就是最亲的亲人，是一辈子的依靠。

宋几何很开心，感觉好像又回到了从前，除了孩子没在之外。

也是怪了，心情一好，不管看什么东西都觉得充满了生机和活力。

近几天来，无心收拾房间，感觉有些杂乱，宋几何和槐米、远志玩耍了一会儿，就去修理他的花草了。后院里，他还种了一些蔬菜，不求收获多少，只想每天看到喜人的长势，就心情愉悦。

宋几何细心地锄草、浇水，槐米和远志陪在他身边。周围一片寂静，偶尔有一些嘈杂声传来，有一种岁月静好的错觉。对，他有一些恍惚，不断地在提醒自己一定是错觉。因为他清楚越是在幻境中持续过久，清醒过来之后就越是痛苦。

即使刻意忘记，也没有办法做到完全抛之脑后。宋几何停下了手中的活计，坐在小板凳上，一时黯然神伤。

突然传来了门铃声。

宋几何起身，听到了方澄的声音："你别管了，我去看看是谁。以后不管大事小事，都由我出面，你就安心弄你的花花草草就行了。"

宋几何也没多想，应了一声，又坐了回去。平常家里来人，也多是方澄去迎接，他才懒得操心。

正打算继续修剪几个花枝时，远志忽然警惕地站了起来，朝前门的方向怒吼几声。宋几何心里一惊，砰的一声，院子里的灯泡突然坏了一个。

宋几何心中一沉，莫名一阵心慌，立马站了起来。忽然脚下一滑，摔倒了。刚爬起来，又被什么东西绊了一下，他再一次摔倒，连手机都摔坏了。

怎么这么倒霉？宋几何心中的不安越来越强烈，忙跳了起来，朝前门跑了过去。

该不会是出事了吧？经常受方澄生活暗示、日常悬念洗脑的他，现在不免胡思乱想，就更紧张了。

穿过客厅来到前门，空无一人，再仔细一看，门前灯被人打坏了，漆黑一片。宋几何打开手机上的灯光，发现门前全是血渍。

灯光上移，地上躺着一人，正是方澄。

宋几何的心提到了嗓子眼！

方澄倒在了血泊里，胸口插了一把刀，还在冒血。她的嘴里也在吐血。

怎么会这样？宋几何冲过去，握住了方澄的手："方澄，你怎么样了？发生了什么？"

方澄露出了凄惨的笑容："老宋，这些年你一直怪我唠叨，嫌弃我天天给你讲什么生活暗示、日常悬念，对不对？"

"不是嫌弃，是两口子之间该有的日常小吵……"宋几何还想解释。

"你别说话，听我说完，要不就没机会了。"方澄又吐出一口鲜血，"今天一早我就觉得哪里不对，虽然没什么细节暗示，但就是一直心慌，感觉总要出事。门铃响时，我就有预感今天的问题会出在那里，所以故意不让你过来开门……"

"我……"宋几何泪水模糊了双眼，"不该让你开门，方澄……"

"你别说话。"方澄拼尽了全身的力气，"让你总嫌弃我说我给你洗脑，现在看到了吧，我是对的！如果是你过来，现在倒在地上的就是你！"

"你对，你全对。"宋几何泣不成声，"你别说了，我叫救护车！"

"没用了，来不及了。"方澄紧紧抓住了宋几何的手，"其实我知道我得了绝症，早死晚死都是个死，你不一样，你还健康，孩子不能没有了妈再没有爸。答应我，照顾好孩子！"

宋几何已经心痛到无法呼吸。

"几何，其实我跟你闹离婚，一半是想让你听我的，一半是置气。如果你能在生活中多让我一些，别那么计较输赢，我们也不会折腾这么一场，落

第六十一章 5日，落了一个没有赢家的结局

337

了一个没有赢家的结局。我现在后悔了，真的，早先知道自己的病情，我应该和你一起周游世界，好好享受一下生活才对……"

"可惜，都太晚了，要结束了……"

方澄送到医院时，已经晚了。一晚上，宋几何失魂落魄，都不知道是怎么度过的。直到天亮的时候，得知消息的安若即赶来帮忙处理善后事宜，他才眼前一黑，再也支撑不住，昏了过去。

第六十二章　6日，婚姻七道题

——出生、成长、学习、相遇、相爱、生子以及死亡

人生的难题，并不是按顺序解答的，有时会跳题，有时也会中断答题，不管是自愿的还是被迫的，总有不以人的意志为转移的意外发生。

宋几何昏迷了大半天，醒来时已经是下午时分。

安若即、谢勉记和易正方都在，余笙长不在，自从昨天下午离开后，她就没再出现过。

安若即告诉了宋几何警察处理的结果。

杀人凶手是岳天峰和岳天鹏，是前几天宋几何邀请谢勉记几人聚会时敲门的浓眉大眼和獐头鼠目，他们其实是小区保安柳三星、柳四星和柳流星的远房亲戚，也和阳亮沾亲带故。

阳亮来到北京后，先是由柳三星几人出面替他打抱不平，对宋几何出手。后来柳氏兄弟被收拾后，柳三星就请岳天峰和岳天鹏两兄弟出面修理宋几何，尤其是阳亮得知余笙长要去宋几何家中聚会，他更加怒火中烧，希望岳天峰和岳天鹏上门暴打宋几何一顿。

结果宋几何家中人多，二人被吓退。

事后，阳亮也没亏待二人，给了他们一笔钱。二人没有工作，几天就花完了，再找阳亮时，才知道阳亮已经死了。二人就将阳亮之死归罪到宋几何头上。

在和柳三星商量后，二人决定实施复仇计划——不是说非要杀了宋几何，至少要暴打他一顿，再让他出点儿血。于是，几人就决定再次上门。

柳三星虽然被开除了，但还没有上交钥匙，可以自由出入小区。

顺利摸到宋几何家时，没想到开门的是方澄。岳家二兄弟说找宋几何，方澄声称她可以全权代表宋几何，有什么事情和她说就行。岳家二兄弟不耐烦了，骂宋几何和余笙长勾搭成奸害死了阳亮，是谋财害命，是杀人凶手。

方澄大骂二人胡说八道，宋几何怎么会看上余笙长和阳亮的财富？一帮没见识的东西，造谣的人生儿子会是哑巴。

二人被骂急了，上前胁迫方澄，想让她带他们去见宋几何。方澄躲闪，并威胁要打报警电话。

岳家二兄弟拉住了方澄，双方争执之下，一把尖刀从方澄的包里掉了出来。方澄捡起，想要吓退二人，被岳天峰反手抢了过来，一刀就扎在了方澄的胸口。

随后二人抢走了方澄的手机和包里的现金，以及车钥匙，下到地下停车场，开车逃之夭夭了。

由于小区以及宋几何的家门口都有监控，二人在报警后不久就在出市区时被警察当场抓获。二人对杀人行径供认不讳，不过却都一口咬定是激情失手杀人，不是蓄谋杀人。

宋几何一醒来就出院了，他不想待在医院，怕闻到医院的味道。

回到家里时，方父方母也到了。

方老爷子上来就劈头盖脸地骂了宋几何一顿，还要打他，被安若即拦住了。安若即理解两位老人的痛心，但她更知道方澄不希望她死后宋几何和她爸妈还继续闹僵。

随后，李知恩也来了，拿出了方澄的遗言。

李知恩一脸愧疚："对不起，宋总、若即，我没有信守承诺，还是告诉了方澄真相。方澄很平静地接受了现实，她的坚强让我佩服。她说生死有命，她不怨恨，也不害怕，只是有一件事情让我帮她。"

"她说如果宋几何同意了她所提出的离婚方案，或是不离婚了，让她当董事长，那么等她死后，就拿出她的遗嘱。现在，可以听听她的遗嘱了。"

是一段录像。

视频中的方澄，是在医院的病床上，她还特意打扮了一番，显得很精神。她脸色平静，甚至还挂着一丝淡淡的笑容。

"我一直相信生死只是一件平常事，没必要看得过重。我们所受的教育都是要好好活着，好死也不如赖活着，长久以来养成的惯性让我们对死亡的恐惧，深入骨髓。死亡是必然的归宿，逃不过，也终究会到来，为什么就不能坦然面对呢？"

"我理解不了对于绝症病人的抢救，也许对他们来说，是莫大的痛苦，是对尊严的践踏。有质量地活着和有尊严地离去，是一个人与生俱来的权利，没有人可以剥夺。我希望在我死时，不要抢救，不要进ICU，不要做任何无用功。"

"所以，我放弃治疗，平静而欣喜地迎接最后时刻的到来。我相信，死亡不是终点，而是另一场生命的开始。"

"几何，我对你有怨气，相信你对我也有恨。有期待就有怨气，有爱就有恨，世界是矛盾对立的统一。如果你对一个人没有恨，是因为没有爱。我向你提出离婚，其实是希望你能退让一步，哪怕是假装一下也好。结果你没有，很坚决地一口答应，让我很伤心很失望。"

"当然，我们走到今天，不是一个人的问题，两个人都过于锋芒毕露了。我的锋芒是尖锐的激进的，你的个性是深沉的隐藏的，其实我们可以更好地包容对方，并且取长补短。可惜的是，我太在意胜负而你太计较输赢。我只想要表面上的胜利，比如你让我当董事长，你当总经理。但实际上我做出的任何决定，都可以是你的主意。"

"你却不，你也非常在意外在的胜利，你想决定一切，想要表里都是赢家，以证明你的优秀和不可或缺。是，我承认我们家对你施加了太大的压力，让你想从方方面面证明自己不是靠女人起家的，是靠你自己的眼光和能力。但你肯定也得承认，如果没有我们方家，你不会这么快获得你现在的成就！"

"我也知道如果没有你，方家早就垮了，也支撑不到现在。方家现在有不少生意都是一元集团在暗中帮衬，有时也特意倾斜，可以说，方家当年帮

第六十二章　6日，婚姻七道题

助你，是最成功也是收益最大的一笔投资。"

"回首我们结婚 12 年来的风风雨雨是是非非，我们都有错。但我不后悔嫁给你，我始终认为和你结婚是我一生中做出的最正确的决定。夫妻怎么可能没有矛盾？都说家不是讲理的地方，是讲情的地方。我们都错在非要在家里讲道理讲原则。想想我们的以前有多好，我有什么不对的地方，向你撒娇耍赖，你就会原谅我。但自从事业做大之后，我但凡犯一丁点儿错误，你从来不肯原谅我半分，不是批评就是指责。是，我能理解你是对公司负责，但是人就会犯错，你就不能不当我是董事长或总经理，而是你的妻子，然后包容我迁就我吗？"

"有时我做出的决策过于情绪化，有时也过于武断，你就不能想办法等我不在气头上时委婉地让我改正吗？只要你施展你的温柔大法和哄人技巧，我哪一次不向你妥协？你呀，就是太爱较真了，公事就必须一本正经地讨论吗？就不能换一种更容易让人接受的方式来让我成长？我是你的合伙人不假，我也是你的妻子，是你相濡以沫的战友！"

"我希望你能明白一点，几何，从开始到现在，我对你的爱从来都是真实而不掺杂水分的。也许正是因为太爱你所以不允许你对我有一点点的严厉，走到今天，都是因为我们太要强的性格以及成长不够同步的原因。当然，现在都不重要了，都过去了，在你向我让步的那一刻起，我的心都融化了，我知道，曾经深爱我的宋几何又回来了。"

"你终究还是没有让我失望，让我在生命的最后时刻，感受到了曾经的爱和温暖。我不在了之后，我的股份全部留给孩子，在他们没有成年之前，由宋几何代持，并全权处理。"

"爸、妈，请原谅女儿未能为你们养老送终，也请你们理解女儿将股份全部留给孩子的良苦用心。如果你们认为女儿做得没错，以后方家的产业都可以交由宋几何管理，相信他不会辜负我的爱、信任和托付，不会让方家的公司倒闭。"

"我相信人会有来生。来生我们再次相见时，几何，我们也许都忘记了对方，我们也会都变了模样。不要紧，我还会保留喜欢解题的爱好，喜欢哲学、数学，喜欢挑战人生难题。我们的人生，一共有七道难题，分别是出生、成长、学习、相遇、相爱、生子以及死亡，有些题，解答对了，就过去了。但有些题，终其我们一生，都在不停地解答中。"

"还有很多话要说，但我觉得应该见好就收，说多了，也许你就不会觉得我说得有道理了。这些年来，你应该已经烦透了我的唠叨，现在好了，以后你再也听不到了，是不是很庆幸下半生还可以清净？"

"也不对，如果你再婚的话，你肯定还会再受别人的唠叨。男男女女，一辈子就是这么过来的，谁的日子也不会比别人精彩多少……"

方澄长长地叹息一声："不能再说了，越说越没够，还是留一些念想让你记得我的好。就这么着了，几何，以后父母和孩子，还有公司，都拜托你了。我是眼睛一闭万事不用操心了，你还得熬下去，可不要让我失望呀……"

"夫妻一辈子，能一起走多久，真的不好说。珍惜在一起的时光，明天和意外哪一个先到来，谁也不知道。人生七道题，前面的几道不管我做得好还是不好，都不重要了，至少最重要的一道死亡题，我先做了出来，并且相信得分不会低。"

房间中的所有人，包括宋几何、安若即、谢勉记、易正方还有方父方母，都泣不成声。

第六十二章 6日，婚姻七道题

第六十三章　6日，人生有时经不起不断的自我暗示

——深度和长度

宋几何希望孩子们可以第一时间知道妈妈去世的消息，方父方母是想再瞒一段时间。宋几何最后说服了二人，不可能瞒得下去，既然早晚要知道，早知道要比晚知道好。

晚上，接来了两个孩子。

孩子们的悲痛又加重了宋几何和方父方母的悲伤，几人又哭了一场。

方清和刘日坚也来了。

二人的脸上看不出有多少悲痛，尤其是刘日坚，假装挤出了几滴眼泪后，就拉着方清到一边嘀咕了半天什么。

方清开始时是不情愿的表情，后来似乎又想通了，就来到方父方母面前，小声地说了几句。

方父方母勃然大怒。

方父一个耳光打在了方清的脸上："你给我滚！你姐刚死，尸骨未寒，你就打她财产的主意，告诉你方清，你姐名下所有的财产，都归宋几何和两个孩子，跟你没有一分钱关系，你也不会拿到一分钱！"

方清被打得晕头转向，长这么大，还是第一次挨耳光，而且还是当着这么多人的面儿，她气得大哭，捂着脸要跑。

"你要敢走，以后方家的钱你一分也别想要！"方老爷子是真的动怒了，方澄之死对他打击巨大，而方澄留下遗嘱把名下所有财产都交由宋几何，更是让他无法接受。

方清又气又恼，却还是没敢离开。刘日坚心中不忿，小声说道："真偏

心！老家伙越老越糊涂了！"

"哎哟！"刘日坚的后腰结结实实地挨了一脚。

他大怒，回头一看，是谢勉记。

"你算什么东西，敢打我……"刘日坚更加愤怒了，挽起袖子就要冲过去。

才一迈步，左边一脚飞来，将他踢倒在地。

正是宋几何。

宋几何怒不可遏："刘日坚，如果不是看在爸妈的面子上，今天我非教教你怎么做人！你再敢多说一句，我让你躺着出去！"

刘日坚平常最是嫉妒宋几何，同时又怕他怕得要命，立刻吓得一缩脖子，后退几步："姐、姐夫，我错了，现在就改，马上老实。"

方父方母对视一眼，一起痛心加失望地摇头。方澄说得对，方清和刘日坚不堪重用，方家未来如果还想发展下去，别说壮大了，只说保持现状，也非宋几何不可。

晚上，方父方母要为方澄守灵，宋几何也没勉强，同意了。白发人送黑发人，是人生一大不幸。

安若即、谢勉记、易正方都留了下来。

易正方虽然有伤在身，但他还是坚持要送方澄一程。有时他小气、自私，但在大事上却不含糊，出力、出人不说半个不字。

宋几何折腾了一天，心力交瘁，和谢勉记说了几句话，头一歪，倒在沙发上睡着了。安若即为他盖上被子，易正方守在他的身边。

晚上8点多时，有人敲门。

谢勉记去开门，门口站着余笙长和岳管、裴南，还有一名年约40岁的陌生人。

余笙长一把推开谢勉记，趾高气扬地进来，扬起了下巴："宋几何在哪里？我的律师张研来了，他说你的说法有问题，要和你当面聊聊。"

"还有岳管和裴南，他们也想了解一下协议的具体条款，今天，我们新账老账一起算个清楚，谁也别想糊弄谁！"

余笙长旁若无人地走进了客厅，见宋几何躺在沙发上，哼了一声："别装了，装病装可怜都没用！在你打算吞没我们股份的那一刻起，你在我的心目中就变成了负分。"

一口气说了一大通，余笙长才意识到气氛不对，等她注意到客厅正中摆放的方澄的黑白照片时，才惊呼一声："啊，出什么事情了？"

安若即将她拉到一边，不假颜色："余笙长，别演了，恶心！宋几何出了这么大的事情，根源都在你身上，你还有脸上门要股份？在你的人生命题中，是不是就没有羞耻、羞愧、正直和善良的步骤？只要能达到目的，哪怕是抄袭、复制都不在乎，对吧？"

岳管和裴南本来也是一副兴师动众的表情，见此情景，二人对视一眼，都立刻朝方澄的遗像三鞠躬。

余笙长不敢说话了，朝方澄的遗像鞠躬后，乖巧得像只绵羊，躲在了岳管和裴南的身后。

宋几何此时又有了几分精神："若即，你和张律师对一下条款。如果余笙长执意要打官司，就通知公司的法务准备。"

张研一脸为难的表情："现在的情况下，不合适吧？"

"合适。"宋几何一脸坚定，"当年五人组一起签下的协议，现在当着方澄的面儿解决，也算是她也参与了。她最爱操心最爱管事了，不让她在场，她会不高兴的。"

余笙长打了一个激灵："到底发生了什么事情？谁能和我说一声？方姐她怎么就……"话说一半，泪如雨下。

没有人理余笙长。

安若即和张研到一旁小声地说了几句什么，张研连连点头。一分钟后，张研来到余笙长面前："余老师，对不起，帮不了您。您的事情没有办法在法律上获得您想要的支持，我先走了。"

岳管和裴南随后也离开了，他们是局外人，不便久留。

他们本来是过来为余笙长撑腰，现在撑腰的意义不存在了，不离开还要留下当孝子孝孙吗？

二人刚出门，迎面走来了张系和胡浩锐。

张系和胡浩锐一得知消息就第一时间赶来了，震惊之余，是痛心。

方澄最喜欢琢磨日常的悬念、生活细节的暗示，他们对此一开始也是嗤之以鼻，后来相处久了，虽然不信，却已经不再嘲笑她的敏感与脆弱。

再后来，二人习惯了方澄的做法，认为方澄对生活的观察细致和认真感受，不是敏感是敏锐。他们还记得，方澄有一次笑着对他们说，如果她哪一天遭遇了意外，她肯定可以提前知道，因为她对所有即将发生的事情都可以提前感知。

谁也没有想到，方澄真的就遭遇了意外。人生有时经不起不断的自我暗示，念念不忘必有回响，仔细想来，还是多想一些好事、开心事比较好。

二人无比心痛，想起以前和方澄合作的岁月，泪流不止。方澄固然有霸道强势的一面，但她也真实、坦率、好打交道，是难得的合作伙伴。

张系最先看到岳管和裴南，当即拦住了二人。

"你们是跟余笙长来吊唁的吧？"

岳管点了点头。

裴南却直接摇头："不是，我们是陪余老师过来谈判，过来后才知道方澄死了。我们不方便待下去。"

岳管只好又补充了一句："谈一五公司股份的问题。"

"谈个屁！"张系当即火了，"你们那破协议压根儿就没有法律效力，如果不是宋几何看在同学的情分上给你们保留，早就成废纸了，还谈判？给你脸了是吧？"

裴南怒了，抓住了张系的脖子："张系，你嘴巴放干净点！别对余老师不敬！"

张系推开裴南，一拳打在了裴南的胸膛上："滚蛋！别跟我在这儿装大尾巴狼，余笙长拿你当根葱，在我眼里，你狗屁都不是。北京的圈子里，你还真排不上号，真不算个东西。"

"还有，别以为你们的余老师是什么清纯玉女，小心遭雷劈！上次她不是说我强奸她吗？告诉你们吧，是她主动非要跟我回房间，是想勾引我。在套出了关于方澄保证书的内容后，她就跟我谈条件……"

"你放屁。"裴南急了，想要阻止张系。

岳管却异常地冷静，他拦住了裴南："先别急，听他把话说完。有时了解一个人，需要从方方面面入手，而不是听她自己说些什么。"

张系嘿嘿一笑："你这个小伙子还不错，有点儿见识。余笙长问我快餐多少钱，长租多少钱。我说大姐你都多大年纪了，还出来跟比你小10岁的女孩争市场，你的核心竞争力在哪里？我就随口报了一个不高的价格，她没接受。"

岳管依然保持了足够的克制："后来呢？"

"后来她也开了一个价格，我说行。然后我们就开始运动，还没有实质性开始，她又坐地起价。娘的，老子最恨这种出尔反尔的人了，就没同意，就还继续，然后谢勉记就来了，打了老子一顿……"张系摸了摸脸，"是不是玩的仙人跳我不知道，反正我的钱是白扔了。"

裴南还是不信："你都付钱了？我不信，你胡说八道。"

"这有什么胡说的？"张系拿出手机，翻了几下，找到了以前的付款记录，"看看，收款人是不是你们的余老师？"

裴南和岳管看了一眼，再想了一下，果然时间对应得上，最主要的是，收款人确实是余笙长。

二人脸色瞬间灰暗。

张系一脸胜利的笑容，他来到二人中间，一左一右抱住了二人："崇拜和喜欢老师，是好事。用心追求一段美好的爱情，也是值得去做的人生理想。但是，一定要看清你们所追求所向往的老师，是不是值得你们的用心和真心。"

"当狗可以，但别当冤大头。"

"狗是自愿的，冤大头是被骗的。我可以为了爱情让我的女神侮辱我的尊严，但绝不允许让任何人践踏我的智商。"

"懂了吗，小朋友们？"

张系和胡浩锐扬长而去，留下裴南和岳管呆立当场，如同石化。

到了宋家，二人在方澄的遗像面前痛哭了一场。

在了解了事情的前因后果后，张系更是惊恐地摇头："方姐也真是的，明知道有危险还往前冲，她是不是有什么预感呀？对了李医生，您看看我还能活多久？"

李知恩白了张系一眼，没理他。

张系又凑到了余笙长的眼前："余老师，这么多年来，我一直对自己的厚脸皮还有不要脸的精神很自豪，认为没有人可以超过我，直到遇到了你我才发现，你才是祖师。"

"祖师奶在上，请受我一拜！"

胡浩锐拉住了张系："别闹，方澄看着呢！她虽然不在了，我们也得当她在我们面前，不能有一丝不敬，以免让她生气。"

"是。"一提方澄，张系立刻认尿，不过他还是冲余笙长瞪了瞪眼，"余老师，别这么玩了，早晚会把自己玩死的。你的段位是挺高，可惜，资本不够。知道你这种情况叫什么吗？心比天高命比纸薄。"

"就你这长相加手段，如果你手里有个几千万，说不定很快就能变成几个亿。但你手里现在连几百万都没有，就没辙了。人呀，得认命，别跟自己较劲儿，容易闪了腰。"

任凭张系怎么讽刺，余笙长就是不说话，她呆坐在一旁，如同睡着了一样。

第六十三章 6日，人生有时经不起不断的自我暗示

第六十四章　7日，人生大题没有唯一的答案

——七日来复

宋几何不知道一晚上是怎么过去的，似睡非睡似醒非醒，恍惚间，仿佛回到了大学时代，又像是回到了刚结婚的时候，然后就是一连串的梦境，把他和方澄从认识到结婚到创业再到现在，重新上演了一遍。

再次醒来的时候，天还没亮。宋几何起来后，先去卧室看了下孩子。两个孩子睡得正香，脸上挂着泪痕。

槐米和远志老实地跟在宋几何身后，失去了往常的欢快。

后院，谢勉记和易正方都在，二人的面前，扔了一地的烟头。

见宋几何过来，谢勉记点了点头："我戒烟好多年了，昨晚破戒了，抽了一晚上的烟，想明白了许多事情。"

"我也是。"易正方伤还没好，形象有些滑稽和狼狈，但精神还行，"我抽了有七八根，剩下全是老谢抽的，这家伙，见到不要钱的烟就跟不要命一样。"

"哪里来的烟？"宋几何平常不抽烟。

"在你家客厅拿的，有好几条，估计是以前方澄存的。"谢勉记幽幽地叹息一声，"有一个细节我想不明白，老宋，凶手说刀子是从方澄的包里掉出来的，方澄平常包里带刀子干什么？"

宋几何摇头："我也不知道。从未见过她带刀子出门……"

"你平常也不抽烟，她怎么买了那么多烟存起来？"易正方摆了摆手，"算了，别想那么多了，人都没了，都不重要了。你先说吧，老谢。"

谢勉记点头："我有两个决定，一是我会留在北京帮你，只要你有需要，我就全力以赴。二是我会和胡小分手，不管于筱来不来北京和我一起发展，

也不管她是不是原谅我，我都会无条件和胡小一刀两断。"

易正方补充了一句："胡小怀孕的事情，是假的。老谢说了，他最近几个月和胡小在一起的时候，胡小都在安全期，而且还采取了措施。"

谢勉记笑了笑："是她和别人怀孕了还是没有怀孕故意骗我，为了套牢我，都不重要了，我会给她一笔补偿，不管她要不要。"

"该你了，老易。"

易正方搓了搓手："我也有两个决定，一是我也会留在北京帮你，只要你有需要，我就全力以赴。我不是重复老谢的话，是在说出我的真实想法。二是我的股份转让金，我也不要现金了，可以作为投资款投入新公司中，我要当真正的股东，要为自己活一次。"

"另外，不管为我在公司安排什么职务，我都不挑，前提是得有一份稳定的收入，如果能安排住宿就更好了。我得保证在吃喝不愁的前提下创业。"

谢勉记踢了易正方一脚："你这是两个决定外加一个要求了……"

"人穷志短，没办法。"易正方再次搓了搓手。

宋几何没说什么，只是重重地点了点头。

谢勉记的手机响了，他微微一惊，忙接听了电话。一分钟后，放下电话对宋几何说道："于筱上午的飞机，两个小时后落地，我去机场接她一趟。"

"好。"宋几何心中大慰，拍了拍谢勉记的肩膀，"开我的车去。"

谢勉记一走，后院就只剩下了宋几何和易正方二人，宋几何无比感慨："正方，忽然间感觉像是回到了大学时代我们刚认识的时候，一切都充满了生机，未来也有无限可能。可惜，就是少了一人。"

易正方也陷入了回忆之中："是呀，五人组变成了四人组，人生的顺序应该是加乘减除，我们现在到了减法的阶段……不对，余笙长呢？"

昨晚留在家里的除了方父方母、安若即，还有谢勉记、易正方和余笙长三人。谢勉记和易正方被安排在了负一层的客房，余笙长在一层的客房。

两位老人陪着孩子在一个房间。

宋几何和易正方回到客厅，见余笙长的客房房门大开，里面没人。

第六十四章　7日，人生大题没有唯一的答案

351

房间的桌子上，有一张字条。上面纤细的字体，正是余笙长的笔迹。

"几何、勉记、正方，请原谅我的不辞而别，或者说是永别也可以，以后山高水长，我们应该不会再见面了……"

宋几何心中一紧。

"七天来，原以为是要帮你们解答七道人生大题，结果却是在解答自己的人生难题。我就发现，我们每个人的解题思路还真不一样，最后得出的人生答案，也截然不同。"

"几何属于从每一步的步骤到最终答案，都用心对待的人，他认真、踏实，且有耐心。所以，他犯的错最少，即使有，也不是致命的错误，可以很快调整思路，重新回到正确的轨道上来。尽管我对他没有让我们拿到应得的分红而耿耿于怀，但我还是认可他的为人和能力。"

"方澄解题太在意结果，对她来说，过程不是乐趣，而是途径，她活得比几何累。解题的过程和每一个步骤，都是人生必经的阶段。在我看来，人生的开始和结束并不重要，不过是一生一死，没有人可以例外，中间的过程才是人与人的不同之处。也许，方澄现在的结果就是她想要的一切，在最辉煌最灿烂的时候陨落，留给世人的是永远年轻的容颜。"

"勉记是一个不愿意在一道难题上花费太多功夫的人，他解题的方式是快准狠，并不在意过程，也不在意结果，只想要给出答案。一旦一道题的答案出来之后，他就会立刻转身另一道难题，他是一个攀登者、征服者，说心里话，我最欣赏他也最向往他的生活态度。"

"正方……怎么说呢，他对人生每一道难题的态度很消极，如果解不开，就放到一边，然后去琢磨下一道难题，以此类推，像是狗熊掰棒子，最终还是一无所获。如果他能意识到他只有坚定地跟随几何，凡事听几何的话，他的人生才会有所改观。"

"本来不想说我自己的，但气氛烘托到这儿了，不说也过不去，我们五人组认识这么多年来，相信你们是第一次真正了解我吧？说实话，我也是第一次真正了解了自己，知道自己想要的到底是什么。话又说回来，你们每个人是不是都是第一次真正认识了自己，发现自己和以前大不一样了？"

宋几何默默地点头，回头一看，易正方也在点头。

"昨晚我一夜没睡，等你们都睡着了，我坐在方澄的遗像前，跟她说了半天心里话。以前的许多小秘密，以及内心的一些阴暗面，都和她说了，包括她和我的过节，等等。说完后，感觉好多了，仿佛放下了许多事情。"

"你们应该现在都讨厌我了，没关系，也不用否认，连我自己都讨厌自己。我也知道我很虚伪，一直在为自己塑造一个虚假的人设，但世界上谁对外的人设会是真实的自己呢？我们只不过都在演自己而已。"

"不管我是让你们失望还是厌恶，都不重要了，我会永远从你们的世界中消失，再也不会出现。不要问我去了哪里，你们不会再有任何关于我的消息……就这样，永别了，我的同学我的青春我的梦想，还有我对你们所有人的爱！"

宋几何忙打了余笙长的电话，提示关机。又拨打她的微信电话，发现他已经被拉黑了。

易正方尝试了一下，也是一样。

中午，宋几何送走了方父和方母，安若即和两个孩子留在了家里。

下午，岳管和裴南分别打来电话，问余笙长的下落，宋几何如实相告。裴南没说什么，直接挂断了电话。岳管停顿了片刻，说了一句："这样也好，保留最后的体面，从此不再相见。"

晚上，谢勉记带着于筱来到家里。

于筱亲自下厨，为大家做饭，安若即也主动过去帮忙。

晚饭刚开始，谢勉记接了一个电话，不多时，胡小到了。

胡小先是在方澄的遗像面前三鞠躬，然后坐到了最下首："我年龄最小，我陪座。今天，我不是过来蹭饭，是趁大家都在，说几句话就走。"

胡小主动举起酒杯，朝众人示意，一饮而尽："认识你们一场，是我人生大题中一个重要的步骤，谢谢你们，你们教会了我如何成长并且承担责任。也让我明白了一个道理，最合适的两个人，不是在一开始时就能一拍即合，而是在共同的时光里一起磨合，并且愿意在未来漫长的岁月里，为了彼此而变成更好的两个人。"

"如果有一天谢勉记背叛了我，有了新欢，我没有办法原谅他，也不可

第六十四章　7日，人生大题没有唯一的答案

353

能会再回到他的身边，所以我敬佩嫂子。"

"勉记，对不起，我欺骗了你。是我自编自导了一出闹剧，让嫂子过来北京发现我们的事情，我是想借机逼你早日离婚。还有，我也没有怀孕，也是不想你离开我。昨晚我想明白了，我做不到为了你而磨合自己，也没有办法保证在未来漫长的岁月里改变自己，现在离开就是最好的选择。"

"对不起，嫂子，不希望你能原谅我，只希望你能原谅谢勉记。"

"对不起，宋总，给您以及你们所有人添麻烦了。"

胡小离开后，一群人沉默了半天，安若即见气氛有些凝重，举起了酒杯："古人说，反复其道，七日来复……七天是一个轮回，是一个生命周期，希望从明天起，我们会迎来全新的开始。"

众人举杯。

远志和槐米追逐打闹，远志作为一条忠诚的柴犬，一向不是美短槐米的对手，一般情况下都是槐米追远志躲。

今天不知何故反了过来，远志追，槐米跑。槐米身子轻巧，几下就甩开了远志，扑到了宋几何的怀里。

宋几何还没有来得及呵斥它，槐米一躬身就又跳开了，不偏不倚正跳在方澄的遗像前。它尾巴一摆，遗像一晃，眼见就要掉了下来。

宋几何手疾眼快，一把扶住，轻轻放下。

众人吓得长出了一口气。

忽然，啪的一声，遗像旁边的一个花瓶摇晃几下，还是掉在了地上，摔得粉碎。

一些白色结晶状粉末露了出来。

谢勉记好奇，想要去摸，易正方冷峻地大喝一声："别动！氰化钾，剧毒！"

"你怎么知道的？"谢勉记惊讶。

易正方嘿嘿一笑："和李美玉闹得最凶的时候，我想过自杀。"

"是自杀还是……"谢勉记意味深长地一笑，又转向了宋几何，"家里为什么会有这种东西？"

宋几何摇头，几人的目光一起落在了方澄的遗像上……